A EQUAÇÃO *perfeita* DO AMOR

The soulmate equation

Diretor editorial: **Luis Matos**
Gerente editorial: **Marcia Batista**
Assistentes editoriais: **Letícia Nakamura e Raquel F. Abranches**
Tradução: **Marcia Men**
Preparação: **Tássia Carvalho**
Revisão: **Marina Takeda e Juliana Gregolin**
Arte e capa: **Renato Klisman**
Diagramação: **Carlos Roberto**

Dados Internacionais de Catalogação na Publicação (CIP)
Angélica Ilacqua CRB-8/7057

L412e

Lauren, Christina

A equação perfeita do amor / Christina Lauren ; tradução de Marcia Men.
–– São Paulo : Universo dos Livros, 2021.

352 p.

ISBN: 978-65-5609-123-5

Título original: *The soulmate equation*

1. Ficção norte-americana 2. Literatura erótica

I. Título II. Men, Marcia

21-2499 CDD 813.6

Universo dos Livros Editora Ltda.
Avenida Ordem e Progresso, 157 — 8º andar — Conj. 803
CEP 01141-030 — Barra Funda — São Paulo/SP
Telefone/Fax: (11) 3392-3336
www.universodoslivros.com.br
e-mail: editor@universodoslivros.com.br
Siga-nos no Twitter: @univdoslivros

CHRISTINA LAUREN

São Paulo
2021

Grupo Editorial
UNIVERSO DOS LIVROS

Para Holly Root, nosso Match Diamante

UM

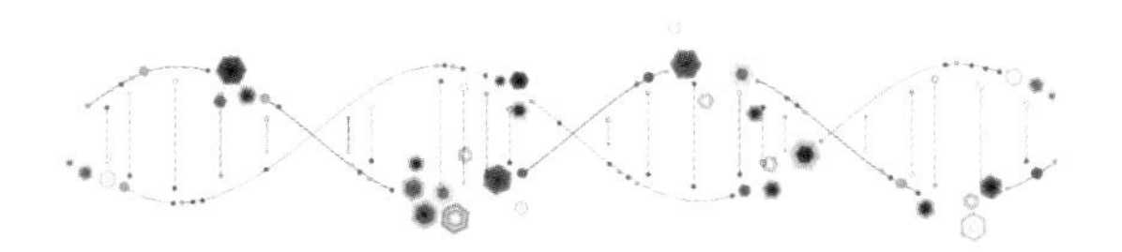

Jessica Davis achava uma tragédia que apenas vinte e seis por cento das mulheres acreditasse em amor verdadeiro. Isso, claro, há quase uma década, quando ela não conseguia imaginar a sensação de estar nada menos do que profunda e apaixonadamente obcecada pelo homem que um dia seria seu ex. Hoje, porém, em seu primeiro encontro em sete anos, sentia-se atônita por esse número ser tão alto.

— Vinte e seis por cento — resmungou, inclinando-se para perto do espelho do banheiro para aplicar mais batom. — Vinte e seis mulheres em cada cem acreditam que o amor verdadeiro é real.

Ao recolocar a tampa no batom, Jess riu, e seu reflexo exausto riu de volta. Infelizmente, a noite estava longe de acabar. Ela ainda precisava passar pela entrada; os aperitivos tinham durado quatro anos. Claro, um pouco disso se devia à tendência de Travis em falar com a boca cheia, entrando em intimidades excessivas e compartilhando histórias bastante minuciosas sobre encontrar a esposa na cama com seu sócio e o divórcio conturbado que se seguiu. No entanto, no que dizia respeito a primeiros encontros, raciocinou Jess, podia ser pior. Com certeza, este encontro estava melhor do que aquele que tivera com o cara da semana passada, tão bêbado quando apareceu no restaurante que pegou no sono antes que eles sequer fizessem os pedidos.

— Vamos lá, Jess. — Ela largou o tubo de batom na bolsa. — Você não teve que fazer, servir, nem vai ter que limpar nada depois dessa refeição. Só a louça já vale pelo menos mais uma história amarga de ex-esposa.

A porta de uma das cabines se abriu com um clique, assustando-a, e uma loira esbelta emergiu de lá. Ela olhou de relance para Jess com pena indisfarçada.

— Deus, eu sei — concordou Jess, soltando um gemido. — Estou falando sozinha num banheiro. É uma cena que informa com precisão como está a minha noite.

Nenhuma risada. Nem sequer um sorrisinho por educação, quanto mais camaradagem. Em vez disso, a mulher foi para o mais longe possível, na extremidade da fileira vazia de pias, e começou a lavar as mãos.

Pois bem.

Jess voltou a vasculhar a bolsa, mas não pôde evitar dar uma espiadela para o final do balcão. Sabia que não era educado encarar, mas a maquiagem da outra era impecável, as unhas perfeitamente cuidadas. Como é que algumas mulheres conseguem? Jess considerava uma vitória sair de casa com o zíper fechado. Uma vez, havia apresentado os dados de todo um ano fiscal para um cliente com quatro presilhas de Juno, em forma de borboletas brilhantes, presas na frente do blazer. Essa desconhecida linda provavelmente não tinha sido forçada a trocar de roupa depois de limpar glitter de um gato e uma criança de sete anos. Ela provavelmente nunca teve que pedir desculpas por se atrasar. Provavelmente nem precisava se depilar — ela devia ser lisa em todo canto por natureza.

— Você está bem?

Jess voltou a si piscando, e deu-se conta de que a mulher se dirigia a ela. Não havia jeito de fingir que não encarava diretamente o decote da desconhecida.

Resistindo ao impulso de cobrir os próprios dotes nada impressionantes, Jess ofereceu um gesto discreto, envergonhado.

— Desculpe. Estava só pensando que a sua bichana provavelmente também não está coberta de glitter.

— Minha o quê?

Ela se virou para o espelho de novo. *Jessica Marie Davis, controle-se, mulher!* Ignorando o fato de que ainda tinha uma audiência, Jess encarnou a vovó Jo para o espelho:

— Você tem tempo de sobra. Vá lá fora, coma um pouco de guacamole, vá para casa — sugeriu, em voz alta. — Não tem nenhum relógio para nada disso.

— Só estou dizendo que o relógio não para. — Fizzy acenou, indicando vagamente a bunda de Jess. — Esse traseiro não vai continuar de pé e durinho pra sempre, sabe?

— Pode até ser — concordou Jess —, mas o Tinder também não vai me ajudar a encontrar um cara de qualidade para mantê-lo de pé.

Fizzy ergueu o queixo na defensiva.

— Consegui parte do melhor sexo da minha vida no Tinder. Te juro, você desiste depressa demais. Estamos na era das mulheres que buscam prazer, sem pedir desculpa por querer o seu em primeiro lugar, em segundo e mais um para viagem. Travis pode ser obcecado pela ex-esposa, mas vi a foto dele e ele era bem bonitão. Talvez ele tivesse chacoalhado o seu mundinho por uma ou duas horas depois dos churros, mas você nunca vai ficar sabendo, porque foi embora antes da sobremesa.

Jess fez uma pausa. Talvez...

— Mas que droga, Fizzy.

Sua melhor amiga se recostou, toda convencida. Se Felicity Chen decidisse começar a vender Amway, Jess apenas entregaria sua carteira. Fizzy era feita de carisma, bruxaria e más decisões. Essas qualidades a tornavam uma ótima escritora, mas também eram, em parte, a razão pela qual Jess tinha uma letra de música com erro ortográfico tatuada na parte de dentro do pulso direito, e havia usado uma franja desastrosa, nem de longe parecida com a de Audrey Hepburn, por seis meses deprimentes em 2014, e tinha comparecido a uma festa a fantasia em Los Angeles que acabou como uma cena de BDSM em uma masmorra num porão. A resposta de Fizzy quando Jess perguntou "Você me trouxe para uma festa de sexo em uma masmorra?" foi "Claro, todo mundo em LA tem masmorras!".

Fizzy ajeitou uma mecha de cabelos pretos e brilhosos atrás da orelha.

— Certo, vamos planejar seu próximo encontro.

— Não. — Ao abrir o notebook, Jess entrou em seu e-mail. Porém, mesmo com sua atenção fixa em outro ponto, era difícil não notar a cara feia de Fizzy. — Fizz, é difícil com uma filha.

— Essa é sempre a sua desculpa.

— Porque eu sempre tenho uma filha.

— Você também tem avós que moram na casa ao lado e ficam mais do que felizes em cuidar dela enquanto você está num encontro, e uma melhor amiga que acha que a sua filha é mais legal do que você. Todos só queremos que seja feliz.

Jess sabia que era verdade. Era o motivo pelo qual havia concordado em testar as águas do Tinder, para começo de conversa.

— Certo, deixe eu fazer a sua vontade — disse ela. — Digamos que eu conheça alguém incrível. Onde vou ficar com ele? Era diferente quando a Juno tinha dois anos. Agora tenho uma menina de sete anos com sono leve e audição perfeita, e da última vez que fui para a casa de um cara, o lugar era tão bagunçado que uma cueca ficou colada nas minhas costas quando me levantei para ir ao banheiro.

— Que nojo.

— Concordo.

— Mesmo assim. — Fizzy esfregou um dedo abaixo do lábio, de maneira pensativa. — Pais solo conseguem dar um jeito o tempo todo, Jess. É só se lembrar de *A Família Brady*.

— Seu melhor exemplo é uma série de cinquenta anos atrás? — Quanto mais Fizzy tentava convencê-la, menos Jess tinha vontade de tornar a botar a cara no sol. — Em 1969, só treze por cento dos pais eram pais solo. Carol Brady estava à frente de seu tempo. Eu não estou.

— Latte de baunilha! — o barista, Daniel, gritou por cima do ruído ambiente do café.

Fizzy gesticulou, indicando que não tinha terminado de ser um pé no saco de Jess, antes de se levantar e ir até o balcão.

Jess costumava vir ao café Twiggs todos os dias da semana, quase desde que começara a trabalhar como freelancer. Sua vida, que em essência existia dentro de um raio de quatro quarteirões, era supergerenciável do jeito que estava. Ela levava Juno para a escola a pé, na mesma rua do complexo de apartamentos onde ficava o delas, enquanto Fizzy pegava a melhor mesa — nos fundos, longe do clarão da vitrine, mas perto da tomada que ainda não tinha ficado frouxa. Jess fazia contas enquanto Fizzy escrevia livros, e num esforço para não serem sanguessugas, elas pediam algo no mínimo a cada noventa minutos, o que tinha o benefício adicional de incentivá-las a trabalhar mais e fofocar menos.

Exceto hoje. Ela já podia ver que Fizzy seria incansável.

— Certo. — A amiga retornou com a bebida e um enorme muffin de mirtilo, e levou um momento para se ajeitar. — Onde é que eu estava?

Jess manteve os olhos no e-mail à sua frente, fingindo ler.

— Acho que você estava prestes a dizer que é minha vida, e eu devia fazer o que achar melhor.

— Nós duas sabemos que não é algo que eu diria.

— Por que é que sou sua amiga?

— Porque eu te imortalizei como a vilã em *Renda Escarlate,* e você virou uma favorita dos fãs, então não posso te matar.

— Às vezes me pergunto se você está respondendo as minhas perguntas — Jess rosnou —, ou continuando uma conversa em curso dentro da sua cabeça.

Fizzy começou a tirar a forminha de papel do muffin.

— O que eu ia dizer é que você não pode jogar a toalha por causa de um encontro ruim.

— Não foi um único encontro ruim — argumentou Jess. — É todo esse processo estranho e exaustivo de tentar ser atraente para os homens. Faço freelas como especialista em estatística, e acho que minha roupa mais sexy é uma camiseta antiga da *Buffy* e um par de shorts jeans. Meu pijama preferido é uma regata velha do vovô e uma calça de ioga para gestantes.

Fizzy choramingou um melancólico:

— Não...

— É, sim — enfatizou Jess. — E ainda por cima, tive um bebê quando a maioria das pessoas da nossa idade estava mentindo que gostava de Jägermeister. É difícil me fazer parecer convidativa em um perfil de namoro.

Fizzy riu.

— Odeio tirar um tempo longe de Juno para usá-lo com um cara que eu provavelmente nunca vou ver de novo.

Fizzy absorveu aquelas palavras por um instante, os olhos escuros fixos e incrédulos.

— Então você... parou? Jessica, você foi a três encontros com três caras lindos, apesar de chatos.

— Até a Juno ficar maiorzinha, parei, sim.

Ela observou Jess, desconfiada.

— Maiorzinha, quanto?

— Não sei. — Jess pegou o café, mas sua atenção se desviou quando o homem a quem elas se referiam como "Americano" entrou no Twiggs, passando pela porta no horário exato, 8h24 da manhã, composto totalmente de pernas compridas, cabelos escuros e uma vibe rabugenta e carrancuda, sem fazer contato visual com uma pessoa sequer. — Talvez quando ela estiver na faculdade?

Quando os olhos de Jess deixaram o Americano, horror se espalhava pela expressão de Fizzy.

— *Faculdade?* Quando ela estiver com dezoito anos? — Ela abaixou o tom de voz quando todas as cabeças no café se viraram para elas. — Está me dizendo que, se eu me sentasse para escrever um livro sobre a sua vida amorosa futura, eu escreveria uma heroína que iria alegremente mostrar seu corpo para um cara pela primeira vez em dezoito anos? Não, meu bem. Nem mesmo a sua vagina perfeitamente preservada pode dar conta de algo assim.

— Felicity.

— Feito uma tumba egípcia, aquilo ali. Quase mumificada — resmungou Fizzy, tomando um gole.

Lá na frente, Americano pagou por sua bebida e se afastou para a lateral, enquanto digitava de maneira distraída no telefone.

— Qual é a dele? — perguntou Jess, baixinho.

— Você é caidinha pelo Americano, né? — disse Fizzy. — Você percebe que fica observando sempre que ele entra aqui?

— Talvez eu ache o comportamento dele fascinante.

Fizz deixou o olhar descer até o traseiro dele, naquele momento escondido por um casaco azul-marinho.

— A gente vai chamar de "comportamento" agora?

Ela se debruçou, escrevendo algo no Caderno de Ideias que mantinha perto do notebook.

— Ele entra aqui e emite essa vibe de que, se alguém tentasse conversar, ele cometeria um assassinato — gracejou Jess.

— Talvez ele seja um assassino profissional.

Jess também o inspecionou de cima a baixo.

— Está mais para um professor de arte medieval socialmente constipado.

Ela tentou se lembrar de quando ele havia começado a frequentar o café. Talvez dois anos atrás? Quase todo dia, no mesmo horário, a mesma bebida, o mesmo silêncio taciturno. Esta era uma vizinhança excêntrica, e Twiggs era o coração dela. As pessoas vinham para se demorar, para bebericar, para papear; o Americano se destacava não por ser diferente ou excêntrico, mas por ser quase totalmente silencioso num lugar cheio de esquisitões barulhentos e adoráveis.

— Roupa bacana, mas dentro dela, ele é todo ranzinza — resmungou Jess.

— Bom, talvez ele precise transar, como alguém que eu conheço.

— Fizz. Eu fiz sexo depois que a Juno nasceu — exasperou-se Jess. — Só estou dizendo que não tenho muito espaço para compromissos, e não estou disposta a aguentar encontros tediosos ou terríveis só pelos orgasmos. Já fizeram equipamentos operados a pilha para isso.

— Não tô falando só de sexo — retrucou Fizzy. — Tô falando de nem sempre se colocar em último lugar. — Fizzy fez uma pausa para acenar para Daniel, que passava um pano em uma mesa próxima. — Daniel, você ouviu isso tudo?

Ele se aprumou e lhe deu o sorriso que fez com que Fizzy descrevesse o herói de *O Diabo do Destino* com Daniel em mente, e fizesse, no livro, todo tipo de sacanagens com ele que ela não ousava fazer na vida real.

E nunca ousaria: Daniel e Fizzy saíram uma vez no ano anterior, mas terminaram as coisas bem depressinha quando toparam um com o outro numa reunião de família. A família deles.

— Quando é que não ouço vocês? — perguntou ele.

— Muito bem, então, por favor, diga pra Jess que tenho razão.

— Você quer que eu tenha opinião se a Jess deveria estar no Tinder só para transar? — perguntou ele.

— Tá bom, é isso — gemeu Jess. — Esse sim é o fundo do poço.

— Ou qualquer site de namoro que ela prefira! — gritou Fizzy, ignorando-a. — Essa mulher é jovem e sexy. Não devia desperdiçar os anos que lhe restam de gostosura usando calças jeans largas e moletons velhos.

Jess olhou para baixo, para a roupa que usava, pronta para protestar, mas as palavras secaram em sua garganta.

— Talvez — disse Daniel. — Mas, se ela tá feliz, o que importa se está desleixada?

Ela abriu um sorriso enorme para Fizzy, triunfante.

— Viu? Daniel tá meio que no meu time.

— Sabe — Daniel dizia para ela agora, embolando o paninho nas mãos, arrogante com suas informações privilegiadas —, o Americano também é um romântico.

— Deixa eu adivinhar — disse Jess, sorrindo. — Ele é o anfitrião de uma masmorra do sexo com tema Dothraki?

Apenas Fizzy riu. Daniel deu de ombros, reservado.

— Ele está prestes a lançar uma empresa de namoros com tecnologia de ponta.

As duas mulheres ficaram em silêncio. *Uma o quê?*

— De namoros? — perguntou Jess. — O mesmo Americano que é cliente assíduo aqui neste café, e mesmo assim nunca sorri para ninguém?

— Ela apontou para trás, para a porta por onde ele tinha saído há apenas um minuto. — *Aquele cara?* Com toda aquela gostosura e intensidade, maculada apenas por seu filtro mal-humorado e antissocial?

— Ele mesmo — respondeu Daniel, assentindo. — Talvez você esteja certa quanto a ele precisar transar, mas acho que ele se vira bem por conta própria.

Pelo menos essa tangente particular de Fizzy aconteceu numa segunda — o vovô buscava Juno na escola às segundas e a levava para a biblioteca. Jess conseguiu montar uma proposta para a Genentech, marcar uma reunião com a Whole Foods para a semana seguinte e colidiu com algumas planilhas antes de ter que voltar para casa a pé e começar a preparar o jantar.

Seu carro, com dez anos de uso e mal chegando a cinquenta mil quilômetros rodados, era usado tão raramente que Jess não conseguia se lembrar da última vez que precisou encher o tanque. Tudo em seu mundo, pensou ela na volta para casa, contente, estava ao alcance das mãos. University Heights era a mistura perfeita de apartamentos e casas díspares aninhadas entre restaurantes minúsculos e negócios independentes. Francamente, o único benefício do encontro da noite anterior foi o fato de Travis ter concordado em se encontrar com ela no El Zarape, a apenas dois números de distância na mesma rua; a única coisa pior do que ter a conversa mais chata do mundo durante o jantar teria sido dirigir até Gaslamp para ter essa conversa.

Com cerca de uma hora até o pôr do sol, o céu assumira um tom cinza-azulado pesado como um hematoma, ameaçando uma chuva que faria qualquer motorista do sul da Califórnia entrar numa perturbação confusa. Um grupo esparso já exibia níveis de desordem dignos de uma segunda-feira no deque da nova cervejaria administrada por neozelandeses mais abaixo na mesma rua, e a fila onipresente no Bahn Thai logo se transformava em um nó de corpos famintos; três traseiros estavam anexados a seres humanos que no momento ignoravam a placa pedindo aos clientes que não se sentassem no degrau particular da porta ao lado do restaurante. O inquilino de vovó e vovô, o sr. Brooks, havia instalado uma câmera junto à campainha nas unidades da frente, e quase toda manhã ele relatava a Jess, com detalhes, quantos jovens universitários usavam um vape no degrau em frente à sua casa enquanto esperavam por uma mesa.

Sua casa ficou à vista. Aos quatro anos, Juno batizara o complexo de apartamentos delas de "Harley Hall"; e, embora ele não tivesse nem de longe a vibe pretensiosa exigida para ser um Hall com H maiúsculo, o nome pegou. Harley Hall era de um verde bem vivo e se destacava como uma esmeralda contra o estuco de cores terrosas dos prédios adjacentes. O lado que dava para a rua era decorado com uma faixa horizontal de azulejos rosa e roxo, formando um padrão arlequim; floreiras rosa-choque derramavam *mandevillas* de cores vivas na maior parte do ano. Os avós de Jess, Ronald e Joanne Davis, tinham adquirido a propriedade no ano em que vovô se aposentou da marinha. Por coincidência, foi nesse mesmo ano que o namorado de longa data de Jess resolveu que não tinha *vocação para ser pai* e quis manter aberta a opção de inserir seu pênis em outras damas. Jess terminou os estudos, arrumou as coisas de Juno, então com dois meses, e se mudou para o apartamento de dois quartos no piso térreo que dava de frente para o bangalô de vovô e vovó nos fundos do prédio. Considerando-se que eles tinham criado Jess um pouco mais abaixo, em Mission Hills, até ela ir para a faculdade na UCLA, a transição foi basicamente zero. E agora, seu vilarejo, pequenino e perfeito, a ajudava a criar sua filha.

O portão lateral se abriu com um rangido baixo, fechando-se depois que ela passou. Seguindo por um corredor estreito, Jess entrou no pátio que separava seu apartamento do bangalô da vovó Jo e do vovô. O espaço parecia um jardim exuberante de algum lugar em Bali ou na Indonésia. Um punhado de fontes de pedra gorgolejavam baixinho, e a sensação principal era de *luminosidade:* buganvílias magenta, coral e roxo estridente dominavam as paredes e cercas.

No mesmo instante, uma criança pequena com uma trança embutida muito arrumada agarrou-se a Jess.

— Mamãe, peguei um livro sobre cobras na biblioteca, você sabia que cobras não têm pálpebras?

— Eu…

— E elas comem a comida delas inteira, e as orelhas ficam só do lado de dentro da cabeça delas. Adivinha onde você não encontra cobras? — Juno a encarou, os olhos azuis sem piscar. — Adivinha!

— No Canadá?

— Não! Na Antártica!

Jess a guiou para dentro, dizendo por cima do ombro:

— Ah, não!

— Ah, sim! E lembra daquela serpente naja em *O Corcel Negro*? Bom, najas são o único tipo de cobra que faz ninho, e elas podem viver até vinte anos.

Aquela informação chocou Jessica de verdade.

— Espera, é sério isso? — Ela largou a bolsa no sofá perto da porta e se dirigiu à despensa para procurar por opções para o jantar. — Que loucura!

— Sério mesmo.

Juno ficou quieta atrás dela e o entendimento caiu como um peso sobre o peito de Jess. Ela se virou e encontrou a filha com a expressão que precedia o pedido, caracterizada pelos olhos enormes.

— Juno, meu bebê, não.

— Por favor, mamãe?

— Não.

— Vovô disse que talvez uma cobra-do-milho. O livro diz que elas são "muito dóceis". Ou uma píton-real…

— Uma píton? — Jess colocou uma panela com água para ferver. — Está louca, menina? — Ela apontou para a gata, Pomba, adormecida no último trecho de luz do dia passando pela janela. — Uma píton comeria aquela criatura ali.

— Uma píton-real, e eu não deixaria ela comer.

— Se o vovô está te incentivando a pegar uma cobra — disse Jess —, o vovô pode guardar a cobra lá na casa dele.

— A vovó Jo já disse que não.

— Aposto que sim.

Juno rosnou, desabando no sofá. Jess se aproximou e sentou-se, puxando-a para se aninhar com a mãe. Aos sete anos, ela era pequena, ainda tinha mãozinhas de bebê, com covinhas nos nós dos dedos, e cheirava a shampoo de bebê e à fibra amadeirada dos livros. Quando Juno passou os bracinhos em torno do pescoço de Jess, ela inspirou o cheiro da menininha. A filha tinha o quarto próprio agora, mas havia dormido com a mãe até os quatro anos, e às vezes Jess ainda acordava no meio da noite e sentia uma pontada de saudade do peso quente de sua bebê nos braços. A mãe de Jess dizia que ela precisava tirar esse costume de Juno, mas conselhos sobre criação dos filhos eram a última coisa que Jamie Davis deveria dar a qualquer um. Além do mais, não era como se houvesse outra pessoa daquele lado do colchão.

E Juno era ótima em se aconchegar, medalha de ouro olímpica nos afagos. Ela pressionou o rosto contra o pescoço de Jess e respirou fundo, chegando mais perto com um remelexo.

— Mamãezinha. Você foi pra um encontro ontem à noite — cochichou ela.

— Mm-humm.

Juno tinha se empolgado com o encontro, não só porque adorava os bisavós e podia comer a comida de vovó Jo quando Jess saía, mas também porque tinha assistido recentemente a *Uma Noite de Aventuras*, e Fizzy lhe pontuara que era uma descrição bem precisa de um encontro. Na cabeça de Juno, talvez Jess acabasse namorando o Thor.

— Você foi para o centro da cidade? Ele te trouxe flores? — Ela recuou um pouco. — Você beijou ele?

Jess riu.

— Não beijei, não. Nós jantamos, e eu voltei para casa.

Juno a analisou, os olhos espremidos. Ela parecia bem certa de que havia mais coisas que deviam acontecer num encontro. Levantando-se como se tivesse se lembrado de algo, ela correu até sua mochila de rodinhas perto da porta.

— Também peguei um livro pra você!

— Pegou?

Juno voltou e se aconchegou de volta no colo dela, entregando-lhe o livro. *Meia-Idade e Mandando Brasa!: O Guia Definitivo para Mulheres Namorando Depois dos 40, 50 e Mais.*

Jess soltou uma risada surpresa.

— A sua tia Fizz te falou para fazer isso?

A gargalhada de Juno escapou e rolou pelo ar, deliciada.

— Ela mandou uma mensagem de texto pro vovô.

Por cima da cabeça dela, Jess teve um vislumbre do quadro-branco perto da geladeira e um formigamento se espalhou, subindo das pontas dos dedos por seus braços. As palavras METAS DE ANO-NOVO estavam escritas na caligrafia animada de Juno.

VOVÓ & VOVÔ
Contratar um perssonal treiner
Fazer uma camiada todos dias

JUNO
Aprender a gosta de brócole
Arrumar a cama todas manhã
Tentar algo novo no domingo!

MAMÃE
Tentar algo novo no domingo!
Vovó dis pra ser mais egoísta!
Faser mais coisas que me dão medo

Tá bom, Universo, pensou Jessica. *Já entendi.* Se a sra. Brady podia ser uma desbravadora, talvez também estivesse na hora de Jessica tentar.

DOIS

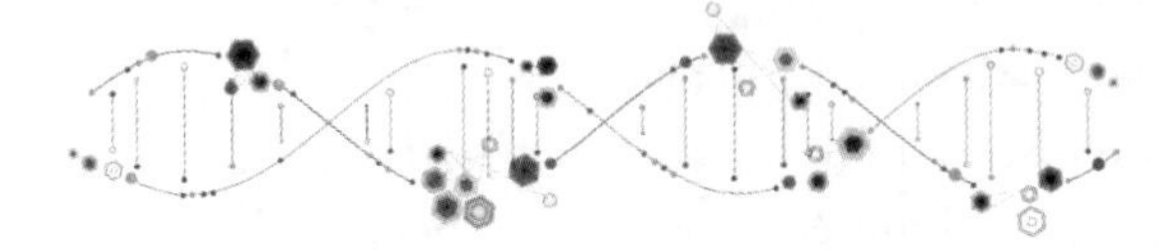

O problema com as epifanias: elas nunca chegam num momento conveniente. Jess tinha uma criança de sete anos um tanto hiperativa e uma carreira desabrochando como freelancer, que equilibrava todo tipo de dilema matemático. Nenhuma dessas coisas lhe deixava muito tempo para criar uma lista com suas aventuras dos sonhos. Além disso, a filha e a carreira bastavam para ela; tinha quatro contratos bons, e embora eles não lhe deixassem com muito dinheiro de sobra, ela era capaz de pagar as contas — inclusive o preço astronômico do plano de saúde — e ainda ajudar os avós. Juno era uma menina feliz. Elas moravam numa área boa. Francamente, Jess gostava da vida como ela estava.

No entanto, as palavras *Fazer mais coisas que me dão medo* pareciam piscar em néon nas suas pálpebras sempre que ela fechava os olhos entre os conjuntos de dados.

Na verdade, sua falta de encontros talvez tivesse mais a ver com preguiça do que com medo. *Não é como se eu tivesse saltado alegremente para a estagnação,* pensou Jess. *Fui escorregando para dentro dela devagarinho, e só agora percebi que já nem me pergunto se a calça jeans que peguei do chão devia ser lavada antes de usá-la outra vez.* Jess nunca reclamaria sobre ter virado mãe aos 22 anos — Juno era a melhor coisa que Alec podia ter lhe dado —, mas era provavelmente justo admitir que ela devotava mais esforço a preparar o almoço de Juno do que cogitando, por exemplo, o que procurava num futuro parceiro. Talvez Fizzy, vovó e a capa da *Marie Claire* não estivessem erradas quando insinuavam que Jess precisava sair da zona de conforto e cultivar sonhos maiores.

— Que cara é essa que você tá fazendo? — Fizzy desenhou um círculo imaginário em torno do rosto de Jess. — Me deu branco, não lembro a palavra.

— Essa? — Jess apontou para a própria cabeça. — Derrota?

Fizzy assentiu, resmungando enquanto digitava.

— "Ela desviou os olhos do olhar penetrante dele, derrota colorindo suas feições de um cinza leitoso."

— Uau. Valeu.

— Eu não estou escrevendo sobre você. Sua expressão foi só oportuna. — Ela digitou mais algumas palavras e então pegou seu latte. — Como já conversamos a respeito em Priscas Eras da nossa amizade, você não se considera uma heroína de um dos meus romances, portanto eu jamais faria de você algo além de um personagem secundário ou uma vilã.

Fizzy fez uma careta ante o gole que não devia estar lá muito fresco — claramente era hora de ela fazer um novo pedido — enquanto suas palavras atingiam Jess como um tapa dos Três Patetas.

Jess ficou sentada em silêncio, em choque pela consciência de que sua vida passaria por ela antes que se desse conta. Partiria seu coração se, um dia, Juno deixasse de viver a vida em sua plenitude. Ela só registrou vagamente que devia ser 8h24 quando o Americano entrou no café, parecendo um homem lindo com lugares a comparecer e sem tempo para a gentalha do Twiggs. Sem dizer nem uma palavra, ele retirou uma nota de dez da carteira, aceitou o troco de Daniel e soltou as moedas no pote de gorjetas. Jess ficou encarando, uma irritação exagerada subindo quente em sua garganta.

Ele dá gorjetas de merda! Aquilo jogou mais lenha na sua fogueira de Motivos Mesquinhos Pelos Quais o Americano é Horrível.

Fizzy estalou os dedos na frente do rosto de Jess, trazendo sua atenção de volta para a mesa das duas.

— Olha aí. Está fazendo de novo.

Jess franziu o cenho.

— Fazendo o quê?

— Secando o cara. O Americano. — O rosto de Fizzy se abriu num sorriso cúmplice. — Acha ele sexy, né?

— Não acho, não! Eu só estava distraída. — Jess recuou, insultada. — Repugnante, Felicity.

— Claro, claro. — Fizzy virou o dedo apontando para o homem em questão, vestindo calça jeans escura e justa e um suéter leve em azul-royal. Jess reparou que cabelos escuros se enrolavam na nuca dele, o comprimento perfeito de um cabelo que mal havia crescido, quase precisando de um corte, mas ainda não. Pele morena e uma boca farta o bastante para morder. Tão alto que, quando visto de uma cadeira, sua cabeça parecia roçar o teto. Mas os olhos dele — aquele, sim, era o evento principal: expressivos e eloquentes, com cílios escuros. — *Aquilo ali* é repugnante. Você é que sabe.

Jess deu de ombros, abalada.

— Ele não faz o meu tipo.

— Aquele homem faz o tipo de todo mundo. — Fizzy riu, incrédula.

— Bom, pode ficar pra você. — Franzindo a testa, Jess observou enquanto ele, como sempre, limpava o balcão de condimentos com um guardanapo. — Só estava pensando como não consigo nem imaginar que ele está começando uma empresa de namoros. Não é algo que um cuzão desses faria.

— Pessoalmente, acho que o Daniel não faz ideia do que está falado. Ricaços com aquela aparência são apegados demais a seu emprego durante o dia e a seu portfólio de investimentos à noite para pensar na vida amorosa de alguém.

O Americano deu as costas para o balcão de condimentos para ir embora. Em um lampejo, a curiosidade de Jess transbordou e ela por um impulso o deteve, segurando-lhe o antebraço quando ele passou. Ambos congelaram. Os olhos do Americano tinham uma cor rara, surpreendente, mais clara do que ela esperava assim, de perto. Âmbar, ela podia ver agora, não castanhos. O peso de sua atenção total deu a sensação de uma pressão física no peito dela, expelindo o ar de seus pulmões.

— Oi! — Jess avançou em meio aos nervos vibrando e empinou o queixo. — Espera um minutinho. A gente pode te perguntar um negócio?

Quando ela o soltou, ele puxou o braço de volta lentamente, olhando para Fizzy, e então de novo para Jess. Ele assentiu uma vez.

— Ouvi um boato de que você arranja namoros — disse Jess.

O Americano estreitou os olhos.

— "Boato"?

— É.

— Em que contexto esse boato surgiu?

Com uma risada incrédula, Jess gesticulou ao redor deles.

— Isso aqui é o marco zero das fofocas em University Heights. A fábrica de boatos de Park Avenue. — Ela esperou, mas o homem continuou a fitá-la com perplexidade. — É verdade? — perguntou Jess. — Você arranja namoros?

— Tecnicamente, sim. Sou um geneticista.

— Então... — As sobrancelhas dela foram subindo. O Americano, pelo visto, sentia-se muito confortável com silêncios contundentes. — Isso é um "não" para a pergunta?

Ele cedeu com um movimento divertido de uma sobrancelha.

— Minha empresa desenvolveu um serviço que conecta as pessoas com base em uma tecnologia patenteada de perfil genético.

Fizzy soltou um *ooooooh*.

— Palavras difíceis. Parece escandaloso.

Ela se debruçou, escrevinhando em seu caderninho.

— "Tecnologia de perfil genético"? — Jess fez uma careta. — Isso me soa vagamente eugenista, desculpa.

Fizzy foi rápida em distrair a atenção de Americano para longe da boca desastrosa de Jess.

— Escrevo histórias de amor. Isso soa como minha kryptonita. — Ela ergueu a caneta, balançando-a, provocante. — Minhas leitoras ficariam doidas com esse negócio.

— Você publica com que pseudônimo? — indagou ele.

— Publico com meu nome mesmo — replicou ela. — Felicity Chen.

Felicity ofereceu a mão com delicadeza, como se esperasse que ele a beijasse, e depois de um instante de hesitação confusa, o Americano segurou as pontas dos dedos dela num aperto de mãos breve.

— Ela está traduzida em mais de doze línguas — Jess se gabou, esperando apagar a expressão esquisita do rosto dele.

Funcionou: o Americano pareceu impressionado.

— É mesmo?

— Vai ter um aplicativo? — Fizzy era implacável. — É tipo o Tinder?

— Vai. — Ele franziu o cenho. —Mas não. Não é pra pegação.

— Qualquer um pode participar?

— Em algum momento, sim — respondeu ele. — É um... — O telefone do Americano vibrou no bolso e ele o puxou, os vincos na testa se aprofundando. — Desculpem — disse, guardando o celular. — Preciso ir, mas agradeço o interesse. Tenho certeza de que vocês vão ouvir mais a respeito disso em breve.

Fizzy se inclinou para mais perto, exibindo um sorriso confiante.

— Tenho mais de cem mil seguidores no Instagram. Adoraria compartilhar a informação se for algo que minhas leitoras predominantemente entre 18 e 55 anos gostariam de ouvir.

A testa do Americano ficou lisa, o franzido permanente desaparecendo. Bingo!

— Nós vamos a público em maio — contou ele. — Mas, se vocês quiserem, são bem-vindas para ir até o escritório, ouvir o *pitch*, dar uma amostra...

— Uma *amostra?* — soltou Jess.

Ela notou o pequeno lampejo ardente de irritação nos olhos dele quando se voltaram para ela. Se Fizzy era o "tira paquerador", Jess era, sem dúvida, o "tira cético", e o Americano parecia mal conseguir tolerar até a fascinação genuína de Fizzy.

Ele olhou Jess nos olhos.

— Cuspe.

Soltando uma risada alta e curta, Jess perguntou:

— Como é que é?

— A amostra — explicou ele, devagar — é cuspe, saliva.

Os olhos dele fizeram uma varredura casual em Jess, do rosto até o colo e de volta para cima. No peito dela, o coração deu um salto estranho.

E então ele olhou para o relógio. *Muito que bem.*

Fizzy esboçou uma risada tensa enquanto olhava de um para o outro entre eles.

— Tenho certeza de que nós duas conseguimos cuspir. — Ela sorriu. — Por você.

Com um sorriso fraco, ele deixou um cartão de visitas na mesa; o cartão caiu com um ruído perceptível.

— Sem eugenia — ele acrescentou baixinho —, prometo.

Jess observou enquanto o homem ia embora. O sino acima da porta bateu uma única vez, decepcionado com a partida dele.

— Certo — disse ela, voltando-se para a amiga. — Qual é a probabilidade de ele ser um vampiro?

Fizzy a ignorou, batucando com o cartão de visitas na beira da mesa.

— Olha pra isso.

Estreitando os olhos, Jess olhou de novo para a vitrine enquanto o Americano entrava em um Audi preto e reluzente junto à guia.

— Ele estava tentando me compelir a alguma coisa.

— O cartão é legítimo. — Fizzy apertou os olhos, revirando o papel na mão. — Ele não mandou fazer esse negócio na Kinko's.

— "Cuspe" — imitou Jess em uma voz grave e brusca. — Deus do céu, ele com certeza não é do marketing, porque aquele sujeito tem zero carisma. Guarde essa previsão e vamos voltar a ela quando eu tiver noventa anos: ele é a pessoa mais arrogante que vou conhecer na vida.

— Dá pra largar a obsessão por ele?

Jess tomou o cartão de visitas de Fizzy.

— Dá pra largar a obsessão por esse car… — Ela parou, sentindo o peso impressionante do papel na mão. — Uau! É espesso mesmo.

— Eu te disse.

Jess virou o cartão para examinar o logotipo: dois círculos interconectados com uma hélice dupla como ponto de contato entre eles. Na frente, via-se, na parte inferior, o nome verdadeiro do Americano em letras pequenas e prateadas em alto-relevo.

— Não é o que eu imaginaria. Ele tem cara de Richard. Ou talvez de Adam.

— Ele tem cara de Keanu.

— Prepare-se. — Ela olhou para Fizzy e abriu um sorrisinho malicioso. — O nome do Americano é dr. River Peña.

— Ah, não — disse Fizzy, soltando o ar. — É um nome *gostoso,* Jess.

Jess riu. Felicity Chen era maravilhosamente previsível.

— Meh. É o sujeito que faz o nome, não o contrário.

— Incorreto. Não importa o quanto o sujeito seja gostoso, o nome Gregg, com dois Gs, nunca vai ser sexy. — Fizzy se afundou mais na cadeira, corada. — Seria muito esquisito se eu desse o nome de River para o meu próximo herói?

— Demais.

Fizzy anotou o nome de qualquer forma enquanto Jess lia o nome da empresa em voz alta.

— GeneticÀmente? Genética *Àmente?* — Ela rolou a palavra pela boca até captar. — Ah, entendi. Se lê "geneticamente", mas também "genética à mente". Escuta só o slogan: "Seu futuro já está dentro de você". Uau! — Ela colocou o cartão na mesa e se recostou, sorrindo. — "Dentro de você"? Será que alguém leu isso em voz alta antes de aprovar?

— A gente vai — declarou Fizzy, ignorando o sarcasmo de Jess e guardando as coisas na bolsa.

Jess a encarou, os olhos arregalados.

— Tá falando sério? Agora mesmo?

— Você tem mais de cinco horas até precisar buscar a Juno. La Jolla fica a meia hora de carro.

— Fizzy, ele não pareceu exatamente emocionado em falar com a gente a respeito. Ele mal podia esperar pra cair fora daqui.

— E daí? Considere isso como pesquisa: tenho que ver esse lugar.

Havia apenas quatro carros no estacionamento amplo e, com uma risadinha, Fizzy estacionou seu Camry azul novo, mas razoável, ao lado do Audi cintilante de River.

Ela sorriu para Jess, do outro lado do console de couro.

— Pronta para encontrar sua alma gêmea?

— Não, não tô.

Mas Fizzy já deixara o carro.

Jess saiu, olhando para o prédio de dois andares diante delas. Tinha que admitir: era impressionante. A fachada com ripas de madeira exibia o nome da empresa, GeneticÀmente, em letras gigantes de alumínio escovado; o segundo andar ostentava concreto aparente, moderno e janelas espaçosas e claras. O logotipo dos dois anéis com DNA estava impresso nas largas portas de entrada, que se abriram quando Fizzy puxou de leve. As duas entraram em um saguão elegante e deserto.

— Nossa — murmurou Fizzy. — Que estranho.

Os passos de ambas ecoaram pelo piso conforme elas iam até uma mesa gigantesca de mármore a praticamente um campo de futebol de distância da entrada. Tudo gritava *caro;* elas, com certeza, estavam sendo filmadas por, no mínimo, cinco câmeras de segurança.

— Oi! — Uma mulher ergueu a cabeça e olhou para elas, sorrindo. Ela também parecia cara. — Pois não?

Fizzy, sem nunca se abalar, debruçou-se com os antebraços na mesa.

— Estamos aqui para ver River Peña.

A recepcionista piscou, em silêncio, checando o calendário com uma expressão apavorada.

— Ele está esperando por vocês?

Jess ficou dolorosamente consciente de que talvez Fizzy e ela tivessem acabado de entrar e pedir para ver a pessoa que de fato mandava por ali.

— Não — admitiu Jess, ao mesmo tempo em que Fizzy soltava um "Está, sim" muito convencido.

Fizz fez um gesto para ignorar Jess.

— Pode dizer para ele que Felicity Chen e sua colega estão aqui.

Jess disfarçou a risada com uma tosse, e a recepcionista, cautelosa, indicou um registro de visitantes.

— Certo, bem, por favor, podem assinar aqui? E vou ter que pedir a identidade das duas. Vocês estão aqui para uma apresentação?

Ela anotou a informação dos documentos de ambas.

Jess franziu a testa.

— O quê?

— Digo... ele recrutou vocês para o DNADuo? — perguntou ela.

— DNADuo, isso mesmo. — Fizzy sorriu enquanto escrevia o nome delas no registro. — Ele viu duas moças solteiras e lindas no café e simplesmente implorou que viéssemos cuspir dentro de frasquinhos.

— Fizz. — Pela milésima vez, Jess se perguntou se ela sempre seguiria Fizzy por aí como uma vassoura e uma pá, recolhendo o caos. Estar perto de Fizzy fazia Jess se sentir ao mesmo tempo mais viva e mais chata.

A recepcionista devolveu um sorriso polido junto aos documentos das duas e pediu que se sentassem.

— Vou avisar o dr. Peña que vocês estão aqui.

Já nos sofás vermelhos de couro, Jess juraria que parecia que os traseiros delas eram os primeiros a se sentarem ali. Não havia poeira em lugar algum, nenhuma sugestão de que outro corpo jamais tivesse encostado naquela mobília.

— Que esquisito — sussurrou ela. — A gente tem certeza de que não é uma fachada para algum culto que coleta órgãos? — Ela dedilhou com cuidado uma pilha organizada de revistas científicas. — Eles sempre usam gente bonita como isca.

— Dr. Peña. — Fizzy puxou seu caderninho e pudicamente lambeu a ponta do lápis. — Com certeza, vou botar o nome dele num herói agora.

— Se eu sair daqui com um rim só — avisou Jess —, vou pegar um dos seus.

Fizzy batucou com o lápis no papel.

— Será que um River Peña teria um irmão? Luís? Antônio...

— E tudo isso custa dinheiro. — Jess deslizou a mão pelo couro macio. — Quantos rins você acha que custa um sofá desses?

Ela pegou o celular e digitou na barra de busca, a boca se abrindo ao ver os resultados.

— Segundo o Google, o preço atual por um único rim é de 262 mil dólares. Por que é que tô trabalhando? Dá pra sobreviver com um só, certo?

— Jessica Davis, parece que você nunca saiu de casa antes!

— É você quem está construindo a árvore genealógica fictícia dele! O que é que a gente tá fazendo aqui?

— Encontrando nossa Cara Metade? — sugeriu Fizzy, sorrindo com malícia para ela. — Ou recolhendo informações bizarras para um livro.

— Você tem que admitir que não olhou para o dr. River Peña e pensou: "Aí sim, ali está um romântico!".

— Não — concedeu Fizz —, mas olhei para ele e pensei: "Aposto que ele tem um pênis fantástico". Viu o tamanho das mãos dele? Esse homem conseguiria me carregar pela cabeça, que nem uma bola de basquete.

Uma garganta pigarreou e elas levantaram a cabeça, descobrindo River Peña de pé a menos de meio metro de onde estavam.

— Bom, vocês duas com certeza não perdem tempo.

Jess sentiu o estômago afundar e as palavras saíram de sua garganta como um coaxo:

— Ah, merda…

— Você escutou o que acabei de falar? — Fizzy perguntou.

Ele soltou o ar lenta e controladamente. Com certeza tinha ouvido.

— Não escutei nada — ele conseguiu dizer, afinal.

Fizzy se levantou, puxando Jess consigo.

— Excelente. — Ela fez uma reverência delicada para River. — Pode nos levar.

TRÊS

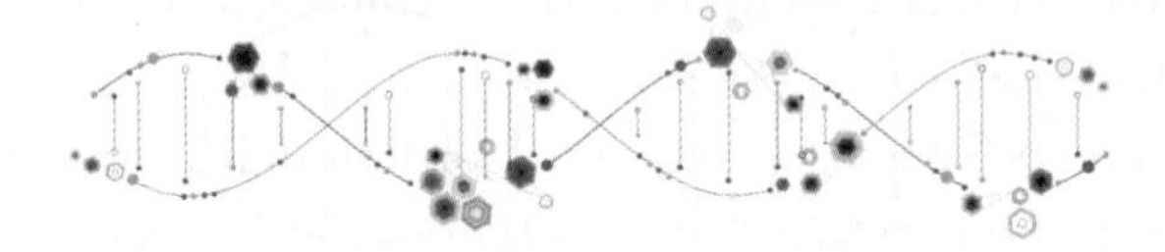

Elas o seguiram, passando por uma porta dupla asséptica e seguindo por um corredor comprido, com escritórios se abrindo à direita a cada poucos metros. Em todas as portas havia uma plaquinha de aço inoxidável pregada com um nome: Lisa Addams. Sanjeev Jariwala. David Morris. River Peña. Tiffany Fujita. Brandon Bochetti.

Jess deu uma olhadinha para Fizzy que, previsivelmente, já tinha reparado:

— Boquete — cochichou ela, deliciada.

Por uma porta aberta em um dos escritórios, Jess viu uma janela ampla exibindo uma vista da praia de La Jolla. A menos de dois quilômetros dali, gaivotas mergulhavam sob a água espumante, e ondas se chocavam de modo violento contra penhascos rochosos. Era espetacular.

O aluguel anual desse prédio devia custar pelo menos um rim e meio.

O trio seguiu em silêncio, chegando a um conjunto de elevadores. River apertou o botão "subir" com um longo indicador, e então fitou adiante sem dizer nada.

O silêncio começou a pesar.

— Há quanto tempo trabalha aqui? — perguntou Jess.

— Desde que a empresa foi fundada.

Muito útil. Ela tentou outra vez.

— Quantos funcionários vocês têm?

— Cerca de uma dúzia.

— Uma pena que você não seja do marketing — comentou Jess com um sorriso. — Tanto charme!

River se virou para olhar para ela, e sua expressão fez uma sensação gelada percorrer os braços dela.

— É, bem... Por sorte, meus talentos pertencem a outra área.

O olhar dele se prolongou no dela um instante demorado demais, e a sensação virou uma estática quente bem quando as portas do elevador se abriram.

Fizzy deu-lhe um cutucão nas costelas. Ela estava claramente pensando: *Em áreas mais sensuais.*

Jess retrucou mentalmente: *Em áreas mais assassinas.*

Apesar de todas as promessas de explorar essa grande oportunidade de pesquisa, Fizzy permaneceu incomumente quieta; talvez ela também se sentisse acovardada pela forte presença de River. Ou seja, o restante da lenta viagem de elevador foi tão silenciosa quanto o centro inóspito da Sibéria. Quando desembarcaram, Jess observou a melhor amiga começar a escrevinhar nota após nota sobre, presumia-se, o prédio; o punhado de cientistas empertigados pelos quais passaram no segundo corredor; o passo controlado de River, sua postura perfeita e as coxas com músculos bem visíveis. Enquanto isso, Jess sentia-se cada vez mais embaraçada com o guincho escandaloso de seus tênis no linóleo e a condição relativamente estropiada de suas roupas. Fizzy estava vestida de seu jeito usual — uma adorável blusa de seda com estampa de bolinhas e calças justas de alfaiataria —, e River estava vestido de seu jeito usual — uma versão de negócios casual como apareceria numa revista chique. Não havia ocorrido a Jess naquela manhã, enquanto vestia com pressa um moletom desbotado da UCLA, uma calça Levi's velha e um par de tênis Vans gastos, que mais tarde ela caminharia por um corredor na parte mais elegante das empresas de biotecnologia em La Jolla.

No final do corredor, havia uma porta aberta que dava para uma sala de reuniões. River fez uma pausa e gesticulou para que elas entrassem antes dele.

— Sentem-se aqui — pediu ele. — Lisa vai se juntar a vocês em breve.

Fizzy olhou para Jess e depois para River.

— Quem é Lisa?

— É a diretora de relações com clientes e líder de desenvolvimento do nosso aplicativo. Ela vai explicar a tecnologia e o processo de matching.

Francamente, a situação toda tinha se tornado um amontoado de confidencialidade confusa.

— Você não vai ficar? — perguntou Jess.

Ele pareceu ofendido, como se ela tivesse sugerido que ele era o office boy da empresa.

— Não.

Com um sorriso vago, ele se virou e prosseguiu pelo corredor. *Cretino.*

Passados apenas alguns minutos, uma morena entrou. A mulher tinha a aparência bronzeada, maquiagem aplicada à perfeição para fingir que não havia maquiagem alguma, e o penteado praiano dos habitantes perpetuamente ativos do sul da Califórnia, que podiam jogar um muumuu no corpo e ainda parecer estilosos.

— Oi! — Ela avançou em passos largos, estendendo as mãos para apertar as delas. — Eu me chamo Lisa Addams. Sou a diretora de relações com clientes da GeneticÀmente. Estou tão contente que vocês tenham vindo! Ainda não fiz essa apresentação para um grupo pequeno, vai ser divertido. Vocês estão prontas?

Fizzy assentiu com entusiasmo, mas Jess começava a se sentir como se lançada num mundo em que ela era a única que não estava por dentro de um segredo importante.

— Você se incomodaria de me mostrar onde fica o banheiro antes de começarmos? — perguntou, fazendo uma leve careta. — Café.

Com outro sorriso, Lisa deu a Jess orientações que pareciam bem simples. Jess passou por um longo estirão de portas grandes com um clima distinto de laboratório. Uma delas tinha a placa PREP AMOSTRAS.

A seguinte era SEQUENCIADORES DNA, seguida por ANÁLISE 1, ANÁLISE 2 e SERVIDORES. Por fim: uma alcova com os sanitários.

Até os banheiros eram futuristas. Jess honestamente não sabia como se sentia sobre um bidê público, mas havia tantos botões naquela coisa — e, olha!, água morna! — que ela decidiu aceitar. Uma conferida no reflexo enquanto lavava as mãos lhe informou que ela não havia passado maquiagem naquela manhã e parecia exausta e abatida, mesmo sob a luz suave, mas lisonjeira. *Ótimo.*

Na volta, uma porta aberta chamou sua atenção. Tinha se passado uma eternidade desde que ela estivera em um ambiente científico, e a nostalgia pulsou no fundo de sua mente. Dando uma espiadela na sala chamada PREP AMOSTRAS, Jess viu um longo trecho de bancos de laboratório e diversas máquinas com teclados e displays digitais totalmente coloridos, como algo saído de um filme.

E então ouviu a voz baixa e grave de River:

— Não tem outra garrafa 10X de solução tampão de extração?

— Temos algumas encomendadas — respondeu outro homem. — Acho que tenho o suficiente para terminar esse grupo.

— Que bom.

— Ouvi dizer que você chamou duas pessoas para virem aqui para uma demo?

— Sim — concordou River. — Duas mulheres. Uma delas parece ser uma autora com grande presença on-line.

Houve uma pausa que Jess presumiu conter alguma comunicação sem palavras.

— Não sei não, cara — ponderou River. — Eu só estava tentando pegar meu café, então sugeri que elas viessem e Lisa cuidaria do assunto.

Muito que bem.

— Entendi — disse a outra voz. — Se elas enviarem os kits, vou rodá-los em quadruplicata com algumas sequências-referência.

— Talvez haja ocasiões pouco depois da implantação em que teremos apenas um punhado de amostras de cada vez, então seria um bom teste para isso.

— Verdade.

Ela estava prestes a se virar e voltar para a sala de reuniões quando ouviu River dizer, com uma risada:

— ... uma oportunidade para provar que tem alguém lá fora para todo mundo.

O outro homem perguntou:

— Feia?

— Não, não feia. — Jess de imediato resolveu aceitar isso como a versão de River de um elogio, até ele acrescentar: — Totalmente mediana.

Ela recuou, a mão no peito, genuinamente ofendida, e se assustou quando uma voz soou atrás dela:

— Quer uma visita guiada aos laboratórios depois da reunião com a Lisa?

O homem atrás dela levantou as mãos quando Jess girou de frente para ele como se prestes a dar um soco. Ele era alto e magro e lembrava todos os atores de filmes em que havia um cientista: branco, de óculos, precisando cortar o cabelo. Ele era o Jeff Goldblum, se o Jeff Goldblum fosse também Benedict Cumberbatch.

Jess não tinha certeza se ele estava de fato lhe oferecendo uma visita ou sutilmente censurando-a por ouvir às escondidas.

— Ah. Não — disse ela —, tudo bem. Desculpe. Eu estava voltando do banheiro e parei para dar uma olhadinha.

Sorrindo, ele estendeu a mão.

— David Morris.

Jess a apertou, hesitante.

— Jessica.

— Faz algum tempo que não temos visitantes na firma. É bom ver uma cara nova. — Enquanto o dizia, seus olhos percorreram com rapidez o corpo dela. — Você está fazendo o DNADuo?

Jess resistiu ao impulso de cruzar os braços na frente do corpo para esconder o fato de que tinha vindo para esse serviço de namoro de alto nível parecendo uma universitária de ressaca.

— Ainda não me decidi. Tô aqui com a minha melhor amiga. Ela escreve romances e ficou completamente maluca quando o Americano, digo, o dr. Peña mencionou a empresa para a gente hoje cedo.

David gesticulou para que ela fosse na frente enquanto ambos se dirigiam à sala de conferências.

— Bem, espero que você ache a tecnologia convincente.

Jess forçou um sorriso educado.

— Tenho certeza de que vou achar.

David parou na porta da sala de reuniões.

— Foi bom te conhecer, Jessica. Se precisar de alguma coisa, por favor, fique à vontade para chamar.

Com outro sorriso tenso, Jess conteve seu desconforto cada vez maior.

— Vou sim, com certeza.

Ela voltou para a sala de conferências sentindo-se uns dez por cento mais esculachada do que antes. O que equivalia a dizer a raspa do tacho. Fizzy e Lisa conversavam sobre os benefícios e pontos negativos de vários aplicativos de namoro, mas se endireitaram como se tivessem sido pegas no flagra quando Jess entrou. Sem nenhuma das duas precisar dizer, Jess sabia que tinha toda a cara da amiga que foi arrastada para aquele evento e preferiria ter ficado assistindo Netflix no sofá.

— Prontas para começar? — perguntou Lisa, passando os dedos por um menu no iPad. A luz diminuiu na sala e, com um zumbido baixo, uma tela imensa desceu do teto.

Fizzy cumpriu seu papel:

— É isso aí!

Então Jess fez o seu também:

— Claro, por que não?

Lisa foi confiante até a frente da sala espaçosa, como se estivesse falando com uma turma de cinquenta pessoas, em vez de duas.

— Quais são as suas metas — começou ela —, no que diz respeito a relacionamentos?

Jess se virou ansiosamente para Fizzy, que tinha se virado ansiosamente para Jess.

— Tá, bem, acho que vou primeiro — disse Fizzy, caçoando da expressão vazia de Jess. — Tenho trinta e quatro anos e gosto de ter encontros. Gosto muito. Mas suponho que vou acabar sossegando, tendo filhos. Tudo depende da pessoa.

Lisa assentiu, sorrindo como se essa fosse uma resposta perfeita, e então se voltou para Jess.

— Eu... — começou ela, vacilando um pouco. — Presumo que exista alguém lá fora para mim, mas não estou com pressa para encontrar esse alguém. Estou prestes a completar trinta anos. Tenho uma filha. Não tenho muito tempo disponível. — Dando de ombros de leve, ela resmungou: — Eu não sei mesmo.

Sem dúvida, Lisa estava acostumada com gente um pouco mais animada, mas prosseguiu com seu *pitch* de vendas.

— Vocês já se questionaram o que uma alma gêmea é de verdade? — perguntou ela. — Será que amor é uma qualidade que se pode quantificar?

— Aaaah, ótima pergunta! — Fizzy inclinou-se adiante. Tinha caído feito um patinho.

— Aqui, nós acreditamos que seja — disse Lisa. — Namoro através da tecnologia do DNA é exatamente o que oferecemos aqui na GeneticÀmente, por meio do DNADuo. A GeneticÀmente teve sua fundação oficial seis anos atrás, mas o conceito do DNADuo surgiu pela primeira vez no laboratório do dr. David Morris, no Salk Institute, ainda em 2003. — Lisa passou da primeira imagem, o logotipo do DNADuo, para uma vista aérea do Salk, uma coleção austera de edifícios futuristas logo mais acima na mesma estrada. — A ideia do namoro através do match genético não é nova, mas poucas empresas foram capazes de criar algo que tivesse sequer uma fração da extensão do que o dr. Morris e seu aluno, River Peña, projetaram.

Jess olhou para Fizzy, que a espiou de volta. Se River e seu mentor inventaram tudo isso, Jess supunha que não podia encher muito o saco dele por ser terrível em vendas.

Mesmo que ainda fosse encher o saco dele por ser cretino, de leve.

Lisa continuou:

— A razão pela qual o DNADuo tem sido tão bem-sucedido em identificar matches de amor genuínos é que a ideia não começou com o DNA. — Ela fez uma pausa dramática. — Começou com pessoas.

Jess evitou revirar os olhos quando o slide ficou animado, voando para longe dos edifícios de pesquisa Salk e seguindo por uma rua até uma coleção de universitários de ambos os sexos gerados por computador de pé no pátio de um bar, rindo e conversando.

— O dr. Peña primeiro perguntou se seria possível encontrar um padrão complementar no DNA de duas pessoas que fossem atraídas uma pela outra. — O slide de Lisa deu close em um casal conversando de perto, flertando. — Ou seja, será que estamos programados para achar certas pessoas atraentes, e será que podemos prever quais pessoas se sentirão atraídas uma pela outra antes que elas se conheçam? — Lisa sorriu. — Em um estudo conduzido com mais de mil estudantes da UC San Diego, descobrimos uma série de quase quarenta genes que têm uma correlação próxima com a atração. O dr. Peña, então, apontou o laboratório na direção oposta para pesquisar sobre felicidade duradoura. Será que poderíamos encontrar um perfil genético de pessoas que se mantiveram casadas e felizes por mais de uma década?

Lisa passou a animação adiante para mostrar um casal mais velho gerado por computador sentado num sofá, abraçado. A visão recuou um pouco para mostrar um bairro, e então uma cidade, e então recuou ainda mais até o mapa da cidade parecer uma cadeia de DNA com a dupla hélice.

— A partir de um estudo com mais de trezentos casais — prosseguiu Lisa —, o dr. Peña descobriu quase duzentos genes que estão ligados à compatibilidade emocional de longo prazo, incluindo os mesmos quarenta genes associados à atração, além de muitos outros sem correlação prévia. — Ela fez uma pausa, olhou para elas. — Esta é apenas a primeira geração do DNADuo.

Ao lado de Jess, Fizzy estava sentada muito ereta, com atenção total, completamente convencida. Jess, porém, mantinha-se cética. O que Lisa descrevia era apenas uma máquina caça-níqueis com duzentos rolos. Considerando as estatísticas, chegar ao match certo era um evento de probabilidade absurdamente baixa. Mesmo que a GeneticÀmente estivesse procurando apenas um padrão de compatibilidade, com o número de variantes de cada gene no genoma humano, esse tipo de algoritmo era tão complexo que se tornava quase impossível de calcular manualmente. Jess não entendia como eles processariam a quantidade de dados diante deles.

Lisa pareceu ler a mente de Jess.

— Duzentos são muitos genes, e o genoma humano é composto de no mínimo vinte mil. Claro, nenhum desses, talvez nem mesmo a maioria, está envolvido em nossa satisfação emocional. Mas o dr. Peña e o dr. Morris queriam encontrar cada um deles. Eles não queriam apenas identificar a compatibilidade, queriam ajudar você a encontrar sua alma gêmea. E é por isso mesmo que o dr. Peña trabalhou em parceria com a Caltech para desenvolver uma nova rede neural profunda.

Ela deixou essas palavras no ar enquanto o slide se transformava em uma animação de novo, mergulhando na hélice dupla, destacando fragmentos da base conforme zunia pela extensão da cadeia de DNA.

— Esse projeto abrangeu testes de personalidade, scans cerebrais, estudos longitudinais de sucesso nos relacionamentos, e, sim, mais de cem mil amostras passaram pelo sequenciamento e análise de DNA. — Ela fitou ambas nos olhos. — Os investidores colocaram mais de trinta milhões de dólares só na tecnologia. Os desenvolvedores do aplicativo investiram quase cinco milhões. Se acho que temos um sistema de fato inovador? — Ela assentiu. — Aqui entre nós? Com toda a honestidade? Acho, sim.

Passando adiante, Lisa ergueu o queixo para a tela, onde se via uma mulher sozinha contra um pano de fundo excessivamente branco.

— Eis aqui como funciona. Nós desenvolvemos um kit, como muitas empresas que fazem perfil genético, o qual, muito em breve, os clientes poderão encomendar para receber pelo correio. Temos kits aqui para venda, se estiverem interessadas.

Jess podia sentir os comichões de Fizzy para pegar seu cartão de crédito. Lisa apanhou uma caixinha na mesa; era branca, o logotipo DNADuo impresso nas cores do arco-íris.

— Quando inaugurarmos plenamente, os clientes vão enviar suas amostras para análise por nosso algoritmo DNADuo, que agora combina descobertas de mais de três mil e quinhentos genes. Uma vez recebidas as amostras, as análises levam apenas cerca de três dias para carregar os resultados em nosso aplicativo DNADuo. Enquanto vocês esperam, podem inserir informações sobre si mesmas em seus perfis, assim como fariam em outros sites de relacionamento. Informações sobre sua idade, localização, profissão, o que vocês quiserem que as pessoas saibam a seu respeito. Assim que os resultados chegam, compartilhamos com vocês os escores de compatibilidade com base nos critérios previamente escolhidos.

Jess engoliu de modo audível. Tudo isso soava tão... minucioso.

O slide agora mostrava duas pessoas de pé, lado a lado, diante do mesmo pano de fundo.

— Através de uma análise rigorosa, criamos recipientes de escores. Ou seja, nós agrupamos as pontuações com base no quanto elas se correlacionam com o sucesso no relacionamento. Se você pegar duas pessoas aleatórias na rua para ver se elas são compatíveis, estará olhando para uma pontuação média de sete a vinte e quatro, segundo nosso algoritmo DNADuo. Isso, de cem pontos possíveis, ou seja: vinte e quatro não é o ideal, mas também não é zero. Nós chamamos esses escores de matches básicos.

— Existem muitos desses? — perguntou Fizzy.

— Ah, sim — disse Lisa. — A grande maioria dos matches aleatórios testados são matches básicos. Agora... — Ela passou para o slide seguinte, e as duas pessoas estavam viradas de frente uma para a outra, sorrindo. — Atração é com frequência relatada entre casais com escore de vinte e cinco a cinquenta, mas quando os acompanhamos no longo prazo, esses indivíduos raramente têm uma compatibilidade emocional duradoura. Chamamos esses matches de Prata, e alguns dos indivíduos em nossa testagem beta optaram por explorar esses relacionamentos. — Lisa deu de ombros, sorrindo, claramente saindo do roteiro. — Sexo bom é sexo bom, né?

Fizzy concordou com entusiasmo, mas Jess apenas deu de ombros sem se comprometer.

— Qual é o seu limite para "raramente", quando você diz que eles raramente têm uma compatibilidade duradoura?

Lisa sorriu.

— Com base em nossos estudos iniciais, apenas um match Prata em cada trezentos se estende além do limite de dois anos que consideramos longo prazo. Mas é aqui que a coisa fica divertida — anunciou ela, aprumando-se. Um novo casal apareceu na tela, de mãos dadas enquanto caminhavam. — Matches Ouro são casais com um escore de cinquenta a sessenta e cinco. Um terço dos matches Ouro terá um relacionamento longo. Esse número dispara para dois terços com um escore entre sessenta e seis até oitenta, o que chamamos de match Platina.

— Uau — murmurou Fizzy, fitando o novo casal rindo em um jantar íntimo à luz de velas. — Esse é um salto imenso.

Lisa concordou.

— Mas três em cada quatro casais encontram o amor de longo prazo com escores de oitenta a noventa — disse ela. — E *esses* são os matches que desejamos, em algum momento, encontrar para todos em nossa base de dados. — Ela passou para o slide seguinte, um homem e uma mulher se casando sob um amplo arco de flores. — Nós as chamamos de Titânio.

Jess confessadamente teve que esconder seu choque ante aquela estatística. Era impressionante. No entanto, ela ainda tinha um milhão de perguntas, e gesticulou para o casal no cenário do casamento; a mulher era asiática e o homem, de ascendência do Oriente Médio.

— Pelas suas ferramentas de marketing, parece que o DNADuo não tem um viés com relação a etnias.

— Correto. Trata-se de encontrar uma alma gêmea com base em um conjunto de marcadores biológicos. Embora existam algumas variantes genéticas presentes em várias etnias diferentes, essa tecnologia trata de compatibilidade no nível do DNA, não de simetria. Sem querer ser muito detalhista e técnica a respeito, mas em muitos casos, a compatibilidade é mais forte quando os dois indivíduos têm marcadores genéticos diferentes, em vez de iguais. E tenha em vista que o DNADuo não leva em consideração influências culturais, então a importância de todas essas informações tem de ser pesada pelo cliente, pessoalmente. Os clientes podem indicar todo e qualquer critério desejado no formulário de admissão: histórico cultural, religião etc. O algoritmo desconta qualquer resultado de compatibilidade que não se encaixe nos critérios estabelecidos.

— E se eu for gay?

— Claro. — Lisa não hesitou. — No seu formulário de admissão, você pode selecionar matches com mulheres, homens, não binários ou todos os anteriores. Como empresa, não discriminamos com base em raça, identidade cultural, gênero, orientação sexual nem religião, e o DNADuo também não discrimina. Apenas um punhado das assinaturas das sequências de compatibilidade se localizam nos cromossomos X ou Y; sem dúvida, não o bastante para anular os dados caso um genótipo sexual específico for excluído.

Jess recostou-se na cadeira, devidamente — e inesperadamente — impressionada.

— Desculpe, mais uma pergunta — disse Fizzy. — Você mencionou que considera os escores de compatibilidade de um a cem... Você já viu um escore mais alto do que noventa?

Lisa abriu um sorriso genuíno.

— Só três vezes.

— E?

O coração de Jess começou a martelar no peito. Seu cérebro imaginava outro tipo de máquina caça-níqueis agora, uma com três mil e quinhentos rolos, e uma única puxada que alinhava quase todas as cerejas.

Pela primeira vez desde que entrou na sala, Lisa deixou a fachada de executiva-surfista hipercompetente cair. Ela parecia jovem, esperançosa e boquiaberta.

— É isso o que mais me dá confiança nesta empresa. Sim, três é um número baixo, mas os casais que testaram acima de noventa são os três casais que pontuaram mais alto em estabilidade emocional, comunicação e colaboração, além de satisfação sexual. Eles são matches Diamante. Queremos mais desses? Claro. Quero dizer, o DNADuo foi testado em cento e quarenta mil pessoas e plenamente validado em quase vinte mil casais. É um estudo imenso para uma startup deste tamanho, mas existem pelo menos cinco milhões de pessoas no aplicativo Hinge e estima-se que cinquenta milhões no Tinder. Até conseguirmos um mundo de dados em nosso servidor, não saberemos quantos matches Diamante existem de verdade por aí.

QUATRO

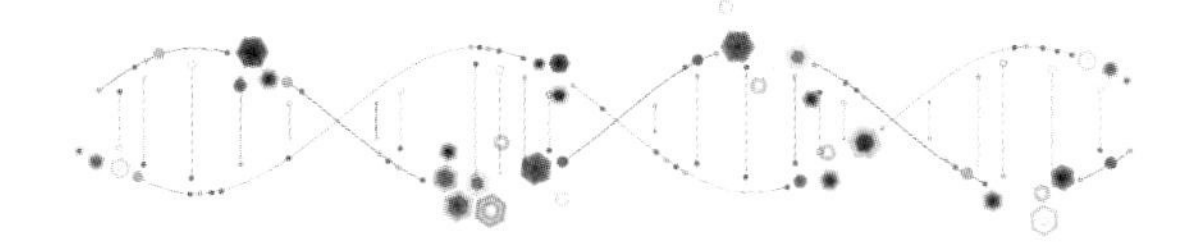

Fizzy estava ligando.

Fizzy nunca ligava.

Por isso, mesmo sendo 8h13 e Jess tendo que supostamente entregar Juno na escola em dois minutos, sem ter alimentado a filha nem tomado um único gole de café, e com reunião marcada no centro da cidade às 9h30, e nem sequer estar vestida, ela atendeu.

— Você nunca liga — disse Jess.

— Esse aplicativo é uma loucura! — exclamou Fizzy.

Juno saiu correndo, ainda de pijamas.

— Tô pronta pra tomar café!

Afastando o telefone da boca, Jess cochichou:

— Você precisa colocar roupas de verdade, meu amor.

A filha gemeu e voltou para o quarto pisando duro.

— Eu... — Fizzy começou a falar, e então parou. — Tá, bom argumento. Essa camisa é bem transparente. — Outra pausa. — Espera, como você sabia o que estou vestindo?

— Eu estava falando com a minha filha — respondeu Jess, rindo. — Que negócio é esse do aplicativo ser uma loucura? Que aplicativo?

— Tive vinte e três matches desde que os resultados do meu DNADuo chegaram hoje cedo.

Jess fez os cálculos mentalmente — fazia só dois dias desde a visita delas ao local. Ou a GeneticÀmente era eficiente de uma maneira insana ou eles não estavam rodando muitas amostras por esses dias. Ela precisava admitir, mesmo a contragosto, que qualquer empresa que investisse em uma rede neural exclusiva estava levando seus dados a sério.

— Vinte e três? — Ela serviu uma xícara de café e Pomba passou em meio às pernas de Jess, ronronando. Em um pequeno deslize de olhar por um instante para a gata, sua xícara derramou, despejando café sobre o balcão. Xingando, ela se inclinou para abrir a porta da frente, deixando Pomba sair, depois vasculhou uma gaveta atrás de um pano de prato. — Isso é um monte de alma gêmea.

— Joguei uma rede bem ampla — concordou Fizzy. — Falei que valia qualquer combinação que pontuasse acima de treze.

— *Treze?*

— É divertido, só para ver o que acontece quando você sai com caras sem nenhuma expectativa.

O café pingou do balcão para o chão, ensopando as meias da sorte de Jess.

— *Porcaria!*

— É só um encontro com potencial para ser terrível, não uma cirurgia plástica.

— Eu não estava xingando você; derramei café aqui.

— Pense no assunto como um estudo de personagens — prosseguiu Fizzy. — O que acontece quando você junta duas pessoas completamente incompatíveis? Será que elas vão superar as probabilidades? Ou vão sair lutando... uma com a outra? — Ela fez uma pausa, e Jess imaginou a amiga procurando pelo caderninho de anotações. Um alerta estranho soou ao fundo. — Vinte e quatro!

Juno entrou na cozinha vestida para ir à escola, mas o cabelo continuava um ninho de passarinho.

— Mamãe, posso tomar uma vitamina?

— Meu bem, vá pentear o cabelo.

— Presumo que você estava falando com a Juno de novo — comentou Fizzy, distraidamente.

— Posso, mamãe?

— Estava, sim — disse Jess para Fizzy, e então: —, e sim, Junezinha, vou fazer uma, mas vá pentear o cabelo e escovar os dentes também, por favor.

De volta à cozinha, Jess olhou para o relógio e soltou um suspiro. Tirou uma cestinha de morangos da geladeira.

— Certo — disse Fizzy —, tenho um encontro hoje no almoço com Aiden B., uma Combinação Básica com escore treze, e um jantar amanhã à noite com Antonio R., outra Combinação Básica, vinte e um.

— Que ninguém diga que você não gosta de aventuras.

— Mamãe — chamou Juno do banheiro. — Lembre de não deixar Pomba sair, porque o jardineiro está aqui hoje!

Jess girou sobre os calcanhares e fitou fixamente pela janela da frente, o pátio sem gato algum e o corredor para o portão… aberto.

— Fizz, tenho que voar.

Um liquidificador explodido, uma perseguição por quatro quarteirões atrás da gata, duas trocas de roupas (Jess), um tênis com um nó duplo impossível de tirar (Juno) e uma entrega atrasada na porta da escola depois, Juno enfim estava na escola e Jess corria para o centro da cidade. Uma reunião importantíssima com o pessoal dos Mercados Jennings naquela manhã, dois potenciais novos clientes à tarde, e então uma reunião na escola às seis. Seria uma maratona, mas viável. No entanto, por que era a natureza do universo que, no dia em que Jess já estava atrasada, houvesse um acidente na rodovia 5, um desvio na saída que ela precisava pegar, e nem uma única vaga sequer disponível para ela? Passou por fileira após fileira de sedãs de luxo e começava a se perguntar se todos os ricos de San Diego estavam na Gaslamp ao mesmo tempo, mas então, *aleluia!*, suas preces foram atendidas por um lampejo de luzes de freio à sua direita.

Ela rolou adiante, ligando a seta. O alívio fez a adrenalina correr por sua corrente sanguínea como se houvesse um prêmio de verdade pela vaga, em vez de uma reunião intensa com alguns clientes que, ela tinha uma razoável certeza, queriam manipular seus dados para combinar com suas projeções anuais.

No entanto, bem quando Jess passou o pé no acelerador para entrar na vaga, um sedã preto fez a curva vindo da fileira ao lado, deslizando para dentro da vaga com uma cantada de pneu impressionante, digna de *Velozes & Furiosos.*

Batendo no volante, Jess gritou um irritado:

— Ah, o que que é isso!

Ela jogou as mãos para o alto de um jeito passivo-agressivo, esperando que o motorista visse e se sentisse um cuzão por ter tomado a vaga de uma mulher que nunca tinha feito nada mais egoísta do que comer a última Ana Maria e jogar a culpa no avô. Exageros à parte, Jess, sempre capaz de manter a calma atrás do volante, estava à beira de meter a mão com força na buzina. Entretanto, a porta do carro se abriu e uma perna impossivelmente comprida se estendeu para fora, envolta em uma calça social cinza-escuro e terminando em um sapato de couro brilhante. Havia algo nos ombros que emergiram, na postura... e então ela entendeu. Jess não precisava ver o rosto dele para saber, porque este não era qualquer sedã preto, era um Audi preto. O Audi preto *dele.*

River Peña tinha roubado sua vaga.

Ela se debruçou para fora da janela, gritando:

— Ei!

Mas ele já caminhava acelerado pela calçada e não se incomodou em olhar para trás.

Jess notou outro carro saindo a algumas fileiras dali, e se encolheu ao ouvir o guincho dos pneus quando disparou para fazer a curva. Pronta para buzinar para que ninguém ousasse tomar seu lugar, ela entrou na vaga, colocou o carro em ponto morto, agarrou tudo de que precisava e correu, meio desajeitada nos sapatos de salto e saia justa, até a entrada.

Quase dez minutos atrasada agora, mas da última vez Jennings tinha se atrasado quinze minutos, e ela já podia ver os elevadores do outro lado das portas de vidro. Ainda podia conseguir...

E quem estava no elevador, se não River Peña? Jess observou-o estender a mão e apertar o botão.

A luz acima do elevador se acendeu, as portas se abriram. Ele deu um passo adiante e Jess agarrou o notebook junto ao peito, disparando.

— Segura o elevador, por favor!

Virando-se, ele deu uma olhada por cima do ombro e desapareceu no interior do elevador.

— Filho da puta! — resmungou Jess.

O quartel-general dos Mercados Jennings ficava apenas no terceiro andar; então, em vez de esperar, ela foi pelas escadas. Dois degraus de cada vez. Visivelmente sem fôlego quando saiu correndo da escadaria para o corredor, Jess colidiu no mesmo momento com um paredão de um homem só. Que ficasse registrado, ele tinha um cheiro incrível. Era enfurecedor.

— Cuidado — murmurou ele, os olhos no telefone enquanto desviava dela, prosseguindo pelo corredor.

Mas Jess havia chegado ao ponto de ebulição.

— Americano!

Hesitando apenas por um instante, ele se virou. Seu cabelo escuro caiu por cima de um dos olhos e ele o afastou.

— Desculpe?

— Desculpa não aceita. Você roubou minha vaga no estacionamento.

— Eu roubei...?

— E não segurou o elevador — continuou ela. — Estou atrasada, você me viu, e nem se deu ao trabalho de segurar a porta.

— Não te vi. — Ele soltou uma risadinha curta, incrédula. — Talvez você devesse sair um pouco mais cedo da próxima vez.

— Uau. Você é mesmo um cuzão.

Ele franziu o cenho, analisando-a.

— A gente se conhece?

— Você está brincando? — Ela apontou para o próprio peito. — Twiggs? Cuspir num frasquinho? Totalmente mediana? Te lembrou alguma coisa?

A compreensão foi uma frente climática passando pelo rosto dele. Surpresa, reconhecimento, vergonha.

— Eu… — Seus olhos deslizaram com agilidade por ela e então para o corredor, como se talvez surgissem reforços de lá a qualquer momento. — Você estava… completamente irreconhecível. Não sabia que era você.

Por tudo o que lhe era mais sagrado, Jess não conseguiu decifrar se aquilo era um insulto horrendo ou um elogio falso.

— Desculpe, não me lembro do seu nome, senhorita…? — perguntou ele, com calma.

— Você nunca chegou a perguntar.

E ali estava a expressão que a deliciava — aquela que dizia que ele mal estava tolerando a conversa. Rompendo o contato visual, ele por fim olhou para o relógio.

— Você comentou algo sobre estar atrasada?

Merda!

Jess passou por ele, correndo dez metros até o saguão do Conjunto 303, os escritórios dos Mercados Jennings.

Trinta e um por cento dos lares californianos são administrados por pais solo, mas Jess jamais adivinharia isso olhando para as pessoas entrando na reunião da Feira de Ciência e Arte da Escola Elementar Alice Birney. Ser mãe solo em um evento escolar era como ser solteira em uma festa de casais. Tirando o vinho. Se vovó ou vovô não estivessem com ela, Jess ficava intensamente consciente de que os outros pais não faziam ideia de como interagir com uma mãe solo. A conversa mais longa que ela tivera com alguém ali havia sido no recital de fim de ano da primeira série, quando uma das mães perguntou se o marido de Jess se sentaria na cadeira vazia ao lado dela. Quando ela disse: "Não tem marido nenhum, a cadeira está livre", a outra mulher sorriu sem graça por alguns instantes, depois falou sem tomar fôlego por cinco minutos sobre como sentia muito por não conhecer nenhum homem solteiro bacana.

Entretanto, pela primeira vez em um desses eventos, ela se deu conta, enquanto caminhava pelo saguão, que se sentia aliviada por estar sozinha; não precisaria ficar jogando conversa fora. Não tinha certeza se conseguiria fazer isso naquela noite; todas as reuniões do dia haviam sido um beco sem saída. Bem, exceto pela reunião com os Mercados Jennings. Essa fora um desastre completo.

Um dos maiores pecados em estatística era a manipulação — escolher que conjunto de dados incluir nas análises depois que o estudo estava completo. Havia várias razões legítimas para abandonar pontos fora da curva: os dados não foram coletados do modo correto etc. No entanto, se um ponto de dados afeta tanto os resultados quanto as premissas, ele deve ser incluído. E assim como Jess suspeitava, os Mercados Jennings não queriam apenas excluir alguns pontos de dados no conjunto que haviam lhe enviado; eles queriam eliminar totalmente imensos territórios em seu relatório para os acionistas, porque os números não se encaixavam em suas metas de vendas projetadas.

Ela se recusou — apesar de ter passado quatro meses projetando em detalhes a análise, escrevendo o código, construindo o programa. Durante a reunião, os executivos tinham trocado olhares silenciosos por longos períodos, e acabaram expulsando Jess da sala, dizendo que entrariam em contato.

Seria estúpido ser tão inflexível com sua maior conta? Ela não conseguia se livrar de uma sensação de pânico. Perder Jennings significava uma perda de um terço de seus rendimentos anuais. Juno podia precisar de aparelho nos dentes, e daqui a oito anos já estaria dirigindo. E se ela quisesse começar a participar de competições de dança? E se ela adoecesse? Vovó e vovô também não estavam ficando mais jovens.

Um movimento em sua visão periférica lhe chamou a atenção e Jess observou a professora da segunda série de Juno, a sra. Klein, e o diretor, sr. Walker, irem para a frente da sala. A sra. Klein estava vestida como um híbrido de cientista e artista: jaleco de laboratório, óculos, boina, paleta de tintas. O sr. Walker vestia-se, supôs Jess, como uma criança: shorts largos, meias na altura dos joelhos e um boné de beisebol dos Padres. Eles se sentaram em cadeiras de frente para os pais reunidos.

O diretor-criança cruzou os braços e fez beicinho, dramático, e a sala foi silenciando.

— Nem sei o que é uma feira de ciência e arte. Tenho *mesmo* que participar?

— Você não *tem* que participar da feira de ciência e arte — pontuou a sra. Klein, exagerando na interpretação para o público. — Você *PODE* participar da feira de ciência e arte!

Um risinho educado ondulou pela sala e o restante da equipe da segunda série entregou algumas páginas com informações enquanto a pecinha prosseguia. Jess deu uma espiada nas páginas grampeadas, passando por instruções para como ajudar as crianças a encontrar um projeto de arte que fosse baseado em alguma área da ciência: vida vegetal, vida animal, engenharia, química. Uma planta de papel machê com várias estruturas identificadas. Uma pintura de um esqueleto canino. Uma casa feita de palitos de picolé. Era uma das coisas que Jess adorava nessa escolinha: o currículo criativo, a ênfase no aprendizado integrado — mas com as vozes murmurantes se erguendo no público, ela foi retirada de sua bolha. Nas cadeiras à sua volta, cabeças se juntavam em conversas empolgadas. Equipes de marido e esposa trocavam ideias sobre projetos divertidos para os filhos, e o terror no estômago de Jess se azedou com solidão. Ela estava flanqueada por uma cadeira vazia de cada lado, uma pequena zona de segurança para proteger os outros pais de serem infectados pela solteirice.

Com o humor ainda em baixa apesar de algumas piadas bem boas, ela tinha que admitir, do sr. Walker e a sra. Klein, Jess praticamente atravessou o estacionamento rastejando. Seu carro estava estacionado ao lado de um Porsche perolado que fazia seu Corolla 2008 vermelho parecer um patim antigo sem par. Jess, contudo, não conseguia sentir vergonha de sua lata velha; esse carro a levara da maternidade para casa e de casa para a formatura da faculdade apenas um mês depois. Ele as levara para vários passeios nos Domingos de Tentar Algo Novo e viagens para a Disneylândia e...

— Jessica!

Ela se assustou ao som daquela voz e se virou para topar com uma mulher loira, alta e magra acenando para que ela parasse. Dawn Porter: Presidente da Associação de Pais e Mestres, Mãe do Ano, Zero Reflexo de Vômito, provavelmente. Jess se preparou para se sentir uma mãe de merda por no mínimo cinco minutos.

— Dawn! Oi. — Jess fez uma careta de desculpas antecipadas. — Foi um dia longo e...

— Ah, meu Deus, totalmente. Sei que você está, tipo, cansada o tempo todo. Pobrezinha! Mas pode me dar só um segundinho? Eu queria dar uma olhada no site de leilão que você ia construir. Lembra, para financiar o novo equipamento no playground?

Droga.

O site em que Jess estava trabalhando quando Juno vomitou na escola e precisou que fossem buscá-la, e depois quando um cliente teve uma reunião de última hora com os acionistas e precisou que ela passasse doze horas em LA, depois quando ela foi interrompida por um telefonema da mãe pedindo uma mãozinha para pagar o aluguel.

O site de que Jess havia se esquecido até aquele momento. *Bom trabalho, Jess.*

— Estou cuidando disso, Dawn — avisou ela. — Só andei meio atolada nos últimos tempos.

— Ai, eu sei, estamos todos tão *ocupados.* — Dawn apertou um botão no chaveiro em sua mão. Os faróis do Porsche cintilante piscaram e o porta-malas se abriu com uma campainha delicada. Penduradas no banco traseiro de Dawn havia sacolinhas de tecido muito organizadas, cada uma com um monograma no nome de seus filhos — Hunter, Parker, Taylor — e palavras como *Beliscos* e *Livros* e *Diversão no Carro!*

No bagageiro do carro de Jess havia um par de guias para a gata cheias de apliques e todas emaranhadas, uma dúzia de sacolas de compras que não tinham qualquer relação entre si, uma corrente de absorventes internos que Juno havia montado enquanto elas esperavam com um pneu furado, e pelo menos trinta e dois outros itens que ela pretendia, de todo coração, levar para dentro de casa... algum dia.

Dawn colocou o pacote de papéis escolares em um saco, passando algumas roupas da lavanderia para um gancho onde não atrapalhariam, e então tornou a apertar o chaveiro para fechar o bagageiro com um sussurro. Então se virou para Jess.

— Estou só perguntando porque o Kyle... você conhece o meu marido, Kyle, né? — Ela gesticulou para um homem papeando com dois outros pais do outro lado do estacionamento. — Enfim, ele falou que podia pedir para um dos assistentes legais lá da Porter, Aaron ou Kim, arranjarem alguma coisa. Não seria problema nenhum, eles adoram ajudar, e toda vez que olho pra você, penso: "Pobre Jessica, ela está se exaurindo!".

A atitude defensiva de Jess alçou voo.

— Eu dou conta.

Dawn inclinou a cabeça, surpresa pela força da reação dela, e Jess teve vontade de engolir as palavras de volta. Tinha sido necessário um blending bem intenso de base da farmácia para fazer os círculos escuros debaixo de seus olhos sumirem naquela manhã, e ela estava certa de que as luzes de sódio do estacionamento não eram a *melhor* luz para ela. O dia tinha sido infernal, e a última coisa que Jess desejava era se tornar assunto da Fofoca das Mamães. Pensou nas dúzias de coisas que poderia fazer com aquele tempo porque, sério, por que ela se importava com quem construía a porcaria do site?

Porque quero ser uma boa mãe, pensou ela. *Quero estar presente para a Juno, mesmo que em determinados dias eu sinta que estou falhando.*

— Sério — Jess a tranquilizou. — Está quase terminado. — Graças a Deus. — Devo ter algo para te mostrar em breve.

— Bom. Isso é ótimo, então! Vou avisar a equipe, assim eles param de me incomodar!

— Ótimo — repetiu Jess, enquanto Dawn entrava do lado do passageiro no carro dela. — Ótimo.

— Estou escondida no banheiro, chorando na privada — anunciou ela, quando Fizzy atendeu, uma hora depois.

A amiga de Jess soltou uma risada e disse:

— Aaaw, adoro quando você ignora os limites. Normalmente, essa é a minha área.

— Tive um dia terrível. — Jess enxugou o nariz com a mão. — Estou solitária. E me sinto uma cuzona reclamando, mas você sempre vai ser muito mais cuzona do que eu, então posso reclamar para você.

— Te juro, Jessica, você sabe exatamente o que dizer para derreter o meu coração. — O engraçado era que Fizzy estava sendo sincera. — Manda ver.

Jess fechou os olhos, recostando-se contra o reservatório de água.

— Tudo parece coisa pequena. Depois de nossa ligação hoje cedo, meu dia todinho desabou. Pomba escapou, meu liquidificador explodiu na minha camiseta, a gente se atrasou. Tive uma reunião nos Mercados Jennings, mas o Americano roubou minha vaga no estacionamento...

— Você viu o Americano assim, na natureza selvagem?

— Vi, sim — respondeu ela. — Ele continua sendo terrível. Aí minha grande reunião foi péssima, e tive que correr para a escola para um negócio de arte e ciência, e me sentei nos fundos e fiquei encarando todos aqueles casais felizes que estavam se vendo no fim do dia, e juro por Deus, Fizz, nunca me senti tão solitária na minha vida. E aí a Dawn da APM me relembrou de terminar o website para a campanha de financiamento, e terminei agora, mas é provável que esteja uma bagunça horrenda, e não consigo encontrar nem uma pontinha de preocupação em mim.

Antes que Fizzy pudesse falar, Jess acrescentou:

— E não diga nada, porque sei como isso soa. Como "pobre de mim, estou tão sozinha". Sei que dei sorte. Tenho a melhor filha, e tenho a vovó e o vovô aqui para me ajudar sempre que eu precisar. Tenho você...

— Vou interromper agora — avisou Fizzy. — É, você tem a vovó e o vovô, tem uma filha ótima e tem a mim. Estou aqui para você todos os dias, para sempre, mas por favor, Jess. Não é a mesma coisa. Você tá falando de querer ter alguém para quem voltar para casa, para conversar, e sim, alguém com quem ficar pelada. Não é egoísta querer isso. Você não está de algum jeito colocando a Juno em segundo lugar se de vez em quando colocar as suas necessidades em primeiro. Juno precisa de uma mãe feliz.

— Não é só isso — insistiu Jess, baixinho. — Se me preocupo em apresentar a Juno para algum homem um dia? Sim, completamente. Mas a ideia de botar a cara no sol de novo é, para ser sincera, mais exaustiva do que qualquer outra coisa. Tive que trocar de camisa duas vezes hoje cedo para a reunião, a primeira por causa da explosão de vitamina, e a segunda quando babei um pingo de pasta de dentes no peito.

— Motivo número um por eu sempre escovar os dentes pelada — gracejou Fizzy, e Jess riu. — E, posso dizer? É provável que ainda estivesse linda, independentemente do que ache.

— Obrigada...

— Estou falando sério — pressionou Fizzy. — Escuta. Você é tão linda que é de doer. Seus olhos? Tipo, tento descrever esse azul nos livros, e tudo soa apenas clichê. Você tem o corpinho mais fofo, e literalmente a melhor boca. E de graça! As pessoas normalmente precisam pagar por bocas assim.

Jess riu em meio a um soluço.

— Se não soubesse que você é um caso de hospício, eu mesma te chamaria para sair.

— Você me vê assim porque me ama — afirmou Jess, o queixo tremendo. — Namorar com trinta anos é diferente. A gente precisa estar com tudo em ordem, e na maioria dos dias só ser mãe e correr de um lado para o outro para me manter acima do nível da água já consome toda a minha disposição. Onde é que vou arrumar o tempo e a energia para caçar um cara legal quando a maioria dos caras no Tinder acha que só pagar por um drinque rápido já garante sexo?

Jess podia praticamente ouvir Fizzy de queixo caído do outro lado da linha.

— Nós acabamos de ir a uma apresentação numa empresa que pede que você cuspa num frasquinho para eles te entregarem uma lista de potenciais *almas gêmeas* — ela pronunciou as últimas palavras estendendo as sílabas ao máximo. — Ninguém está te pedindo para *caçar*.

— Mesmo o DNADuo ainda requer encontros! — Jess exclamou, rindo. — Não é como se eu recebesse um nome e a gente fugisse para se casar! Ainda há a tentativa e o erro.

— Você pode especificar apenas matches de alto nível — argumentou Fizzy. — Não precisa fazer o que tô fazendo e aceitar tudo o que aparecer. Diabos, diga a eles que você quer apenas matches de setenta para cima! O que você tem a perder? — Ela fez uma pausa e acrescentou com mais delicadeza: — Coloque-se em primeiro lugar hoje, Jessie. Só por dez minutos. Considere isso um presente antecipado de aniversário, o grande três ponto zero.

— Não me lembre.

Fizzy riu.

— Você não precisa responder a nenhum dos matches caso mude de ideia, mas só esta noite, imagine um mundo em que você encontra alguém que é perfeito para você, e que está ali para você, e que é a cabeça contra a qual você vai apoiar a sua no final do dia.

Quando elas desligaram, os olhos de Jess pousaram sobre a caixa do DNADuo que Fizzy tinha empurrado para as mãos dela quando saíam da GeneticÀmente.

Antes que ela pudesse se convencer do contrário, estendeu a mão para a caixa, abriu-a, cuspiu no frasquinho, selou a coisa toda no envelope que vinha junto, e levou-a para a caixa do correio.

CINCO

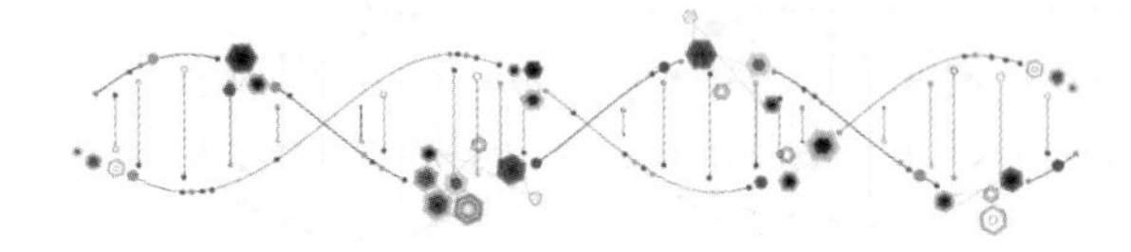

Jess ajustou a faixa de elástico presa sob o queixo. Era essa a sensação de ter trinta anos? Passar o aniversário num café com uma doida que fazia o salão todo cantar "Parabéns pra Você" se Jess tentasse tirar esse chapeuzinho brilhoso de aniversário?

Fizzy levantou a cabeça de maneira abrupta.

— Sua monstrinha! Deixa o chapéu em paz.

— Mas dá coceira! Conta sobre o seu encontro com Aiden B.

Fizzy agitou a mão num aceno: já tinha superado o assunto.

— Ele mora com a irmã.

— E isso é uma desqualificação automática?

— Quando digo moram juntos, quero dizer que eles dividem um quarto. — Ela balançou a cabeça, claramente desejando que Jess não perguntasse mais. — É território inexplorado para mim. Não quero explorar o significado disso.

Jess riu.

— É justo. Se me lembro direito, ele tinha um escore baixo, de... Treze? E o...?

Ela teve um branco quanto ao nome do outro homem.

— Antonio? — completou Fizzy. — Ele era gostoso.

— Ele era o com escore de vinte e um?

— Isso. Nós jantamos, nós fizemos sexo. — Fizzy encolheu os ombros, resumindo. — Mas não vamos nos ver de novo.

Como se isso a lembrasse de algo, ela apanhou seu caderninho e anotou algumas palavras.

— O que você acabou de anotar?

Os lábios de Fizzy se curvaram.

— Tatuagem no pinto.

Os lábios de Jess se curvaram também.

— O quê? Não!

— E — acrescentou Fizzy — ele queria que eu falasse sacanagem, então falei, mas acho que peguei pesado demais.

Jess caiu na risada outra vez.

— Você pegou pesado demais para um cara que tinha uma tatuagem no pinto? Felicity Chen, meu Deus do céu! — Ela levou o café aos lábios. — Se bem que, para ser justa, você é a responsável por isso. Por que lançou uma rede tão grande? É só filtrar os resultados. Não entendo.

Fizzy exibia a expressão de quando estava prestes a ficar bem séria.

— Olha. Tem um motivo para o Tinder ser o maior aplicativo de relacionamentos no mundo. Às vezes, as pessoas só querem se divertir. O benefício aqui é que nós podemos escolher que nível de investimento queremos, e no momento, para mim, esse nível está em algum ponto próximo de *sexo com pessoas com quem não me sinto obrigada a falar de novo.* — Ela empinou o queixo. — Estou testando as águas sem toda a pressão do “para sempre”.

Erguendo as mãos num gesto defensivo, Jess disse:

— Não estou julgando. Escreva essa dissertação e mande para o Americano.

Fizzy mostrou o dedo médio para ela.

— Enfim, tenho um encontro com um vinte e três chamado Ted amanhã, e ele mesmo tem só vinte e um anos, e no sábado, vou jantar com um trinta e um chamado Ralph.

— Trinta e um? Uau, esse é um Prata. Subindo na vida.

Quando Fizzy abriu a boca para responder, um celular, na mesa entre elas, soou um alerta conhecido.

Jess presumiu que fosse outro escore medíocre de compatibilidade chegando na caixa de entrada de Fizzy, que pareceu achar o mesmo, estendendo a mão para o telefone...

Então elas levaram um segundo para perceber que o som tinha na verdade vindo do telefone de Jess... e Jess levou outro segundo para se lembrar que tinha enviado sua "amostra" para análise.

A traição fez Fizzy arregalar cada uma de suas feições.

— *Jessica Davis!* Estou aqui te contando sobre tatuagens no pinto e você nem me contou que mandou sua saliva!

Jess riu de modo alto e desconfortável.

— Eu posso explicar!

— É melhor mesmo!

Ela não conseguia controlar sua risada borbulhante. Fizzy parecia genuinamente furiosa, de um jeito quase cartunesco.

— Foi na quinta-feira passada, lembra? Liguei para você do banheiro. Por impulso, coloquei a caixa no correio depois que desligamos, baixei o aplicativo e preenchi as informações básicas, e aí esqueci totalmente do assunto.

Fizzy apanhou o telefone de Jess, cutucando a tela com um indicador punitivo até que acendesse. Inserindo a senha, ela ficou olhando para a tela, confusa, enquanto Jess a encarava com uma confusão similar.

— Não me lembro de ter te passado minha senha.

— O aniversário da Juno. Você devia escolher uma senha mais segura. Nunca se sabe que tipo de maluco pode chegar até seu telefone.

Jess arqueou uma sobrancelha, sarcástica.

— Não diga!

Fizzy virou a tela de frente para ela.

— Está vermelha. O que isso quer dizer?

— O que está vermelha? — A diversão de Jess com a situação estava se apagando, substituída com rapidez pela compreensão de que seu aplicativo DNADuo havia acabado de lhe enviar um alerta.

Ela tinha excluído matches abaixo de setenta por cento.

Ela tinha um match Platina ou maior.

De repente, entendeu o desejo de Fizzy de testar as águas da alma gêmea em vez de mergulhar de cabeça. Jess não estava pronta. Ela nem sequer tinha certeza de que estava curiosa.

— A coisa — disse Fizzy, apontando de maneira agressiva. — A... a notificaçãozinha ali, no ícone do aplicativo, que quer dizer que você tem um resultado!

O prospecto de tomar uma decisão baseada em um escore numérico imediatamente cansou Jess. Ela tomou o celular de volta, tentada a excluir o aplicativo junto a qualquer que tenha sido o impulso que a fez cuspir naquele frasquinho para começo de conversa.

— Vermelha é ruim?

— Todas as minhas são verdes — respondeu Fizzy. — Seja um escore de compatibilidade de doze ou de trinta e um, as notificações sempre foram verdes.

Certo, se as notificações de matches eram verdes, pelo menos Jess sabia que não havia uma alma gêmea em potencial casualmente esperando na sua caixa de entrada.

— Posso comentar que a sua intensidade sobre esse assunto está agora no nível onze?

Fizzy disparou de volta:

— Para o meu coração amante de romances, esse aplicativo é o jogo mais fascinante do mundo. Faça a minha vontade, vá.

— É mais provável que signifique que tem algo de errado com a minha amostra — conjecturou Jess, o alívio tomando conta dela. — Fiz depois de ter escovado os dentes, e o kit diz para esperar uma hora depois de comer ou beber alguma coisa antes de cuspir. — Ela devolveu o telefone à mesa, a tela para baixo. — Depois vejo isso.

Jess devia saber que não funcionaria.

— Hã... não mesmo. — Fizzy imediatamente lhe devolveu o telefone. — Quero saber o que significa o vermelho.

— É meu aniversário, e posso ignorar isso se eu quiser.

Fizzy chacoalhou a cabeça.

— Quer um presente de aniversário melhor do que uma alma gêmea?

Com um suspiro, Jess clicou no ícone DNADuo. Nenhuma notificação sob a aba Escores de Compatibilidade, mas havia um balãozinho vermelho indicando uma mensagem nova. Os olhos de Jess logo perpassaram as palavras, mas seu cérebro as processou mais devagar. Recomeçando, ela leu com mais vagarosidade, palavra por palavra, apesar de haver apenas nove delas: *Por favor, ligue para nosso escritório na primeira oportunidade.*

— O que diz aí?

Jess entregou o telefone.

— É da GeneticÀmente. Preciso ligar para eles na primeira oportunidade. Isso é esquisito. Não é esquisito? Tipo, por que não me dizer só que é necessário outro kit de amostras?

Fizzy leu, franzindo o cenho.

— Eles mandaram isso na caixa de entrada do seu aplicativo, então você pode responder, certo? Vamos apenas perguntar do que se trata. — Em vez de devolver o telefone, ela mesma respondeu, ditando cada palavra enquanto digitava. — Posso... perguntar... do... que... se... trata?

Fizzy permaneceu encarando a tela e, depois de apenas alguns segundos, suas sobrancelhas dispararam para cima, empolgadas.

— Alguém está digitando de volta!

Enquanto isso, o estômago de Jess subia por sua garganta. Ela já odiava o quanto tudo isso parecia intenso; era investimento demais, expectativa demais para algo que ela havia feito por impulso quando estava num humor horrível.

— Tenho certeza de que é só algo a ver com a amostra, apenas...

— Xiu.

— Fizz — pediu Jess —, me dá meu telefone, vai. Não tô nem aí com...

Fizzy levantou a mão.

— Estão digit... Ah. — Ela franziu o cenho. — Tá, você tem razão. Isso é esquisito.

Ela entregou o telefone de volta, e o estômago de Jess se revirou conforme lia o recado.

Você se incomodaria de vir aqui?, dizia a nota. *Vamos mandar um carro.*

Eles iam mandar um carro?

Gente do céu.

Jess conseguiu encontrar umas mil coisas importantes que precisava fazer imediatamente. Ela marcou um atendimento no Departamento de Trânsito para renovar a carta de motorista, agendou os exames físicos anuais para Juno e ela, além de uma consulta ao dentista para ambas. Então deu uma corrida; tomou um longo banho. Até comprou um suéter novo para si mesma como indulgência de aniversário. Almoçou com vovó e vovô, limpou o apartamento, dobrou cada peça de roupa lavada que pôde encontrar, buscou Juno na escola e leu um livro de Jude Blume quase inteiro antes que Juno insistisse para ela sair do apartamento para que vovó e vovô pudessem vir e preparar a festa-surpresa.

Surpresa!

Com duas horas para ocupar e a notificação incomodando como uma farpa no polegar, Jess desistiu e ligou para Lisa Addams.

O prédio da GeneticÀmente estava escuro do lado de fora, mas uma luz no saguão piscou quando o táxi encostou no meio-fio. Lisa emergiu, caminhando com agilidade e abrindo a porta do carro.

— Jessica — chamou ela, sem ar. — Obrigada por vir tão de última hora.

Mesmo no anoitecer, Jess percebeu o rubor nas bochechas de Lisa, o leve suor na linha onde seu couro cabeludo começava. Ela desceu mais um grau na Escala da Inquietação.

— Sem problemas. Mas só tenho mais ou menos uma hora.

— Claro. Vamos entrar.

Lisa se virou, guiando-as para o interior do edifício vazio. Nada disso parecia o protocolo normal, o que fez Jess se sentir como se tivesse engolido ácido de bateria.

— Tenho que admitir que estou muito confusa sobre por que isso é tão urgente.

— Vou explicar tudo assim que estivermos lá dentro.

Jess a seguiu pelas portas duplas e o longo corredor pelo qual passara da última vez em que estivera ali. Todos tinham encerrado o expediente; os escritórios estavam escuros e vazios, daquele jeito que fazia até espaços inócuos parecerem assustadores.

Na sala de conferências, Lisa gesticulou para as seis pessoas sentadas em torno de uma mesa grande. River não estava entre elas.

— Jessica, eu gostaria de lhe apresentar nossa equipe executiva.

Nossa o quê?

— Este é David Morris, o principal investigador no comando da pesquisa original, e o CEO da GeneticÀmente.

Um homem à direita dela se levantou, estendeu a mão, e Jess o reconheceu como a pessoa que ela encontrou depois de ouvir River chamá-la de "totalmente mediana".

— Jessica. É tão bom vê-la de novo!

— Igualmente. — Ela enxugou a mão nas calças antes de apertar a dele. E então a compreensão: pesquisa original. CEO. — Certo. Acho que não tinha me dado conta de quem eu estava conhecendo no corredor o outro dia.

Ele deu uma risada grande, de boca aberta.

— Bem, parece meio babaca dizer: "Eu sou David Morris, o CEO".

— Talvez — disse Jess —, mas você conquistou esse direito.

— Sou amigo de Alan Timberland, da Genentech — explanou ele, ainda sorrindo —, e ele mencionou uma certa ajuda que teve na análise. Depois de dar uma olhada nas suas informações de admissão do outro dia, juntei dois mais dois e percebi que você é o cérebro por trás dos algoritmos de triagem de alto rendimento.

Jess era uma garrafa de vinho, a rolha escapando lentamente. *Ah, isso era sobre dados?* Será que a GeneticÀmente lhe trouxera até ali para falar sobre algoritmos?

— O Alan é ótimo — comentou ela, com cuidado. Ante a perspectiva de estar ali para uma consultoria, não porque tinha DNA de lêmures, a náusea aos poucos foi cedendo.

Lisa gesticulou para um homem muito bronzeado à esquerda de David.

— Brandon Bochetti é nosso diretor de marketing.

Outra mão se fechou em torno da de Jess, outro rosto lhe deu um sorriso urgente, vibrante. Tudo o que ela conseguia ver eram dentes com revestimento ofuscantemente branco.

Depois de Jess ter apertado todas as mãos na sala, Lisa lhe indicou uma cadeira bem no centro da mesa.

— Provavelmente é inesperado entrar numa sala cheia assim — começou Lisa.

— Um pouco — concordou Jess —, mas sei o quanto é importante ter seus dados organizados, e como é difícil fazer isso quando o conjunto de dados é tão grande quanto o seu.

David e Brandon trocaram um olhar rápido. O sorriso de Lisa vacilou por apenas um segundo, mas Jess percebeu.

— Isso sem dúvida é verdade. Tenho certeza de que você sabe disso melhor do que ninguém.

Um homem — Jess achou que o nome dele era Sanjeev — do outro lado da mesa chamou a atenção de Lisa.

— O Peña vai vir para isso?

— Ele estará aqui — informou Lisa, e então se voltou para Jess. — Desculpe por te fazer esperar, Jessica.

— Pode ser Jess — ela acrescentou, sem necessidade: — Digo, pode chamar de Jess.

Outra pausa sem graça.

— Não estava me referindo a mim mesma na terceira pessoa.

Depois de algumas risadas por educação, a sala caiu num silêncio que dava para ouvir um alfinete cair no chão. Parecia que todos menos Jess sabiam do que se tratava aquela reunião, mas ninguém podia lhe contar antes que River chegasse. Infelizmente, ninguém sabia onde ele estava ("Ele disse que estava vindo para cá, subindo de seu escritório, dez minutos atrás", anunciou Sanjeev para a mesa cheia de pigarreios e ajeitamentos de papel).

Também não ocorria a ninguém algo a dizer. Então, é claro, a boca de Jess se abriu e palavras saíram rolando.

— Todos vocês devem estar muito empolgados para o lançamento.

Cabeças se agitaram para cima e para baixo na mesa, e Brandon Bochetti soltou um "Muito!" bem entusiasmado.

— Todos vocês também deram amostras? — perguntou ela.

Houve uma troca de olhares estranha em torno da mesa antes que David respondesse, com cautela:

— Demos, sim.

Jess estava prestes a perder a compostura e pedir por algum raio de informação, quando a porta se abriu de sopetão e River fez uma entrada grandiosa, muito parecida com suas chegadas irritantes e impetuosas no Twiggs.

— Cheguei. O que foi?

Uma energia tangível preencheu a sala. Todos se endireitaram nas cadeiras. Todos os olhos o seguiram enquanto ele se dirigia a seu lugar. Sim, ele era ótimo de se olhar, mas parecia haver mais alguma coisa no peso daquela atenção, como a vibração grave, o zumbido da adoração a um herói.

O olhar de River passou pelo grupo, deslizando sobre Jess antes de parar e voltar de súbito para o rosto dela.

— Por que ela tá aqui?

— Sente-se, Riv — orientou Lisa, voltando-se em seguida para uma asiática miúda à sua direita. — Tiff, quer passar os dados?

Dados. Sim. Ótimo. Os ombros de Jess relaxaram e ela pegou uma folha quando a pilha chegou nela.

O impresso continha muito menos informações do que Jess precisaria para dar um feedback útil para um projeto comercial dessa escala. No topo à esquerda, havia duas identificações de clientes, e um círculo vermelho destacava um número no canto superior direito. Noventa e oito. Abaixo disso havia uma tabela com um resumo simples de um conjunto de dados: nomes de variáveis, médias, desvios, e valores P com muitos, muitos zeros depois do decimal.

Havia uma descoberta bem importante nesses dados: a urgência da reunião estava ficando clara.

River soltou o ar como se tivesse levado um soco.

— Uau — espantou-se Jess. — Noventa e oito. Isso é um escore de compatibilidade? Sei que sou nova nisso, mas esse número é importante, né? — Ela voltou para sua lembrança da apresentação de Lisa. — Diamante?

A energia nervosa na mesa dobrou; todas as cabeças concordaram, menos uma. River ainda encarava a folha de papel.

— Isso — disse Lisa, e seu sorriso era tão intenso que a pele estava apertada em torno dos olhos. — O mais alto que já tínhamos visto no DNADuo era noventa e três.

— Certo, então estamos pensando num jeito de confirmar essa interação? — Jess debruçou-se adiante, olhando para as variáveis. — Sem os dados puros, posso apenas supor, mas parece que vocês customizaram seus números usando uma análise do tipo N, que é exatamente o que eu teria usado. Mas tenho certeza de que vocês sabem que o maior problema com isso é que os limites que em geral usamos para um algoritmo típico se torna menos eficaz. Apesar que — ela deu uma risadinha —, olhando para este valor P, suponho que com este par as interações estão em todo lugar, mesmo com limites mais estritos. Eu poderia criar uma métrica não euclidiana, algo como uma estrutura multidimensional de dados, algo como uma árvore k-d ou uma árvore de cobertura...

Ela se calou, olhando para cima. Ninguém anuía com empolgação; ninguém se adiantava para trocar ideias. Talvez não houvesse outro especialista em estatística na sala.

— Eu ficaria feliz em mergulhar nas suas análises *post hoc*, embora, com o número de genes na sua matriz, talvez eu precise de cerca de duas semanas.

Embaraçada agora, ela depositou o impresso na mesa, alisando-o com a mão esquerda. A sala tinha ficado tão quieta que o som da palma de sua mão sobre o papel pareceu ecoar em torno deles. Mas ninguém mais olhava de fato para os impressos, ou sequer parecia ouvir. Todos olhavam para River.

E quando Jess olhou para ele, para o puro choque em sua expressão, uma corrente de eletricidade a percorreu, quase como se tivesse tocado num fio desencapado.

Ele pigarreou e virou-se para Tiffany.

— Tiff, você deu uma olhada nos dados brutos?

Ela assentiu, mas fitava David, que trocava outro olhar pesado com Brandon. A sala parecia profunda e significativamente silenciosa, e Jess se deu conta de que lhe faltava um contexto importante para a gravidade presente ali.

A compreensão afundou nela com tanta rapidez quanto um peso na água. Jess olhou outra vez para as informações dos clientes.

Cliente 144326.

Cliente 000001.

Ah, meu Deus!

— Hã... quem é o cliente número um?

River pigarreou; ele estava branco feito um papel e segurava a folha com as duas mãos.

— Eu.

Ah. Bem, Deus do céu, não era de se espantar que ele quisesse confirmar a análise. Um match Diamante para o cientista original do projeto era uma notícia imensa, em especial tão perto do lançamento.

— Certo, entendi. — Jess respirou fundo, recostou-se, pronta para pôr mãos à obra. — Como posso ajudar?

River olhou para Lisa então, os olhos pesados com a pergunta mais óbvia. Literalmente todo mundo na sala o encarava, esperando que ele dissesse: *Já confirmamos a análise? Já replicamos a descoberta com uma amostra reserva?*

Mas ele não perguntou isso. Em uma voz baixa e trêmula, River murmurou:

— Quem é 1-4-4-3-2-6?

Todas as cabeças se viraram para Jess e...

Quando ela percebeu a situação, por que estavam todos ali, por que tinham mandado um carro, por que não fizeram com que ela assinasse um termo de confidencialidade para propósitos de dados, por que River não sabia que ela estaria ali, e por que todos os outros olhavam para Jess com aquela força febril, vibratória em suas expressões, ela se sentiu quase como se estivesse caindo da calçada, só que estando sentada.

Era genuinamente tão absurdo que ela começou a rir.

Noventa e oito!

— Ah. — Jess ainda ria quando se levantou sobre as pernas trêmulas. Seu coração pulsava em uma cacofonia nos ouvidos. — Não estou aqui para dar conselhos sobre a estatística de vocês.

Noventa e oito. Valores de P com no mínimo dez casas após o decimal. Seu cérebro estava arranhado, procurando por uma saída.

— Jess… — começou Lisa.

— Isso não está certo — Jess a interrompeu, atrapalhando-se para pegar a bolsa.

— Nós passamos os dados por todos os nossos programas-padrão de análise — acrescentou Tiffany, baixinho.

— Não, digo, tenho certeza de que a estatística de vocês é… — começou Jess, mas percebeu que não podia terminar aquela frase, porque seria uma mentira. Estava claro que a estatística deles era um lixo, e estavam todos iludidos. E infelizmente Jess não tinha ido até ali com seu carro. — Posso chamar alguém para vir me buscar.

Jess olhou de relance para River — que já a observava com olhos escuros, enlouquecidos — e então para a surfista-chique Lisa, e Brandon Dentuço, e o Benedict Cumberbatch de Jeff Goldblum, e todas as outras pessoas na sala que nunca tiveram que lidar com essa situação em particular.

— Foi um prazer conhecer todos vocês. Muito obrigada por me receberem. Desculpem pela palestra sobre análises do tipo N.

Então se virou, abriu a porta com a mão que não tinha certeza se iria cooperar, e quase disparou de volta pelo mesmo caminho pelo qual viera.

SEIS

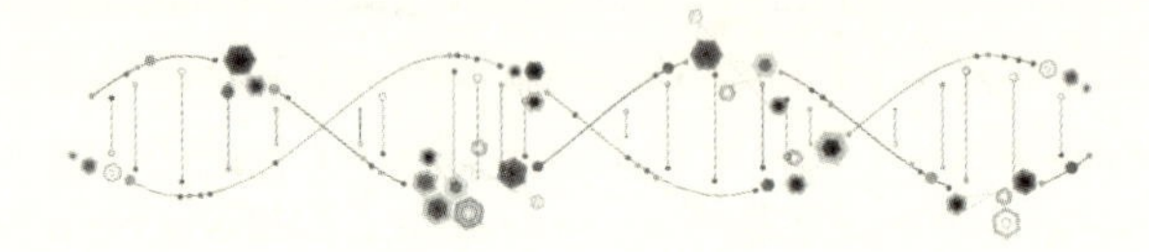

As mãos de Jess tremiam de modo tão incontrolável que, enquanto caminhava, ela mal conseguiu digitar uma mensagem de texto com o endereço do prédio para o vovô ir buscá-la. De algum jeito o corredor havia se esticado; levou um século para chegar ao elevador e, quando apertou o botão, ouviu o ruído lento do carro subindo do piso térreo.

Passos corridos soaram pelo corredor. Não pareciam com os sapatos de salto de Lisa, e de fato, quando Jess levantou a cabeça, viu River vindo em sua direção.

— Jessica — chamou ele, erguendo a mão. — Espere um minutinho.

Ele estava falando sério? Jess se virou e seguiu até a porta onde se lia SAÍDA, dando para a escadaria. Dez degraus descidos de modo apressado antes que a porta se fechasse com um estrondo atrás dela; o som foi tão chocante que fez com que Jess se abaixasse. Meio lance de escada acima dela, a porta tornou a se abrir com brusquidão. Passos desceram na mesma direção, e Jess acelerou, correndo até o térreo e emergindo no saguão.

River conseguiu soltar apenas um paciente "Jessica, espera!", que ecoou antes que a porta da escada no saguão se fechasse.

Não importava; ele sem dúvida a alcançaria lá fora. Porque, embora o vovô tivesse respondido que estava na rua para buscar o bolo e podia chegar lá com rapidez, não era como se ele conseguisse chegar a La Jolla em três minutos. Pelo menos lá fora Jess poderia respirar ar fresco por alguns preciosos punhados de segundos, podia pensar sem a pressão da atenção aturdida de todos em cima dela. O que eles estavam pensando, revelando algo tão pessoal em uma sala cheia de desconhecidos?

Passando os braços em torno da cintura, Jess caminhava de um lado para o outro em frente ao edifício, esperando. Quando ouviu River emergir do prédio, esperava que ele fosse começar a falar de imediato, mas não. Ele a abordou devagar, com cautela, e parou a cerca de três metros dela.

Por talvez três segundos, Jess gostou dele por ter lhe dado espaço. Mas então se lembrou de que ele em geral não era tão atencioso... e, supostamente, ele era sua *alma gêmea*.

O absurdo daquela reunião por fim a atingiu como um tapa e ela tossiu uma risada confusa.

— Ah, meu Deus. O que foi que acabou de acontecer?

Ele falou no silêncio frio.

— Foi uma surpresa para mim também.

As palavras dele deram a impressão de um eco entre os dois. Eles foram uma surpresa *para ele*?

— Como? Você... você conhece todo mundo naquela sala. Por que eles contariam para você daquele jeito? — indagou ela. — Por que colocariam todo mundo lá, como se fosse algum reality show?

— Posso apenas presumir que eles queriam que nós tivéssemos uma conversa sobre como lidar com isso.

— "Lidar com isso"? — repetiu ela. — Você realmente está morto por dentro, né?

— Eu quis dizer como a empresa lidaria. Tenho certeza de que te ocorreu que, do ponto de vista do marketing, ter um dos fundadores como o escore de compatibilidade mais alto já registrado é ao mesmo tempo fantástico e preocupante.

— Qualquer mulher teria sorte em ouvir essas palavras vindas de sua — Jess fez aspas no ar — "alma gêmea biológica".

Ele soltou o ar lentamente.

— Também presumo que eles estavam preocupados que, se te contassem remotamente, você não viria. — River deu de ombros, enfiando uma das mãos no bolso. — Sanjeev, o diretor de desenvolvimento de análise, é um amigo próximo. Mencionei nosso encontro no centro da cidade para ele, e como você explodiu comigo...

— Eu "*explodi*" com você?

— ... e essa notícia provavelmente se espalhou quando o resultado chegou e o seu nome foi associado.

— "Associado"? — Nada produtivo, mas a única coisa em que ela conseguia se concentrar era o modo como ele falava, como se estivesse lendo um livro técnico. Deus do céu, até a Siri conseguia levar uma conversa mais familiar.

— Sinto muito por termos que considerar as implicações de tudo isso nos negócios — disse River —, mas presumo que você compreenda que é uma questão muito séria mesmo, em vários níveis.

Jess o encarou, dando-lhe o benefício da dúvida de que ao menos um desses níveis considerados por ele fossem as emoções humanas.

— Hã, é, entendo isso. Mas *nós* não temos que considerar nada. Digo... de jeito nenhum, River. Nós dois sabemos que é um erro, né? Ou, se não um erro, então o paradigma de compatibilidade não se aplica a nós.

— Por que a sua primeira suposição implica que a tecnologia está enganada?

— Por que a sua não é?

Ele riu com sarcasmo, olhando para um ponto além dela.

— O DNADuo foi validado milhares de vezes. Se tivéssemos escores de noventa e oito o tempo todo, eu estaria mais cético.

— Não consigo imaginar estar *menos* cética. Todos os pensamentos aqui — Jess apontou para a própria cabeça — são "HAHAHA não" ou "Só pode ser piada". — Ela fez uma pausa, observando-o. — Como você pode olhar para mim com uma cara séria nesse momento?

Ele ergueu o braço, deslizando a mão pelos cabelos.

— A compatibilidade biológica independe de gostarmos um do outro ou não.

Uma risada horrorizada escapou dela.

— Esse é o slogan da empresa ou é a sua melhor cantada?

— Escuta, eu não... — River se interrompeu, soltando o ar lentamente. — Como vamos proceder?

— Nem sei direito o que isso significa, "proceder". — Jess apontou para trás com o polegar. — Vou voltar para casa.

— Significa que nós vemos se a ciência fez uma previsão precisa.

— Você é o cliente número *um* — ela o relembrou. — Se vamos ter essa conversa, suponho que você seja solteiro e nenhum de seus outros matches funcionou. Vamos pressupor que esse seguirá a mesma trajetória.

— Você é a minha primeira — contou ele, com naturalidade, acrescentando ao ver a expressão perplexa de Jess: — Não tive nenhuma outra combinação. Coloquei critérios bem rigorosos.

— Como... o que é que isso quer dizer?

River deu um passo cauteloso para mais perto.

— Determinei que veria apenas matches Diamante.

Jess sustentou o contato visual com ele por cinco... dez... quinze segundos. O olhar de River era firme, imperturbável e racional, e um pensamento abrupto passou pela cabeça dela: *Aposto que ele é bom em tudo que decide fazer. E se, só por um minuto, eu me permitir imaginar que isso é real? E aí?*

Os olhos dele caíram sem demora para os lábios dela, e Jess teve a sensação de que ele se perguntava o mesmo. Os pensamentos dela foram sequestrados por uma imagem momentânea de River encarando-a, sem camisa, observando sua reação à pressão da mão dele entre as pernas dela.

Jess teve que piscar — com força — para afastar a imagem.

— Por que você teria critérios tão estritos?

Ela conhecia os próprios motivos, mas e os dele? Uma alma romântica diria que estava interessada apenas em amor verdadeiro, mas o instante de hesitação de River lhe comunicou que a resposta dele teria bases em algo muito mais lógico.

— A princípio, porque o objetivo não era encontrar uma parceira para mim — respondeu ele. — Tem sido um longo estudo, e todos nós estávamos focados em chegar neste ponto. Parei de pensar sobre minhas informações como cliente há muito tempo.

Não era a pior resposta; Jess compreendia quanto foco era necessário para manter um empreendimento funcionando, ainda mais com funcionários. Tudo isso apenas lhe parecia completamente impossível.

Ela ouviu a lata velha do vovô entrando no estacionamento e o rosto anguloso de River por um momento foi iluminado pelos faróis. Sua carranca reservada deixava seu perfil irritantemente mais bonito.

Algo na expressão de Jess deve ter se suavizado, porque ele se aproximou mais alguns passos.

— Vamos conversar um pouco mais a respeito — disse ele. — Não precisa ser esta noite.

— Vou pensar.

— É empolgante — insistiu ele, baixinho. — Não é?

Se ela ao menos pudesse se forçar a acreditar naquele resultado, aprender a tolerar a cara dele em nome da ciência não seria a pior coisa do mundo, não é?

— Acho que sim.

River lhe deu um sorriso tímido que a atingiu como um relâmpago.

— E o momento não poderia ser melhor para o lançamento.

No meio de seu jantar de aniversário, o telefone de Jess apitou. Não era o aplicativo DNADuo — ela tinha deletado aquele negócio assim que se afastaram do meio-fio na frente da GeneticÀmente —, era seu e-mail de trabalho. Em circunstâncias normais, ela só olharia de manhã, mas havia passado o dia todo aflita e não ouviu nada dos Mercados Jennings. Então, enquanto Juno regalava vovó e vovô com uma encenação dramática de Cole Mason prendendo o pênis no zíper da calça na escola, Jess disfarçou e pegou o celular.

Srta. Jessica Davis,

Esta é uma notificação formal de que estamos encerrando seu contrato, conforme detalhado no Apêndice IV. O saldo remanescente de $725,25 por FÓRMULA ESTATÍSTICA + ALGORITMO DE MARKETING será depositado diretamente na conta corrente XXXXXXX-652, conforme acordado. Gostaríamos de agradecê-la pelos serviços prestados a nós durante os últimos três anos, e desejar tudo de melhor a você. Se tiver qualquer dúvida, por favor, fique à vontade para entrar em contato conosco.

Cordialmente,
Todd Jennings
Mercados Jennings

Jess se sentia como se tivesse acabado de engolir uma granada sem o pino. Setecentos dólares depositados em sua conta corrente, mas os dezoito mil restantes não viriam nem este ano, nem nunca mais. Trinta por cento de seus rendimentos tinham desaparecido. A ansiedade a consumiu — quente, febril — e ela fechou os olhos, respirando fundo dez vezes.

Um... dois...

Ela ainda tinha três contratos ativos. Descontados os impostos, ainda receberia trinta mil dólares no ano. Ficaria apertado, e a menos que ela arranjasse alguns clientes novos, não sobraria muito para despesas extras, mas ela conseguiria cobrir o aluguel e o plano de saúde.

Três... Quatro... Cinco...

Talvez pudesse parcelar o pagamento das aulas de balé de Juno.

Seis... Sete...

Elas não passariam fome.

Oito... Nove...

Elas tinham um teto sobre as cabeças.

Dez...

Devagar, sua pulsação voltou ao normal, mas o alarme deixou-a exausta e abalada. Colocando o telefone na mesa com a tela para baixo, Jess apanhou a garrafa de vinho e se serviu, parando apenas quando o líquido formou um menisco brilhante na borda da taça.

— Uau — disse vovô, assobiando. — Tudo bem por aí?

— Opa. — Jess se debruçou, sugando o primeiro golinho para levantar a taça sem derramar. *É meu aniversário,* pensou. *Vou encher a cara.*

Vovô trocou um olhar com a vovó antes de se voltar para Juno.

— Senhorita Junezinha? — chamou ele.

Ela chupou o espaguete para dentro da boca.

— Hum?

— Será que você podia ir lá em casa procurar meus óculos? Eu precisava pedir a ajuda da sua mamãe com dicas das palavras cruzadas.

A cadeira de Juno se afastou da mesa com um guincho e ela espremeu os olhos, desconfiada, apontando um dedo sujo de molho marinara para ele.

— Não comam bolo sem mim!

— Não ousaríamos.

Eles observaram enquanto ela saía correndo pela porta dos fundos e atravessava o pátio para o bangalô, com Pomba logo atrás.

— Bem, isso nos dá uns trinta segundos — disse vovó, com uma risada.

— Eu daria uns sessenta. — Vovô enfiou a mão no bolso do suéter e tirou os óculos do estojo. Deu uma piscadinha para Jess antes de colocá-los. — Agora, é seu aniversário, Jessica. — Ele se inclinou adiante, fingindo estudá-la. Seus olhos eram pálidos, aquosos, cheios de amor. — Que cara é essa? Tem alguma coisa a ver com eu ter te buscado agora há pouco? O cara lá fora?

— Não.

— Ele pareceu bem chateado quando nós fomos embora.

— Ele é um cretino, mas isso não tem a ver com ele. — Se fosse só River e aquele teste estúpido, seria fácil. Jess tinha deletado o aplicativo e podia ignorá-lo no Twiggs. Pronto.

Mas não era tão simples assim, nem de longe.

— O que foi, então? — perguntou vovó Jo.

Jess se debruçou com os cotovelos na mesa e apoiou a cabeça nas mãos. Parecia pesar uns trinta quilos.

— Ah... só a vida. — Ela pegou o telefone de novo, abrindo-o antes de entregá-lo para que eles lessem o e-mail de Jennings. — Esta era uma das minhas maiores contas. Nós discordamos sobre como agir daqui para a frente, e eles estão me mandando embora.

O semblante de vovó se abateu e ela segurou a mão de Jess.

— Que pena, meu bem.

— Dinheiro se arranja — argumentou vovô. — Nós sempre vamos ajudar você.

Jess apertou a mão dele em um agradecimento mudo. Eles tinham criado Jamie e Jess, e agora ajudavam com a Juno. Era para ela estar tomando conta deles a essa altura da vida, não o contrário.

— Não é só dinheiro. — Jess respirou fundo, tentando organizar os pensamentos. — Digo, até é, mas também sou eu. Sinto como se estivesse nesse modo de espera, criando Juno, pagando as contas, tentando manter as coisas em movimento até que a minha vida comece de verdade. Eu estava começando a pensar em como isso é bobo e como preciso sair mais. Mas agora isso... — disse ela, agitando o telefone para dar ênfase. — Trabalhei pra cacete por essa conta, e eles vão me substituir amanhã porque existem cem outras pessoas por aí com uma moral mais frouxa que a minha e que podem fazer o que faço. — Jess pressionou os dedos nas têmporas. — Preciso procurar um segundo emprego. Não quero que vocês cuidem de mim.

— Está brincando? — argumentou vovô. — Quem nos leva para nossos compromissos? Quem nos ajuda quando não sabemos como usar a porcaria do iPhone? Quem encontrou nosso treinador e quem ajuda a vovó Jo com o jardim? Você trabalha duro, Jessica, e está criando aquela menininha incrível.

A menininha incrível em pessoa entrou saltitando e apontou de modo acusativo para seu bisavô.

— Vovô! Seus óculos estão na sua cara!

— Mas olha só isso! — Ele os ajustou sobre o nariz, aproximando as palavras cruzadas de si a fim de olhar as páginas. — Aposto que você conhece uma palavra de cinco letras para "remorso", não conhece, Jess?

Jess sorriu.

— Pesar.

— Viu? O que seria de nós sem você?

Ele sorriu para ela por cima dos óculos antes de escrever a palavra.

Assim que os avós se foram, Jess se apoiou contra a porta fechada. A fadiga se assentou flacidamente em seus músculos, doendo lá no fundo dos ossos. Ela se sentia muito mais velha do que seus trinta anos. Caminhando pelo apartamento silencioso, apanhou os sapatos de Juno, as meias perdidas, os brinquedos da gata, mais de um copo de leite pela metade, lápis, pedidos de comida em bilhetes de Post-it de quando Juno e vovô brincaram de restaurante. Ela acertou o timer da cafeteira, preparou a mochila de Juno, carregou a lava-louças e deu uma última olhada pelo local em busca de outros detritos aleatórios antes de apagar a luz e se dirigir pelo corredor para o quarto da filha.

Juno tinha pegado no sono com *Frog and Toad Are Friends* aberto sobre o peito outra vez, a lanterna de sereia ainda acesa. Jess colocou Pomba em sua torre chique de três andares perto da janela, mas a gata desceu num pulo no mesmo instante, voltando para a cama e se enrolando numa bolinha nos pés de Juno.

Jess fechou o livro da filha e o colocou na mesinha de cabeceira, ajeitou os cobertores embaixo do queixo da menina e se sentou com cuidado na beira do colchão ao lado dela. Dormindo, Juno franziu a testa. Seu cabelo se esparramava, acobreado, pela fronha rosa-clara. Jess não via Alec há quase dois anos, mas olhar para a filha deles era como vê-lo todo dia. Juno tinha os olhos de Jess, mas puxou a ele em seu cabelo de um tom metálico de castanho, o sorriso com covinhas e o vinco rabugento no meio da testa. Jess passou o polegar pela testa morna, recoberta pelo suor infantil de Juno, e deu a si mesma o tempo de duas respirações para desejar que Alec estivesse ali, antes de se lembrar que não o amava há muito tempo e não precisava da ajuda dele. Companheirismo vazio era mais solitário do que ficar sozinha.

Alec não era um mau sujeito; ele só não queria ser pai. Nunca pressionou Jess para interromper a gravidez, mas foi claro em sua posição. No final, Jess escolheu Juno em vez dele, e ambos tiveram que viver com isso. Ele pôde desfrutar seus vinte anos, mas todos os seus amigos o acharam um cuzão; Jess ficou com uma criança maravilhosa, mas teve que aprender a se virar para pagar as contas. Ela nunca se arrependeu da escolha, nem por um instante, e tinha bastante certeza de que ele também não se arrependera.

Pesada de exaustão, Jess apagou o abajur e escapuliu em silêncio do quarto, assustando-se no corredor quando a campainha perfurou o silêncio. Vovô deixava os óculos na casa de Jess com mais frequência do que os levava, e puxando o suéter para mais perto do peito, Jess caminhou em silêncio até a sala de estar para dar uma olhada pela janela. Mas não era o vovô.

Era Jamie.

Antes Jess sentia uma mistura potente de reações quando via a mãe — alívio, ansiedade, empolgação —, mas, a essa altura, era primariamente pavor; e como ela mesma era mãe agora, achava essa descoberta desoladora ao extremo.

Respirando fundo em preparação, Jess hesitou com a mão na maçaneta antes de abrir a porta. Jamie Davis já ostentara vários rótulos — garçonete de coquetéis, viciada, porteira em estádios, namorada, viciada em recuperação, sem-teto —, mas jamais o de "mãe dedicada". Nas raras ocasiões em que aparecia em um dos eventos na escola de Jess ou em algum jogo de softbol, costumava estar de ressaca — às vezes, ainda bêbada — e fedendo a cigarros ou maconha. Ela fazia um show, torcendo por Jess, orgulhosa da filha. De vez em quando, trazia um grupo de amigos barulhentos e eles se chamavam de "Equipe de Torcida da Jess". Por dentro, Jess morria de vergonha, e então sentia pânico de que Jamie fosse perceber isso em seu rosto, que ela fosse embora num acesso de raiva e não voltasse por semanas.

E ali estava ela, ainda linda — ela sempre tinha sido linda —, mas com um acabamento empoado em sua beleza agora, algo ao mesmo tempo artificial e apagado. Uma vida de maus hábitos por fim cobrava o preço.

— Minha menina! — Jamie avançou, abraçando a filha com um braço só antes de recuar e enfiar uma porção de bombas de banho nas mãos de Jess. Elas tinham começado a se desintegrar dentro do celofane, e a poeira de cores vivas escapou para os dedos de Jess. Ela conhecia a mãe o suficiente para adivinhar que as comprara como uma lembrança tardia enquanto pegava um maço de cigarro mentolado light na loja de conveniência mais abaixo na mesma rua.

Jamie contornou a filha e entrou na sala de estar escura.

— Oi — disse Jess, fechando a porta. — Qual é a ocasião especial?

A mãe colocou a bolsa gigante na mesinha de centro e olhou para ela, magoada. Seu batom aos poucos penetrava nas marquinhas minúsculas em torno de sua boca.

— Não posso visitar meu bebê no aniversário de vinte e oito anos dela?

Jess não comentou que Jamie errara por dois anos, nem falou dos muitos outros aniversários que ela havia perdido. Francamente, Jess estava surpresa por sua mãe lembrar a data; em geral, suas visitas esporádicas não eram coordenadas com os eventos da vida.

— Claro que pode — disse Jess. — Quer se sentar? Posso te servir alguma coisa?

— Não, não. Estou bem. — Jamie entrou na cozinha, batucando as unhas de acrílico ao longo do balcão, e então olhou para o fim do corredor. — Juno, meu bem? Cadê a minha netinha linda?

— Ela tá na cama, mamãe. — Jess a silenciou. — Tá tarde, e ela tem aula amanhã.

Jamie lançou-lhe um olhar irritado.

— Crianças deviam ir dormir quando estão cansadas. Essas regras todas só deixam os pequenos ansiosos e deprimidos. É por isso que tantos tomam remédios hoje em dia. — Ela avaliou a prova de ortografia de Juno na geladeira, o cartão de aniversário que ela tinha feito para Jess, uma lista de compras. — As pessoas precisam escutar seus corpos. Se você estiver cansado, durma. Se estiver com fome, coma alguma coisa. Os pais precisam parar de controlar tanto a agenda das crianças.

Cuidadosamente, Jess colocou as bombas de banhos no balcão.

— Eu tomo um antidepressivo todos os dias — disse ela, com calma estudada. — Acho que essa teoria de não controlar a agenda não é garantia de nada.

Jamie ignorou isso para continuar sua análise do apartamento, olhando casualmente para as lombadas dos livros da biblioteca na mesa, folheando algumas páginas do livro de Juno sobre cavalos. Jess não via a mãe desde o Dia de Ação de Graças. Ela havia transferido quinhentos dólares para a conta corrente de Jamie e não ouviu nem uma palavra desde então. Na época, a mãe estava morando em Santa Ana. Elas se encontraram na lanchonete Denny's — Jess pagou — e Jamie lamentou que a luz, a água e o gás tinham sido cortados porque o banco cometera um engano. Eles haviam feito a retirada automática antecipadamente, insistiu ela. Aquelas taxas tinham feito os outros pagamentos serem recusados, e a partir daí virou uma bola de neve. Mas não tinha sido culpa dela. Nunca era culpa dela.

— E aí, como você tá? — perguntou Jess agora, contendo um bocejo enquanto se sentava no sofá. — Como tá o... John?

Assim que o nome saiu, Jess fez uma careta. Ela achava que o nome era John. Podia ser Jim.

— *Ah* — disse Jamie, com uma entonação de *você não vai acreditar nisso* naquela única palavra. — É, ele era casado.

A surpresa de Jess foi genuína.

— Espera, sério? Como você descobriu?

— A esposa dele me ligou. — Jamie bateu um cigarro para fora do maço antes de lembrar que não podia fumar dentro do apartamento, e meio que brincou com o cigarro como se essa fosse sua intenção desde o começo. — Para ser sincera, eu já devia saber. Ele tinha um emprego, crédito e uma receita para Viagra. É claro que era casado.

Jess soltou uma risada fungada.

— Esses são os critérios hoje em dia?

— Ah, meu bem. Não deixe a idade em que os homens têm uma boa circulação passar batido por você. Confie em mim. — Ela se sentou na borda da mesinha de centro em frente à filha, pousou uma das mãos na perna de Jess e o sopro de camaradagem autêntica fez o coração de Jess se inclinar para mais perto. — Como você tá? — perguntou Jamie. — Como vai a sua amiga escritora? Ela é tão engraçada.

— Estou bem. Sabe como é, trabalhando. E Fizzy — disse Jess, com uma risadinha. — Fizzy tá sempre bem.

— Você tá namorando alguém?

Sem ser convidada, a voz de River invadiu a mente de Jess.

E o momento não podia ser melhor para o lançamento.

— Definitivamente, não tô namorando.

A decepção de Jamie foi palpável.

— Você vai apenas ficar solteira para sempre? Não conheci nenhum namorado seu desde o pai de Juno. É o seu aniversário. Você devia estar lá fora!

— É noite de semana, e a Juno está dormindo logo ali.

Jamie apontou, como se Jess talvez estivesse entendendo.

— Então ela nem ficaria sabendo se você saísse.

O coração de Jess voltou ao seu aperto familiar, e ela anunciou de maneira decisiva, mas com paciência:

— Não quero sair, mãe.

— Tá bom, tá bom — soltou Jamie, erguendo a mão em rendição e defesa.

Jess bocejou de novo.

— Escute, tá t...

— Já te contei do meu novo serviço?

O tom abruptamente animado disparou sinos de alarme.

— Seu novo o quê?

— Meu emprego novo. — Jamie se aprumou. — Certo... não fale nada para os seus avós, porque você sabe que eles são antiquados e nunca entendem o quanto essas oportunidades são empolgantes, mas você está olhando para a nova integrante da equipe Skin Glow Incorporated.

Jess vasculhou o cérebro, mas não reconheceu nada.

— Quem são eles?

— Você tá brincando! — Jamie chacoalhou a cabeça, incrédula. — Os comerciais deles estão em todo canto, Jess. Eles fazem tratamentos faciais em casa. Meu Deus, quero dizer que é uma boa empresa, mas é mais do que isso, é todo um *estilo de vida*. Um jeito de empoderar as mulheres. Recebo uma porcentagem de todos os tratamentos que faço e...

Jess não conseguiu evitar um certo tom em sua voz.

— Uma porcentagem?

— Bom, sim... digo, no começo. Em algum momento, vou ter outras garotas trabalhando para mim e vou ganhar uma parcela dos ganhos delas, e das pessoas que elas trouxerem para a empresa.

— Tipo um esquema de pirâmide.

— Tipo uma empreendedora. — As palavras de Jamie soaram afiadas, ofendidas. — Sou capaz de mais do que servir mesas, sabe?

— Me desculpe, mãe. Não quis dizer nesse sentido.

— Bom, essa é uma oportunidade muito rara. Maureen disse que a senhora que a trouxe para a empresa já está ganhando mais de cem mil dólares! E só custa trezentos dólares para começar.

É claro.

— Você precisa de dinheiro.

— Só um empréstimo. — Jamie fez um aceno casual. — Devolvo quando receber meu primeiro pagamento.

— Mãe, nenhum emprego bom exige que você pague para começar.

Jamie assumiu uma expressão sombria.

— Por que sempre faz eu me sentir assim? Será que nunca vou conseguir sair do buraco com você? — Ela se levantou e inclinou-se para pegar a bolsa. — Estou limpa há dezoito meses!

— Não é com você... Espera. — Jess estava à beira de dizer a Jamie que tinha os próprios problemas financeiros com que se preocupar. Jamie voltou a se sentar no sofá e o silêncio se estendeu entre elas. — Você passou na vovó e no vovô? — perguntou, em vez disso. — Eles provavelmente ainda estão acordados.

Jamie meio que revirou os olhos e Jess se viu pensando, de novo, quando ela se tornara a adulta e Jamie a criança nessa relação.

— Eles não querem me ver.

— Você sabe que isso não é verdade. Se está com um emprego novo e limpa, eles adorariam te ver. Eles te amam, mãe.

Jamie manteve o olhar na parede.

— Bom. Eles sabem onde me encontrar.

Era espantoso que alguém como Jamie pudesse vir de Joanne e Ronald Davis. Com apenas três anos, Jess já passava a maioria das noites na casa dos avós. Aos seis, Jamie havia aberto mão de fingir ao menos tentar, e Jess foi morar com os avós em definitivo. Jamie estava por ali, falando de modo geral, mas nunca de maneira estável. Enquanto vovó e vovô se envolviam em cada aspecto da vida de Jess, desde o nascimento até o momento atual, ela aprendeu desde cedo que, sempre que a escolha aparecia, Jamie escolhia drogas e homens em vez da família.

Por mais que tentasse não repetir nenhum dos padrões da mãe, Jess puxou a ela em uma coisa: tinha engravidado jovem. Com sorte, porém, as similaridades terminavam aí. Jess havia se formado na faculdade, arranjado um emprego, e tentava poupar um pouco toda vez que um cheque caía. Ela levava a filha ao dentista. Tentava colocar Juno em primeiro lugar todos os dias.

Jess tentou pensar no que Jamie faria agora se suas posições fossem invertidas. *Será que Jamie me daria o dinheiro?*

Não. Jamie lhe diria que ela precisava crescer, parar de esperar caridade e assumir a responsabilidade por si mesma, droga.

Levantando-se, Jess foi até o balcão. Abriu o aplicativo bancário no celular, fazendo uma careta enquanto digitava 300 para transferir o dinheiro para a conta de Jamie.

Não sou a minha mãe, ela relembrou. *Não sou a minha mãe.*

SETE

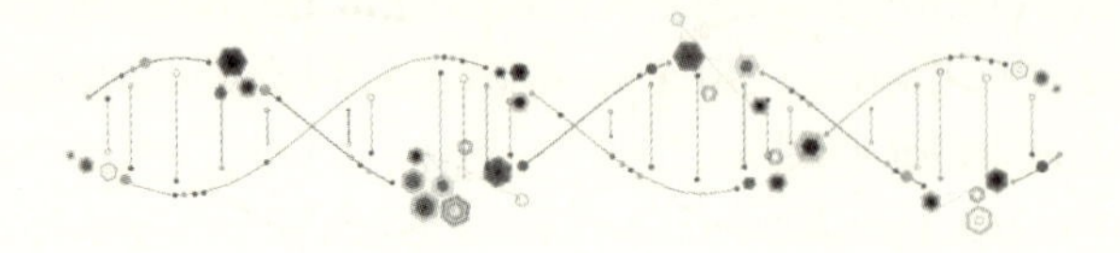

Bem cedinho na manhã de segunda, Fizzy entrou no Twiggs. Ela se dirigiu até a mesa habitual das duas, colocou o notebook ali e, apesar de ter sido informada do que veria, ainda olhou duas vezes ao ver Jess de pé atrás do balcão.

— Vai levar algum tempo — anunciou Fizzy, soltando a bolsa na cadeira — para eu me acostumar com essa nova situação.

Jess sorriu, passando um pano sobre o balcão antes de apontar para um latte de baunilha fumegante na ponta do bar.

— Se estiver ruim, minta para mim.

Fizzy apoiou um cotovelo no balcão e pegou o copo.

— Sinto que eu deveria ter preparado uma lancheirinha pra você, ou algo assim. Como foi seu primeiro dia?

— O vaporizador é apavorante, e não encaixei direito a tampa do liquidificador durante o horário de movimento da manhã, mas não foi tão ruim.

Fizzy soprou por cima da bebida e provou. Suas sobrancelhas se levantaram em uma aprovação surpresa.

— Acho que a terceira vez é a que de fato vale — disse Jess.

Fizzy olhou para o café silencioso em torno delas.

— É aqui que a gente vai ficar pra fofocar daqui por diante?

De onde ele estava, limpando mesas, Daniel soltou um simples "Não", mas Fizzy o ignorou e se debruçou para mais perto.

— Escuta, Jess, sei que você quer pensar que esse negócio do escore de compatibilidade é bobagem, mas o Ralph era *bom*. O que estou dizendo é, se eu fizesse um gráfico com esses escores de compatibilidade relativo à minha satisfação sexual, como vocês nerds talvez façam, haveria uma subida definitiva na linha.

Jess levou um segundo para juntar os pontos antes de se lembrar de Ralph, o match Prata. A apreensão era um indicador cutucando-lhe o ombro e sussurrando *Não pergunte*. Mas a curiosidade superou o desconforto. Com uma olhada cheia de culpa para Daniel por cima do ombro de Fizzy, ela se aproximou um pouco mais da ponta do bar para conseguir alguma privacidade.

— Ah, é?

Fizzy a seguiu do outro lado do balcão.

— Nós jantamos no Bali Hai.

Jess fez um "hmm" de inveja.

— Foi super fácil conversar com ele. Nós dois provavelmente tomamos mai tais demais, mas não foi um problema, porque tínhamos ido de Lyft até lá e dividimos um Lyft de volta para casa... — Fizzy sorriu. — Inclusive, ele tem uma casa em PB que é uma graça.

Uma pontinha inesperada de angústia pinçou os pulmões de Jess, e ela tentou expulsá-la com uma tossidinha, começando a limpar o bar à sua frente.

— Mais compatível que Aiden ou Antonio, então?

— Sem dúvida.

— Você acha que vai vê-lo de novo?

— Infelizmente, tive a impressão de que ele está ocupado demais para entrar numa relação séria com alguém. — Fizzy franziu a testa. — Por que ele assinaria com o DNADuo durante o pré-lançamento, se só queria pegação?

Rindo, Jess disse:

— Acho que me lembro de fazer essa exata pergunta pra você apenas alguns dias atrás. Olha só você, pronta para se comprometer depois de uma noite só de mai tais e sexo bom.

Do nada, Daniel se materializou, cutucando o ombro de Jess e apontando para o caixa.

— Você tem um cliente.

— Ops! Desculpa.

Jess bateu nele com o pano de limpeza. Correu os poucos metros até a caixa registradora antes de erguer a cabeça para encontrar o rosto lindo mas desprezível de ninguém mais, ninguém menos que o dr. River Peña.

Sendo justa, Jess não deveria se sentir surpresa; se tivesse olhado para o relógio, saberia que já eram 8h24, e River estava bem na hora. De alguma forma, porém, seu cérebro tinha marcado bobeira em lembrá-la que ela talvez tivesse de servi-lo durante seu primeiro turno como barista no Twiggs. E esta era a primeira vez que ela o via depois daquela não despedida na calçada, quatro dias antes. Embora Jess não esperasse literalmente soltar fogo pelas ventas na próxima vez em que ficassem frente a frente, também não considerara a transfusão de calor que atingiu sua corrente sanguínea. Por alguns segundos, ela o encarou estupidamente, registrando o mesmo choque na expressão dele.

River desviou seu olhar aturdido do dela para dar uma espiada em Daniel, de pé atrás da La Marzocco. Em seguida, com aquele jeito sem pressa dele, tornou a olhar para Jess.

— O que você está fazendo aí atrás? — Seus olhos analisaram devagar todo o corpo dela. — De avental?

— Ah, certo. — Jess fez um reverência desajeitada. — Trabalho aqui agora.

Quando River não se pronunciou mais, ela ofereceu, numa animação fingida:

— O que posso trazer para o senhor?

Ele franziu o cenho e suas sobrancelhas escuras se juntaram; olhos inteligentes e brilhantes a observaram com ceticismo.

— Você trabalha aqui? Desde quando? Pensei que você trabalhava com... — Ele olhou de relance para a mesa onde Fizzy estava agora sentada sozinha, assistindo a tudo com a atenção de um gavião. Jess arqueou uma sobrancelha, achando graça, enquanto ele se virava para ela e parecia colocar as peças do quebra-cabeça no lugar. Por fim, ele conseguiu dizer apenas: — Pensei que você trabalhasse... com outra coisa.

Por dentro, Jess gemeu. Por que ele não estava apenas pedindo, pagando e se afastando para o lado, encarando o celular? Será que se esquecera de que estava ocupado demais para conversar com a plebe?

— Sou uma especialista em estatística freelancer — esclareceu ela, mantendo o sorriso educado. — Mas perdi uma conta grande outro dia. Considerando-se que tenho uma filha e um monte de contas...

Ela ergueu os braços como se dissesse: *Voilà.*

Jess aceitaria alegremente dezesseis horas de trabalho semanal recebendo salário mínimo *e* o golpe no seu orgulho por servir River Peña, se isso significasse que Juno continuaria fazendo balé com a srta. Mia.

Sem sutileza, os olhos de River dardejaram para a mão esquerda de Jess. Será que ela imaginara o jeito como a testa dele relaxou? Será que ele estava procurando por uma aliança de casamento?

— Uma filha — ela confirmou, baixinho —, sem marido.

Por um breve segundo, Jess se permitiu achar graça desse cenário potencial.

— Uau, esse seria um comunicado de imprensa bem constrangedor para a GeneticÀmente: "Alma Gêmea do Fundador Já Está Casada".

— Pessoas casadas tendem a não enviar amostras de DNA — retrucou River, com um brilho divertido nos olhos. — E ouvi falar que eles preferem trair usando aplicativos com menos formulários de admissão.

A autopreservação subiu, quente, por sua garganta, e Jess podia ver a mesma compreensão passar por ele: essa conversa parecia suspeitosamente com um flerte nerd.

— O que posso trazer para você? — Jess perguntou outra vez.

A expressão dele se fechou.

— Desculpe, eu quero… — River sustentou o olhar dela, e o contato pareceu soltar um enxame no peito de Jess. — Pensei que você tinha me chamado de "Americano" no outro dia — disse ele.

Ah, minha nossa, Jessica.

Anotando o pedido num copo, ela foi entregá-lo para Daniel, que lhe lançou um olhar inexpressivo.

— Já preparei, Jess.

Claro que ele já tinha preparado. Daniel sorriu, apologético, em nome de sua nova funcionária, entregando a bebida para River. Houve um silêncio palpável enquanto eles observavam Jess lutar para encontrar a entrada correta para o Americano na tela.

— Está nas bebidas com expresso — avisou Daniel, baixinho.

River, massivo, debruçou-se para olhar para a tela de cabeça para baixo.

— Está nos…

O dedo dele tocou na tela ao mesmo tempo que o de Jess, as mãos se unindo brevemente.

— Achei — disse ela, humilhada.

River recuou e Jess apertou o botão, perturbada pelo contato que, de alguma forma, ela conseguia sentir subindo pelo braço todo. Sem dúvida, suas bochechas pareciam ter levado um tapa.

— Dá três e oitenta e cinco.

Ele hesitou e Jess percebeu seu engano. Então escolheu a opção *grande.*

— Desculpe. Quatro e setenta e quatro.

O desconforto compartilhado se colocou entre eles, um convidado barulhento e indesejável na constrangedora festa para dois. Jess recebeu o dinheiro, contou o troco. Mas o que acabou de verdade com ela foi que, depois de uma hesitação ínfima, ele depositou o troco todo — inclusive a nota de cinco — no pote de gorjetas.

Quinze minutos depois, Fizzy se aproximou discretamente do balcão, quando pareceu julgar que Jess não se sentia mais mortificada.

— Oi. — Ela ofereceu um sorriso simpático de melhor amiga e estendeu a mão sobre o balcão para bater o punho no de Jess.

— Oi. — Jess pigarreou, tocando os nós dos dedos nos de Fizzy. — Aposto que um final assim nunca entrou num romance.

Fizzy riu.

— Está brincando? Esse seria o *começo* de uma história de amor incrível.

— Não a minha.

Jess sentiu a melhor amiga analisando-a enquanto fingia estar absorta, arrumando a vitrine de doces e salgados. Fizzy se mantivera incomumente calada quando o assunto era River. Depois de ouvir o resultado do DNADuo dela e de River, o resumo da reunião desastrosa na GeneticÀmente e a teoria de Jess de que a estatística deles era fajuta e era provável que invalidasse todo o plano de negócios deles, Fizzy apenas a encarou em silêncio por alguns segundos antes de dizer apenas um "Entendo".

— Você tá bem? — indagava ela agora.

Daniel decidiu que este era um bom momento para se unir à conversa, colocando dois pacotes fechados de grãos no bar expresso. Ele franziu o cenho.

— Qual é o problema?

— Nada — resmungou Jess, enquanto Fizzy praticamente gritava:

— Você não viu aquele encontro constrangedor com o Americano?

— Constrangedor por quê? — Daniel levou um momento para relembrar, e então disse: — Ah, por causa da bebida? Meh, não se preocupe com isso. É seu primeiro dia.

— Não, Dan — corrigiu Fizzy, exasperada com ele sem um bom motivo. — Porque eles *combinaram*.

O café inteiro pareceu ficar em silêncio em resposta a isso.

Jess soltou um gemido.

— Fizzy, juro por Deus, com as minhas próprias mãos...

— Que nível? — perguntou Daniel.

— Como assim, "que nível"? — Jess o olhou, boquiaberta.

Ele abriu um saco de grãos de café e despejou na máquina.

— Se estamos falando do DNADuo, fui uma das amostras originais — contou ele, orgulhoso. — Ainda na minha época na SDSU. Quando eles ainda estavam pegando... *amostras*.

Levou um segundo para elas processarem a informação, e quando isso aconteceu, tudo o que uma Jess corada conseguiu dizer baixinho foi:

— Que nojo, Dan!

— Eu estava falando de sangue.

— Não pareceu que era sangue.

— Mas enfim, participei de novo faz um ano e meio, quando eles divulgaram que precisavam de pessoas para ajudar a validar o kit de saliva. — Ele tirou o telefone do bolso de trás e mostrou a tela para as duas, como se elas pudessem ver um fio de matches enfileirados ali. — Mas nunca consegui nada acima de trinta e sete.

Isso despertou o interesse de Fizzy.

— Você saiu com ela?

— Saí — respondeu ele. — Foi bom, mas acho que nós dois tínhamos uma expectativa estranha de que era bacana, mas estatisticamente improvável que fosse dar em alguma coisa.

— Eu me perguntei sobre esse aspecto — disse Fizzy. — Saí com um Prata no outro dia, mas, tipo, se você pega alguma coisa abaixo de Ouro, você simplesmente presume que é mais capaz que não vá dar certo?

— Mesmo que você acredite nos dados deles — interrompeu Jess baixinho —, é muito mais provável que consiga um relacionamento duradouro com um Prata do que com os encontros comuns...

Fizzy a encarou, chocada.

— Diz a mulher que não acredita no próprio escore.

— Qual foi o escore? — tornou a perguntar Daniel.

Jess riu.

— Não importa. Fizzy tem razão. Não acredito nele. — Ela enxugou as mãos no avental e olhou para Daniel. — O que vem agora, chefe? A louça? Reposição?

Ele levantou o queixo, inabalável.

— Foi uma Combinação Básica?

Fizzy olhou para Jess, uma sobrancelha erguida.

— É, Jess. Foi uma Combinação Básica?

Jess lançou um olhar paciente para a amiga.

— Você tá querendo ver o circo pegar fogo?

— Culpada.

Daniel se virou para Fizzy, que por sua vez olhou para Jess como quem busca permissão ou dá um alerta.

Era um alerta, pelo visto, porque segundos depois, Fizzy disse:

— Foi um Diamante.

Jess esperava que ele fosse explodir: *Como pode ignorar isso?* E: *Se eu tivesse um match Diamante, largava o emprego e ia transar o dia inteiro!* Mas assim como Fizzy havia feito quando Jess lhe contou, Daniel analisou Jess muito quieto, de modo muito minucioso.

— Você não está curiosa? — perguntou ele, afinal.

— Não.

Daniel parecia tentar compreender aquilo.

— É o River?

Jess deu de ombros.

— Quem sabe? Não conversamos de verdade desde que descobrimos, alguns dias atrás.

— E aí, você vai fazer o quê? Nada?

Ela assentiu para Daniel.

— Esse é o plano.

Fizzy revirou os olhos e repetiu com um traço de exasperação:

— Esse é o plano. O plano tedioso, *seguro.*

Jess lançou um olhar de alerta para a amiga. Não que Fizzy estivesse errada, *per se*, mas Jess tinha mais coisas a considerar do que apenas ela mesma. Não podia abrir mão da cautela. Esse era um luxo a que pessoas sem filhos podiam se dar, pessoas com tempo livre e menos responsabilidades. Planos tediosos e seguros ainda não a tinham levado para o mau caminho.

OITO

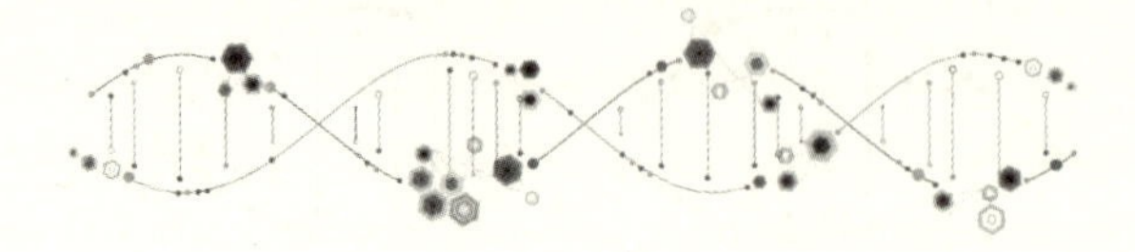

Mas o plano, se é que se podia chamá-lo assim, foi para o espaço três dias depois, mais ou menos às 17h17, quando um Tesla prateado encostou ao lado de Jess, abrindo uma janela filmada, no momento que ela caminhava de volta para casa. Era da natureza dela ignorar todo carro encostando no meio-fio, mas esse não estava assobiando ou gritando cantadas. Esse motorista sabia o nome dela.

— Jessica.

Ela se virou e encontrou Brandon "Dentinhos" Bochetti no banco do passageiro. Seu braço esquerdo estava em volta do volante enquanto ele se inclinava na direção dela, sorrindo como se tivesse uma caixa grande de Chiclets que queria exibir. Vestia-se de modo casual, com uma camisa azul de colarinho aberto.

— Você tem um segundinho?

— Na verdade, não. — Ela apontou para o prédio do seu apartamento, dois quarteirões adiante. — Preciso começar a fazer o jantar.

— Para ser sincero, eu estava pensando se alguém poderia ficar com a sua filha hoje — disse ele, e seu sorriso se tornou hesitante.

A despeito do tamanho intimidante de seus dentes, os olhos eram castanhos e calorosos, com ruguinhas nas bordas. Ele não parecia um sujeito que quisesse tirar Jess das ruas, conectar fios em sua pele e transformá-la em uma bateria humana. Jess registrou vagamente que ela precisava se controlar um pouco acerca de sua imaginação.

Aproximando-se do carro, ela se debruçou, pousando os antebraços na janela.

— Tenho certeza de que é frustrante para vocês, mas não tenho qualquer interesse em continuar com isso.

— E não vamos forçá-la a continuar — ele se apressou em verbalizar. — Nossa intenção não é nos intrometer. Sei que essa situação tem sido... estranha. David e eu só queríamos garantir que houvesse um acompanhamento.

Jess teve de admitir que eles haviam ficado surpreendentemente silenciosos, considerando-se a urgência da primeira reunião, a enormidade da descoberta e o jeito precipitado com que ela fugira do quartel-general deles. Até aquele momento, nem um pio.

— Você não está sugerindo outra reunião, né?

Ela deve ter transparecido que outra reunião lhe agradaria tanto quanto um tratamento de canal, porque Brandon riu.

— Não. Aquela reunião foi um engano. Um engano *nosso*. E provavelmente o pior jeito de contar a vocês dois. Ficamos empolgados demais, como cientistas... queríamos que vocês vivessem aquele momento de descoberta conosco, mas deveríamos ter exibido mais QE. — Ele se remexeu no banco. — Estávamos torcendo para que você aceitasse o jantar.

— Esta noite?

Ele afirmou.

— Você consegue esse tempinho?

Ela se virou e olhou para aquele ponto mais adiante na rua, considerando. Jess não era cega — River era, objetivamente, lindo —, mas não podia sequer dizer que gostava dele como pessoa. Além disso, ela ainda não conseguia enfiar em sua cabeça lógica aquele número. Suas prioridades, pela ordem, eram a filha, os avós, e as contas. O que quer que eles dissessem, Jess não daria prosseguimento a isso.

— Estou com muita coisa pra fazer — disse a ele. — Peguei outro emprego; tenho uma filha pequena em casa, como você sabe. Acho mesmo que não tenho...

— Juro, Jessica — Brandon interrompeu de modo gentil, e quando a atenção dela voltou para seu rosto, ele ofereceu outro sorriso vacilante. — Não vamos desperdiçar seu tempo.

Assim que Brandon deixou o carro com o manobrista em frente ao Addison, no Grand Del Mar, Jess soube que este não seria um jantar do tipo relaxado. Eles não comeriam tacos com as mãos nem dividiriam um jarro de cerveja. Uma refeição no Addison custava mais do que o aluguel dela.

Jess baixou os olhos para seu colo, removendo sujeirinhas inexistentes da saia do vestido. Brandon viveria para sempre na sua coluna *Gosto* por lhe dar quinze minutos para trocar a calça de ioga e o top da Lululemon em que "mal se notava a mancha" que Juno escolhera para ela na loja de segunda mão. O vestido azul que ela usava era elástico, motivo de ele ainda servir.

Brandon apanhou seu casaco esportivo bem passado de onde pendia num gancho no banco traseiro, abriu um sorriso reconfortante e indicou que Jess fosse na frente.

— Por aqui, sr. Bochetti.

O maître assentiu, guiando-os em meio a um salão circular deslumbrante forrado de sacadas com arcos no alto. Talheres batiam gentilmente contra porcelana, gelo tilintava em copos altos; ao redor, conversas zuniam em um murmúrio baixo e agradável. Mesas pontilhavam a sala com bastante espaço entre si, emolduradas por cadeiras baixas luxuosas, estofadas em escarlate e ouro.

— O David vai se encontrar com a gente?

Brandon olhou para ela por cima do ombro.

— Eles já devem estar aqui.

Eles. O estômago de Jess caiu rapidamente até os pés: *eles*. David e River se levantaram com a chegada de Brandon e Jess em uma mesa na extremidade mais distante do salão.

Congelada enquanto Brandon lhe oferecia a cadeira, Jess sentiu River observando, absorvendo com cuidado a reação dela. Os lábios do sr. Bochetti se curvaram para baixo em desculpas.

— Pensei... bom, presumi que você perceberia que estaríamos todos aqui.

— Tudo bem — disse ela, baixinho, sentando em seu lugar e lutando para recuperar a compostura. River estava imediatamente à sua direita, e seu desconforto ante o *dela* era palpável. — Entendi mal.

Jess se arriscou e olhou nos olhos dele, e a expressão de River continuou em grande parte indecifrável, exceto por um pequeno vinco na testa, o traço de preocupação nos olhos. Se ele fosse uma pessoa mais intuitiva, ela poderia interpretar aquela expressão como uma pergunta: *tudo bem se fizermos isso?*

Então ela piscou, desviando o olhar, e colocou o guardanapo no colo. Enquanto se ajeitavam, a mesa recaiu no silêncio. Jess levantou a cabeça e notou que os três homens a observavam enquanto ela tentava antecipar o motivo pelo qual a haviam convidado para jantar.

— Tudo bem — repetiu ela. — Vamos lá.

— Vamos dar uma olhada no cardápio antes — sugeriu David —, e aí talvez River possa lhe contar um pouco mais sobre a empresa e a nossa tecnologia.

Analisaram o cardápio num silêncio pesado antes de concordar em pedir o cardápio de degustação com cinco pratos. Pediram os coquetéis, a comida, e então os quatro só... ficaram ali sentados. Era insuportável.

— River? — David por fim convidou, num tom paternal.

River pigarreou, ajeitou o guardanapo. Estendeu a mão para mexer no copo de água. Que constrangedor para ele ter de tentar convencer Jess de que isso tudo era verdadeiro, quando parecia que ele também não queria acreditar.

— Acho que entendo a ciência da coisa — disse ela, antes que River pudesse se lançar no discurso que vinha formulando naquele cérebro enorme dele. — Pelo menos, entendo que vocês identificaram uma ampla variedade de genes que acreditam estar envolvidos na realização pessoal e, hã, sexual em um relacionamento. Na teoria, compreendo como o algoritmo pode funcionar. Acho que o que eu questiono é se esse resultado, em particular, é real. Se vocês nunca tiveram um resultado de noventa e oito antes, como sabemos o que isso significa?

— Se eu e você tivéssemos recebido um escore de vinte e dois — indagou River —, você teria acreditado?

Era exatamente a pergunta que ela se fizera um punhado de dias atrás.

— Teria — admitiu Jess —, porque isso se alinharia com meus sentimentos em relação a você, de modo geral. Um noventa e oito, para mim, sugere que nós nos sentiríamos atraídos um pelo outro. Que teríamos uma química instantânea.

Houve uma pausa que foi misericordiosamente interrompida pelo garçom trazendo pães e bebidas. Quando ficaram sozinhos outra vez, David perguntou, cauteloso:

— E vocês não têm?

— Em geral, tenho vontade de cometer um crime quando o vejo — respondeu Jess, com a faca de manteiga à sua frente. — Não sei se isso é um sinal de compatibilidade romântica.

River soltou o ar, recostando-se na cadeira.

— Isso é um desperdício do nosso tempo.

Inclinando-se adiante, Brandon a envolveu com seu sorriso.

— Pode ser mais fácil acreditar em más notícias do que nas boas.

— Não sou uma pessimista — argumentou ela. — Acreditaria em boas notícias se alguém me dissesse que eu tinha ganhado na loteria. Mas estou olhando para ele, e ele está olhando para mim, e tenho certeza de que nós dois estamos pensando: "de jeito nenhum".

Brandon se voltou para River.

— Você a acha atraente?

— Esse teste não mede atração — respondeu River, suavemente. — Ele mede compatibilidade.

Jess largou o pão.

— Você realmente disse isso, assim.

— Jessica — disse David, redirecionando a atenção dela. — E você?

Jess riu.

— River é atraente. Todos nós podemos ver isso. — Ela cometeu o erro de, por instinto, dar uma espiadela na direção dele ao dizer isso, e notou um músculo se movendo para cima no canto dos lábios dele. Aquilo a amoleceu, inclinando-se na direção dele, e a autopreservação lhe subiu pela garganta. Ela odiou. — Mas falar com ele é como conversar com uma calculadora ranzinza.

David escondeu uma risada surpresa com uma tosse, batendo no próprio peito com alegria e pegando sua água. À direita de Jess, River soltou o ar de forma lenta e longa.

— Deixe-me tentar uma abordagem diferente — disse Brandon enquanto o garçom trazia o primeiro prato. — Acreditamos nessa ciência. — Ele gesticulou para os homens ao lado dele. — Não quero dizer só que torcemos para que funcione porque podemos ganhar muito dinheiro. Isso é verdade, claro, mas não é tudo. Sim, a história de vocês dois poderia ser muito convincente para o nosso lançamento, mas também é uma curiosidade científica para nós. Até o momento, todo casal que recebeu escores acima de oitenta ainda está junto, e alcança pontuações muito acima da média em várias medições de satisfação no relacionamento. Temos que imaginar: quão satisfeito um casal com escore noventa e oito ficaria?

— *Todos* os matches acima de oitenta foram bem-sucedidos? — indagou ela, pensando no modo como Brandon havia fraseado a informação. — Pensei que Lisa havia dito que foram três de quatro.

— Legalmente, não podemos dizer que foram todos eles, porque nem todo match Titânio se conectou de fato em pessoa até o momento.

— Isso deve ser irritante para vocês — gracejou ela.

Dessa vez, a risada de David foi estrondosa.

— Você não faz ideia!

— Vocês dois são jovens, atraentes e solteiros — constatou Brandon, aproveitando a leveza momentânea.

— Não estamos pedindo para que se case com ele — acrescentou David.

— Desculpe — interrompeu River. — Posso me juntar a essa conversa?

— Sim — concordou Jess —, em que pé *você* está nisso tudo?

A comida permanecia negligenciada na frente deles, enquanto todos esperavam pela resposta de River.

— É claro que acredito nessa ciência — disse. — Fui eu que a inventei.

Você acredita mesmo que o nosso resultado pode ser real? Que nós podemos ser almas gêmeas?, Jess quis perguntar, contudo as palavras pareciam enormes demais para empurrar para fora dos lábios. Então ela se dedicou às vieiras.

— Estamos pedindo que vocês dois passem algum tempo juntos — instou Brandon.

— Isso mesmo — concordou David. — Para se conhecerem. Deem um pouco de tempo ao tempo.

— Infelizmente — disse ela, levando uma garfada à boca. Pelo menos ia ganhar um jantar —, tempo é o que não tenho para dar. Não sei se os cinco minutos de mudez de River no Twiggs toda manhã vão nos permitir ir mais fundo.

— E se lhe oferecermos uma compensação? — perguntou Brandon.

A mão dela congelou, o jantar de repente esquecido. Um silêncio caiu sobre a mesa. River olhou com dureza para Brandon, mas David observava apenas Jess. Eles tinham se preparado para essa possibilidade.

Eu te juro, Jessica. Não vamos desperdiçar seu tempo.

— Desculpe — disse ela, rouca —, como é?

— E se lhe oferecermos uma compensação? — repetiu Brandon com calma. — Permitindo que você abrisse um tempo na sua agenda para conhecer River?

Ela depositou a faca na borda do prato com cuidado.

— Vocês querem me pagar para sair com ele?

River exalou bruscamente, pegando seu uísque.

— Considere isso uma bolsa por participar em um aspecto de uma experiência maior — explicou David. — Você poderia sair do café, ter mais tempo livre. Você é uma parte importante da nossa pesquisa, metade de um escore que precisamos para validar, ou invalidar, nosso paradigma de agrupamento antes do lançamento.

Jess recostou-se na cadeira, o coração disparado.

— Então vocês precisam que a gente... *explore isso* até depois do lançamento?

Brandon riu um pouco ao ouvir tais palavras.

— Bom, vocês podem explorar até...

— Presumindo que a gente *não se apaixone* um pelo outro — esclareceu ela —, qual é a duração desse estudo?

— A OPI é no dia seis de maio — respondeu David, direto. — Hoje é vinte e oito de janeiro. Então, pouco mais de três meses.

E ali estava a verdade nua e crua.

— De quanto seria a compensação de que estamos falando?

David e Brandon trocaram um olhar. Com a mão trêmula, Jess levou o copo de água aos lábios, o gelo tilintando gentilmente contra o vidro.

— Dez mil por mês.

Uma tosse cheia de água explodiu de sua garganta, rascante e urgente. River estendeu o braço e pousou a mão nas costas de Jess, esfregando com delicadeza.

O toque era firme, mas elétrico, forçando-a a soltar o ar dos pulmões e fazendo-a tossir outra vez. A palma da mão de River era enorme e quente, um zumbido vibrando na pele de Jess.

— Tô bem — ela enfim conseguiu dizer, colocando o copo na mesa.

Ele se afastou, fechando a mão em punho no colo.

— E o que esse valor compra para vocês? — perguntou Jess, assim que confiou que sua voz sairia firme.

— Vocês saem para tomar café. Participam de encontros. — Brandon ergueu as mãos e deu de ombros antes de apanhar seu garfo. — Talvez façam uma ou outra aparição pública. Em suma, você dá uma chance para ver no que dá.

David assentiu.

— Você vai conhecê-lo, Jessica.

Ela se voltou para River.

— Você está tão quieto. Isso também te diz respeito, sabe? Sei que o seu nível de energia padrão é o de um pôster de papelão, mas não vou conseguir te conhecer se você não falar nada.

— Tô pensando — admitiu ele, num rosnado.

Para falar a verdade, a mente de Jess estava em choque. Ela nunca concebera uma situação assim. Se se sentia fisicamente atraída por River? Sim. Claro que *sim*. Mas havia tanto dele que parecia inacessível e profundamente irritante...

— Você sente...? — Ela não sabia como formular a pergunta. Recomeçou. — Com tudo o que você sabe, e tudo o que viu, você acha que esse número está correto?

Ele tomou um longo gole de água. Com a mão firme e sem pressa, colocou o copo na mesa e olhou para Jess.

— Não sei.

Ao fundo, ela percebeu que Brandon e David haviam começado a comer, tentando ser discretos enquanto ouviam o que provavelmente deveria ser uma conversa particular. Jess odiava o jeito como sua barriga se aquecia, como parecia haver bolhas subindo de sua corrente sanguínea para a superfície de sua pele.

— Você... quer que ele esteja correto?

A última coisa que Jess desejava era que alguém saísse magoado, mas não conseguia se imaginar dando as costas para trinta mil dólares. Qual seria o tamanho da dificuldade em passar algumas horas com este homem por uma quantia que verdadeiramente facilitaria a vida de Juno e a dela?

River fechou os olhos e engoliu. Quando tornou a abri-los, ela viu no rosto dele o mesmo conflito que sentia por dentro.

— Não sei — disse River outra vez.

— Então por que está disposto a fazer isso?

Ele ergueu um ombro.

— Quero provar que estou certo.

Jess não sabia que mulher julgaria essa resposta como boa o bastante. Embora pudesse apreciar essa posição de um ponto de vista intelectual, este era exatamente o problema: isso deveria ser uma questão de química instintiva, imensurável.

Não deveria?

Levantando-se, ela colocou o guardanapo na mesa.

— Preciso pensar a respeito. Ligo para vocês.

NOVE

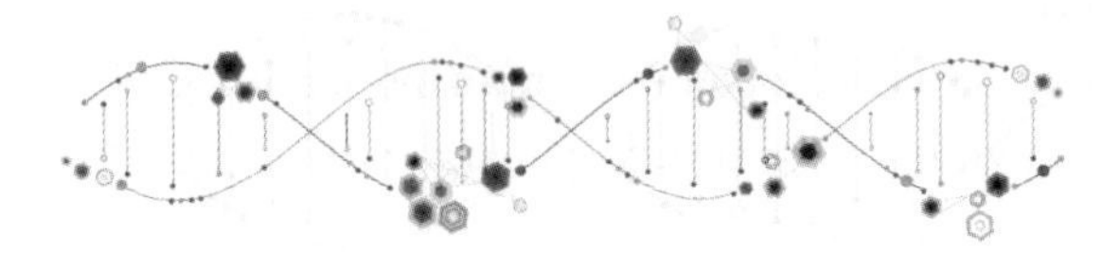

Jess acenou para a vovó pela janela da cozinha e dirigiu-se para os fundos do apartamento. Juno já estava aninhada na cama com um livro. De novo. Fracasso, fracasso, fracasso. Se Juno tivesse convencido o vovô a comer palitinhos de peixe no jantar outra vez, isso com certeza teria sido a gota d'água para Jess.

Será que toda mãe se sentia assim? Jess trabalhava demais ou não trabalhava o suficiente. Estava mimando Juno, ou Juno não recebia tudo de que precisava. Jess era uma mãe superprotetora, ou estava ignorando a filha. Com frequência, Jess se via convencida de que toda decisão que tomava estava, de alguma forma, arruinando a infância de Juno.

— Ei, bebê — disse ela, dando a volta numa cesta de roupa suja e desabando na cama junto da filha. Pomba se levantou e se espreguiçou, abrindo caminho pelo colchão para se aboletar no espaço entre as duas.

Juno virou uma página.

— Sabia que as girafas fêmeas voltam para o lugar onde nasceram para dar à luz?

Jess passou os dedos pelos cabelos de Juno; os fios ainda estavam úmidos do banho.

— Não sabia, não.

— O bebê simplesmente cai no chão. — Juno abriu os braços em um *plá* dramático.

— Acho que, se a sua mãe é uma girafa, esse é um tombo bem grande.

Juno virou o livro para ela, mostrando uma foto de uma girafa e seu bebê.

— Mas o bebê simplesmente se levanta e sai correndo! — Ela virou a página. — E o pescoço delas têm a mesma quantidade de vértebras do de um ser humano. Você sabe quantas são?

— Sete, acho?

— Isso! — Juno assentiu uma vez. — Muito bem.

Jess ouvia a filha ler, mas sua cabeça parecia uma centrífuga, a conversa do jantar se revirando sem parar lá dentro. Ela não sabia se ficava mais insultada pela sugestão de que concordaria com aquilo, ou furiosa por pensar em aceitar. Seria maluca se ignorasse uma coisa dessas, certo? Aquilo compensaria a conta Jennings; resolveria o plano de saúde pelo restante do ano.

— ... isso me lembra quando o sr. Lannis teve que usar um colar cervical porque comprimiu um nervo no karaokê. Ei, mamãe!

Quando retomou o foco, Jess percebeu que Juno já tinha fechado o livro.

— Que foi, meu bem?

— Por que você tá fazendo essa cara? — perguntou ela.

— Que cara?

Juno passou um dedo pela testa da mãe.

— Aquela que a tia Fizzy não consegue mais fazer por causa do botox.

— Não tô franzindo a testa — disse Jess. — Tô só pensando. Alguém me pediu para fazer um negócio e não sei direito se devo fazer ou não.

Agora era Juno quem franzia a testa.

— É algo ruim?

— Não, não é ruim.

Ronronando, a gata subiu no peito de Juno.

— Alguém vai se machucar?

— Espero que não — respondeu Jess. — Acho que não.

— Você não se sente segura?

Jess mordeu o lábio, na tentativa de segurar uma risada encantada. Essa menina repetia com exatidão o que Jess diria se as posições delas fossem invertidas.

— Não. — Inclinando-se, ela beijou a cabeça da filha. — Não me sinto insegura.

Assim que tornou a se sentar, a menina a prendeu com um olhar severo.

— Você vai ter que mentir?

Você é uma parte importante da nossa pesquisa, metade de um escore que precisamos para validar, ou invalidar, nosso paradigma de agrupamento antes do lançamento.

Ela balançou a cabeça.

— Não, não vou ter que mentir.

Juno colocou o livro na mesa de cabeceira e apanhou Pomba antes de se ajeitar debaixo do edredom com ela.

— Você aprenderia alguma coisa?

Jess sentiu uma pulsação intensa de orgulho pela filha, e a resposta negativa que lhe veio automaticamente evaporou de sua boca.

Porque... talvez ela aprendesse.

Jess vislumbrou um relance de si no espelho no final do corredor e se perguntou como é que o caos dentro dela não estava mais visível. Se o seu exterior combinasse com o interior, ela pareceria uma escultura de Picasso: a cabeça de lado, o nariz no lugar dos olhos, os olhos no queixo. Em vez disso, ainda era apenas Jess: cabelo castanho, olhos azuis cansados e o que se assemelhava a uma espinha de estresse na testa. *Maravilha.*

Vovô e vovó jogavam baralho no pátio; Jess pegou uma cerveja na geladeira e um suéter nas costas do sofá e saiu para se juntar a eles.

O sr. Brooks abriu a janela quando a viu, a camiseta branca riscada por um par de suspensórios cinza.

— Jessica — disse ele, debruçando-se para fora. — Preciso falar com você.

Jess trocou um olhar com a vovó e voltou para perto do prédio, olhando para o segundo andar.

— Pois não, sr. Brooks?

— Tô postando duas fotografias no aplicativo Nextdoor. Tem uma molecada que fica passando de patinete para cima e para baixo nas calçadas, e não gosto da cara deles. Tem a calçada toda à disposição, mas eles insistem em andar coladinho nos meus degraus. — Ele fechou a mão em punho e o achatou contra a moldura da janela. — Não quero que eles derrubem minha vassoura.

— Vou ficar de olho neles. Sei que o senhor usa aquela vassoura todo dia.

— Obrigado, Jessica. Não podemos deixar a meninada correr para cima e para baixo nessa rua. Tem carros demais, gente demais. E não fazem mais daquela vassoura. Já tive que consertar uma vez.

Ela concordou em solidariedade e, satisfeito, o sr. Brooks voltou para dentro e fechou a janela.

Jess tirou a tampa da cerveja e se sentou à mesa.

— Temos que ser justos — disse vovô, ajeitando as cartas em suas mãos —, é uma vassoura bem boa.

— Não sou sommelier de vassouras, então terei que aceitar o seu veredito. — Jess passou os braços em torno da vovó e repousou a cabeça no ombro dela, fechando os olhos. — Já falei o quanto amo vocês?

Vovó Jo deu tapinhas em seu braço.

— Não nos últimos trinta minutos.

Jess beijou-a no rosto.

— Então tá. Eu amo vocês, um montão.

— Como foi o jantar?

Jess deu uma risada sarcástica. Em primeiro lugar, ela havia ido embora antes de terminar de comer. Um crime. Em segundo... por onde começar?

— Foi esclarecedor.

— Ah, é? — incentivou vovó, o interesse despertado. Vovó adorava um pouco de drama.

Aprumando-se, Jess desenhou uma linha na condensação da garrafa de cerveja. Os avós retomaram a partida.

— Sabem quanto custa criar um filho hoje em dia? — ela por fim perguntou.

— Muito mais do que quando a gente fez isso, tenho certeza — respondeu o vovô, jogando um ás na mesa.

— Estima-se que esteja no mínimo $233.610, e isso cobre moradia — começou Jess, contando nos dedos —, alimentação, transporte, roupas, saúde, cuidados infantis e despesas diversas. E isso só até os dezessete anos.

Vovô assobiou e pegou sua garrafa de cerveja.

— A anuidade de uma faculdade como a UCSD é de 52 mil por um curso de quatro anos — disse Jess. — E isso porque é uma escola pública, neste mesmo estado. Se Juno quisesse ir para fora do estado, o preço seria o quádruplo disso. Mal consigo bancar as aulas de balé.

Ela tomou um longo gole da cerveja e se levantou para buscar outra.

Vovô olhou para ela por cima dos óculos; as luzinhas penduradas no pátio se refletiam nas lentes grossas. Uma vela tremulou na mesa; gafanhotos trinavam em um vaso próximo.

— Acho melhor você contar para a gente sobre esse jantar.

Jess voltou para a cadeira.

— Vocês se lembram do serviço de namoro em que a Fizzy se inscreveu?

Vovó descartou uma carta e prosseguiu com o jogo.

— Aquele em que você cuspia num frasquinho?

— Isso. — Jess se virou para o avô. — E lembra daquele cara do lado de fora? Na noite em que você foi me buscar?

— Alto, bonitão? — Ele fez uma pausa, um sorriso convencido. — Então o seu mau humor naquele dia era mesmo por causa dele.

— Não, mas o de hoje é. — Ela riu. — Aquele serviço de namoro não é um serviço de namoro, na verdade. Ou... até é, mas eles não encontram *apenas* alguém pra sair com você. Você fornece uma amostra, eles criam um perfil genético e aí te dão uma lista de matches com base nos critérios que você selecionou. A Fizzy teve um zilhão de matches porque colocou parâmetros bem amplos.

Vovô assentiu.

— É a cara dela.

— E você fez isso? — perguntou a vovó.

Jess hesitou.

— Fizzy me deu um kit de aniversário, e tive um momento de insanidade temporária. Na noite em que o vovô me buscou, os mandachuvas tinham acabado de me contar sobre a pessoa com quem eu tinha combinado. Hoje, no jantar, eles me fizeram uma proposta.

As sobrancelhas da vovó já haviam sumido em meio ao cabelo grisalho ondulado.

— Dei critérios bem estritos para eles. Pelo visto, combinei num nível estatisticamente inacreditável com o cara com quem o vovô me viu discutindo. — Jess respirou fundo. — O nome dele é River Peña. Ele é um PhD, o melhor cientista da empresa, e um dos fundadores da coisa toda.

Vovô soltou um assovio.

— Como assim, estatisticamente inacreditável?

— A maioria dos bons matches tem um escore acima de cinquenta. Algo entre sessenta e seis e noventa seria fantástico. — Jess fitou a garrafa vazia, incapaz de olhar para eles quando disse: — Nosso escore foi de noventa e oito.

Vovó pegou a taça de vinho.

— É — disse Jess, e então soltou o ar de forma lenta e prolongada.

— Com que frequência eles encontram um noventa e oito? — indagou vovó.

— Nunca. Essa é a combinação mais alta que já encontraram até hoje.

— E você gosta desse tal dr. Peña? — perguntou ela.

Jess amaldiçoou o choquezinho traidor que disparou por seu sangue.

— Ele é atraente, mas tem uma vibe meio taciturna. — Ela colocou a coisa em termos que a avó entenderia: — Tipo o sr. Darcy, mas sem as declarações adoráveis. Ele me chamou de mediana, não segurou o elevador, fala com menos fluência emocional do que a Alexa que a senhora tem na sua cozinha, e não sabe nada sobre etiqueta de estacionamento.

Vovó Jo gentilmente deixou a mesquinhez de Jess se assentar entre elas enquanto jogava o restante das cartas com vovô.

— Certo, tirando a etiqueta de estacionamento, você *poderia vir a gostar dele*? — ela perguntou, afinal.

O murmúrio baixo dos clientes do Bahn Thai flutuou por cima da cerca, fazendo Jess se perguntar se eles também podiam ouvi-la. Ela abaixou a voz.

— Tirando o escore, realmente não sei.

Os avós trocaram um olhar do outro lado da mesa.

— E a proposta? — perguntou a avó.

— Que a gente se conheça. — Os olhos da vovó se arregalaram, e Jess esclareceu com rapidez. — Não *nesse sentido*, credo! Só... ver se os dados estão corretos, se nós somos emocionalmente compatíveis de algum jeito.

Mostrando-se satisfeita com essa resposta, vovó Jo olhou para suas cartas antes de contar em voz alta sua pontuação. Ela anotou os pontos e voltou sua atenção para Jess.

— Você parece estar mais em dúvida do que estaria se apenas não gostasse dele.

— Bem... — Jess encarou o abismo sombrio da garrafa. — Eles se ofereceram para me pagar.

Vovó pegou o vinho de novo.

— Minha nossa.

Vovô fixou o olhar aquoso sobre Jess.

— Quanto?

Ela riu. É claro que essa seria a pergunta do vovô.

— Bastante. — Eles esperaram. — Bastante, tipo dez mil por mês.

Ambos piscaram. O silêncio se esticou. Um carro passou em disparada; alguém riu no restaurante ao lado.

— Só para vocês se conhecerem — confirmou vovó. — Sem sexo.

— Correto. — Jess ergueu um dos ombros. — Eles precisam validar a ciência. E eu sem sombra de dúvida gostaria de 30 mil.

— Mas você está hesitando — disse vovô.

— Claro que estou.

Vovô fixou um olhar sério sobre ela.

— Ele parece inofensivo?

— Nós não nos damos muito bem, mas até onde vejo, ele não é um sociopata. Não é nem de longe charmoso o bastante para isso. — Quando nenhum dos dois riu disso, Jess disse: — Ele sem dúvida está apostando *pesado* na empresa. Acho que jogar meu cadáver numa lixeira não valeria perder os milhões que ele pode ganhar se tiverem um OPI bem-sucedido.

Vovô tirou os óculos.

— Então não sei o que você tem tanto para pensar.

— Ronald Davis — censurou a vovó. — Isso tem que ser uma decisão dela.

— O que foi? — disse ele, erguendo as mãos em defesa. — Você recusaria esse tanto de dinheiro?

— Agora não, obviamente. — Ela fez um gesto para si mesma antes de dar uma piscadinha conspiratória para Jess. — Se me perguntasse quarenta anos atrás, você teria uma resposta diferente.

— Vovó Jo, estou chocada! — disse Jess com um sorriso gozador.

— Se você a visse quarenta anos atrás, não ficaria. — Vovô se afastou, desviando-se do tapa brincalhão da esposa em seu ombro. — Ninguém me perguntou, mas acho que você devia aceitar. Desde que eles não te peçam para mentir, enganar ou roubar um banco — disse ele. — Vá a alguns restaurantes. Converse, ouça umas histórias. No mínimo, você vai conseguir um tempinho para respirar. — Ele apanhou as cartas de novo. — A UCSD não vai ficar mais barata.

— Sua filha me mata de rir!

Sentadas num banco de praça, Fizzy e Jess assistiam enquanto Juno tentava ensinar Pomba a andar na coleira. A menina dava um passo à frente e esperava de modo paciente que a gata a seguisse. Em volta delas, cachorros corriam atrás de bolas e lambiam caras e latiam, os rabos balançando. Encolhida junto ao chão na coleira e desconfiada de cada sombra, som e folha de grama, Pomba parecia prestes a sair correndo deixando a própria pele para trás, como nos desenhos animados.

— Tirando a Grande Perseguição Felina de algumas semanas atrás, ela nunca saiu do pátio — disse Jess. — Tenho certeza de que a sensação dela é a mesma que teríamos se nos colocassem num arnês e nos soltassem em Marte.

Para os nativos de San Diego, qualquer tempo que fossem forçados a ficar em ambientes fechados era quase intolerável e, às três da tarde de sexta-feira, o primeiro dia ensolarado em mais de uma semana, o Trolley Barn Park estava lotado de gente procurando a luz do sol. O ar tinha aquele cheiro radiante e frio depois de toda a poluição ser lavada das nuvens e a poeira ser eliminada dos galhos das árvores. O céu era de um azul-royal irreal. E as tranças de Juno compunham uma faixa de vermelho brincalhão contra o pano de fundo azul-esverdeado.

— Não a puxe — Jess relembrou gentilmente.

— *Não tô puxando!*

Pelo canto do olho, Jess viu a cauda de Pomba balançar um momento antes de ela saltar adiante, capturando algo de modo triunfante em suas patas. Todo esse tempo que parecia estar se encolhendo, a gata, na verdade, se preparava para caçar.

Juno berrou, deliciada.

— Mãe! — Ela acenou para Jess se aproximar, e ela parou bem quando Juno disse: — A Pomba pegou um louva-a-deus!

Aquilo era um Nem a Pau de Jess, mas Fizzy se levantou de um salto, indo ver de perto o inseto de quinze centímetros de comprimento com o qual Pomba claramente não tinha ideia do que fazer. Ela o prendeu, bateu nele com uma pata, e ao mesmo tempo pareceu quase enojada pela coisa toda.

— Juno — chamou Jess, rindo. — Meu bem, faça Pomba soltar ele.

Juno se abaixou, separando as patas da gata e libertando o louva-a-deus, que calmamente caminhou para longe.

Fizzy sentou-se de novo no banco e, de alguma forma, Jess sabia o que viria.

— Todas nós podemos aprender muito com essa gata.

— Lá vamos nós — disse ela.

— *Saltar em cima* de uma oportunidade quando a encontramos.

— Um-hum — respondeu Jess, distraída.

— Tipo, claro — prosseguiu Fizzy, ignorando-a —, entendo ser cautelosa, mas quando a oportunidade surge, aproveite.

— Como a Pomba fez? — perguntou Jess, rindo. — Ela apanhou aquele pobre bicho e não tinha a mínima ideia do que fazer em seguida.

Sentiu Fizzy se virar e olhar para ela.

— Você acha que não saberia como usar trinta mil dólares?

— Na verdade, essa é a parte onde estou travada... o maior incentivo e a maior desvantagem. Preciso de dinheiro, mas em certo sentido, acho que seria mais fácil fazer isso puramente em nome da ciência ou algo assim. — Ela deu de ombros, virando o rosto para o céu. — Ser paga para "conhecer o River" parece um pouco... ilegal.

Fizzy riu.

— Você vê, eu colocaria isso na coluna "pontos a favor".

— Você gosta de aventuras.

— Tudo o que estou dizendo é que você teria que ser maluca para não fazer isso.

Jess soltou o ar lenta e longamente.

— Pode confiar, estou mesmo cogitando.

— Muito bem. — Depois de um longo período de silêncio, Fizzy acrescentou: — Falando nisso, conheci um cara de quem gostei muito ontem à noite.

Elas estavam juntas desde as sete e meia da manhã e ela só agora mencionava isso?

— Sério? É uma combinação?

— Ele é aquilo que a ciência chama de "combinação orgânica" — gracejou Fizzy. — Daniel chamou um pessoal para a casa dele, e esse cara, Rob, estava lá. Ele é um amigo do colégio do irmão do Daniel, e agora é um investidor, e percebo que isso soa tão genérico que deve ser falso, mas fiz ele me mostrar seu cartão de visitas e é legítimo. O cartão de fato diz "Investidor". Ele é engraçado e bonitão, e eu estava no auge do modo Fizzy ontem à noite, e isso pareceu encantá-lo.

— Auge do modo Fizzy tipo manifesto oral sobre o impacto positivo dos livros de romance na sociedade? Ou auge do modo Fizzy tipo impulsivamente forrar as paredes do seu quarto à meia-noite com páginas dos seus livros preferidos?

— Auge do modo Fizzy tipo três doses de tequila e recrutar Rob para me ajudar a esconder os sapatos do Daniel pela casa toda.

— Ah. — Jess voltou a atenção para Juno, que tinha desistido de passear com Pomba e, em vez disso, deixava outras crianças agradarem a gata. — Você devia testar o Rob Investidor para ver como ele se sai em comparação com os outros.

— Não sei se de fato quero isso — disse Fizzy. — Eu tinha os escores para todos aqueles outros caras, e nós nos divertimos, mas chegar já sabendo que provavelmente não daria certo a longo prazo deixa mais fácil não levar nada a sério. Não esperava que meus encontros fossem transformar minha vida, e eles não transformaram. Foi porque o teste estava correto, ou porque eu não esperava que eles fossem minha alma gêmea?

— Digo, estatisticamente, é mais provável que você encontre uma alma gêmea em um match Prata do que com um match Titânio.

— Você está me estatisticando.

Jess riu. O que podia dizer para Fizzy quando ela mesma estava lutando com a preocupação oposta? Será que as pessoas que recebiam um escore de noventa e oito apenas presumiam que aquela pessoa seria o seu "felizes para sempre"?

— E fico pensando que você é maluca por não querer conhecer o River — continuou Fizzy. — Mas se eu tirasse um match Diamante, será que também me sentiria esmagada pela pressão e cairia fora?

Jess riu ante a simetria mental das duas.

— Um-humm.

— Por outro lado, acho que se eu tivesse pelo menos um match Ouro, ficaria bem animada. — Fizzy sentou-se sobre uma perna, virando-se para encarar Jess. — Tem alguma coisa nisso de saber que vocês se alinham segundo todos esses fatores biológicos que torna mais fácil imaginar ceder em algumas das coisas já assentadas na minha rotina. — Ela fez uma pausa. — Ainda assim. — Ela exalou, inflando as bochechas. — Eu *gosto* do Rob. Ainda não quero saber que ele e eu não *deveríamos* acabar juntos.

— Então você acredita *mesmo*? — indagou Jess, cutucando com gentileza o joelho de Fizzy com o indicador. — Todo esse negócio de DNADuo?

Fizzy segurou a mão da amiga e entrelaçou os dedos das duas.

— Acho que a pergunta mais importante é: você acredita?

DEZ

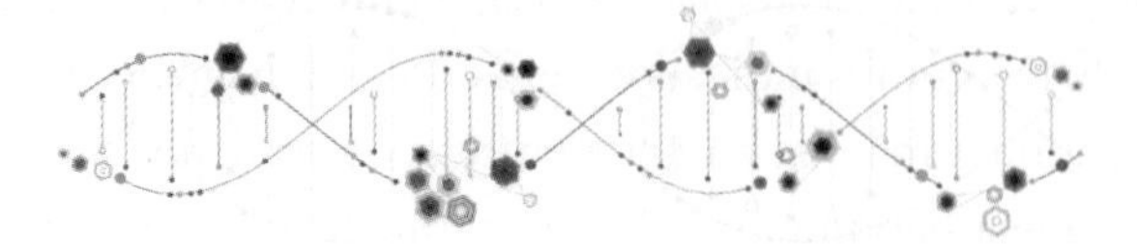

Consumida por uma desorientação estranha, Jess saiu de seu carro do lado de fora do edifício da GeneticÀmente. Já passava das sete e o estacionamento estava vazio, mas a quietude era, de alguma forma, mais perturbadora. Suas mãos pareciam flutuar a três metros do corpo; ela se sentia mais deslizando do que caminhando. A dissociação física não era novidade para ela. Havia se sentido assim por toda a infância, e na terapia foi revelado que isso acontecia quando Jess evitava pensar no que tudo aquilo *significava*. Mas a cada vez que ela pensava sobre a possibilidade de que o DNADuo de fato estivesse correto e de que ela e River podiam mesmo se dar bem juntos, um muro se instaurava dentro dela e todo o monólogo mental se tornava sombrio.

E agora que estava ali, Jess não fazia ideia se tinha tomado a decisão certa quando disse a David que iria ao escritório encontrá-los. O advogado deles estaria presente. Eles assinariam um contrato... depois disso, Jess não tinha nem uma pista.

Ela esperava encontrar a recepcionista ou talvez Lisa. Dessa vez, porém, esperando por ela perto dos sofás intocados estava River.

Seu fôlego ficou preso na garganta. Escondido nas sombras, ele parecia alto e anguloso como um arranha-céu. Só de pensar em tocar nele... Jess sentia-se meio tonta.

Ele tirou a mão do bolso e a ergueu em um aceno cauteloso.

— Oi. — A mão dele hesitou, insegura, levantando-se para coçar a nuca. — Eu não sabia se você viria mesmo.

— Somos dois, então.

O que é que você ganha com isso?, ela queria perguntar. *É a glória, dinheiro, ou alguma outra coisa?* Ele com certeza não estava em busca do amor.

Com uma leve inclinação da cabeça para o lado, ele a levou de novo pelas portas duplas, descendo pelo corredor até os elevadores, onde apertou o botão Subir com aquele indicador comprido.

— Como foi o seu dia?

Jess mordeu o lábio inferior, engolindo um sorriso incrédulo. Ele estava tentando.

— Hum, foi bom, e o seu?

— Foi ótimo.

— Você sempre trabalha até tão tarde?

— Basicamente, sim.

As portas se abriram; eles embarcaram e foram engolidos pela minúscula embarcação juntos.

— Você tem alguma pergunta para mim? — indagou ele.

Jess não foi rápida o bastante dessa vez, e a risada surpresa escapou.

— Tenho, milhares! Muito gentil de sua parte perguntar isso.

— Tá — concordou ele, sorrindo enquanto olhava para os próprios sapatos. — Acho que mereci essa.

— A única que eu acho que *preciso mesmo* saber antes de entrarmos na sala de reunião é: é verdade que você não está atualmente em um relacionamento com ninguém?

River balançou a cabeça, negando.

— Eu jamais faria isso, se estivesse.

— Certo, tá bom — disse ela, acrescentando rapidamente quando as sobrancelhas dele aos poucos se levantaram: — Eu também não.

— Tenho uma pergunta, sim — disse ele, quando chegaram ao segundo andar. As portas se abriram e os dois saíram para o corredor, mas pararam e se viraram de frente um para o outro enquanto ainda se encontravam longe da audição do pessoal na sala de conferências. — Por que você fez o teste, para começo de conversa? Você não parece muito empolgada com a perspectiva de uma combinação, seja ela qual for, quanto mais uma Diamante.

— Essa — disse Jess, sorrindo e apontando para ele — é a pergunta do dia. — Seu sorriso se apagou, ela abaixou a mão e se deu conta de que não escaparia dessa desviando o assunto nem com humor. Era uma boa pergunta. Jess havia genuinamente sentido o desejo de começar a ampliar sua vida naquele momento, então por que estava ali agora, sentindo-se resistente ao processo todo?

No mesmo instante, ela soube: a ideia de encontrar O Cara — era simplesmente demais.

— Tive um dia péssimo de verdade — confessou ela, baixinho. — Aquele dia em que encontrei com você no centro da cidade. Você pegou minha vaga no estacionamento. Você não segurou o elevador. Perdi uma conta grande, tive que me sentar em uma sala cheia de casais bem arrogantes, fui para casa e só me sentia patética. Cuspi no frasquinho e o enviei, mas não deveria ter feito isso.

Ela observou a reação a tudo isso passar pelas feições de River.

— Todos nós nos sentimos pior à noite — disse Jess. — Eu deveria ter esperado até de manhã.

Ele assentiu uma vez.

— Tá bem.

E então se virou e prosseguiu pelo corredor.

Era só isso? Sério mesmo? Ele fez a Pergunta Difícil, ela respondeu honestamente e ele assentiu e seguiu a vida?

O que será que River estava pensando? O homem era um cofre.

Ele esperou por Jess no limiar da porta da sala, e gesticulou para que ela entrasse à sua frente. Ela tinha esperado um grupo cheio de gente para testemunhar a assinatura cerimonial do contrato entre duas pessoas com match Diamante que, na melhor das hipóteses, toleravam uma à outra. Em vez disso, havia apenas duas pessoas lá dentro: David e um sujeito que Jess não conhecia, mas que se parecia tanto com Don Cheadle que ela sentiu um sorriso entusiasmado cruzar seu rosto antes que se desse conta de que ele era apenas um sósia muito parecido.

David percebeu a reação dela e riu.

— Eu sei! É incrível.

— Eu me chamo Omar Gamble — disse Don Cheadle. — Sou o principal conselheiro legal da GeneticÀmente. É um prazer conhecê-la, Jessica.

— Só Jess. — Ela estendeu a mão e apertou a dele.

O que deviam estar pensando dela agora? *Desesperada? Estúpida? Oportunista?* Para ser sincera, porém, por aquela quantia em dinheiro, será que ela sequer ligava para o que eles pensavam?

Não havia mais muito a dizer, então todos tomaram seus lugares. Omar abriu uma pasta e tirou de lá uma pequena pilha de papéis.

— Sabemos que você não trouxe um advogado, mas queríamos oferecer algum tempo para dar uma olhada nisso.

— Você gostaria que River e eu deixássemos a sala? — perguntou David.

River começou a se levantar, o que a aborreceu. Pelo menos deixassem ela decidir!

De maneira obstinada, Jess disse:

— Não, podem ficar, se não se importarem.

Aos poucos, River se ajeitou de novo na cadeira.

Com toda honestidade, essa situação era uma novidade. Ela e River se sentaram ao lado um do outro, de frente para David e Omar, e ela havia acabado de pedir a eles que ficassem e essencialmente assistissem enquanto ela lia cinco páginas de linguagem jurídica densa. Com todo o cuidado que conseguiu reunir sob a pressão da atenção deles, Jess começou a ler o contrato.

> CONSIDERANDO QUE o Indivíduo A (JESSICA DAVIS) indicou à GENETICÀMENTE LLC e ao Indivíduo B (RIVER PEÑA) uma disposição a se engajar...

> ... Indivíduo A concorda ainda em limitar a divulgação de Informações Confidenciais...
>
> ... no mínimo três (3) interações por semana de calendário, incluindo, mas não limitando-se a passeios, telefonemas...
>
> ... aparições públicas e/ou entrevistas não excedendo o total de duas (2) por semana de calendário...
>
> ... declara de modo explícito que não é contratualmente obrigatório nenhum contato físico da parte do Indivíduo A ou do Indivíduo B ao longo do...
>
> ... será compensado com a quantia de dez mil dólares ($10.000 USD) por mês por toda a duração do contrato, a começar do dia 10 de fevereiro...
>
> ... COMO TESTEMUNHAS DO DECLARADO, Indivíduo A e Indivíduo B executaram este Acordo pessoalmente, ou fez com que este Acordo fosse executado por seu representante legal, a partir da data em que foi assinado abaixo.

Jess se recostou, exalando devagar. Isso era... muito para absorver.

— Leve o tempo que precisar — disse Omar com um sorriso que encheu seus olhos. — É uma situação estranha, nós entendemos.

Ela olhou para River.

— Você já leu?

Ele assentiu.

— Tem alguma objeção?

Ele a encarou, piscou. Por fim, respondeu:

— Minhas preocupações foram respondidas antes que você chegasse.

— E elas eram…?

— Solicitei o item quinze.

Jess olhou para baixo, passou para a segunda página…

> não há obrigação de nenhum contato físico da parte do Indivíduo A ou do Indivíduo B por toda a duração do Acordo, e qualquer contato do tipo fica a critério exclusivo das partes listadas aqui. GeneticÀmente LLC e seus agentes, cessionários, funcionários e Diretoria, ficam portanto indenizados contra qualquer alegação de atos ou danos resultados que possam surgir desse tipo de contato.

Seu cérebro feminista aplaudia River de pé por garantir que ela não se sentiria pressionada a nada físico. Mas a fera insegura dentro de Jess falava mais alto. River queria em preto no branco que eles não precisassem tocar um ao outro? Senhoras e senhores: essa era a alma gêmea de Jess.

Seu humor foi sua defesa.

— Entendi: não estou sendo paga para afagar a fera.

Omar assentiu, contendo um sorriso.

— Correto.

— Além disso, se eu me flagrar incapaz de conter minha libido — disse ela — e River surpreender todos nós e se der conta de que é sangue e não lodo que corre naquelas veias, e eu engravidar, não vai sobrar pra vocês.

River tossiu de modo abrupto e Omar cobriu o sorriso com a mão fechada.

— Correto.

Ela abriu um sorriso doce como sacarina para River.

— Não se preocupe. Ótimo acréscimo, Americano.

— Pareceu um esclarecimento necessário — disse ele, rígido.

Voltando a olhar para Omar, Jess disse:

— Uma coisa que não vi aqui, e é bom, acho, mas gostaria de ver declarado com mais clareza que não quero minha filha envolvida contratualmente de forma alguma. Não quero que ela seja fotografada nem incluída nesses passeios ou entrevistas.

— Concordo — disse River, de imediato. — Nada de crianças.

Foi o tom, como unhas arranhando um quadro-negro, que a irritou.

— Você simplesmente não é fã de humanos de qualquer tamanho, ou...?

Ele lhe deu um sorriso divertido.

— Quer que eu a apoie aqui ou não?

Ela se virou para Omar.

— Pode acrescentar isto?

Ele fez uma anotação em sua cópia do contrato.

— Posso fazer essa mudança na nossa parte — disse ele, com precisão cautelosa —, mas não temos controle sobre o que a imprensa vai escrever se um repórter descobrir que você tem uma filha. Tudo o que podemos garantir é que a GeneticÀmente não discutirá a existência dela com a imprensa nem com nenhum de nossos investidores ou afiliados.

— Cuido da minha parte, mantendo-a longe dos holofotes. Só não quero que vocês presumam que podem utilizá-la como adereço também.

Omar olhou por um momento para o outro lado da mesa, para o homem sentado ao lado de Jess. Ela viu a expressão de Omar fraquejar por apenas um momento enquanto os dois partilhavam algo como uma comunicação silenciosa. Foi longo o bastante para Jess registrar que havia dito algo meio que grosseiro. Eles estavam perto da linha de chegada de algo em que tinham acreditado por anos.

Jess quis alterar o modo como expressara sua ideia, mas o momento passou; Omar seguiu em frente.

— Vou fazer essa alteração e o contrato será enviado para você o mais rápido possível.

— Ótimo, obrigada por...

— Na verdade — interrompeu River, e então hesitou, esperando até Jess olhar para ele. Quando seus olhares se encontraram, as costelas dela pareceram se contrair, o sangue se espessando nas veias. — Eu gostaria de confirmar — continuou ele, hesitante, acrescentando após uma longa pausa em que Jess ficou mais confusa. — Os resultados do teste.

Ele estava falando sério? *Agora* ele queria confirmar? Bem quando tinham um contrato à sua frente e Jess estava prestes a assinar para ser sua namorada de mentirinha pelos três meses seguintes?

— Estamos... digo, presumi que vocês já tivessem feito isso.

— Confirmamos com a sua amostra de saliva — ele esclareceu com rapidez. — Mas gostaria de coletar uma pequena amostra de sangue e fazer o teste de lisado na tela. Junto ao meu.

As bochechas de Jess resolveram esquentar ante a sugestão de que o sangue deles repousasse em tubinhos lado a lado em uma centrífuga.

— Claro. Tanto faz.

Os olhos de River voltaram a se focar nos dela, e Jess percebeu que ele tinha acabado de notar seu rubor.

— Claro — disse ele, com um sorrisinho. — Tanto faz. Siga-me.

River já havia reunido tudo de que precisariam em uma bandeja perto de duas cadeiras. Um suporte com frascos esterilizados. Um torniquete, agulha, lenços com álcool, gaze de algodão e fita adesiva. Enquanto esperavam pela chegada do flebotomista, River lavou as mãos sem pressa na pia, secou-as em uma pilha de toalhinhas limpas... e aí calçou um par de luvas azuis de nitrilo.

— É *você* quem vai colher a amostra? — perguntou Jess, a compreensão atingindo-a como um martelo.

River congelou pouco antes de a segunda luva se assentar no lugar certo com um estalo.

— Não tem mais ninguém no prédio hoje que saiba tirar sangue. Tudo bem?

— Hum... como é?

Ele deu uma risada breve.

— Desculpe, não falei direito. Tenho a certificação para colher amostras de sangue. Não estou fazendo isso só porque não tem mais ninguém aqui.

Jess queria manter uma distância emocional, queria manter um ambiente profissional. Mas não conseguiu evitar seu tom brincalhão:

— Você tá me dizendo que é um geneticista, CSO e ainda é flebotomista?

Outro sorriso breve.

— No começo — contou ele —, quando estávamos testando lisato de sangue completo, recrutamos uma turma imensa de voluntários em universidades locais. Todo mundo teve que participar. — Ele a encarou por um piscar de olhos, depois abaixou a cabeça para o braço de Jess. — Tirei minha certificação.

— Prático. Você também sabe cuidar do jardim e cozinhar?

Seria aquilo um rubor? Ele ignorou a pergunta, provavelmente presumindo que era retórica, e voltou para a ciência.

— Já não fico tanto no laboratório. Costumava repassar cada arquivo de dado que saía dali — disse ele, apontando para um dos equipamentos quadradões de alta tecnologia do lado mais distante do laboratório. — Agora tudo é tão otimizado que nunca sou necessário aqui.

— Deixe eu adivinhar — disse Jess. — Você é o cara das reuniões.

River sorriu, assentindo.

— Reuniões sem fim com os investidores.

— É só mandar o cientista gostosão, né? — disse ela, e de imediato quis engolir a própria mão.

Ele riu para a bandeja de suprimentos, pediu a Jess que se sentasse e, caramba, de repente fazia 300 °C no laboratório.

— Será que você podia... — River gesticulou para que ela dobrasse a manga esquerda.

— Claro. Desculpa.

Sem jeito, Jess levantou a manga, para lá dos bíceps. Muito gentilmente, mas com calma absoluta, River encaixou a mão por baixo do cotovelo dela, olhando a paisagem de suas veias com um olhar clínico. Muito menos clínica, Jess, coberta de arrepios por causa da mão na parte de dentro de seu cotovelo, fitava os olhos dele. Eram, a bem dizer, um absurdo.

Ela se pegou inclinando-se para a frente, um tanto fascinada, e desejou que River voltasse a erguer a cabeça.

— Seus olhos são muito bonitos, mesmo — disse ela, e inspirou de súbito. Não tivera a intenção de dizer isso em voz alta. Pigarreou. — Desculpe. Aposto que você escuta isso toda hora.

Ele murmurou um "Hmmm".

— E por que os homens sempre ficam com os cílios grossos? — perguntou ela. — Eles não ligam pra isso.

O canto da boca de River se apertou sugerindo outro sorriso.

— Uma verdade dolorosa. — Satisfeito com a situação das veias, ele estendeu a mão para pegar o torniquete, amarrando a borracha em torno do braço de Jess. — Mas vou te contar um segredo — disse ele, em tom conspiratório, erguendo os olhos para ela por um segundo e abaixando-os de novo. — Para ser sincero, prefiro levar um soco no queixo do que deixar um desses putos entrar no meu olho.

Uma risada inesperada explodiu da garganta de Jess. O olhar de River voltou para o dela, demorando-se agora, e Jess sentiu as entranhas saltarem. Ele era tão lindo que a deixava com raiva.

Um pouco disso deve ter transparecido em sua expressão, porque o sorriso que River abriu em resposta foi sumindo e ele voltou a atenção para o braço dela, abrindo dois lenços preparados com álcool e limpando com cuidado.

A voz dele era um rumor gentil.

— Feche a mão.

Será que isso era uma ideia horrível?

Ele pegou a agulha, tirando a capa com um puxão do polegar com o indicador. Sim, isso era uma ideia horrível.

Jess precisava de uma distração.

— Qual é a história? — perguntou ela.

— Que história? — Concentrado, River debruçou para mais perto e inseriu a agulha com tanta habilidade que ela mal sentiu a picada.

— *A sua* história. — Jess pigarreou, desviando o olhar da agulha em seu braço. — A história de origem.

Ele se endireitou enquanto o primeiro frasco se enchia.

— A respeito disso aqui?

— É.

— A Lisa não cobriu os estudos iniciais na apresentação? — Sua testa franzida para o braço dela indicava uma preocupação profissional, o começo de uma censura que ele faria a Lisa.

— Ela cobriu. Sobre o seu estudo a respeito da atração — respondeu Jess depressa, e definitivamente não ficou observando a garganta de River enquanto ele engolia. — E, hmm, felicidade conjugal de longo prazo. Mas estou mais curiosa sobre como você chegou nisso, o que te deu a ideia em primeiro lugar.

Ele destacou o primeiro frasco, tampando-o com uma pressão experiente do polegar, ao mesmo tempo que prendia o novo frasco no local ao empregar a mão esquerda. Essas exibições de destreza eram muito sexualmente perturbadoras.

— Você quer dizer como um cuzão como eu começou a estudar o amor, para começo de conversa?

— Não sei se você tá tentando me fazer sentir mal, mas deixa eu te lembrar: esta é a sala onde você disse ao seu amigo que eu era "mediana".

Ele revirou os olhos, brincalhão.

— Não achei que você fosse ouvir aquilo.

— Ah, tá. Nesse caso, não foi nem um pouco ofensivo.

— Você... — Ele levantou os olhos, passando pelo peito, o pescoço, brevemente o rosto dela, e então de volta para o braço. — Você é a voluntária perfeita para testes. De um ponto de vista científico, mediana não é um insulto. Você é exatamente aquilo que procuramos. — Jess não tinha certeza, mas na luz fraca, as pontas das orelhas dele pareceram ficar vermelhas. Ele trocou o segundo frasco e inseriu com tranquilidade um terceiro, soltando o torniquete. — De qualquer forma, aquela manhã estava corrida. — Ele sorriu antes de acrescentar: — E eu provavelmente estava desapontado com a sua atitude.

— Ai, meu Deus!

River riu baixinho.

— Ah, o que é isso! Estou brincando. É óbvio que nenhum de nós gostou do outro a princípio.

— Você não gostou quando te parei no Twiggs.

— Eu me assustei — disse ele, sem olhar nos olhos de Jess. Então pigarreou. — Vou fundo nos meus pensamentos às vezes. Você deve ter reparado que às vezes fico um pouco... — Ele soltou aquele sorriso de novo, mas apenas por um instante. — Intenso.

— Notei esse traço uma ou duas vezes.

Destramente, ele soltou o último frasco.

— Então... história de origem. Enquanto eu estava na faculdade, havia uma mulher no laboratório de David chamada Rhea.

Uma mulher, pensou Jess. *Mas é claro.*

— De certa forma, nós éramos rivais.

O jeito como ele acrescentou as últimas três palavras à frase claramente comunicavam: *rivais que também trepavam.*

River retirou a agulha e no mesmo instante cobriu o local com um quadradinho de gaze. Ele a segurou ali com firmeza fazendo uso do polegar, o restante da mão um pouco curvado em torno do braço dela.

— Certa noite, em uma festa na casa de alguém — disse ele —, começamos a conversar sobre o Projeto Genoma Humano, dos anos 90.

— Como acontece muito em festas.

Ele riu, e o som cheio e genuíno carregou um choque erótico equivalente a um tapa.

— Sim, como acontece muito. Estávamos conversando sobre as implicações de conhecer cada gene, o modo como essa informação poderia ser manipulada. Será que daria, por exemplo, para selecionar as pessoas para certos empregos com base no perfil genético delas?

— Que coisa mais *Admirável Mundo Novo.*

— Não é? — Ele conferiu por baixo da gaze para ver se Jess ainda sangrava e, satisfeito, pegou um curativo limpo e prendeu-o no braço dela com fita crepe. — Mas, enfim, acho que os drinques fluíram e acabei falando se seria possível identificar a atração sexual através do DNA. Rhea riu e disse que era a coisa mais estúpida que ela já tinha ouvido.

Jess o encarou, esperando pelo restante da história, e o efeito quente do riso dele se apagou aos poucos.

— Só isso?

— Quero dizer, não é *só isso* — continuou ele, sorrindo de uma maneira tímida. — Isso se transformou em um empreendimento científico de verdade, mas se você está se perguntando se o projeto nasceu de um momento em que uma mulher zombou de mim, não estaria completamente errada. No entanto não foi por insegurança ou vaidade no nível de um supervilão; foi uma curiosidade genuína, a princípio. Como uma aposta. Por que ela pensava que seria possível traçar o perfil de uma pessoa para um emprego em engenharia contra um cargo em design gráfico, mas não para relacionamentos? As duas coisas não tratam, no final das contas, de adequação e gratificação?

River tinha uma certa razão.

O rosto dele se voltou para baixo e ele riu baixinho enquanto conferia os rótulos.

— De qualquer forma, Rhea não foi a última pessoa a ridicularizar a ideia.

— O que isso quer dizer?

— Imagine ser um jovem geneticista razoavelmente respeitado e a notícia de que você planeja usar seu conhecimento para descobrir quem vai se apaixonar por quem se espalha por aí.

— As pessoas foram escrotas por causa disso?

Ele inclinou a cabeça de um lado para o outro, um sim e não.

— Cientistas com frequência são muito críticos em relação a outros cientistas, o que escolhemos fazer com nosso tempo e conhecimento.

— Parece o que acontece com Fizzy e o mundo literário.

As sobrancelhas dele se arquearam.

— Ah, é? Como assim?

— Você não iria acreditar nas coisas que as pessoas dizem para ela sobre escrever romances. Chamam os livros dela de "porcaria" e "prazer culpado", como se fossem algo de que se envergonhar. Mesmo em entrevistas. Já perguntaram o que o pai dela acha do fato de ela escrever cenas de sexo.

— É, entendo. No começo, quase todo mundo que me conhecia perguntava: "Você está tão desesperado assim pra arrumar uma namorada?". Obviamente, eles não sabiam que, em 2018, quinze por cento dos americanos usavam sites de relacionamento, e esses mesmos quinze por cento gastaram quase três bilhões de dólares por ano neles. Imagine esse número passando de quinze por cento para quarenta e dois ponto cinco por cento...

— A porcentagem atual de pessoas solteiras acima dos dezoito.

Os olhos deles se encontraram e permaneceram unidos enquanto partilhavam esse momento bastante especializado em dados – e surpreendentemente sensual.

— Bom. — Ela piscou, desviando o olhar. — Tenho certeza de que você vai rir por último, e acho isso muito legal.

Ele a encarou, incrédulo.

— Acho, sim, de verdade. Eu só... — Jess recuou e a pergunta óbvia ficou flutuando entre os dois, uma placa se agitando ao vento. — Não te aborrece que eu não acredite no nosso escore?

— Na verdade, não. Admiro seu ceticismo natural. — Ele lhe deu um sorrisinho um pouco autoindulgente. — E nós temos dados suficientes para eu me sentir bem confiante de que sabemos o que estamos fazendo aqui. Você só vai ter que decidir o que pensar se este teste der como resultado o mesmo escore.

— O que *você* está esperando?

— Vou acreditar no teste se ele disser que somos compatíveis no sentido biológico, mas não sou um zelote científico, Jess. Reconheço que existe o elemento da escolha. — River retirou as luvas e as jogou na bandeja. — Ninguém vai te forçar a se apaixonar por mim.

Com o rosto dele voltado para baixo, Jess pôde encará-lo sem disfarçar. Pele morena macia, a sombra da barba, lábios carnudos. Jess não tinha certeza, mas chutaria trinta e cinco, mais ou menos. Colocou mentalmente o filtro do tempo sobre o rosto dele, imaginando-o com cabelos grisalhos nas têmporas, as ruguinhas de riso nos cantos dos olhos.

Ela se remexeu um pouco no banco, atingida por uma dor desconhecida.

— Quando você viu o primeiro escore de compatibilidade acima de noventa, qual foi a sua reação imediata?

Ele se levantou e colocou um novo par de luvas.

— Pavor.

Isso era... não a resposta que ela estava esperando. Jess o seguiu com os olhos enquanto ele ia com o suporte de frascos até a coifa.

— Pavor? Sério?

— Acima de noventa é quando entramos na faixa de escores que poderiam atrapalhar toda a projeção. — Ele colocou o suporte lá dentro e então tirou as luvas, virando-se para olhar para ela. — Nós já tínhamos visto ótima compatibilidade com escores que iam *até* noventa. Os escores que vinham das análises comportamentais e de humor se sustentavam. Era tudo linear. Nós não sabíamos o que esperar. Será que poderia *continuar* linear? Da perspectiva emocional, como isso pareceria? Uma curva sigmoidal era o que fazia mais sentido; os escores de satisfação emocional poderiam se achatar em algum momento acima de oitenta e atingir uma assíntota. Mas imaginar que numa compatibilidade biológica mais elevada poderíamos encontrar uma compatibilidade emocional *menor*... isso me apavorava. Sem dúvida, não queríamos chegar num formato de sino, mas simplesmente não tínhamos os dados para confirmar ou negar.

Ele pareceu ouvir as próprias divagações e parou de súbito, ruborizando.

River com vergonha era demais para aguentar. Jess empurrou o carinho para longe.

— Você é *profundamente* nerd.

— Só estou dizendo — retrucou ele, rindo em autodepreciação — que, se a compatibilidade emocional real fosse um fracasso nos números mais altos do DNADuo, isso reduziria nossa margem de matches possíveis, e dificultaria o argumento de que estamos compartimentalizando os matches do jeito certo.

— Mas não foi isso o que aconteceu — disse Jess. — Certo? Todos eles estão juntos e felizes.

— Aqueles de que sabemos, sim. Mas, como eu disse, temos apenas um punhado no topo da escala.

Ele se sentou junto à coifa, calçou um novo par de luvas, limpando-as com um spray de álcool, e puxou outro par por cima do primeiro.

River não estava deixando nada ao acaso. Até Jess sabia o bastante para reconhecer que ele poderia fazer esse preparo de amostras no banco do laboratório, mas não se surpreendeu por ele estar usando uma técnica esterilizada. Ainda assim, a ansiedade crescendo em sua barriga havia atingido o ponto de ebulição: ela precisaria encontrar alguma explicação caso os resultados viessem como noventa e oito outra vez.

Mesmo que estivesse começando a sentir que River Peña talvez não fosse o pior homem do mundo.

Jess ergueu o queixo, indicando as duas enormes máquinas idênticas do outro lado da sala.

— Aquelas são as máquinas DNADuo?

Ele seguiu o olhar dela por um momento e assentiu.

— Criativamente batizadas de DNADuo Um e DNADuo Dois. — Ela podia ouvir o sorriso dele. — A DNADuo Dois está quebrada no momento. Será consertada na semana que vem. Vai voltar a funcionar até maio, espero. Fique à vontade para continuar aqui e esperar — acrescentou ele —, mas o teste leva oito horas, então os dados só serão analisados amanhã cedo.

— Uma noite selvagem de sexta-feira para você? — gracejou ela.

Entretanto, com River de costas, Jess não conseguia distinguir nem se ele tinha aberto um sorriso. A postura dele havia assumido a forma do foco renovado.

— Costumo estar por aqui mesmo.

— Falou o namorado dos sonhos.

Ele fungou — apreciando a piada tanto quanto ela esperara. Jess percebeu que estava sendo dispensada com educação. Levantando-se, abaixou a manga de novo.

— Acho que vou voltar para casa, para Juno.

— Te ligo amanhã — avisou ele, sem se virar. — Qualquer que seja a resposta.

ONZE

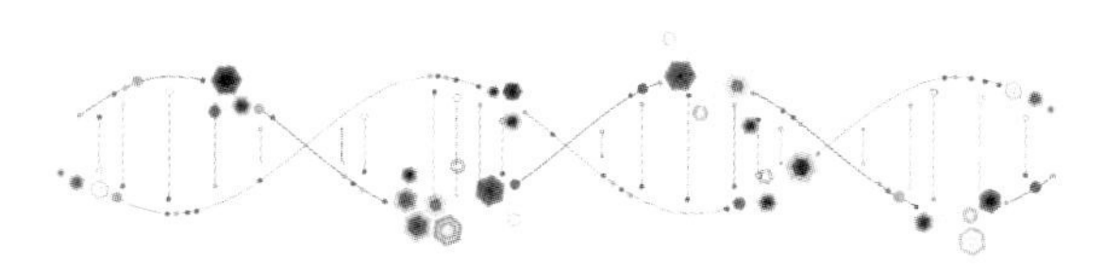

— Mamãe, você sabia que a primeira montanha-russa foi construída para manter as pessoas longe dos bordéis?

Jess desviou devagar os olhos do Google para se focar na filha de sete anos, já de pijama, pendurada de cabeça para baixo nas costas do sofá. O cabelo dela quase atingia a cintura, e Pomba fez um pequeno ninho confortável no ponto em que ele se acumulava na almofada.

— Olá, ser humaninho. Como você sabe o que é um bordel?

Juno deu uma espiadinha nela por trás do livro.

— Ouvi falar.

Ela ergueu o queixo, indicando o que Juno estava lendo.

— O livro sobre lagartos que você pegou na biblioteca menciona bordéis?

— Não, foi num filme que assisti com o vovô.

Jess apoiou um cotovelo na mesa de jantar perto da tigela abandonada de aveia e direcionou o olhar para o vovô, sentado de uma maneira inocente na espreguiçadeira. Ele olhava para as palavras cruzadas e disse, muito casual:

— Foi em algum dos canais de História. — Ele virou a página. — Quase um documentário.

— Um documentário sobre bordéis, vovô? Será que não dava para esperar até ela ter, sei lá, uns dez anos?

De cabeça para baixo, Juno sorriu para a mãe, vitoriosa.

— Procurei no dicionário que *você* me deu.

Droga.

Pomba saiu correndo do sofá menos de um segundo antes de Juno deslizar o restante do caminho até o chão, aterrissando em uma pilha risonha e amarrotada. Sentando-se normalmente, ela jogou a cabeça para trás, deixando o cabelo numa bagunça emaranhada.

— Era um filme sobre Billy the Kid.

Jess olhou para o avô de novo.

— *Jovens Demais para Morrer?* — perguntou ela, incrédula. — Minha filha de sete anos assistiu *Jovens Demais para Morrer?*

— Em minha defesa — disse ele, ainda sem se incomodar em levantar a cabeça —, estávamos assistindo *Frozen* de novo e peguei no sono. Quando acordei, ela tinha trocado de canal e se interessado. Você quer que eu a impeça de aprender História?

Juno saltitou até Jess e olhou para o notebook. Claramente, Jess estava atirando para todo lado; ela chegou a digitar *Projetos de Arte para a Segunda Série* na barra de busca.

— Já sei o que quero fazer no projeto — disse Juno. — Quero fazer um parque de diversões com fita de arte, com uma montanha-russa, um carrossel, pessoas em miniatura gritando, e uma roda gigante.

— Meu bem, embora eu aprecie a sua ambição, é muito trabalho. — Jess fez uma pausa. E gigante, e uma bagunça, com cinco mil peças minúsculas e grudentas que acabariam coladas em Juno, Jess, nos móveis e na gata. — Além disso, estou preocupada que você conte para a srta. Klein como decidiu pelas montanhas-russas para inspirar sua arte.

— Eu não contaria para ela que sei o que são bordéis.

— Talvez pudéssemos começar com você não repetindo a palavra *bordel.* — Jess ajeitou uma mecha de cabelo atrás da orelha de Juno. — Que tal uma colagem de um balão de ar quente? Podemos recortar imagens de revistas e colar tudo num cartaz.

Era evidente que a filha não estava tentada.

Jess voltou-se para a tela e clicou numa lista de projetos.

— Esses cataventos são bonitos. Ou então uma ponte de palitos de sorvete!

Juno balançou a cabeça, o vinco firmemente na testa. *Olá de novo, Alec.* Ela apanhou um livro numa pilha na mesa e o abriu numa página listando os "dez melhores parques de diversão em todo o mundo".

— Quero fazer algo legal e inscrever o projeto no Festival de Arte de North Park. — Juno apontou uma unha pintada de glitter para uma foto antiga. — Esta é a montanha-russa Ferrovia da Gravidade. É a que o cara construiu para as pessoas irem para lá em vez de para os... — ela se aproximou, sussurrando — *bordéis.* — Então, endireitando-se, voltou ao volume normal. — Mas não quero fazer essa, porque ela só chegava a nove quilômetros por hora, e isso são só três quilômetros mais rápido do que o carrinho motorizado que a vovó usou quando quebrou o joelho.

Vovô riu.

— Pensei que ela fosse passar por cima de alguém com aquela coisa.

Juno virou a página para uma montanha-russa de cores vivas, com um *looping* tão imenso que o estômago de Jess se revirou só de imaginar.

— Acho que quero fazer a Velocidade Máxima, do parque Magic Mountain — disse ela. — Como você não vai mais ter que trabalhar no Twiggs, talvez a gente pudesse ir lá amanhã para o Domingo de Tentar Algo Novo?

Na noite anterior, Jess tinha ligado para Daniel enquanto voltavava do GeneticÀmente. Ele soou levemente aliviado quando Jess pediu as contas; ela não possuía nenhum talento como barista.

— Fica bem longe de carro — Jess a avisou.

— A gente podia ir de trem — cantarolou Juno.

— Não sei se o trem vai tão ao norte — Jess cantarolou de volta.

A filha se inclinou para perto, pressionando a ponta do nariz no nariz de Jess.

— Vai, sim. O vovô conferiu.

Jess olhou feio para o vovô outra vez, mas a culpa ainda não o induzira a erguer o olhar das palavras cruzadas.

— Você pelo menos tem a altura necessária para andar nisso? — perguntou ela.

— A gente coloca plataformas nos sapatos dela — ofereceu vovô, ao que Juno respondeu com um berro de ensurdecer enquanto corria para abraçá-lo.

Jess esfregou as têmporas, erguendo a cabeça quando seu telefone vibrou na mesa exibindo um número desconhecido na tela. Quem estaria ligando às 8h15 da manhã de sábado?

A janela embaçada de sua mente clareou. *River.*

Ela deveria atender. Deveria. Ele provavelmente estava com os resultados do teste. Mas Jess não conseguiu fazer o polegar deslizar sobre a tela. Apenas deixou o celular vibrar em sua mão até a ligação ir para a mensagem de voz.

Não era pânico pela possibilidade de os resultados terem se confirmado no fim da noite passada. Era o oposto: ela ficara acordada até depois das duas da manhã pensando no que faria com o dinheiro. Poupança para a faculdade. Um aparelho auditivo melhor para o vovô. Um pequeno pé-de-meia no banco. Agora que ela havia dado o salto e assinado o contrato, não queria que ele fosse arrancado de suas mãos.

A tela do telefone escureceu. Ela esperou... e esperou. Sem mensagem de voz. Ótimo. Agora ela teria que ligar para River.

Jess voltou ao notebook, o dedo pairando de modo distraído sobre o teclado. Tinha resistido fazer isso até agora, mas o impulso era tentador demais. Digitou "Dr. River Peña" na barra de busca e apertou Enter. Os resultados povoaram a página: artigos médicos, posts de alunos da UCSD, prêmios. LinkedIn. ResearchGate. Ela clicou na guia de imagens e thumbnails de baixa resolução encheram a tela. A primeira foto era da faculdade, tirada, segundo a legenda, quando ele era um pesquisador de pós-doutorado na Divisão de Genética Médica na UCSD. Também havia outras mais recentes: fotos com investidores em diversos eventos para arrecadação de fundos. Em cada uma, River parecia muito à vontade consigo. Em cada uma, ele estava *sorrindo.* Sem preparo prévio para a visão de seus olhos enrugados e o sorriso irregular e perfeito, Jess sentiu aquela descarga estranha e quente de raiva defensiva. Ela havia pegado indícios do sorriso dele de passagem, mas geralmente apenas como diversão arrogante ou como vislumbres de riso envergonhado. Jess nunca o havia visto assim: animado e sincero. E bem na frente dela.

— Aaah, quem é esse?

— Ninguém. — Ela fechou o notebook com força e pegou o café com a sutileza de um criminoso de desenho animado. — Eu estava só… — Com foco renovado, ela abriu outra vez o livro de Juno. — Então, montanhas-russas, mesmo?

A filha avaliou discretamente a mãe. A suspeita passou pelas feições de Juno, mas logo foi substituída pela percepção de que ela havia acabado de conseguir o que queria.

— É!

Fechando o livro, a menina o apanhou junto aos demais e correu até o quarto.

— Vou olhar o horário dos trens no seu iPad!

Jess começou a argumentar, mas seu telefone vibrou na mesa. Uma mensagem de texto do mesmo número desconhecido.

Gostaria de sair para jantar?

(Aqui é o River.)

Os pulmões dela se encheram de gás hélio.

Isso significa que você reproduziu o resultado?

David acaba de me enviar o gráfico. Liguei para dividir os resultados com você.

Isso é um sim ou um não quanto ao resultado?

98, confirmado.

Jess fitou o telefone enquanto seu coração decidia ter um faniquito. Virando, saltando, se jogando. Era real.

Era *real.*

Ela sabia que era sua vez de dizer algo, mas suas mãos tinham ficado um pouco dormentes. Enrolando, clicou no número do telefone e o adicionou sob o nome *Flebotomista Americano* em seus contatos.

Por fim, surgiram os três pontinhos, indicando que River estava digitando.

Você está livre hoje à noite?

Devagar, digitando uma letra de cada vez, ela conseguiu responder.

Bahn Thai. Park & Adams. 19h30.

Estacione no beco dos fundos.

— Cinco letras, vertical — disse vovô, do outro lado da sala. — A primeira letra é S, a dica é "pulo".

Deixando o telefone de lado, Jess abaixou a cabeça sobre os braços dobrados para descansar.

— Salto — disse ela.

— Para ser sincera, Jessica, não vejo um pânico desses por causa de roupas desde que escrevi Nicolina em *A Noiva Acidental.* — Fizzy recuou para julgar o que devia ser a troca de roupas número 142. — E você nem está fingindo ser uma virgem escolhendo o que vestir na sua noite de núpcias vitoriana. Menos, mulher!

Jess observou seu reflexo, produzido e polido e hilariamente estranho em um sutiã push-up com enchimento e um suéter com gola V, um decote tão profundo que quase chegava ao inferno.

— Fizzy, não posso vestir isso.

— Por que não?

— Para começar — disse ela, indicando o espelho —, quase consigo ver meu umbigo.

Fizzy piscou, impassível.

— E…?

Jess puxou o suéter por cima da cabeça, jogou-o na cama e pegou uma camisa de cambraia gasta que havia comprado em uma butique de LA no verão anterior. Ela não caía do mesmo jeito com o benefício do sutiã com enchimento de Fizzy, mas até Jess tinha que admitir que ela (elas) estava(m) ótima(s).

Acrescentou um colar de várias camadas, colocou a camisa para dentro na parte da frente da calça jeans escura e se virou para Fizzy:

— E aí?

Fizzy observou-a de cima a baixo, um sorriso surgindo em seus lábios vermelho-cereja.

— Você tá gostosa. Como se sente?

— Como se eu fosse vomitar.

Ela riu.

— É só um jantar — disse Fizzy. — *Aqui do lado.* Você vai comer um pouco de tom kha, um pouco de pato ao curry verde, e se em algum momento achar que cometeu um engano, deixe ele lá com a conta e venha para casa. Escute sua intuição. Estaremos bem aqui.

Sem exagero: elas estavam *bem ali.* O restaurante que Jess havia escolhido ficava do outro lado da cerca da casa delas, desse modo ela já estava sentada numa mesa do lado de fora quando River chegou. Ele estava cinco minutos adiantado, mas, a julgar por sua expressão de surpresa, Jess podia apenas presumir que havia atrapalhado os planos dele de chegar lá primeiro, ficar confortável e estar tranquilamente sentado quando ela chegasse.

River parou ao vê-la, atipicamente pego de surpresa.

— Ah. — Ele olhou para a calçada ao redor. — Eu... Desculpe, achei que você tivesse dito sete e meia.

Jess deu-se ao luxo de uma vistoria rápida. Apesar de ser um sábado, presumiu que ele havia acabado de sair do trabalho — vestia calça social azul-marinho, uma camisa branca com o colarinho aberto — mas suas roupas pareciam fresquinhas e o cabelo estava recém-lavado e com marcas de dedos.

— Eu disse. Moro logo ali. — Jess apontou para a esquerda e os olhos dele acompanharam o gesto até o prédio de apartamentos.

— Ah. — Puxando a cadeira, River se sentou do outro lado da mesinha em frente a ela e fez a própria inspeção, os olhos deslizando por todo o corpo de Jess e subindo de novo com agilidade. Um rastro de calor acompanhou essa trilha. Ele pigarreou. — Isso é prático.

Rama, um garçom musculoso de vinte e poucos anos que era o herói de Jess, porque com frequência expulsava as pessoas dos degraus do sr. Brooks, parou ao lado da mesa. Sorriu para ela, e então olhou de maneira significativa para River.

— Oi, Jess! Quem é o seu amigo?

Belo jeito de deixar abundantemente claro que ela nunca levara alguém para lá.

— Para com isso, Rama! O nome dele é River.

Os dois apertaram as mãos, e River avaliou Rama enquanto este servia água nos copos de ambos.

— Precisam de um tempinho?

— Claro, seria ótimo.

Quando Rama os deixou para olharem o cardápio, Jess levantou o queixo.

— Você veio direto do trabalho?

River levou a água aos lábios e Jess com certeza não ficou observando eles se separarem, fazendo contato com o copo. Também não observou o pomo de adão se movendo conforme ele engolia.

— Passei em casa para trocar de roupa. — Ele respondeu ao sorriso malicioso de Jess com o seu. — Não tenho uma parceira, nem filhos, nem bichos de estimação. Meu trabalho é basicamente tudo o que tenho.

— Isso é de propósito?

As sobrancelhas dele se abaixaram e Jess percebeu que ele estava de fato considerando a pergunta.

— Talvez? Digo, assim que recebemos alguns resultados iniciais no estudo sobre a atração, minha curiosidade meio que... tomou conta. Tem sido difícil pensar em outra coisa.

— O que é engraçado — apontou ela —, já que está pensando em namoros e relacionamentos o dia inteiro, mas nunca para você.

— Vejo as coisas meio que a distância — disse ele. — Estava tão embrenhado nisso, analisando alelos específicos e variantes genéticas, que até talvez um ou dois anos atrás era fácil ignorar o quadro mais amplo.

Jess não tinha certeza se havia um modo melhor de elaborar a pergunta seguinte, então apenas disse como lhe veio à mente:

— Existe alguma parte de você que se sente meio importunada por esse resultado?

River riu e bebeu água de novo. Neste momento, Rama voltou.

— Estão prontos para pedir?

— Salvo pelo Rama — disse Jess.

Os olhos de River sustentaram os dela.

— Salvo.

Ele ergueu a mão, a palma virada para cima, indicando-lhe que pedisse.

Jess suspirou e olhou para cima.

— Você sabe o que vou querer.

— Opa. — Rama se virou para River. — E você?

— Espera, o que ela vai querer?

— Sopa tom kha — recitou Rama. — E o pato ao curry verde.

River franziu a testa.

— Ah. — Ele abriu o cardápio outra vez. — Espera... hã, o que mais você recomenda?

Jess olhou para ele, boquiaberta.

— Não me diga que você ia pedir o mesmo!

River assentiu, olhando para o cardápio.

— Pad kee mao?

— É ótimo — confirmou ela. — Vamos pegar a sopa para os dois e as duas entradas. — Ela olhou para River. — Quer uma cerveja ou algo assim?

Ele pareceu achar graça do jeito como ela assumiu o controle.

— Não, água está bom.

Devolveram os cardápios a Rama e Jess encarou seu par do outro lado da mesa.

— Mas é sério: você não ia pegar o pato, ia?

— Eu ia.

Ela não sabia de onde vinha o impulso de rir ou gritar, mas engoliu aquilo com um gole de água gelada.

— Você trabalhou hoje? — indagou River, rígido, claramente torcendo para que Jess tivesse se esquecido do que perguntara antes de serem interrompidos. Se ele não queria responder, então Jess talvez não quisesse ouvir a verdade.

— A vovó sempre insistiu que, se eu não precisasse trabalhar, o sábado é o dia da família.

— Você mora com a sua avó? — perguntou ele.

— Sim e não. A vovó Jo e o vovô são donos do complexo de apartamentos. Eles moram no bangalô, e eu moro no apartamento do outro lado do pátio.

— Com a sua filha? — confirmou River, e ela confirmou. — Qual é o nome dela?

Depois de uma pausa curta, Jess chacoalhou a cabeça. Uma apreensão a tomou por completo.

— Sei que ela está fora dos limites do experimento — disse ele. — Estava só perguntando sobre a sua família. Compartilhando. — Então fez uma pausa, sorrindo com bom humor. — Eu, por exemplo, tenho duas irmãs intrometidas.

— Ah, então você tem sorte. Mulheres intrometidas mantêm o mundo rodando.

— Elas vão adorar essa. — River riu, caloroso e límpido. — As duas são mais velhas: Natalia e Pilar. Ambas são superprotetoras.

— O caçula. Hum. — Jess bebericou a água. — Eu teria perdido a aposta.

O canto da boca de River se ergueu, divertido.

— Por quê?

Rama se materializou outra vez com uma tigela grande e fumegante de sopa. Ele a colocou entre os dois e ambos partilharam alguns momentos de silêncio confortável enquanto se serviam, passando o molho de pimenta e os condimentos de um lado para o outro da mesa.

Jess se debruçou para cheirar o conteúdo da tigela — o caldo pungente e picante era uma de suas comidas preferidas — e reparou que River havia espelhado seu movimento com precisão.

Ele notou isso quase ao mesmo tempo e se endireitou na cadeira.

— Por que você ficou surpresa por eu ser o caçula? — indagou, seguindo adiante.

— Filhos caçulas em geral são menos "intensos" — respondeu ela com um sorriso, usando a descrição que River fez de si mesmo contra ele. — Vocês, perfeccionistas empertigados, tendem a ser o filho mais velho.

— Entendi. — Ele riu e se debruçou, tomando uma colherada da sopa. O gemido profundamente sexual que ele deixou escapar quando provou a comida estava destinado a assombrar os melhores e piores sonhos de Jess.

— E você? — perguntou ele. — Algum irmão ou irmã?

Ela balançou a cabeça em negativa.

— Filha única.

River tomou outra colherada.

— Acho que nós dois perderíamos a aposta, então. Eu teria dito que é a filha mais velha, com no mínimo um irmão ou irmã.

— Por quê?

— Você parece responsável, esperta, cuidadosa. Mandona. Imagino você irritando seus pais e...

Jess deu uma fungada-riso e levantou o braço, cobrindo a boca com o guardanapo. A ideia de irritar Jamie era absurda.

— Desculpa, isso foi simplesmente... — Ela ajeitou o guardanapo no colo de novo. — Não, sou filha única.

River assentiu, compreendendo e, para crédito seu, mudou de assunto.

— Então, já conversamos sobre como cheguei até aqui — disse ele. — Mas como você acabou sendo especialista em estatística? Devo admitir, combina com você.

Ela arqueou uma sobrancelha questionadora.

— Você parece muito competente — acrescentou ele. — É tranquilizador. Atraente.

Jess observou enquanto River evitava de propósito os olhos dela. Ele não tinha como saber, mas chamá-la de "competente" era o melhor elogio que podia lhe ter feito.

Ele devolveu o copo à mesa.

— Mas, quanto à minha pergunta...

Jess cantarolou, pensando.

— Acho reconfortante que os números não mintam.

— Mas eles podem induzir ao erro.

— Só se você não souber o que está procurando. — Ela tomou um golinho de sopa. — Sempre fui louca por números. Quando era pequena, contava meus passos para todo lugar aonde ia. Contava quantos andares havia num prédio, quantas janelas por andar. Tentava estimar a altura de um prédio, e depois procurava confirmar ao chegar em casa. E quando tive minha primeira aula de estatística, estava decidido. Amo trabalhar com números que tenham um significado mais amplo. Prever terremotos ou desastres naturais, campanhas políticas, resultados de pesquisas de atendimento ao cliente ou...

— Genética — disse ele, baixinho.

Ah. A questão mais óbvia. Jess sentiu as bochechas esquentarem e olhou para baixo, surpresa de novo por seus seios estarem tão mais próximos do rosto nesse sutiã do que costumavam estar. Caramba, Fizzy! Jess pigarreou.

— Exato. Desde que você tenha dados suficientes, pode entender qualquer coisa.

— Entendo — disse ele, naquela mesma voz baixa. — Tem algo satisfatório em resolver pequenos enigmas todo dia.

Eles comeram em silêncio por um momento, e Jess se perguntou se estava imaginando o modo como o olhar dele parecia se demorar em seu pescoço, e mais abaixo, descendo pelos braços...

— Isso é... — perguntou ele, estreitando os olhos e indicando o antebraço direito dela, onde Jess havia levantado um pouco a manga. — Uma letra do Fleetwood Mac?

— Ah! — A mão esquerda dela se moveu para cobrir a tatuagem. — Sim.

Jess virou o braço para esconder, mas River se aproximou, passando o polegar e o indicador em volta do pulso de Jess, virando-o para que pudesse ver a pele macia da parte interna do braço dela.

— "Truvão só acontece" — leu ele, os olhos se desviando da palavra escrita errada para o rosto dela. — "Truvão"?

Jess revirou os olhos.

— Felicity. — Com sorte, ele teria entendido que o simples fato de dizer o nome dela deveria explicar tudo.

River deve ter entendido, porque riu e deslizou com delicadeza o polegar por cima das letras. Nada parecido com o modo clínico com que a tocara na noite anterior; esse toque foi vagaroso, explorando. E Jess estava derretendo.

— E outra peça do quebra-cabeça se encaixa.

— Ela, Fizzy, tem a outra parte do verso, "Quando está chovendo", só que não tem um U no *quando*. — Com ele olhando-a e tocando-a daquele jeito, era preciso muita concentração para formar pensamentos e colocá-los em palavras. — No meu aniversário de vinte e cinco anos, ela me levou para celebrar. Foi uma noite perfeita mesmo e mandei um e-mail para ela quando cheguei em casa, para agradecer. Estava absolutamente bêbada, e o vovô achou tão engraçado que não me deixou usar o retorno para corrigir meus erros de digitação. — Ela deu de ombros. — Parece que mandei no e-mail a letra toda da música que cantamos no karaokê para provar o quanto eu estava sóbria.

Os olhos de River reluziam quando ele deu uma rápida espiada no rosto de Jess. Com uma expressão que talvez fosse de pesar, ele soltou seu braço.

— Essa é uma boa história.

Jess riu para o que restava de sua sopa.

— O vovô é basicamente um monstro.

— Um monstro com senso de humor.

— Estou cercada por piadistas — admitiu ela.

— Você tem sorte.

Havia algo no tom de River que fez Jess prender o olhar no dele. Não que ele soasse solitário, mas havia uma vulnerabilidade ali que mexeu com ela.

— Eu me sinto sortuda. — Jess procurou por algo para dizer. — Conte-me sobre todo mundo na GeneticÀmente. Você conhece todos há muito tempo?

— A maioria deles desde que começamos. David, é claro. E Brandon era um amigo de Dave da faculdade. — River mexeu sua sopa e deu espaço quando Rama voltou com os pratos principais. — É uma equipe de fato muito unida.

— Algum deles entrou em alguma Combinação? — perguntou Jess, se servindo dos pratos.

— Sim, o Brandon — respondeu River. — Ele conheceu a esposa na... — Ele olhou para o alto, pensando, e Jess se maravilhou outra vez com seus olhos de uísque contornados por cílios escuros. — Acho que foi na terceira fase dos testes beta. Talvez quatro anos atrás. Eles eram um match Ouro.

— Uau.

Ele aquiesceu, colocando um pouco de comida no prato.

— Eu sei. Ele foi o primeiro, e foi bem importante. — *Mas nada como isso aqui* ficou nas entrelinhas. — E aí a Tiffany... você a conheceu no Desastre da Revelação dos Resultados — disse ele com uma piscadela, e Jess caiu na risada. — Ela é nossa principal analista de dados, e conheceu a esposa, Yuna, quando elas combinaram. Acredito que foram um match oitenta e quatro, e Yuna se mudou de Cingapura para cá para ficar com a Tiff.

— De quantos países vocês coletaram amostras?

Ele não precisou nem pensar.

— Cinquenta e sete.

— Uau.

— É. — Limpando a boca com o guardanapo, River era o retrato da classe e das boas maneiras do outro lado da mesa. Seria ela uma pessoa terrível por se surpreender com o fato de esse encontro não ser horrível? A conversa fluía, os silêncios eram confortáveis. Ela não tinha derramado nada na camisa, e River a chamara de competente. Era o melhor encontro de Jess em sete anos. — E todos os outros participaram de vários encontros, desde que solteiros e interessados.

— Você acha que é chato para algum dos que ainda não conseguiram um match Ouro ou acima disso? Tipo, você se preocupa que isso vá se tornar uma competição dentro da empresa, ou, sei lá, uma questão de status?

Ele a encarou, e então piscou.

— Você faz umas perguntas bem investigativas.

De imediato, Jess se sentiu mortificada.

— Desculpe. Eu só... — Argh. — Desculpe.

— Não, não, tá tudo bem, é bastante... ponderada.

Um calor se espalhou por ela, formigando por toda a pele.

— Quero saber a respeito — admitiu Jess. — Quero saber sobre você, e sobre isso, e o que você pensa de tudo isso. Digo, estamos aqui agora. Eu disse que entraria nesse acordo de forma genuína.

— Eu sei — disse River, e pareceu avaliá-la discretamente com novos olhos. — E aprecio muito seu gesto.

— Você vai fazer o mesmo? — indagou ela, sentindo o coração martelar.

— Não conheço outro jeito de fazer as coisas. — Ele tomou mais um gole de água. — Você me perguntou antes se esse resultado era uma inconveniência. Não é. Não é uma inconveniência, mas admito que não sei o que pensar a respeito. Se eu levar isso a sério, ele vai reorganizar minha vida inteira. Se eu não levar a sério, estou jogando fora tudo pelo que trabalhei.

— O que, incidentalmente, também reorganiza a sua vida — disse Jess, rindo.

Ele riu também.

— Exato.

— Bem, nesse caso — disse ela —, posso embarcar no projeto Genuínos, Mas Cautelosos.

River enxugou a mão no guardanapo e estendeu-a por cima da mesa para um aperto. Sentindo a pulsação nos ouvidos, ela pegou a mão dele, e a sua pareceu estranhamente pequena ali dentro.

— O que acontece agora? — perguntou ela.

— Acho que a gente se encontra quando estivermos livres — disse ele, e o cérebro de Jess disparou, pensando em como aquilo funcionaria, para onde isso poderia ir.

E aonde ela queria que fosse.

— Tá bem.

— Tirando isso, esperamos pelas ordens de Brandon sobre qualquer aparição pública.

— *Brandon Bochetti* — cochichou Jess, em parte para quebrar a tensão de imaginar forjar um relacionamento pessoal com River depois dessa noite, e em parte porque... como ela podia não dizer? — Ah vá, você tem que admitir que é um nome ótimo!

Rama deixou a conta na mesa e River agradeceu antes de deslizar a pastinha de couro para seu colo. Sem perder o ritmo, River revelou a informação a seguir com uma cara admiravelmente séria:

— O sobrenome da esposa dele é Poha.

Jess arfou.

— Não!

Enfim, um sorriso irrompeu no rosto dele.

— Sim.

— Eles usam os dois nomes, com um hífen? — Ela se debruçou para a frente. — Por favor, me diga que usam.

River riu.

— Não, não usam.

Passos curtos soaram pela calçada, e o peso e o ritmo deles foram reconhecidos pelo cérebro de Jess meio segundo antes que um par de bracinhos fossem jogados em volta de seu pescoço.

— Você guardou um pouco de pato pra mim?

Jess apareceu por cima da cabeça da filha para dar uma olhadinha envergonhada de desculpas para River. Esticando os braços para segurar a filha a certa distância, Jess fez a Cara de Mãe mais convincente que conseguiu.

— O que é que você está fazendo acordada ainda, meu bem? Não deveria estar aqui fora.

— Eu podia ouvir a sua risada lá do pátio!

— Mas o que você estava fazendo no pátio?

— Ganhando do vovô nas damas.

— Vovô? — chamou Jess.

— Ela é rápida demais — retrucou vovô, do outro lado da cerca.

Juno riu.

— Já estou com ela — disse Jess. Ela cedeu e beijou a testa de Juno antes de virá-la de frente para River. Pelo visto, isso ia acontecer mesmo. — Desculpe pela interrupção.

Ele balançou a cabeça e sorriu calorosamente para Juno.

— Não foi nada.

— Juno, este é o dr. Peña.

Juno estendeu a mão, e ele envolveu a mãozinha pequenina na sua.

— River — disse ele, apertando gentilmente. — Pode me chamar de River.

Ajeitando-se no colo da mãe, Juno inclinou a cabeça, analisando-o.

— Você também tem um nome único.

River assentiu.

— Tenho, sim.

— Você gosta dele? — perguntou ela.

— Muito.

— Meu nome do meio é M-E-R-R-I-A-M. Meu nome veio de montanhas. E o seu?

— Nicolas, igual ao do meu avô.

Ela franziu os lábios, menos impressionada.

— Humm. Isso é meio normal, acho. Alguém já caçoou de você por se chamar River Nicolas?

— Algumas vezes — admitiu ele. — Mas prefiro que caçoem de mim por ter um nome que ninguém mais tem do que ter um que um monte de gente já tenha. Posso apostar que ninguém mais se chama Juno Merriam Davis. Só você.

Jess recostou-se na cadeira, absorvendo tudo, confusa pelo calorzinho que se agitava em seu estômago.

Juno se moveu no colo dela e Jess ouviu o sininho da gata do outro lado da cerca separando o pátio do restaurante do quintal lateral dos apartamentos.

— Minha mãe se chama Jessica Marie Davis — disse Juno, com uma compaixão exagerada. — A gente foi procurar uma vez, e havia quatrocentas iguais. — Ela fez uma pausa e, com um timing de comédia surpreendentemente bom, acrescentou: — Na Califórnia.

— É. — Ele capturou o olhar de Jess e então sorriu para Juno. — Mas aposto que só existe uma pessoa como a sua mãe no mundo todo.

Oi?

— Isso é verdade — concordou Juno, com uma inocência desmedida.

No mesmo instante, ele desviou o olhar, pigarreando, e o coração de Jess subiu por uma trepadeira, balançando loucamente atrás das costelas.

River pegou a carteira, colocando quatro notas de vinte na pastinha da conta.

— Eu devia voltar para casa.

Jess sorriu.

— Obrigada pelo jantar.

— Sempre que quiser. — Ele sorriu de novo para Juno, e em seguida rapidamente para Jess. — Estou falando sério.

Eles se levantaram e Jess deixou a filha, de pijamas, montar em suas costas para ser levada para a cama.

No beco, River parou e olhou por cima do ombro de Jess para o complexo de apartamentos atrás deles. As pontas delicadas das trepadeiras oscilavam pelo topo da cerca.

— Obrigado por me deixar estacionar aqui atrás.

— Temos uma vaga para visitantes. Estacionar na rua é um saco.

— As pessoas ficam sentadas nos carros aqui em frente — acrescentou Juno. — O sr. Brooks fica *tão fulo*!

River franziu o cenho, levando essa informação adoravelmente a sério.

— Fica?

— Nosso vizinho — explicou Jess. — Isso aqui é uma coleção de personagens.

River deu uma olhada para o relógio enquanto estendia a mão para a porta do carro e a destrancava.

— Estou vendo.

Jess procurou, procurou mesmo, mas nada no tom dele a fez pensar que River estivesse reclamando.

— Boa noite, Jessica Marie e Juno Merriam.

Juno apertou o pescoço de Jess.

— Boa noite, River Nicolas.

DOZE

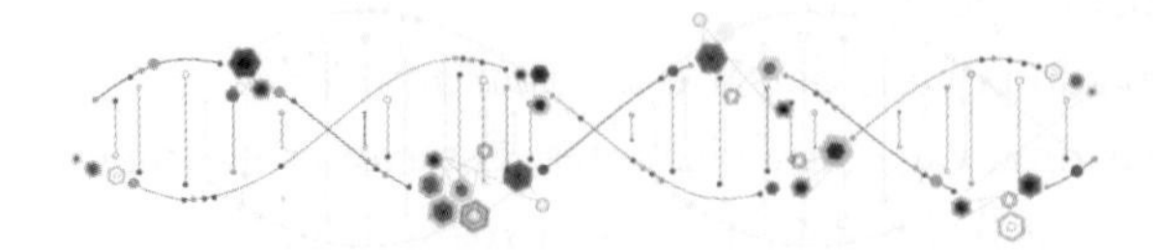

Panquecas queimadas, um tênis laranja perdido, vômito de gato na mochila, café passando sem água no reservatório, e uma mãe gritando com a filha que, se não quisesse ter o cabelo cortado, então precisava deixar a mamãe fazer tranças nele antes de ir dormir. Noutras palavras, um desastre clássico antes das oito da manhã. Jess não teve sequer uma chance de olhar para o espelho, quanto mais checar o e-mail, até ter deixado Juno sã e salva na escola, e sentiu-se contente por isso, porque a notificação de que ela e River tinham sido convidados para uma entrevista para a *San Diego Union-Tribune* a faria vomitar junto à gata.

— Recebi seu e-mail — disse ela, assim que Brandon atendeu.

— Ah, ótimo! — Dentes, dentes, dentes. Era tudo o que Jess conseguia imaginar. — Parece que o encontro foi bom, né?

Ela mordeu o lábio. Tinha sido bom. Melhor do que o esperado. River não deveria ser engraçado, e definitivamente não deveria encantar sua filha. E ainda assim…

— É, foi bacana.

— O timing da entrevista funciona pra você? Sei que amanhã é em cima da hora.

— Não é tanto uma questão de timing — confessou Jess —, é mais de coragem.

— Você? — Ele riu com generosidade . — Você é adorável. Para com isso.

— Eu definitivamente não estou habituada com a imprensa. — Então acrescentou com rapidez: — Sei que foi algo com que concordei, mas eu estava meio que esperando começar aos poucos, com jantares, talvez alguns tuítes em que ninguém reparasse, uma entrevistinha num blog sobre namoro on-line, e, *em algum momento*, chegar na *Trib.*

— Michelle está escrevendo a matéria e ela é um amor — Brandon lhe garantiu. — Ela vai te adorar. Ela e River se conhecem já há muito tempo.

Jess quis perguntar se isso era um código para transar, mas se conteve. Brandon interpretou bem seu silêncio.

— Ela escreveu um artigo sobre ele vários anos atrás. Apenas isso.

— Arrãn. Amanhã, então — disse ela mordendo o lábio. — Amanhã ao meio-dia, em Shelter Island. — Jess fez uma pausa e sentiu um calafrio pegajoso pela coluna. — Por que em Shelter Island?

— Perfeito para fotos. — Ele confirmou os temores de Jess, que quase engoliu a própria língua.

Ela já tinha revirado o armário para o encontro no jantar, e uma camisa de cambraia e calças jeans foi o melhor que conseguiu encontrar. Isso era com precisão o tipo de coisa que Jess temia.

— Tenho que fazer compras.

— Jessica, para ser honesto, qualquer coisa que você esteja vestindo está bom.

— Brandon. Você não diria isso se me visse agora.

Ele riu.

— Só queria dizer que você vai se sair bem, qualquer que seja a roupa.

Mas será que iria? Ela olhou para a camiseta cinza-clara surrada e o moletom cinza-escuro. Francamente não podia ficar de pé ao lado de River "GQ" Peña na frente da Baía de San Diego com nada do que havia no seu armário.

Por outro lado, no final das contas, uma alma gêmea te ama pelo que você é por dentro, certo?

De todos os lugares lindos de San Diego — e havia muitos deles —, poucos eram tão espetaculares quanto Shelter Island. Se Jess pegasse a Harbor até a Scott, virasse à esquerda na Shelter Island Drive e então à esquerda de novo na rotatória, um longo estacionamento levava até o alto de uma das melhores vistas da cidade: um panorama completo da Baía de San Diego com o horizonte do centro em sua glória perfeita e cristalina. Coronado era visível a distância. A paisagem deslumbrante da noite dava a sensação de estar em um cartão-postal.

Mesmo durante o dia — em especial depois de uma chuva matutina que deixara o céu límpido e claro —, era tão lindo que Jess parou por um segundo depois de sair do carro, fitando um lado do centro de San Diego que ela deveria apreciar mais. Os prédios lembravam espadas esguias e polidas a distância. Nuvens grandes e gordas como bolas de algodão pintalgavam o céu, e veleiros oscilavam na superfície da baía. Some-se a isso a visão de River em calças sociais escuras, um casaco comprido bege por cima de um suéter azul-marinho, os cabelos agitando-se ao vento como algo saído de um filme de Austen... Seria muito esquisito se ela ficasse ali apenas... olhando para ele? Tirando uma ou duas fotos? Ninguém a culparia.

Por um segundo — de verdade, apenas um segundo —, Jess se arrependeu por não ser mais insegura sobre suas roupas antes de sair de casa. Ela decidira usar jeans pretos, uma camiseta branca e sapatilhas pretas. Simples, mas apropriado.

Porém, talvez simples demais. Ao lado de River estava uma mulher — Michelle, Jess supôs. Ela era bonita como uma jornalista, ou seja, tinha o luxo de nunca ser o assunto da própria história; não vinha ao caso como ela se vestia. Jess sentiu-se ao mesmo tempo encantada e irritada por ela e Michelle estarem vestindo quase a mesma roupa, com a única exceção de que Michelle tinha sido esperta o bastante para vestir um cardigã por cima da camiseta branca. Era meio-dia de um lindo dia em meados de fevereiro, mas Jess havia se esquecido do quanto Shelter Island era exposta. Com o vento açoitando-lhes em sopros gelados, ela ia congelar.

Notando a chegada de Jess, eles deram um fim na conversa. Então se aproximaram e, atrás de onde os dois se encontravam antes, Jess reparou num homem diligentemente arrumando o que pareciam vários equipamentos fotográficos. Isso era uma produção muito maior do que ela previra.

Seu estômago revirou.

Michelle era ainda mais bonita de perto, confortável consigo, com um sorriso amistoso. E, é claro, ali estava River, arrancado das páginas de uma revista, parecendo tão distante do alcance de Jess que ela só podia rir de sua aproximação.

Ele notou e exibiu um sorriso inseguro.

— Qual é a graça?

— Nada. — Ela ergueu uma das mãos e a abaixou, derrotada. — É claro, você só… está tão bonito.

River parou na frente dela e a examinou da cabeça aos pés e de volta para cima. Sua voz parecia arranhada por uma lixa.

— Você também.

— Mentiroso.

Ele curvou um sorriso.

— Não.

É tudo fingimento, pensou ela. *Até o Drácula era notoriamente charmoso.*

E então, tão depressa que Jess se perguntou há quanto tempo River vinha se preparando para isso, ele se inclinou e beijou o rosto dela. Jess ficou tão chocada com essa reviravolta que ele podia muito bem ter estendido um único dedo e tocado sua testa, ao melhor estilo ET. Michelle provavelmente observava isso e escrevia a chamada em sua cabeça: *Uau, eles absolutamente estão namorando de mentirinha!*

Subtítulo: *E são terríveis nisso!*

— Oi — disse Jess, porque seu cérebro não se lembrava de outras palavras.

River abriu um sorriso desconhecido, particular, e repetiu de um jeito muito fofo para ela:

— Oi.

Revisão no subtítulo: *E* ELA *é terrível nisso!*

Michelle os lembrou de que ela também estava logo ali.

— Vocês dois são fofos.

Jess teve que literalmente morder a língua para não retrucar *Não somos, não.*

River também pareceu esperar que ela respondesse com algo contrário e ofereceu um movimento orgulhoso da sobrancelha antes de se voltar para Michelle.

— Michelle, essa é a Jess. Jess, Michelle.

As duas apertaram as mãos e Michelle indicou um afloramento de rochas perto da água.

— Podemos começar? — Enquanto caminhavam, ela apontou para o homem com todas as câmeras. — Jess, este é Blake. Ele vai tirar algumas fotos. Por enquanto, vamos apenas papear enquanto ele se prepara.

Ela inclinou a cabeça para Blake, mas manteve os olhos em Jess.

— Se você o vir tirando alguma foto, ele está só pegando imagens espontâneas. Prometo que vamos te deixar linda. Só tente relaxar o máximo possível, seja natural.

Jess respirou fundo e exalou o máximo que conseguiu, registrando que, nesse processo, seus ombros retornaram de perto das orelhas à posição normal.

Confortavelmente, como se passasse a maior parte do dia em frente de uma equipe de filmagem em vez de em reuniões com investidores, River se sentou numa rocha com altura pouco abaixo da cintura e abriu o braço, indicando para que Jess se sentasse ao seu lado.

Ela se aproximou três passos e se sentou num tropeço, as pernas desajeitadamente apertadas uma contra a outra para evitar se recostar no corpo longo e sólido de River. Com tranquilidade, ele a moveu para mais perto, para uma superfície mais achatada, e agora, embora Jess se encontrasse em uma posição mais confortável, os dois estavam pressionados como se fossem íntimos.

O que eles não eram.

— Jess — disse Michelle, acrescentando —, espero que esteja tudo bem te chamar de Jess. Foi como River se referiu a você...

— Jess está ótimo.

— Ótimo! — repetiu ela. — Já entrevistei River antes para um artigo sobre a empresa, então já tenho um histórico bom com ele, mas essa é a minha primeira vez conversando com ele como cliente. Antes de chegarmos nele, estou interessada em ouvir sobre como você entrou nisso tudo. O que levou você a fazer o teste, em primeiro lugar?

— Na verdade — disse Jess —, fui arrastada para lá por uma amiga. Ela e eu, e River, somos clientes assíduos num café, e um dos baristas mencionou que River estava começando algo como um site de relacionamentos. O que — ela apontou para ele —, digo, seja franca, ele parece mais um professor gostosão de História medieval, né?

Michelle riu, assentindo.

— Parece mesmo.

Ela anotou algo.

— Mas ele nos convidou para ir até o escritório — disse Jess, e olhou para River, encontrando-o sorrindo para ela com afeto. Foi atordoante e a tirou de seu ritmo tranquilo e distraído. — Então, nós fomos.

— E como foi para você conhecer a Jess? — ela perguntou a River.

— Nós não tínhamos nos conhecido oficialmente até aquele dia — respondeu ele, levantando a mão para passar os dedos pelo cabelo como um estereótipo lindo. — Eu já tinha reparado nela — revelou River, olhando outra vez para Jess e deixando seu olhar se mover detalhadamente pelas feições dela. — Eu já a via por lá há uns dois anos, mas não fazia ideia de qual era o seu nome.

— Você queria saber?

Ele olhou para Michelle com um sorrisinho malicioso.

— Claro que queria. Olha só para ela. — Ele gesticulou para Jess.

— Acima da média? — zombou Jess, incapaz de se controlar.

Ele lhe lançou um sorriso brincalhão, mas cauteloso.

— Bem acima da média. Só um idiota sugeriria o contrário.

Michelle acompanhou essa troca com interesse.

— Estou sentindo que tem uma história aqui, mas vou seguir em frente. Jess, pode me contar um pouco sobre você?

Enquanto Jess fazia um resumo bem básico de sua vida — o trabalho universitário na UCLA, o primeiro emprego no Google, e o trabalho posterior como freelancer —, a atenção de River na lateral de seu rosto era como a pressão de um ferro quente. Ela podia sentir quando ele sorria, assentindo ante aqueles naquinhos de informação. Podia até ouvir os murmúrios de afirmação que ele oferecia aqui e ali. Como um namorado orgulhoso. Ele era bom nisso.

— E o que você pensou quando recebeu o escore de noventa e oito no DNADuo?

Pelo menos a isso ela podia responder com sinceridade.

— Eu não acreditei.

River riu.

— Eu também não.

— Posso imaginar — disse Michelle.

— Pense nisso — retrucou ele. Jess engoliu quase um litro cúbico de ar quando River entrelaçou os dedos da mão esquerda com a mão direita dela. Ele era *muito bom* nisso. — Eu já tinha visto centenas de milhares desses escores na última década. Nunca vi um de noventa e oito. Quais eram as chances de que seria *o meu*?

— Eu diria que pouquíssimas.

— De pouquíssimas a nenhuma. De fato — River disse a ela —, Jess provavelmente conseguiria calcular essa chance.

— Eu conseguiria, com certeza — afirmou ela, sorrindo. — Esse escore é, como nós matemáticos gostamos de dizer, "fodidamente inesperado".

Ambos riram, e River apertou a mão dela em um pequeno gesto de *Bom trabalho!* Pelo menos, ela presumiu que era isso o que queria dizer. Podia facilmente ter sido mais na linha de *Não fale a palavra com F na frente da repórter.*

— Aí vocês receberam o escore, e os dois levaram um tempo para digerir a informação. E então?

— Então — disse River, com uma calma doce feito mel —, nós saímos para jantar.

— E como foi?

Ele olhou para Jess, os olhos sorridentes.

— Eu diria que foi bom.

— Então... — Michelle cantarolou com suavidade. — Vocês diriam que estão oficialmente juntos?

No mesmo instante, a mão de Jess ficou molhada e escorregadia de suor na mão de River. O mais discreto possível, para Michelle não reparar, ela soltou a mão e a enxugou na própria coxa.

— Hã... — disse ela, espremendo os olhos para o horizonte como se a pergunta exigisse um cálculo profundo. — River?

No mesmo instante que Jess dizia o nome dele, River disse um definitivo:

— Estamos.

Michelle riu.

— Estamos, claro, eu tava só brincando — disse Jess, enquanto ele acrescentava:

— No mínimo, estamos abertos para o que o futuro trouxer.

Sorrindo, Michelle se debruçou para anotar mais alguma coisa. Jess lançou um olhar assassino para River. Ele devolveu na mesma moeda. Eles provavelmente deveriam ter previsto esse tipo de pergunta. Os dois desviaram o olhar e assumiram um sorriso pouco antes de Michelle erguer a cabeça.

— Então, acho que podemos concordar que ainda é novo — disse ela.

— Muito novo — responderam em uníssono, rindo com desconforto.

River pegou a mão de Jess outra vez, apertando-a com força. Enquanto isso, Blake, o Fotógrafo, pairava ao fundo, curvando-se em volta deles, planejando seu ataque — ou fotos espontâneas. As palmas de Jess ficaram pegajosas de novo.

— Desculpe — cochichou ela.

River se curvou para fingir uma tosse junto à mão livre.

— Tudo bem.

— Então, de verdade — disse Michelle —, acho que a maioria das pessoas vai querer saber se isso parece diferente. A primeira vez que vocês se viram, quero dizer, que se olharam *de verdade,* houve alguma reação interna? Um escore de noventa e oito... vocês devem ter sabido, em algum nível celular.

Ali. Bem ali. Ela encontrou a vulnerabilidade de River. A biologia da coisa, a presunção de que seu corpo de alguma forma simplesmente *saberia*. Jess não conseguia deixar para trás a improbabilidade daquele número. Ele não conseguia deixar para trás o modo como sabia que deveria se sentir em cada célula de seu corpo.

— Atração, sim — disse ele, sem hesitar. — Mas nós somos programados apenas para pensar nos primeiros encontros em um nível muito primitivo. Sexo. Acasalamento. Afinal, somos animais.

Um calor escalou pelo pescoço de Jess, que foi brindada com uma imagem mental de River atrás dela, a frente do corpo curvada por cima de suas costas, os dentes pressionados na pele nua do ombro de Jess.

— Mas não fomos programados de fato para imaginar logo à primeira vista se alguém é nossa alma gêmea. Eu, pelo menos, não fui. — Ao lado dela, ele deu de ombros. — Pode ser irônico, considerando-se que quero encontrar a alma gêmea dos outros, mas de alguma forma eu não havia me inserido em nenhum dos resultados do DNADuo. De verdade. Considerando-se que estamos a dois meses da minha primeira OPI, e tendo colocado meus próprios critérios tão altos, a última coisa que eu esperava era receber uma notificação no meu aplicativo. Então, se está perguntando se eu me surpreendi com o resultado, a resposta é sim... e não.

O cérebro de Jess parecia mastigar, digerir cada palavra dele. River soava tão sincero; mas o que seria real e o que seria só espetáculo? A voz de Michelle a retirou de seus pensamentos com um choque.

— Jess?

Jess pigarreou.

— Como mencionei, fiz o teste por impulso. Não estava procurando por um relacionamento. Na verdade, tinha acabado de prometer que pararia de namorar. — Michelle riu, compreendendo perfeitamente. — Então sim, fiquei surpresa.

Ela olhou para o rosto franco de River e, talvez porque suas defesas estivessem baixas, um zumbido baixo começou a se fazer sentir em seus ossos. A vibração profunda a percorreu, sincronizada com uma sensação estática de alta frequência pela superfície de sua pele. Ele era tão lindo que a deixava zonza.

— E não — acrescentou ela, baixinho. — De certa forma, não fiquei nem um pouco surpresa.

— River — perguntou Michelle —, preciso perguntar: compartilhar esse resultado publicamente não é um conflito de interesses?

— Achei que você ficaria mais desconfiada de ser um golpe publicitário.

Ela sorriu.

— E é?

— Não.

Ela fez um gesto para os arredores deles.

— Mas vocês estão se utilizando disso como uma alavanca, com certeza.

— Foi um acaso bem-vindo. Não significa que seja falso.

— Jess — disse Michelle, inclinando-se para mais perto —, a pressão para se apaixonar por ele te pareceu... intensa?

— Sim — admitiu ela. — Não sei qual deveria ser a sensação de encontrar sua alma gêmea. Nunca tinha encontrado a minha, obviamente. E, nesse caso, fico questionando cada emoção, mesmo quando elas parecem genuínas.

— River, ouvindo isso... você se preocupa?

— Nem um pouco. — A voz dele soou sincera. — Nós dois somos cientistas. Não faz parte da nossa natureza mergulhar de cabeça em nada.

— Talvez seja por isso que vocês combinam — ponderou Michelle.

Jess olhou para ele. Ele olhou para ela. Ela não pôde evitar espelhar aquele sorriso novo, particular, dele.

— Talvez — concordou River, e baixou a voz, aproximando-se para sussurrar no ouvido de Jess. — Projeto Genuínos, mas Cautelosos.

Ela quase estremeceu com a sensação.

Michelle cortou a tensão com uma faca, batendo palmas.

— Vamos tirar umas fotos junto daqueles bancos ali.

Ela se levantou e, se estava ciente da densa névoa emocional que envolvia Jess e River, não demonstrou. Ela e Blake conversaram, depois acenaram para que os dois se aproximassem.

— A gente queria a água como pano de fundo, então se vocês pudessem ficar... — ela colocou as mãos nos ombros de Jess, virando-a de frente para o estacionamento — aqui. River logo ao lado e um pouco para trás dela, isso, muito bom, como for mais confortável para vocês. Vou ficar aqui, não estamos escutando vocês. Apenas... conversem. O mais naturalmente possível. Esqueçam que estamos aqui!

Jess teve vontade de encará-la com uma incredulidade profunda e indisfarçada. River e ela estavam no que em tese era o segundo encontro deles, e Michelle queria que os dois ficassem de pé juntos, sabendo que estavam sendo fotografados, e apenas... conversassem intimamente? Com naturalidade? Para um jornal com circulação na casa das centenas de milhares? Eles não eram bons em serem naturais nem quando estavam sozinhos!

— Sem pressão — resmungou Jess.

— Só... — disse ele, pensando — ... me conte alguma coisa sobre o seu... carro.

— Meu carro?

Ele riu e se aproximou.

— Foi a primeira coisa que me veio à mente. Não presuma que sou melhor do que você nesse negócio.

— Absolutamente presumo isso — disse ela, exagerando um sorriso enquanto Blake levava a câmera ao rosto. — Olhe só pra você.

— O que isso quer dizer? — perguntou River.

— Que parte?

— "Olhe só pra você" — repetiu ele.

Jess riu.

Blake disparou o obturador.

— Quer dizer — respondeu Jess — que isso é o que você faz. É claro que espero que você seja mais charmoso em tudo ligado a relacionamentos e aparições públicas. Digo, eu sou...

— Se você disser "mediana", vou te jogar na baía.

— Eu não ia dizer isso — retrucou ela, rindo. *Clique.*

River soltou o ar longa e lentamente atrás dela, quente em seu pescoço. Um tremor a percorreu, agitando-lhe a coluna.

Ele notou.

— Está com frio?

— Congelando — admitiu ela.

Jess sentiu ele se movendo para trás dela. Bem quando ia perguntar o que ele estava fazendo, River esticou os braços e ela se viu envolvida em um calor macio, pressionada contra um paredão de mormaço rígido. River a enfiara em seu casaco, fechando-a lá dentro com ele.

Clique.

Ele não estava tremendo, nem vacilante. Segurou Jess com firmeza, a parte da frente do corpo pressionada ao longo da parte de trás dela como se não fosse nada demais. Os sentidos de Jess estavam em curto.

Michelle riu.

— Jess, você está corando.

Ela não conseguia nem fingir que isso era normal.

— Tenho certeza disso.

— Então, presumo que o lado físico da...

— Sem comentários — interrompeu River, a voz brusca.

No entanto, agora a imagem realmente faiscava na mente dela. Sexo com River. Ele por cima. Suado, debaixo dela. Rosnando, dominador, atrás dela. O corpo de Jess a traiu, arqueando-se um pouquinho, e o gemido minúsculo, abafado dele disse a ela que o movimento fora percebido.

Michelle se virou e analisou com Blake algo na tela da câmera, e Jess inclinou-se o mínimo possível para a frente, tentando esfriar fisicamente, mas River a puxou de volta contra seu corpo, passando os braços em torno da cintura dela. Pressionado contra ela.

— Você tá com frio — ele relembrou, murmurando junto ao cabelo dela.

— Um pouco menos agora — respondeu Jess num sussurro, e ele riu de modo efusivo.

Clique.

Jess mordeu o lábio inferior, refreando o riso histérico que borbulhava em sua garganta.

— Você está excitado?

A voz dele era uma mistura de vergonha e racionalidade perto da orelha dela.

— Talvez.

— Ah, meu Deus!

— Você acaba de... você se espremeu junto a mim.

Jess se curvou, contendo uma risada...

Clique. Clique.

... mas isso apenas empurrou seu traseiro ainda mais para trás, para mais junto dele, e River soltou um sibilo baixo, puxando-a para mais perto de si.

— Jessica.

Ela riu. Por apenas um centésimo de segundo, Jess deteve o poder de todo o universo. Ela havia excitado o formidável River Peña.

Clique.

— Você tá gostando disso — rosnou ele.

— Claro que tô! E, pelo visto, você também.

— Gostaria mais se não tivéssemos uma plateia.

Clique.

— Você está dando em cima de mim?

— Parece que estou. — Ele soava tão surpreso quanto ela.

— A gente pelo menos *gosta* um do outro?

Ele ajustou os braços ao redor de Jess, pesados e seguros.

— Ainda em análise.

Clique.

Ele suspirou.

— Acho... bem, não sei você, mas estou começando a gostar de você.

Era mais fácil ser corajosa encarando o estacionamento em vez de o rosto lindo dele, seus braços a impedindo de flutuar para longe.

— Não sei sobre alma gêmea, mas tesão eu admito.

Ela virou o rosto para o lado. A boca de River estava tão perto da sua...

River ficou imóvel, olhou para os lábios dela.

— É mesmo?

O tom dele foi o suficiente; Jess finalmente se sentiu corajosa o bastante para encontrar o olhar de River. Um calor a percorreu, derretendo tudo.

Clique.

TREZE

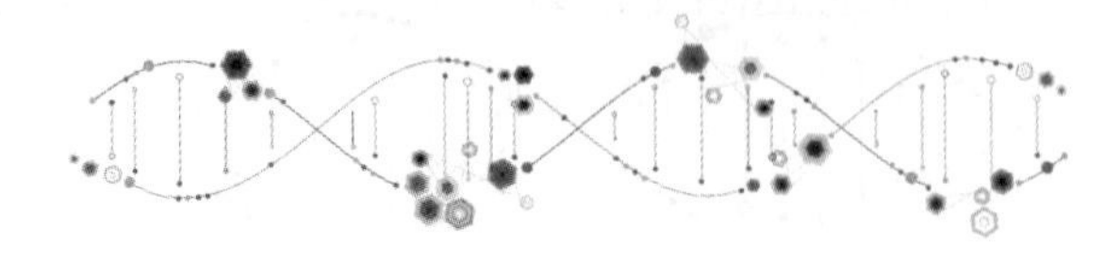

Talvez devesse ter ocorrido a Jess que ela envolta no casaco de River seria a foto espontânea perfeita, mas absolutamente não lhe ocorreu que eles acabariam na primeira página.

Da *San Diego Union-Tribune.*

Fizzy jogou um exemplar na mesa antes de tirar a bolsa do ombro.

— Puta merda, Jessica Davis!

Jess levou a caneca aos lábios, escondendo uma careta.

— Eu sei. Vi no meu iPad hoje cedo.

— Que coisa mais fofinha vocês dois!

Ela colocou a caneca na mesa.

— Para.

Fizzy limpou a garganta, lendo em voz alta.

— O par tem o esplendor cintilante e o tremor nervoso do amor recente. Aparentemente sem perceber, Jess se inclina na direção dele enquanto fala. River olha para Jess como se tivesse esperado a vida inteira por ela. Contudo, apesar da impressão externa de que o amor está no ar, nenhum dos dois acreditou no resultado quando ele saiu. "Nós dois somos cientistas", disse Peña, sem rodeios. "Não faz parte de nossa natureza mergulhar de cabeça em nada." Mesmo assim, é difícil não acreditar nisso quando vemos os dois juntos.

Jess gemeu.

— Sério. Para, por favor.

— Não, não — disse Fizzy, levantando a mão e passando para a segunda página. — A parte a seguir é a minha preferida. "Quando o vento apertou e Jess ficou visivelmente com frio, River a embrulhou em seu casaco. Meu fotógrafo e eu ficamos quietos, testemunhas da história de amor se desenrolando diante de nós. GeneticÀmente pode estar entrando num mar superlotado de serviços de relacionamentos já experientes, mas fica claro que estão acertando naquilo que é importante."

A essa altura, Jess já apoiava a cabeça na mesa, desejando que o prédio desabasse.

— A gente pode parar agora?

— Se é preciso... — Ela ouviu Fizzy dobrar o jornal e o depositar sobre a mesa. — Foi divertido?

— Não — respondeu Jess de imediato, por reflexo. Ela se aprumou e a mentira pairou entre elas, opaca. — Sim? — Ela tomou um gole de café quente demais e tossiu. — Quero dizer, *não*. Não foi divertido no sentido em que você tá pensando. Foi esquisito e constrangedor... mas foi bom. — Ela fechou os olhos com força. — Para, Fizzy!

— Parar com o quê?

— Para de olhar para mim desse jeito.

Fizzy riu da amiga.

— O seu servidor está derretendo mesmo!

— Ele é um homem bonito, tá? — cedeu Jess. — Então, sim, há um efeito de proximidade aí.

Apontando para o sorriso gargalhante de Jess na foto, Fizzy disse:

— Você parece querer que ele te coma no lugar do jantar.

— Tá, não. — Jess se endireitou na cadeira, prendendo o cabelo em um coque. — Não quero mais falar nisso.

— Derretendo.

Fizzy a encarou, maravilhada, antes de se colocar em ação com um chacoalhão e sacar o notebook. Ambas começaram a trabalhar; Fizzy escrevia, Jess analisava dados. Mas podia sentir Fizzy olhando para ela de vez em quando, avaliando-a como se fosse uma amostra numa bandeja. E Jess sentia o peso desse escrutínio tão fisicamente que Fizzy podia muito bem estar de pé ao lado dela, as mãos em seus ombros, pressionando-a para baixo. Para a sorte de Fizzy e do disco rígido externo na mesa entre as duas, ela desviou o olhar bem antes que Jess procurasse algo para jogar nela.

Jess sabia que Fizzy provavelmente tinha mil perguntas sobre tudo isso. Ela também tinha. O que diabos ela e River estavam de fato fazendo? Como ela se sentia sobre estar fisicamente atraída por alguém de quem não tinha certeza se gostava mesmo? O que devia fazer com todo esse interesse corroendo suas entranhas? E com todo esse questionamento, não ocorreu a Jess que logo seriam 8h24.

A porta se abriu com uma campainha jubilosa, e o coração de Jess saltou, acelerando.

Passo largo, passo largo, passo largo.

River atravessou o salão com a vasta confiança de um rei atravessando a corte, e Jess sentiu o ar se mover em torno deles, uma mudança real e verdadeira na pressão atmosférica.

Fizzy inclinou-se para o lado, vendo River, os olhos se arregalando.

— Puta merda.

Jess não precisou se virar para saber que todos o observavam. E então, mesmo de costas para o salão, Jess sentiu todos se virarem para olhar *para ela.*

Ignorando a sensação, ela se virou. River sorria... para as pessoas? Um rubor saudável em suas bochechas, uma curva minúscula, mas inconfundível nos lábios.

A voz de Fizzy bruxuleou, maravilhada.

— O que você fez com ele?

— Nós não...

— Ele tá sorr...

— *Eu sei* — disparou Jess. — É esquisito. Cala a boca.

Ela não calou a boca.

— Quando vocês dois de fato...

Debruçando-se, Jess sibilou:

— *Xiu!*

Ela fingiu estar muito, muito concentrada no trabalho, mas era inútil. E sabia, sem observá-lo, que, assim que apanhasse a bebida, ele iria até as duas.

River colocou dois copos na mesa delas.

— Oi.

Jess e Fizzy o fitaram embasbacadas. Ele era tão deslumbrante e dominador que tudo o que Jess conseguiu dizer como resposta foi um simples:

— O quê?

Ele indicou com o queixo as bebidas que havia colocado na mesa. Um café com leite. Um latte de baunilha.

— Achei que vocês iam querer um novo em breve — disse.

— Obrigada — agradeceram Fizzy e Jess em uníssono monótono, feito robôs sexuais.

O canto esquerdo da boca de River se afundou.

— Por nada. — Ele sustentou o olhar de Jess, e o peso sombrio daquele olhar acendeu o estopim que levava à bomba na libido dela. — Você viu a *Trib?*

O pescoço e as bochechas de Jess ruborizaram enquanto ela se lembrava da sensação de tê-lo atrás de si.

— Hã... Eu vi, sim.

River abriu um sorriso cúmplice, esperando por mais, mas Jess se viu incapaz de despi-lo mentalmente e produzir palavras ao mesmo tempo. Por fim, ele disse:

— Achei boa a matéria que Michelle escreveu.

Por que ela estava sem fôlego?

— Ficou muito boa mesmo. Ela foi... legal. Apesar de mencionar minhas mãos suadas.

Ele riu, balançando a cabeça.

— Você foi ótima.

— Obrigada. — O River imaginário estava pelado e debaixo dela no chão, o que explicava Jess levar alguns segundos para acrescentar: — Você também.

Ele olhou para o relógio.

— Tá bom, então... te vejo depois.

Com os lábios franzidos em um último sorriso, ele se virou para deixar o Twiggs com seu americano na mão. Passo largo, passo largo, passo largo. O sino acima da porta chorou quando ele partiu.

Fizzy ficou encarando a porta após a saída de River.

— O que acabou de acontecer?

— Ele comprou café para a gente. — Jess foi extremamente casual. Nem um pouco perturbada. — Acalme-se, Fizz.

Enquanto isso, o cérebro dela gritava em letras maiúsculas.

— Minha vagina acaba de desabrochar feito uma flor — disse Fizzy, ainda encarando a porta.

— Não.

— Uma porra duma *flor*, Jess.

Jess cobriu a testa com as mãos. Seria um longo dia.

Horas mais tarde, a atenção de Fizzy tinha voltado ao jornal.

— Olha essa química, caramba.

Elas haviam saído para o almoço, mas, como ambas estavam com prazo para cumprir, tinham voltado para espremer mais um pouco de serviço antes de fechar o dia.

— Ela pinga das páginas, minha nossa. Diga que você não acredita nessa merda.

— Para.

— Vocês vão botar fogo na cidade. *Todo mundo* vai transar esta noite.

— Ai, meu Deus, será que você pode... — Jess parou de repente, a compreensão caindo como uma bigorna. — Ah, *merda!*

— Será que você pode trepar com ele e aí descrever...

— Fizz, é sério, espera. — Jess olhou para ela. O efeito da solicitude de River naquela manhã havia se esvaído e o calafrio do medo a percorreu dos pés à cabeça. — Hoje é segunda-feira.

— E daí?

— Juno e vovô vão para a biblioteca nas segundas.

— E daí?

Jess apontou o jornal.

— Fizzy, deve ter umas setenta cópias dessa imagem na biblioteca! Minha filha vai me ver na capa da *U-T,* embrulhada no casaco do River feito uma gata no cio! Você sabe quantas perguntas ela tem a respeito das vértebras das girafas? Sabe quantas mais ela vai ter a respeito disso aqui?

Fizzy se endireitou na cadeira, virou para a esquerda, depois para a direita, antes de enfiar o notebook apressadamente na bolsa. Jess a seguiu, guardando tudo como se o Twiggs estivesse em chamas.

Normalmente a caminhada do Twiggs até a biblioteca de University Heights levava dez minutos. Elas chegaram lá em seis.

Fizzy parou na calçada na frente do prédio, as mãos apoiadas nos joelhos.

— Puta merda! Por que escolhi um trabalho tão sedentário? Quando os zumbis vierem, eu tô ferrada.

Jess se apoiou no ponto de ônibus e ofegou.

— Idem.

— Se o objetivo era chegar aqui depressa, a gente podia, sei lá, ter chamado um carro?

Jess se aprumou, olhando para ela de cara feia.

— Entrei em pânico, tá? A sensação se torna muito mais leve quando eu ando.

Ela respirou fundo, espantando-se com o quanto estava ofegante. *Acrescentar à lista de afazeres: mais cardio.* Então conferiu o relógio.

— A escola de Juno liberou os alunos há quatro minutos. Eles vão chegar aqui daqui a uns dez minutos. Precisamos correr.

Fizzy jogou as pontas do cabelo escuro por cima do ombro.

— O que poderia dar errado?

Elas subiram a rampa que levava à entrada principal, sorrindo despreocupadamente para uma mulher mais velha conforme passaram por ela.

Nada para ver aqui. Só uma visita comum à biblioteca para esconder todos os exemplares do seu jornal diário. Emily, a bibliotecária favorita de Juno, estava no computador na mesa principal, e Jess foi desacelerando até parar.

— O que estamos esperando? — perguntou Fizzy por cima do ombro de Jess quando colidiu com as costas dela.

— Emily está lá — cochichou ela. Emily era a preferida de Juno em parte por ser um docinho e saber onde estava tudo, e em parte porque seu cabelo era cor-de-rosa e ela ia trabalhar numa Vespa azul cintilante todo dia. — Se ela me vir chegar, vai querer dar oi. Juno vai nos ver e a gente está ferrada!

— Uma bibliotecária simpática — disse Fizzy com sarcasmo, estreitando os olhos. — O pior tipo que há.

Por cima do ombro, Jess olhou feio para Fizzy.

— Quieta.

— Quieta você! Sinto que estou cometendo um crime só por estar aqui — murmurou Fizzy atrás dela. — Estou atrasada para renovar meu cartão da biblioteca!

— Não é como se fosse soar um alarme — disse Jess. — Eles não escaneiam o cartão quando você passa pela porta.

Um cliente aproximou-se do balcão e Jess observou enquanto Emily ouvia, sorria e então assentia, indicando para que a pessoa a seguisse. Jess pegou a mão de Fizzy.

— Vem.

Elas passaram pela porta e foram direto para os fundos, perto dos Serviços Adultos, dardejando para trás de uma estante de livros quando viram um sujeito mais velho bem em frente ao suporte gigantesco de jornais. Fizzy olhou nervosamente ao redor.

— Pode parar com isso? — Jess cochichou-chiou. — Você escreveu uma série de suspense romântico sobre uma assassina. Nós vamos apenas esconder jornais. Por que isso te parece mais difícil do que aquela vez em que você se deu conta no meio de um jogo de sinuca com um bando de Hells Angels que tinha apostado que ia chutar a bunda deles?

— Não sou boa com esse negócio de pressão dos colegas, tá? Em geral sou eu que te convenço a fazer algo estúpido. Está tudo ao contrário.

Jess deu uma olhada para o outro lado da curva, gemendo ao ver que o homem continuava lá.

— Estou vendo seis exemplares da primeira página logo ali. Precisamos pegar todos eles.

Uma mulher mais velha desceu o corredor e as duas tentaram parecer descontraídas. Fizzy recostou-se contra a estante de livros; Jess apanhou um livro de receitas de escargot na prateleira e tentou parecer concentrada. A mulher olhou cautelosamente para elas ao passar.

Fizzy tirou o livro das mãos de Jess e enfiou-o de volta no lugar.

— Temos mesmo que fazer isso? — Ela olhou ao redor. — Isso parece estranhamente safado.

Jess jamais esperaria que Fizzy tivesse um lado pudico.

— Lembra quando você estava escrevendo *Meu Alter Ego* e me pediu para levantar a perna e encaixá-la atrás da cabeça para — Jess fez aspas no ar — "ver se uma pessoa normal conseguia"?

Fizzy franziu a testa, pensando.

— Vagamente.

— Distendi um músculo da coxa e mal consegui andar por uma semana. Por causa de você e do seu livro. Mas ainda assim você disse para o Daniel que eu tinha distendido um músculo vaginal em um acidente sexual. *Você me deve uma.*

— Vou te matar no próximo livro da Renda Escarlate.

Não era a primeira vez que ela ameaçava isso, e sem dúvida não seria a última.

— Claro.

As duas deram uma espiada para lá da estante outra vez, aliviadas ao verem que a área finalmente estava livre. Jess já se via sentada em frente ao tira malvado na delegacia, recebendo um café lodoso em um copo de isopor e assistindo à fita de segurança em que ela se esgueirava até a seção de Mídia Adulta, desdobrando um punhado de *Union-Tribunes* do suporte e correndo. Ela fez uma promessa silenciosa para Juno e o condado de

San Diego de que se ofereceria como voluntária e iria ler no momento de contação de história até a filha completar dezoito anos se pudesse simplesmente impedir Juno de ver aqueles jornais... ou ela mesma.

As duas caminharam pela biblioteca como se tivessem todo o direito de estar carregando duas pilhas enormes de jornais, e então os arrumaram com cuidado atrás de uma longa fileira de livros em brochura de Mary Higgins Clark.

— Aqui estão todos eles? — perguntou Fizzy, o rosto corado enquanto olhava para trás.

— Sim. Vamos cair fora.

Elas seguiram pelo corredor e pararam de súbito bem quando a entrada se tornou visível. Jess puxou Fizzy de volta, abaixando a cabeça apenas pelo tempo suficiente para ver Juno e vovô passarem pela porta.

— Ai, meu Deus — disse Fizzy. — Essa foi por pouco!

— É. — Jess olhou outra vez, o coração disparado enquanto os observava irem direto para os jornais. — Vamos. Ela vai deixar o vovô nos jornais e seguirá para a área de não ficção infantil. Temos cerca de trinta segundos.

Fizzy assentiu e, assim que Juno e o vovô deram as costas, elas correram para a porta.

Fizzy ficou apenas o tempo necessário para terminar um copo do chá gelado da vovó e anotar os detalhes da aventura delas antes de voltar para casa a fim de fazer umas coisas nas redes sociais e se aprontar para uma noite fora com Rob. Jess recebeu algumas mensagens de texto de River mencionando a possibilidade de uma festa, e informando que Brandon mandaria um e-mail para os dois... definitivamente, nada que merecesse o lampejo de calor que lhe subiu pelo pescoço. Jess ficou tentada a se lançar em um brilhante relato de sua pequena onda de crimes com Fizzy, mas se conteve por medo de começar uma conversa que, na verdade, não queria ter. Jess não estava chateada por River ter conhecido Juno, mas também não tinha certeza se queria que isso acontecesse de novo. A Jess do futuro definitivamente teria de lidar com isso; porém, depois do dia que ela teve, *esta* Jess só queria tomar uma taça de vinho e fazer um espaguete.

Enquanto arrumava o apartamento e começava o jantar, ela recaiu em um conforto novo e ainda não familiar; relembrar que não precisava se preocupar com dinheiro, pelo menos por alguns meses. Jess nunca tivera o luxo de um pé-de-meia, e era quase uma indulgência imaginar pagar um ano de plano de saúde antecipadamente ou esbanjar em Tylenol original, em vez do genérico. Loucura.

Pomba passou entre as pernas dela e Jess estava acabando de colocar o macarrão na água fervendo quando a porta se abriu de supetão e Juno entrou correndo.

— Mamãe! *Como Construir a Melhor Montanha-Russa do Mundo em Dez Passos Fáceis!* Eu peguei! — Ela chutou os sapatos para longe e abriu a mochila no meio da sala de estar, jogando tudo de dentro pelo chão recém-aspirado de Jess.

Colocando a colher de pau no tripé, Jess deu as costas para o fogão e se apoiou contra a ilha da cozinha. Será que ela parecia culpada?

— Eu era a segunda pessoa na lista de espera, mas alguém não foi buscar, e aí, como eu estava lá, a Emily disse que eu podia pegar. — Juno bateu o livro sobre o balcão e finalmente parou para respirar. — Tenho que começar meu projeto.

— Oi pra você também. — Jess parou o demônio da tasmânia com um braço ao redor dos ombros e puxou a filha para pressionar um beijo no topo de sua cabeça. — Cadê o vovô?

Ela olhou para o pátio, mas não o viu.

Juno desapareceu na sala de estar, voltando com uma pasta azul com pelo menos uma dúzia de páginas para fora.

— Ele vai levar a vovó para comer comida etíope. — Ela derrubou uma pilha organizada de correspondências enquanto espalhava os papéis pelo balcão à sua frente. Jess recolheu o que caiu. — As instruções dizem para usar um pedaço de papelão de 23 cm por 30, mas também posso usar um de 90 por 120. — Então fez uma pausa. — A gente tem isso?

— Você tá me perguntando se tenho um pedaço de papelão com mais de um metro dando sopa por aqui? Desculpe, acabou de acabar. — Jess mexeu o macarrão e desligou o fogo. — Meu bem, vamos tentar manter o projeto viável? Onde é que a gente colocaria algo desse tamanho?

Juno olhou ao redor e indicou a mesa na sala de jantar.

— E onde a gente comeria?

— Na casa da vovó e do vovô.

Jess olhou para a filha por cima do ombro enquanto escorria o macarrão.

— Do que mais você precisa para começar esse projeto?

— Fita adesiva de arte, da grandona. Bastante. Você sabia que na Filadélfia alguém fez um casulo de quase quarenta metros de altura com fita translúcida? Foram trinta e quatro quilômetros de fita! Dá para subir no casulo e tudo.

— Uau. — Jess pegou os pratos e levou-os até o balcão.

— Também preciso de cola e fita comum e papel pardo para fazer as pessoas. — Ela apontou para o iPad de Jess na mesa. — Pódo procurar?

— Posso — disse Jess, por reflexo, e colocou macarrão no prato, cobrindo--o com molho.

Juno apanhou Pomba da cadeira, erguendo-a até o iPad para abrir a tela.

— Como foi a escola hoje? — perguntou Jess, virando-se bem quando uma imagem carregou na tela.

Uma foto dela com River.

A capa da *Union-Tribune* que ela tinha visto naquela manhã. *Caraaaalh...*

— Mamãe! — berrou Juno. — É você e River Nicolas!

Seria possível perder todo o sangue do corpo sem cortar nada?

— Ele é seu namorado?

Como Jess deveria responder a isso? Que ela estava só fingindo com River porque estavam lhe *pagando*? Que eles eram amigos que por acaso foram fotografados embrulhados na roupa um do outro? Como era possível ela tentar tanto proteger Juno, mas acabar estragando tudo?

Ela preparou o próprio prato com mãos trêmulas.

— Isso é... — Jess procurou as melhores palavras, entrou em pânico, suou, surtou. — Nós estamos...

Não sou a minha mãe. Não vou colocar Juno em último lugar. Eu posso explicar.

Antes que Jess pudesse falar, entretanto, Juno inclinou a cabeça.

— Você fica bonita com o cabelo assim. — E então, com a mesma rapidez, sua atenção foi atraída para o prato. — Aaaah, espaguete!

Ela pegou uma garfada gigantesca, os olhos se fechando enquanto mastigava.

Aturdida, Jess apenas encarou enquanto Juno inclinava o copo no rosto e o depositava de volta na mesa, deixando uma meia-lua de leite por cima do lábio superior. Ela sorriu para a mãe, toda amável.

— Posso encomendar a fita depois do jantar?

— Pode, quantas fitas você quiser — disse Jess.

— Tá bom! — Juno enrolou mais macarrão no garfo. — Posso pegar de cores diferentes? Tipo azul, laranja, verde e vermelha? — Ela deu outra garfada enorme e Jess voltou para a cozinha.

Abriu a geladeira e tirou de lá uma garrafa de vinho.

— Claro — respondeu ela, servindo-se de um drinque. *Rosa? Roxa? Com bolinhas? Fique à vontade, menina.* Jess nunca tivera o luxo de ser frívola; era estranho, mas também maravilhoso. Ela viu Juno terminar de jantar e pegar o iPad de novo, cantarolando enquanto colocava suprimentos de arte no carrinho.

Quem quer que tenha dito que dinheiro não compra felicidade, com certeza nunca tinha visto isso.

CATORZE

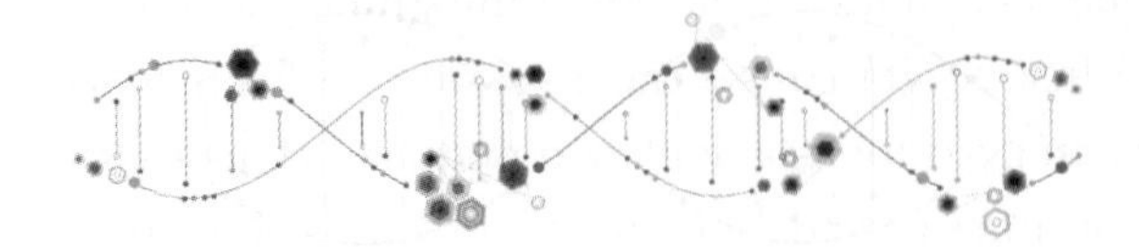

Segundo o relato altamente elogioso de Brandon, Trevor e Caroline Gruver eram pessoas absolutamente adoráveis. Sim, eles eram investidores da GeneticÀmente, e sim, depois daquele perfil na *Union-Tribune*, eles queriam organizar um coquetel para conhecer Jess, com alguns dos outros principais doadores, mas *Eles são despretensiosos, Jess,* insistira Brandon. *Você vai adorar os dois.*

Trevor era um gênio da tecnologia de Detroit, e Caroline era uma ortopedista pediátrica de Rhode Island. Mundos colidindo, amor verdadeiro, aquilo tudo.

O fato de eles terem escolhido dar alguns milhõezinhos para uma empresa cujo objetivo era combinar pessoas com suas almas gêmeas dava esperança a Jess de que tanto eles como seus convidados não teriam todos a cara do homenzinho do Monopoly. Havia milhares de bons investimentos na área da biotecnologia em alta, mas como alguém que manipulava dados e ajudava empresas a avaliarem os riscos, Jess não sabia dizer com certeza se, sob circunstâncias diferentes, ela escolheria dar dinheiro para a GeneticÀmente.

Dito isso, bastava uma olhada para River quando ele a buscou na frente de seu prédio para ela entregar alegremente a carteira e as senhas do banco para qualquer um que pedisse. Ele vestia um terno azul-marinho sob medida. Sapatos engraxados. Cabelo perfeito, quase longo demais, olhos brilhantes. O pomo de adão que ela havia pensado em lamber mais de uma vez desde a entrevista em Shelter Island, há uma semana. Brandon a acalmara mais cedo, insistindo que a GeneticÀmente cobriria o custo de seu vestido e mandaria alguém para fazer seu cabelo e maquiagem. Um gesto atencioso e generoso, que servira principalmente para destacar que o evento era Importante Pra Caralho, o que fez Jess passar algum tempo respirando fundo em um saco de papel.

E bem quando ela se convenceu de que era tanto socialmente adequada quanto atraente para aguentar estar ao lado do dr. River Peña a noite toda, ele saiu do carro parecendo músculo e energia sexual, vertidos por uma máquina chique de engenharia alemã dentro daquele terno.

Jess saltou de uma ponte mental para o vazio. Ela estava tão ferrada! Tinha baixado a ponte levadiça para pensamentos sexuais e agora eles invadiam o local. Sendo honesta, se ela e River algum dia chegassem às vias de fato, ele teria muita expectativa para superar. O River fictício era uma maravilha na cama.

Ele se abaixou e beijou a bochecha de Jess outra vez — embora preparada para isso, não estava preparada para o ataque de sensações. Ele cheirava... diferente.

River, similarmente, inspirou fundo perto da orelha dela.

Eles falaram ao mesmo tempo:

— Você está usando perfume?

— Você está usando colônia?

A pergunta dela ecoou por último, e mais alto. *Ele estava corando?*

— Um pouco. Minhas irmãs... — Ele pigarreou. — Elas me disseram para ir até a Neiman Marcus pegar algumas recomendações.

Jess sacou uma aljava mental e mirou uma flecha na vendedora em sua imaginação que havia salpicado a pele de River com várias colônias e chegado perto o suficiente para senti-las.

— As suas irmãs te disseram para... comprar colônia?

— Elas estão investindo. Nisso. — Ele suspirou, mas Jess sabia que estava apenas fingindo estar exasperado.

As irmãs de River estavam investindo na relação deles? Isso era adorável ou apavorante?

— Isso é muito meigo — ela conseguiu dizer.

River riu, meio sarcástico.

— É um jeito de ver a coisa.

— Bom, a colônia é gostosa. — Era o eufemismo do ano. Jess tinha vontade de devorar River e tomar o restante da colônia para ajudar a refeição a descer.

Ele tornou a se inclinar para perto dela.

— Que cheiro é esse que estou sentindo?

Por um momento, Jess ficou confusa quando registrou que eles estavam *cheirando* um ao outro. E reconhecendo a diferença. Isso era normal? Era esquisito? Ela resolveu aceitar como normal.

— É... tá, vai soar esquisito, mas é toranja. É um negócio de toranja... — Ela não sabia como explicar. — Não é perfume, exatamente. É tipo um óleo... Vem num roll-on... — Jess se calou e imitou rolar algo no pulso. — Perfume me dá dor de cabeça, mas isso... — Ela sentiu o topo das bochechas ardendo — ... isso, eu aguento.

— Gostei. — Ele pareceu lutar para encontrar palavras. — Bastante.

O que havia na voz dele? Um controle intenso, estranho. Soava como se, ao ver uma bandeja de bife Wellington amanteigado, ele estivesse dizendo: *acho que eu aceitaria um pouquinho, sim,* quando o que ele realmente queria dizer era: *quero tudo, e quero agora!*

Será que River Peña... queria *ela,* e queria agora?

Jess precisava desacelerar um pouco. Ela podia estar consistentemente obcecada desde o abraço na Shelter Island, mas não podia presumir nada sobre em que ponto ele estava com tudo aquilo.

Além disso, enquanto eles entravam no carro dele, Jess se advertiu de que em breve eles estariam dentro da cobertura de um investidor para um coquetel. Ou seja, River, e todos os presentes lá, tinham um interesse financeiro em que ela o visse com olhos tarados. Jess já sabia que River escolhia suas palavras com cuidado; até onde sabia, as irmãs dele podiam estar *realmente* investindo, não apenas sendo sentimentais e intrometidas.

Sua atração óbvia por River ajudava a estimular confiança na empresa dele, o que ajudava a carteira dele, e também ajudava a confirmar tudo o que ele vinha dizendo de um ponto de vista científico esse tempo todo. Jess sabia o quanto era importante para River que o mundo visse o impacto de seus dados.

E francamente, veja o que Jess estava disposta a fazer por trinta mil dólares. Não, não era um sofrimento comprar vestidos com a GeneticÀmente bancando e entrar de mãos dadas com alguém que era praticamente sexo ambulante, bem-vestido e com um cérebro científico em uma festa elegante, mas seus trinta mil eram uma gota num balde se comparados ao que River estava para ganhar. Milhões.

— No que você está pensando? — perguntou ele, interrompendo seu silêncio meditabundo.

Não faria mal ser honesta.

— Ah, apenas questionando todas as escolhas que já fiz.

Isso o fez rir.

— Idem.

Duvido.

— Me dê um exemplo.

Ele deu uma olhada de esguelha para ela e então voltou a atenção para a estrada, enquanto pegavam a rampa para entrar na 163.

— Sério?

— Sério.

Após uma longa pausa, durante a qual Jess supôs que ele havia decidido ignorar aquele pedido, River finalmente falou.

— Tá: você pensou em mim quando colocou esse vestido?

Do peito até a testa, a pele dela ardeu, ruborizando. Jess olhou para o vestido. Era de um azul profundo, com alças finas. Bordados metálicos delicados como poeira de estrelas se espalhavam em agrupamentos pequenos e artísticos por todo o vestido, dando a sensação de um céu gentilmente estrelado. O acabamento sutil em renda preta se entrecruzava acima e abaixo dos seios dela e ronronava *traje de gala com traje de noite*, mas Juno e Fizzy — duas linguarudas — tinham literalmente ficado sem fala quando ela saiu do provador com o vestido, então Jess confiou na reação delas mais do que na própria hesitação de que talvez estivesse mostrando demais.

— Sei que você está sendo paga para estar aqui — acrescentou ele, baixinho. — Então, essa é a minha pergunta. Pensou?

— Tenho a mesma pergunta, mas com a colônia — retrucou Jess, atravessando uma rolha de emoção na garganta. — E você está recebendo muito mais do que eu.

— Potencialmente. — Ele riu.

— Mas é bem esse o ponto. Se fizermos um bom trabalho esta noite, você pode receber muito mais do que trinta mil. Suas irmãs te disseram para comprar uma colônia... esse seria o conselho inteligente para seduzir, especialmente se elas forem acionistas.

— Elas são — reconheceu ele.

Eles recaíram em um silêncio espesso; Jess não estava disposta a responder antes dele. Ela podia apostar todos os seus trinta mil que River sentia o mesmo.

— Então, conselho inteligente para seduzir, é? — pressionou ele, sorrindo com malícia para ela antes de se voltar para a estrada.

— Combinou muito bem com você — ela admitiu baixinho, e ficou instantaneamente mortificada com o grave rosnado em sua voz. Ela pigarreou.

Jessica Davis, controle-se, mulher!

Ao lado, River se remexeu no banco do motorista.

— Bem, se vale de alguma coisa, esse vestido ficou... — A voz de River também saiu rouca, e ele tossiu na mão fechada. — Ele também combinou muito bem com você.

Dois rapazes bonitos por volta dos vinte anos se aproximaram correndo quando River encostou o carro no meio-fio.

— Cada detalhe chique só me deixa mais nervosa — admitiu Jess baixinho depois de River dar gorjeta aos manobristas, sobrinhos dos anfitriões, eles descobriram, e se encontrar com ela na calçada.

Ele se aproximou mais, olhando-a com preocupação.

— Todo mundo que estará aqui é incrivelmente bacana.

— Tenho certeza disso — comentou Jess.— É só que, desde ontem, minha roupa mais chique é o único outro vestido que você me viu usar. Este vestido custou mais que dois meses de aulas de balé para a Juno.

— Valeu cada centavo, se isso te faz sentir melhor.

— Faz, sim — disse ela, alisando a frente do vestido com as mãos. — É só continuar me dizendo que estou bonita e vai dar tudo certo. Ah, e vinho. Vinho ajuda.

Rindo baixinho, ele os guiou para dentro do edifício. O saguão com piso de mármore estava vazio, exceto por uma mesa de segurança, uma linda namoradeira de couro e dois elevadores no final.

O vigia ergueu a cabeça quando eles se aproximaram.

— Estão aqui para o evento dos Gruber?

A mão quente de River posicionou-se na parte baixa das costas de Jess, e todos os pensamentos no cérebro dela pegaram fogo.

— River Peña e Jessica Davis — confirmou River. O homem conferiu o nome deles numa lista antes de programar o elevador da mesa em que se encontrava.

— Podem ir para o elevador da direita — disse ele. — Ele vai levá-los diretamente lá para cima.

Enquanto as portas se fechavam, Jess se lembrou das outras vezes em que estivera num elevador com River — o silêncio tenso, o desdém subentendido entre eles. Voltar àquilo parecia ser mais simples do que essa atração imensurável, incontrolável.

River cortou o silêncio.

— Acho que preciso esclarecer uma coisa.

Jess olhou para ele em dúvida, os olhos dele fixos na parede à sua frente.

— Sobre as minhas irmãs.

— Ah, é?

Ela não fazia ideia de aonde ele queria chegar com isso, mas o ritmo do segundo elevador mais lento do mundo sugeria que haveria tempo de sobra para descobrir.

— Elas *são* investidoras — disse ele. — As duas colocaram dinheiro bem no comecinho do projeto. Mas não era isso o que eu queria dizer com "investindo". — Por fim, ele olhou para Jess. — Sobre a colônia.

Jess conteve uma risada. Ele estava tão sério.

— Tá bem.

— Elas acham que isso — ele gesticulou entre os dois — é muito... — Ele fez uma pausa, e então abriu um sorriso sarcástico. — *Muito* excitante. Mas — ele acrescentou com rapidez —, por favor, não se sinta pressionada pelo entusiasmo delas.

Assentindo, Jess respondeu com outro "Tá bem" baixinho.

— E estou te contando isso agora porque lá em cima nos espera uma sala cheia de gente que, você já sabe, investiu muito financeiramente em como você e eu interagimos, e não quero que você entre lá pensando que é tudo só de aparência. — River enfiou a mão no bolso interno do casaco e tirou de lá seu celular. Ele abriu as fotos e começou a rolar por elas. Finalmente, encontrou o que estava procurando e mostrou a tela para Jess.

Por um segundo, ela ficou sem saber o que estava vendo. O sósia bobinho de River era seu melhor palpite. Ele tinha vinte e poucos anos, mas sua postura parecia ainda mais jovem, muito menos confiante.

— Você o reconhece? — perguntou ele.

Ela estava com medo de perguntar. Essa criança franzina, encolhida, desengonçada, não podia ser...

— Sou eu. — Ele passou por mais algumas, mostrando para ela diversas fotos da mesma versão bobinha de si mesmo numa realidade alternativa.

— Shorts xadrez e camiseta listrada foi uma escolha e tanto de estilo — disse Jess, rindo.

— Saí de casa quando tinha dezesseis anos — disse ele, e as portas do elevador se abriram.

O estômago de Jess subiu para a garganta porque, nos últimos dez segundos, ela se esquecera de onde eles estavam. Os dois saíram do elevador, mas River parou no saguão de mármore que levava a uma porta de entrada.

— Me formei cedo no ensino médio e comecei em Stanford quando faltavam quatro meses para completar dezessete anos.

— Puta merda!

— Tinha provavelmente uns vinte nessa foto, embora você nunca fosse adivinhar. E pode ver que, assim que minhas irmãs não puderam mais exercer uma influência diária, eu não tinha a menor ideia de como me vestir.

Jess caiu na risada, despertando um sorriso de resposta.

— Se não fosse por elas, eu provavelmente ainda estaria usando shorts xadrez.

— Não, por favor! Suas irmãs estão se saindo muito melhor.

Ele riu.

— É o jeito delas, só isso. As duas foram para a faculdade na Costa Leste quando eu estava no ensino médio e... não foi sempre... elas se sentem responsáveis por mim. — River lambeu os lábios e ergueu os olhos para a porta antes de voltar para ela. — Tudo isso para dizer: eu não estava pensando nessa sala cheia de gente quando passei a colônia hoje. Estava pensando em você.

Ela não soube o que dizer além de:

— Obrigada por me contar.

Jess estava dividida — excitada pela confissão dele e apavorada também.

Por sorte, River não parecia precisar de uma resposta maior. Endireitando-se, virou-se de frente para a porta dupla dos Gruber e respirou fundo. Jess esperava que ele fosse tocar a campainha, mas River não fez isso.

Depois de momentos longos e cada vez mais constrangedores de silêncio, Jess indagou:

— Você tá bem?

— Odeio essas coisas — ele admitiu.

Foi um pouco como levar uma paulada na cara com o galho mais óbvio.

Claro: River não era um cuzão insensível e grosso. Ele era *tímido*. Ter que fazer essa parte do trabalho era provavelmente um sofrimento para ele. Jess sentia isso com tanta clareza como se tivesse acabado de ler num panfleto intitulado *Instruções para a sua Alma Gêmea*. Ver cada uma de suas interações passadas sob essa lente apenas solidificou para ela que River não era nada parecido com Brandon, todo sorrisos e charme fácil.

Ele se sentia mais confortável quando encarava a coifa, de costas para a sala, apenas ele e alguns tubos e bilhões e bilhões de nucleotídeos pareados.

Jess teria que ser a corajosa ali. Esticando o braço para baixo, ela entrelaçou os dedos nos de River. Um calor subiu por seus dedos, faiscando a cada centímetro até seu ombro e pelo peito.

— A gente dá conta — disse ela.

River apertou a mão dela.

— Não temos muita escolha.

— Vamos só ficar juntos, tá?

— Isso — sussurrou ele. — Bom plano.

Em uníssono, ambos inspiraram de modo profundo, fortificante. Estendendo a mão, River pressionou a campainha.

QUINZE

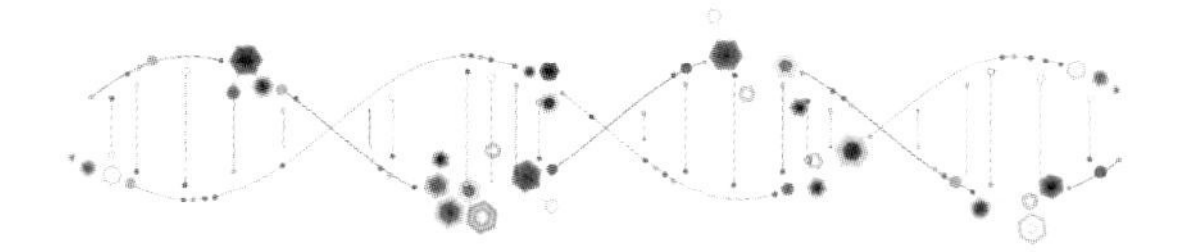

No momento em que a porta se abriu, eles notaram que a comoção lá dentro parou brevemente antes de virar um pandemônio de taças clicando, joias tilintando, ternos sendo ajeitados. Um coro de vozes cochichou o nome deles e *Eles chegaram!*, seguidos por uma salva de palmas.

Um manobrista afastou-se para o lado quando um homem negro alto e anguloso se aproximou, deslumbrante em um terno estiloso, e abriu um sorriso para Jess que de alguma forma comunicou uma vibe afetuosa de *pode confiar em mim*. A mão dele estava oferecida e apenas alguns passos atrás vinha uma mulher jocosamente correndo-arrastando os pés em saltos altíssimos para alcançá-lo.

— Trevor Gruber — disse ele para Jess, apertando a mão dela.

— Jess Davis.

— Prazer em conhecê-la, Jess. — Ele puxou River para um abraço. — É bom te ver, cara. E esta aqui — disse ele para Jess quando a pequena asiática chegou ao seu lado — é a minha esposa, Caroline. Muito obrigado por virem hoje.

— Oi, vocês dois! — Caroline abraçou Jess primeiro, então deu um passo adiante para abraçar River. O vestido dela se agarrava e fluía junto ao corpo num equilíbrio tão gracioso que Jess teve vontade de lhe dar um high five. Quando Caroline recuou, Jess notou um garçom se materializar do nada.

Caroline exibiu um sorrisinho travesso e esticou o braço para pegar um copo alto da bandeja mantida no ar pelo garçom. Ela pressionou o drinque na mão de River.

— Viu? A um passo da porta, exatamente como prometi. — Ele riu e ela se espichou, beijando-lhe o rosto e cochichando em voz alta — Eu te falei que não seria tão ruim.

Jess a adorou no mesmo instante.

River olhou por cima dos ombros deles, mais para dentro da sala.

— *Isso aqui* não é tão ruim?

Jess seguiu o olhar dele e fez uma estimativa rápida de que havia mais de cinquenta pessoas na ampla sala de estar com janelas que iam do chão ao teto, através das quais se via a Baía de San Diego e a ponte Coronado. Cada um dos presentes estava em trajes formais, cada um deles encarando o casal diamante.

Voltando-se para os anfitriões para elogiar a vista, Jess parou ao deparar com a expressão de River, engolindo as palavras. Ele ficara vagamente pálido e suado. Levou a bebida aos lábios e então murmurou em apreciação ao reconhecer alguma bebida alcoólica obscura que Jess não percebera, e agradecendo Caroline num sussurro.

Com um sorriso para Jess, Caroline se virou e pegou o outro item na bandeja do garçom: uma taça de vinho branco.

— River disse que você gosta de brancos demi sec. — Ela olhou com doçura para ele em busca de confirmação. — Este é um viognier-marsanne.

— Gesundheit — gracejou Jess, e para seu alívio, Caroline riu. River tinha prestado atenção ao que ela pedira no jantar com David e Brandon e havia lembrado esse tempo todo?

Ele passara colônia para ela.

Ele queria devorá-la como um bife Wellington nesse vestido.

Caroline se virou de frente para a festa.

— Todo mundo está morrendo de vontade de te conhecer, Jess. — Ela se voltou para eles. — Mas vamos deixá-los sofrendo um pouquinho. A festa é minha. — Passando o braço pelo de Trevor, ela se inclinou para junto deles, de modo conspiratório. — Nós adoramos o perfil na *Trib.* O River é o cara de quem eu mais gosto, tirando aquele com quem casei, e aquelas fotos? Ai, meu Deus! Aquela sua no casaco dele? — Ela deu um tapinha no braço de Jess. — Deixa pra lá. Caí mortinha na hora. Mas temo que esta festa tenha escapado do meu controle assim que mencionei a ideia para minha amiga Tilly. — Ela apontou vagamente para o outro lado da sala, onde Tilly devia estar. — Falei: "Não seria divertido convidar Jess e River para cá?". Ela falou com o Brandon e virou uma *coisa.* — Caroline revirou os olhos em desculpas. — Queria dizer *um jantar.* É claro, os dois já tinham convidado toda a diretoria da GeneticÀmente e todos os investidores antes que eu sequer tivesse contado para o Trevor.

Trevor riu, concordando.

— Então, percebem? Vocês não são os únicos com medo da festa.

— Eu não estava com medo da festa! — insistiu Jess, exibindo seu melhor sorriso mentiroso.

— Eu queria dizer o River — brincou Trevor.

— Vamos — disse Caroline, pegando o braço de Jess. Ela apalpou às cegas pela mão livre de River antes que eles fossem separados, um pânico estranho a dominando. — Deixe-me apresentá-la para algumas pessoas.

Claro, River já conhecia todo mundo ali; ela era a novidade.

Primeiro foram os Watson-Duggar, um casal de cinquenta e poucos anos que, em trinta segundos, sugeriu, sem qualquer sutileza, que seria ótimo se Jess e River pudessem se casar antes da OPI. E aí vieram os Liu, proprietários do edifício em que eles estavam. Em um sussurro sem fôlego, a sra. Liu confessou para Jess que eles estavam casados há vinte e sete anos, mas ela não se surpreendera nem um pouco ao descobrir que eram uma Combinação Básica. Constrangedor!

Os Roma pareciam querer encontrar os buracos na possível conexão de Jess e River, e Jess precisou relembrar a si mesma, conforme eles a interrogavam sobre a história de River e ela errava a maioria das respostas, que eles só estavam tentando proteger seu investimento, não atacá-la.

Albert Mendoza não conseguia parar de encarar o peito de Jess. Pior, ela estava preocupada que a sra. Mendoza, pelo jeito como observava River com um olhar descaradamente sexual, fosse de fato estender a mão e afagar os bíceps dele. O dr. Farley McIntosh e o marido eram proeminentes arquitetos em San Diego e queriam, na maior parte, saber se Jess tinha ouvido falar de algum dos prédios deles.

Ao longo disso tudo, a mão de River ficava cada vez mais suada junto à dela.

Eles passaram de grupo em grupo, como um casal de noivos na recepção do casamento. Eram espécimes para serem cutucados, espetados, questionados e interrogados.

É uma conexão que você consegue apenas sentir *quando olha para ele?*

O sexo é, sabe... uma loucura?

Quanto tempo até o casamento?

Você já conheceu as irmãs de River?

Seus filhos vão ser estonteantes!

O que acontece se você tiver uma combinação igual a essa com outra pessoa?

Jess e River tropeçaram juntos nas respostas, as mãos desesperadamente apertadas uma na outra, sorrisos tensos, mas aquela última pergunta fez Jess parar de súbito, e ela deu uma desculpa de que precisava usar o toalete, seguindo as orientações de River para pegar o corredor até a segunda porta à esquerda. O apartamento era enorme, e Jess ansiava por escapar, explorar, ver quantos cômodos estavam de fato mobiliados.

Mas apenas se afastar do corpo a corpo e entrar num espaço quieto por alguns minutos foi suficiente. Seu coração estava em alvoroço, rasgando tudo em seu peito. Se Jess não estivesse usando uma maquiagem tão artisticamente aplicada, teria jogado água no rosto; porém, do jeito que as coisas estavam, ela só se inclinou para a frente, respirando fundo algumas vezes. A cada vez que achava ter entendido o que significava tudo aquilo, outra pergunta a pegava pela curva, como um lançamento de beisebol. Primeiro, ela não havia acreditado no resultado, e depois não tinha precisado acreditar porque... dinheiro. E aí ela havia desconfiado que o escore do DNADuo podia ser verdadeiro, mas não importava, porque ela não estava procurando o amor, droga. E agora, ficar ao lado de River a noite toda e sentir que estavam nessa como um time desde o primeiro passo fazia a farsa parecer muito real. Quando alguém lhe perguntou sobre outra alma gêmea à solta por aí, ela teve vontade de vomitar.

É muita coisa, muito rápido.

Jess lavou as mãos, reaplicou o batom e se deu um olhar duro mas encorajador no espelho. A festa devia ter custado milhares de dólares. Ela estava usando um vestido pelo qual outra pessoa pagara. Quem estava fingindo ser? *Era só aguentar até o fim e voltar para casa.*

Porém, quando ela saiu para o corredor, River estava lá esperando, as pernas cruzadas no tornozelo, apoiado casualmente na parede oposta. A postura dele era tão confiante, tão sensual, que Jess sentiu as pernas se espremerem uma contra a outra em reação.

Ele se endireitou.

— Você tá bem?

— Tô, só... — Ela apontou para trás. — Precisava de um segundinho.

Um sorriso aliviado brincou nos lábios dele.

— Eu também precisava.

Ela soltou a respiração num sopro lento.

— Este não é meu mundo, nem um pouco. — O efeito da proximidade dele fervia sob a pele de Jess, que sentiu as palavras lhe escaparem: — Espero não estar estragando tudo para você.

Um vislumbre de emoção passou pelo rosto dele, que deu um rápido passo adiante.

— Você tá... não. Você é incrível. — Ele olhou para a outra ponta do corredor. — E me desculpe por Brandon não estar aqui. Isso aqui é a área dele. Não a minha.

— Entendo — disse Jess, baixinho. — Eles querem ver o investimento deles em ação.

No mesmo instante, Jess percebeu que River não amava o modo como ela dissera isso... mas também não podia discordar.

— Deve ser especialmente surreal para você — disse ela —, já conhecer essas pessoas e vê-las hoje não como o principal cientista, mas como uma das grandes descobertas.

— É. Talvez três pessoas naquela sala sabiam alguma coisa sobre a minha vida pessoal. Agora todos esses desconhecidos se sentem confortáveis para fazer comentários sobre nossa vida sexual e me perguntar quando vou te pedir em casamento.

Jess soltou uma risada abrupta e nervosa.

— Certo.

— Acaba de me ocorrer — começou ele, e então olhou para o teto. — Quando Esther Lin nos perguntou, sabe, sobre combinar com outra pessoa…

Jess esperou ele terminar, o coração batendo como o de um corredor na linha de largada.

— Você foi casada com o pai da Juno? — perguntou ele, finalmente.

Ela exalou.

— Não.

Houve uma pausa longa na qual parecia que ele queria mais, mas ambos estavam de pé num corredor numa festa, e ela honestamente apenas não sabia quanto mais havia a ser dito sobre ela e Alec. Em retrospecto, a base deles nunca tinha sido sólida. A gravidez não havia terminado tudo; apenas acelerara o colapso.

— Ele não faz parte da equação — finalizou ela. — Nunca esteve. Nós terminamos antes de Juno nascer.

Ela pôde ver a curiosidade de River perceptivelmente saciada. Eles se viraram e começaram a caminhar com tranquilidade pelo corredor, na direção da festa.

— Você mencionou que sempre morou perto dos seus avós. Seus pais faleceram, ou…?

— Minha mãe lutou contra o vício, ainda luta, e abriu mão da minha custódia quando eu tinha seis anos. Nunca conheci meu pai.

— Ah. — Ele parou de andar e se virou para ela, os olhos arregalados. — Uau.

A dor na expressão de River pareceu autêntica. Jess assentiu lentamente, sem saber para onde olhar.

— É.

— Sinto muito, Jess.

— Não, sério, a Vovó e o Vovô são as melhores pessoas que já conheci. Eu sabia desde muito nova que era melhor assim.

— Eles parecem incríveis.

De súbito, Jess se sentiu nua. Estava exposta: seu ex-namorado nem quis criar uma filha com ela, a mãe escolheu as drogas à própria filha, que foi criada pelos avós e ainda morava com eles. River tinha duas irmãs que o adoravam tanto que o ajudaram a aprender como se vestir para atingir seu potencial máximo de gostosura.

— Que expressão é essa? — perguntou ele, inclinando-se para mais perto. — O que foi que eu disse?

Jess sentiu-se desconfortável com a rapidez com que ele conseguia ler suas expressões. Um pânico que não compreendia por completo subiu por sua garganta, despertando nela o desejo de procurar uma saída. Essa festa era o tipo de coisa que acontecia com a heroína da história, não a melhor amiga. O que ela estava fazendo ali?

O humor, como sempre, era sua melhor defesa.

— Só imaginando como, pela sua perspectiva, seu match Diamante tem um caminhão de bagagem.

Ele não riu.

— Não temos todos?

O sorriso dela sumiu.

— Temos?

— Temos. Mas vamos lá. Eu te conheço o bastante para saber que você não tá carregando bagagem. — River sustentava o olhar dela, que se sentia fisicamente incapaz de desviar os olhos. — Você escolheu suas circunstâncias, Jess. Gosto disso em você. Você pega o que quer e deixa o restante para trás. Você decide.

Ele tinha razão. Jess sentiu o corpo se aprumar, inclinando-se na direção dele.

— Aí estão vocês! — chamou uma voz. — River, venha para cá, e traga a sua moça junto.

Ainda fitando os olhos dela, ele segurou um sorriso.

— Minha moça está pronta para mais socialização?

Jess riu.

— Sim, recarreguei minha bateria o suficiente.

Segurando a mão dela, River a levou pelo corredor até a festa, para o velhinho minúsculo que o chamara pelo nome. Ele devia estar nos seus oitenta anos, com óculos de armação de metal e um terno preto e surrado. Ao lado dele havia uma mulher com uma trança grossa de cabelos brancos dando a volta no alto da cabeça e feições vincadas como crepe, sem maquiagem. Ela usava um vestido preto simples com um colarinho de renda e pérolas. De algum jeito, era ainda menor do que o marido.

— Como eles convenceram vocês a vir para cá? — indagou River, sorrindo.

— Caroline pressionou a Dorothy — disse o homem com um sotaque alemão pesado.

— E por "pressionou" — contribuiu Dorothy —, ele quer dizer que Caroline me prometeu que eu veria você.

River se abaixou para beijar-lhe o rosto suave como talco.

— Johan, Dotty, esta é a minha Jessica.

Minha Jessica.

O coração dela desmaiou, indo do peito até os pés.

— Jess, Johan e Dotty Fuchs.

Ela nem sequer teve tempo para se recuperar; os dois octogenários minúsculos já vinham em sua direção, cada um querendo um abraço.

Jess se curvou, abraçando um de cada vez.

— Oi! Prazer em conhecê-los, sr. e sra. Fuchs.

— Jess — disse River baixinho, com delicadeza —, Johan e Dotty foram nosso primeiro match Diamante. A neta deles os trouxe até nós em 2014, e ela estava certa: eles se saíram com um escore de noventa e três. Nosso primeiro escore na casa dos noventa.

Dotty concordou, apertando o braço de Johan.

— Estamos casados desde 1958. Sessenta e três anos.

Jess não era uma pessoa emotiva por natureza; ela adorava a filha e os avós daqui até as estrelas, mas não costumava chorar em comerciais e era a única pessoa que ela conhecia que conseguia ouvir "Someone Like You", da Adele, sem chorar. Mas o momento a fisgou como um anzol, e ela sentiu uma onda de emoção se erguer, salgada, em sua garganta.

Em meio a esse momento profunda e radicalmente emotivo — enquanto ela lutava para equilibrar reverência e entusiasmo —, Jess reparou nos trajes de Johan. Ele vestia um blazer e calça social, mas por baixo do casaco havia uma camiseta, não uma camisa social. Na camiseta, uma tabela periódica e os dizeres: COM QUE FREQUÊNCIA EU CONTO PIADAS DE QUÍMICA? PERIODICAMENTE.

— Sei que este é um evento chique, mas vesti isso por causa do River — disse Johan, notando a diversão dela. — Ele adora piadas e trocadilhos científicos.

— Adora, é? — perguntou Jess, olhando para o sujeito em questão.

O sr. Fuchs limpou a garganta e levantou um dedo.

— O que é pior do que ser atingido por um raio? — Ele esperou um instante e então respondeu: — Ser atingido por um diâmetro, que tem o dobro do tamanho!

Era tosco, mas ele contava de um jeito perfeito. Além disso, o sr. Fuchs talvez fosse o menor e mais meigo velhinho que Jess já tinha visto na vida. Ela riria de qualquer piada que ele contasse pelo restante do tempo.

— Muito espertinho — concordou River, os olhos brilhando. — O que três pontos não lineares disseram um para o outro? — perguntou ele. — Temos um plano.

Todos soltaram um gemido.

— O potássio e o oxigênio tiveram um encontro — disse Johan, sorrindo conforme a brincadeira pegava ritmo. — Foi só ok.

Dotty gemeu enquanto Jess dizia:

— Tá, essa foi bonitinha.

— Já ouviram o pagode do Darwin? — disse River, dando uma piscadinha para ela. — Deixa acontecer naturalmente...

Todo mundo fez um *Aaawwwn*, e então três pares de olhos se voltaram para Jess em expectativa. Depois de um instante, ela percebeu: era sua vez.

— Hum… — disse ela, buscando uma piada científica nos cantinhos empoeirados da mente. — Tá, alguém conhece alguma piada boa sobre sódio? — Ela olhou para a cara deles, sorrindo. — Ou Na?

O sr. e a sra. Fuchs olharam um para o outro.

— Acho que não conheço — disse Dotty, franzindo a testa. — Você conhece alguma, querido?

— Não, é… — gaguejou Jess.

— Eu não — disse Johan. — Bem, vejamos. Esse é um pedido bem específico. Sódio. Piadas de sódio…

— Não — disse ela —, a piada é…

Ela desistiu enquanto eles continuavam a confabular entre si, murmurando um para o outro.

— Desculpe, meu bem — disse Dotty. — Nenhuma piada de sódio, mas fico muito feliz em te conhecer. — Ela sorriu para River. — É bom te ver, querido. Cuide dela, tá bom?

— Vou cuidar.

Ele se abaixou, beijando-lhe o rosto outra vez. Jess e River observaram ambos se afastarem juntos, de mãos dadas.

O silêncio recaiu sobre os dois e Jess soltou um "Uau" com uma risada baixa.

— Só as melhores piadas requerem explicação logo em seguida — disse ele, os olhos direcionados para ela.

— Eles me chamam mesmo de Esfria Festa.

— Chamam? — perguntou River.

— Se não chamam, deveriam. — Ela sorriu para ele. — Eles são adoráveis!

— Não são? E são as pessoas mais gentis também.

— Sorte deles já estarem casados quando descobriram que eram um match Diamante.

River assentiu, os olhos se suavizando.

— Tira um pouco da pressão, imagino.

Jess ia desviar o olhar, mas não conseguiu. Seus sentimentos não estavam crescendo de forma calculada, linear. Na última hora, eles haviam se expandido exponencialmente, como uma onda dentro dela. Era como Jess imaginava que seria um tsunami atingindo San Diego: superfície calma no oceano até que uma muralha de repente se abatesse sobre a praia. Ela o encarava e apenas pensava em quanto queria que ele a tocasse.

Um tilintar se fez ouvir na sala; no começo era quieto e discreto, mas foi crescendo em um barulho de prata em cristal por toda a volta. Jess olhou ao redor, confusa. A compreensão a atingiu, mas River ainda exibia uma expressão francamente confusa.

— Ah, merda — murmurou ela.

— O quê? — ele perguntou freneticamente, enquanto todos começaram a entoar:

— *Beija! Beija! Beija*!

Os olhos de River se arregalaram e Jess testemunhou o momento em que ele entendeu.

— Ai, Deus!

— Tudo bem. — Ela colocou um sorriso caloroso no rosto e se virou de frente para ele. Havia uma audiência ali. River era tímido e Jess era extremamente reservada, e aquilo era um pesadelo! Mas sem problemas! Almas gêmeas! Segundo o que tinham apresentado para esta sala cheia de investidores, Jess e River se beijavam, tipo, *o tempo todo.*

Ele espelhou o sorriso dela, mas Jess esperava que o dela fosse muito mais convincente.

— A gente devia ter previsto isso — ele conseguiu sussurrar.

— Bem, não previmos — cochichou ela, deslizando a mão recatadamente pelo peito de River. A sensação era um pouco como mergulhar em champanhe quente. — Não precisamos fazer isso, se você não quiser.

— Não, podemos, sim — retrucou ele de imediato, inclinando-se para mais perto e brincando de modo íntimo com uma mecha de cabelo dela. — Digo, a menos que você não queira...

O hálito de River cheirava a menta e uísque. Na verdade, Jess queria.

River olhou para ela em dúvida enquanto o escarcéu se intensificava. Mas então os olhos dele se desviaram nervosamente.

— Ei. Sou só eu.

O cenho de River relaxou e ele assentiu, a respiração ofegante.

— Tá.

Os olhos dele desceram até a boca de Jess.

A gente vai fazer isso?

Ele deu um passo mais para perto...

Acho que a gente vai.

... abaixando-se, deslizando uma das mãos pelo pescoço de Jess para se encaixar em sua mandíbula e deixando um rastro de calor na pele dela. Ele se aproximou... Jess parou de respirar... e a boca de River tocou a dela.

Juntos, eles exalaram, aliviados, e tudo desapareceu: sons, luzes, outras pessoas. Ela sentiu o relaxamento nele também, a confirmação de que os dois estavam certos em achar que seria gostoso assim. Um beijo curto, e então um mais longo, apenas a boca de River cobrindo a dela e retornando para sentir o gostinho outra vez. Só para ver.

Uma coleção valente de neurônios no cérebro de Jess gritou um lembrete de que havia cinquenta pares de olhos pousados sobre eles bem naquele segundo, mas mesmo aquela consciência não a impediu de buscar as lapelas do casaco de River, puxando-o até ficar coladinho com ela.

Jess suprimiu um gemido quando o outro braço de River deu a volta em sua cintura, os dedos se apartando amplamente abaixo das costelas. Aquilo foi tão delicioso que transmitiu uma tortura febril partindo de sua boca em direção ao umbigo, contorcendo-se dentro dela. River virou, afastando-se de leve, e Jess imaginou que o beijo fosse terminar, e provavelmente *deveria,* mas então se deu conta de que ele apenas mudava a posição das pernas, atacando-a de um ângulo novo, entrelaçando os dedos nos cabelos dela.

Jess soltou um som mínimo, um gemido indefeso que achou que só River pudesse ouvir, mas aquilo pareceu trazê-lo de volta à consciência, e ele se afastou, mantendo-se a apenas três ou quatro centímetros do rosto dela.

Sem ar, eles se encararam com olhos enlouquecidos, chocados. Talvez tivesse durado apenas alguns segundos, mas o beijo havia mudado a trajetória deles de imediato. Jess queria mais, e percebeu nos olhos de River que ele também queria. Jess não questionou nem por um segundo se a atração física era mútua.

Assustou-se quando a sala toda irrompeu em som e comoção. Desviou o olhar por um instante, e então tornou a fitar River. A atenção dele, pelo jeito, havia continuado inteiramente fixa na boca de Jess.

— Acho que acabamos de ganhar um monte de dinheiro para a sua empresa — murmurou ela, sorrindo enquanto tocava levemente os lábios dormentes com as pontas dos dedos.

Ele não sorriu. Jess não tinha certeza se ele sequer a ouvira.

— Suspeito que a maioria das pessoas comenta sobre os seus olhos — disse ele, baixinho, passando a ponta de um dedo sobre a clavícula de Jess.— Esse azul impressionante, luminoso.

Com certeza River podia sentir o coração dela subindo pela traqueia. Ele não parecia se lembrar de que havia mais alguém na sala.

— Mas prefiro a sua boca.

— Prefere? — Jess conseguiu dizer.

— Prefiro — afirmou ele, e abaixou-se, beijando-lhe a testa. — Você não distribui esses sorrisos de graça.

DEZESSEIS

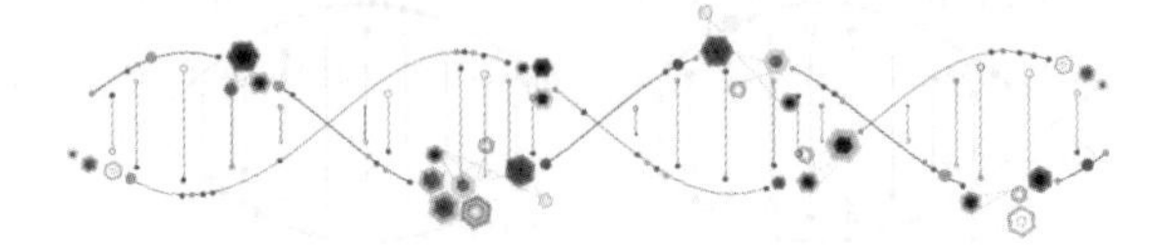

Graças a um amigo de um amigo de um amigo, Jess se reuniu com um novo cliente em potencial na terça-feira. Ela de fato não tinha espaço em sua agenda para alguém novo — *quem imaginaria que um namoro de mentirinha tomaria tanto tempo?* —, mas a mina de ouro acabaria quando a GeneticÀmente abrisse o capital para o público em maio, e Jess não pretendia ser pega com as proverbiais calças na mão quando isso acontecesse.

Kenneth Marshall administrava uma pequena empresa de engenharia em Wyoming e estava na cidade para visitar alguns clientes. Eles concordaram em se reunir no almoço no hotel dele, que tinha o bônus adicional de dar para o centro de convenções e a Baía de San Diego. Infelizmente, o hotel também tinha vista para a Shelter Island e o prédio onde se localizava o apartamento dos Gruber, o que significava que Jess precisaria de um esforço monumental para se concentrar na conversa sobre estudos de probabilidade e análise de regressão, e *não* no beijo abrasador trocado na festa.

Como alguém aprendia a beijar daquele jeito? Será que River tinha feito um curso? Assistido a vídeos no YouTube, como Jess fez quando quis aprender a consertar a válvula de enchimento da privada? Na noite anterior, ela ficou deitada na cama pensando sobre a boca dele e a pressão insistente dos dedos em sua mandíbula, sobre a realidade desanimadora de que algumas vezes Jess já havia feito sexo que a deixara menos satisfeita do que aquele beijo de River.

Sexo com River talvez acabasse com ela de verdade.

Jess ficou muito feliz quando a reunião com Kenneth terminou, e mais feliz ainda quando ele ofereceu um depósito inicial para reservar um lugar na agenda dela até o fim da primavera. No entanto, em vez de dirigir-se até os manobristas, ela saiu pelo pátio nos fundos do hotel para observar a paisagem. Gaivotas voavam lá no alto e as ondas balançavam com delicadeza os barcos ancorados na marina. Jess tirou uma foto e mandou uma rápida mensagem de texto para Fizzy, que estava em LA para um encontro com sua agente.

Jess havia morado na Califórnia a vida toda, mas raramente ia até o oceano. Era muito trabalhoso — a areia, as multidões, encontrar um lugar para estacionar —; porém, uma vez lá, ela invariavelmente se perguntava por que não fazia isso com mais frequência.

Meio como sexo.

Jess pensou no beijo de novo, no jeito como River inclinou sua cabeça num ângulo para capturar-lhe a boca mais profundamente, como ele prendera a respiração, depois soltara o ar numa exalação trêmula quando eles se separaram. Jess se perguntou se teria sido difícil parar caso estivessem sozinhos. Ela se perguntou se ele fodia do mesmo jeito que beijava.

O celular dela tocou, assustando-a. Jess esperava ver o rosto de Fizzy na tela, mas em vez disso havia três palavras: HOSPITAL SCRIPPS MERCY.

— Alô? — disse Jess, apressada, os olhos passando pelo horizonte enquanto o coração começava a bater *Juno, Juno, Juno* contra as costelas.

— Posso falar com Jessica Davis? — pediu uma voz feminina. Ao fundo, Jess ouviu vozes, a campainha de um elevador, fones tocando e o murmúrio distante de um interfone.

— É ela. — Sua pulsação batia o nome da filha.

— Aqui é do Hospital Scripps Mercy. Estamos com uma senhora chamada Joanne Davis aqui. Seu avô, Ronald, está chamando você. Por favor, venha o quanto antes.

Jess não se lembrava de esperar o manobrista ou do trajeto até o hospital, da caminhada do estacionamento nem de falar com alguém na recepção, mas jamais se esqueceria da visão de vovó na cama do hospital. Jess parou imóvel na porta, enquanto as máquinas bipavam e zumbiam em volta da vovó, e vovô pairava ao lado da esposa, segurando a mão dela. As duas pernas da vovó estavam imobilizadas e presas a uma tala. Havia uma intravenosa no braço esquerdo. O cheiro de antisséptico ardia no nariz de Jess. Uma enfermeira passou por ela, saindo para o corredor, e Jess conseguiu entrar no quarto.

— Vovó?

O avô se virou de frente para ela; cada milímetro da dor de vovó espelhava-se na expressão dele. Ele abriu a boca, mas nada saiu.

— Estou aqui — disse Jess, atravessando o quarto para passar um braço em torno dele. — O que aconteceu?

— Ela caiu.

— Estou bem — disse a vovó, com a respiração trêmula. — Só escorreguei.

Vovô apertou a mão dela, os olhos fixos em seu rosto. O avô de Jess sempre tinha sido a pessoa mais forte e estável que ela conhecia. Agora, entretanto, parecia que uma leve brisa poderia derrubá-lo.

— Acham que é uma fratura no fêmur — disse ele —, mas estão esperando pelo médico. Estávamos jogando boliche naquela pista nova em Kearny Mesa e ela escorregou. — Ele colocou a mão por cima da boca. — Tiraram raio-X há vinte minutos, mas não tem ninguém nessa merda que queira me dizer...

Vovó se encolheu e o rosto do Vovô, se é que era possível, empalideceu mais ainda.

— Tá bom, tá bom — disse Jess, guiando-o para longe da cama, para uma cadeira. — Vamos sentar e vou ver o que tá acontecendo. Eles deram alguma coisa para a dor?

Os dedos do avô tremiam quando ele os deslizou pelos cabelos finos e fofinhos.

— Acho que na intravenosa.

— Volto já — disse Jess, e se debruçou para que a vovó pudesse vê-la. — vovó Jo, já volto.

Jess parou a primeira enfermeira que viu no corredor.

— Com licença, acabo de vir do quarto 213. Você sabe me dizer o que tá acontecendo com Joanne Davis?

— Você é da família?

— Sim, sou neta dela.

— Nós lhe demos um analgésico e estamos esperando os resultados do raio-X dela que já deve sair. — A enfermeira apontou para uma mulher em uniforme azul vindo na direção dela a passos largos. — A dra. Reynolds está chegando. Ela vai te explicar tudo.

A dra. Reynolds voltou para o quarto com Jess, onde o vovô tinha movido a cadeira para junto da cama e segurava a mão de vovó. O suor formava gotículas na testa dela, e estava claro que a avó sentia dor, mas se empenhava bravamente para esconder.

A dra. Reynolds cumprimentou vovó e vovô e uma enfermeira nova checou os sinais vitais da vovó. Prendendo a chapa de raio-X a um quadro iluminado, a médica explicou que vovó havia sofrido uma fratura subtrocantérica entre as duas protuberâncias ósseas do fêmur.

— Teremos que operar — explicou ela. — Vamos colocar uma haste que vai aqui. — A dra. Reynolds desenhou ao longo da imagem com a ponta do dedo. — E um parafuso que vai no seu quadril. Ele não vai ser muito longo, porque a fratura está bem no alto. Provavelmente vai entrar aqui. — Ela apontou no raio-X onde a haste de metal terminaria. — E aí você vai ter outra haste que vai subir pela fratura até seu quadril. Ela é mais forte do que seu osso, então você conseguirá caminhar e se levantar e se mexer bem rapidamente. Mas nada de boliche por no mínimo oito semanas.

— Quanto tempo ela vai ficar aqui? — perguntou o vovô.

— Cinco dias, se tudo sair conforme o planejado e você conseguir trabalhar rapidamente em sua mobilidade. Talvez antes disso. — A doutora encolheu os ombros. — Ou depois, se houver complicações ou se tivermos outras preocupações.

O estômago de Jess desabou. Ela imaginou o avô dormindo na cadeira dura do hospital todas as noites até a vovó receber alta e soube que ele se sentiria muito triste. Mas tentou imaginá-lo em casa enquanto a avó estava *ali*, e aquilo pareceu ainda menos provável. Se ele e Jess pudessem se revezar para ficar com a avô, ela talvez conseguisse convencê-lo a comer, descansar, tomar conta de si mesmo. Jess deu uma olhadinha no relógio, mentalmente rearranjando prazos, agendas e compromissos.

Um pânico lhe tomou: Juno sairia da escola em menos de uma hora.

A doutora deixou o quarto e Jess notou os olhos de vovó pesados devido à sedação.

— Vovô — cochichou Jess —, preciso fazer algumas ligações, tá bom? Volto já.

Ele assentiu, atordoado, e Jess saiu do quarto. Sua rede de segurança exibia um buraco: Fizzy estava em LA. Vovó e vovô estavam, obviamente, indispostos. Ela repassou sua lista de contatos, sentindo-se muito, muito sozinha. Pausando no nome da mãe, visualizou todos os desfechos possíveis. Jamie chegaria na hora, mas fumando. Chegaria atrasada, e Juno ficaria sozinha e preocupada. Jamie chegaria na hora, sem fumar, mas encheria a cabeça de Juno com críticas e alfinetadas esquisitas. Ela chegaria no horário, sem fumar, não encheria a cabeça da Juno de lixo, mas encontraria a garrafa de vinho aberta na geladeira de Jess e pensaria: *por que não?*

Jess não gostava de nenhuma dessas opções. Sentou-se pesadamente em uma cadeira.

Seu telefone tocou e ela olhou, vendo o nome de River.

Jess nem parou para pensar; atendeu depois de um toque só, a voz se partindo no nome dele.

— River?

— Oi. Eu... — Uma pausa. — Está tudo bem?

Ela enxugou os olhos, o queixo tremendo.

— Não.

O tom dele se suavizou com preocupação.

— O que tá havendo?

— Estou no hospital. — As palavras dela saíram estranguladas.

Pelo som, ele pareceu ter se levantado.

— Ah, não.

— A vovó quebrou a bacia, e preciso de alguém para buscar a Juno na escola. — Jess esfregou os olhos de novo. — Sei que isso não faz parte do acordo, mas a Fizzy não está e a minha mãe...

— Não, ei. Claro que vou buscá-la. Eles vão permitir que ela saia comigo?

— Posso ligar para a escola e... — Lágrimas rolaram e Jess se inclinou, pressionando o rosto na mão. — Ai, meu Deus, tenho uma ligação às quatro. E amanhã...

— Vamos fazer uma lista — ele interrompeu com gentileza. *Isso, um plano.* Ordem. Seu cérebro agarrou-se à corda que ele jogou. — Primeiro, o mais importante: ligar para a escola. Vou te mandar uma foto da minha carteira de motorista, com todas as minhas informações, assim você pode apenas ler para eles, tá bom?

Ligar para a escola, avisá-los.

— Tá bom.

— Ela tem alguma coisa depois da escola às terças?

Jess conseguia pensar com mais clareza, porém ainda com lentidão. Imaginou o calendário em sua cozinha, as caixinhas minúsculas com os corações e a letrinha de Juno.

— Ela tem balé, mas pode faltar. Você pode trazê-la para cá? Estamos no Scripps.

— Jess, posso levá-la para o balé.

No mesmo instante, Jess começou a balançar a cabeça; ela já havia cruzado vários limites.

— Não, tá tudo bem, eu...

— Juro, não é problema nenhum, e tenho certeza de que estar com ela no hospital não vai ser mais fácil para você.

Ela ficou em silêncio, incapaz de discordar.

— Já compareci a vários recitais de balé. Lembra das irmãs intrometidas? — disse ele. — Sei até o que é um plié.

Soltando um ruído baixinho, algo entre uma risada e um soluço, Jess sentia-se exausta demais para discutir.

— Eles nunca ficaram separados — disse Jess. Ela precisava que outra pessoa soubesse o quanto seus avós se amavam. — Cinquenta e seis anos. Não sei o que o vovô faria se algo acontecesse com ela.

— Vai dar tudo certo — disse River, tranquilizando-a.

Jess concordou. Também precisava acreditar nisso.

Ela ligou para a escola e fez os arranjos para que River buscasse Juno. Ele mandou uma mensagem assim que a pegou, enviando uma foto dos dois fazendo caretas, e outra de Juno segura, usando o cinto de segurança no banco de trás de seu Audi preto brilhante. Francamente, Juno parecia *deleitada* em estar ali. Jess só podia imaginar o assédio que sofreria agora para comprar um carro novo, "igual o do River Nicolas".

Duas horas depois, vovó foi levada para a cirurgia, e uma enfermeira entregou um pequeno pager para o vovô, parecido com os usados por restaurantes.

— Ele vai vibrar quando tivermos notícias — a enfermeira lhes disse. — Traga-o até a mesa e nós vamos atualizar o senhor. Se ele não disparar, é porque não temos nenhuma novidade.

Vovô alternava entre segurar a mão de Jess na sala de espera e caminhar em torno do edifício. Os olhos dele sempre estavam vermelhos quando retornava, o corpo pesado enquanto afundava na poltrona de frente para a dela.

— Alguma coisa? — perguntou ele.

— Ainda não. — Jess inclinou-se para a frente, tomando as mãos dele e puxando-as para seu colo. — Lembra aquela vez que a vovó comprou luvas de jardinagem para todos nós e não percebeu que a "estampa floral" eram folhinhas de maconha?

— O jeito como ela continuou insistindo que era bordo japonês! — Os ombros dele sacudiram com uma risada baixinha. — E a Junezinha ainda aponta para a "plantinha favorita da Vovó" toda vez que vê a estampa numa camiseta ou cartaz.

O som de um riso familiar se espalhou pelo corredor, e Jess ergueu a cabeça a tempo de ver River e Juno fazendo a curva para a sala de espera. Juno ainda estava com as roupas do balé, com seu collant e meia-calça rosa-bebê, mas suas botas favoritas de caubói cor-de-rosa marchavam pelo piso de linóleo. O cabelo estava preso em um coque meio caído e ela segurava a mão de River com uma das suas, enquanto a outra agarrava um buquê de girassóis. A visão daquelas mãos juntas arrancou o fôlego de Jess.

— Aí está a minha menininha! — disse vovô, os olhos se iluminando.

— Trouxemos sanduíches! — Juno cochichou-gritando, e Jess ergueu os olhos para River.

Ele devia ter explicado para ela que aquilo era um hospital e que os doentes estavam tentando descansar. Jess não podia imaginar outro cenário em que Juno Merriam Davis não irromperia no quarto a plenos pulmões, procurando pela avó.

Ela entregou as flores para Jess, deu um beijo nos lábios da mãe e então subiu no colo do vovô.

Jess ficou de pé, aceitando a embalagem que River oferecia.

— Você não precisava fazer isso.

— Imaginamos que a última coisa na sua cabeça seria o jantar — disse ele.

Jess sentiu o cheiro de sanduíches de almôndega e sua boca se encheu de água.

— Graças a Deus, porque estou faminta.

— Como ela está?

— É, como está a vovó Jo? — perguntou Juno.

— Ela ainda está em cirurgia — disse Jess. — Eles acreditam que ela vai ficar bem, e estamos aguardando.

Ela entregou um sanduíche pro vovô e apontou com o dela para o pedaço de magia masculina na frente deles.

— Vovô, esse é River Peña. River, esse é o meu avô, Ronald Davis.

River estendeu a mão para cumprimentar vovô.

— Prazer em conhecê-lo. Ouvi muitas coisas boas a seu respeito.

— Digo o mesmo. — Vovô o cumprimentou também e Jess teve que morder o lábio para conter o sorriso. — E obrigado por cuidar da nossa Junezinha aqui. Foi uma tarde e tanto.

— Não foi problema algum — disse River. — Às vezes é divertido levar um Muppet ao balé.

Juno se remexeu alegremente no colo do avô, enfiando os dedos nos ouvidos e espremendo o rosto.

— Aí está ela — disse River, carinhosamente.

Juno parou de súbito, parecendo se lembrar de algo.

— A vovó vai andar de carrinho de novo?

— Não tenho certeza — o avô lhe disse. — Mas é melhor a gente pegar minhas botas com ponteira de aço só para prevenir.

O pager disparou no colo de Jess: o disco se iluminou com luzinhas vermelhas, vibrando sobre sua coxa. Vovô se levantou abruptamente, depositando Juno na cadeira antes de apanhar o pager e acelerar para a sala das enfermeiras.

— Ela deve ter saído da cirurgia — disse Jess, observando-o.

— Vou deixar você tratar disso, então. — River olhou para Juno. — Obrigado por passar a tarde comigo, Juno Merriam. Já fazia muito tempo que eu não ia a uma aula de balé.

— De nada — disse ela. — Você pode vir de novo, se quiser.

— Bem, talvez eu vá. — Ele sorriu, voltando-se para Jess. — Você me liga se precisar de mais alguma coisa?

— Ligo. — As palavras que ela queria dizer se emaranharam em seu peito em uma obstrução emocional. Gratidão e desejo e medo e anseio. Ela não queria que ele se fosse. Queria se levantar, passar os braços em torno da cintura de River por baixo do casaco, e sussurrar seu agradecimento no calor do pescoço dele. Em vez disso, limitou-se a falar: — Obrigada, River.

A cirurgia da vovó foi um sucesso. Ela foi levada de maca para se recuperar, e enquanto o vovô conseguia passar algum tempo com ela, Jess e Juno fizeram um pequeno piquenique com sanduíches, frutas e cookies na sala de espera da família.

— Como foi a sua tarde com o dr. Peña?

— Chamo ele de River Nicolas, e ele me chama de Juno Merriam — corrigiu ela, com a boca cheia de tangerina. — Fomos para a aula de balé e ele conheceu a srta. Mia, e ele ia esperar na sala dos pais, mas pedi para a srta. Mia se ele podia assistir a gente ensaiar nosso recital. Ele ficou sentado no chão perto dos espelhos e assistiu a gente, mamãe. Ele viu como nós somos boas nisso.

— Aposto que ele ficou impressionado. — O peito de Jess se apertou ante a imagem de River, com um metro e noventa e três de altura, sentado no piso do estúdio de dança com as pernas cruzadas.

— *Daí* a gente comeu pretzel e comprou flores, mas ele achou que vocês podiam estar com fome, então pegamos sanduíches também. — Ela mastigou a fruta e então ergueu a cabeça para Jess, os olhos azuis enormes. — Você sabia que contei pra ele que você não gosta de cebola crua, e ele disse que também não gosta?

— Não sabia, não, mas foi muito gentil da parte de vocês trazer o jantar para a gente. — Ela passou a mão pelo cabelo acobreado de Juno.

— Agora ele é seu namorado? — Juno encontrou os olhos da mãe e então afastou os seus, em uma amostra rara de timidez. — Porque hoje ele foi me buscar na escola, meio como um papai faria.

— Ah. — Uma dor aguçada se apoderou de Jess, vinda do fundo do peito. — Bem, nós somos amigos. Então, quando precisei de ajuda para te buscar, ele se ofereceu para me ajudar, como amigos fazem.

Juno pareceu desapontada.

— Ah.

— Mas fico muito contente que você goste dele. — Jess beijou a testa da filha. — Foi um dia longo, não foi?

— Eu não tô cansada — declarou Juno, bocejando. — Mas aposto que a Pomba está se perguntando cadê a gente.

Jess sorriu enquanto elas limpavam a comida, vendo Juno ficar mais mole a cada segundo. Ela achava que já era grande, mas assim que dava oito horas, a exaustão passava por cima dela como a correnteza na costa. Com a vovó dormindo, elas se despediram do vovô. Jess o fez prometer que também dormiria um pouco, e prometeu para ele que estaria de volta cedo, na manhã seguinte. Ela ergueu Juno e os bracinhos moles da filha deram a volta no pescoço de Jess, as pernas circundando a cintura dela.

As portas do elevador se abriram no térreo e Jess saiu, parando de súbito quando viu River sentado em uma cadeira perto da saída. Aproximando-se dele, Jess equilibrou Juno nos braços.

— River! Ah, meu Deus, você ainda tá por aqui?

Ele levantou a cabeça do telefone e se levantou abruptamente.

— Oi.

— Oi. — Jess riu, desconfortável. A culpa a invadiu. — Espero que você não tenha se sentido na obrigação de ficar.

Ele parecia encabulado e sonolento. Jess não sabia o motivo, mas aquilo lhe deu vontade de chorar.

— Queria ver como ela estava — disse ele. — Sua avó.

— Ela é uma guerreirinha. Foi tudo bem. — Jess sorriu. — Ela tá dormindo agora, mas tenho certeza de que vai começar a encher a paciência deles para que a liberem para ir para casa amanhã mesmo.

— Que bom. — Ele guardou o fone no casaco e olhou para Juno, dormindo feito um saco de batatas no ombro de Jess. — Também queria te agradecer por confiar em mim hoje. — Ele se inclinou para o lado, confirmando que Juno estava mesmo dormindo. — Ela comentou comigo no carro algo sobre Krista e Naomi.

— Essas são as melhores amigas dela na escola.

Ele estalou a língua, com uma leve careta.

— Acho que talvez ela tenha tido um dia difícil. A gente conversou a respeito um pouquinho, mas parece que as meninas não estavam sendo muito legais com ela durante o recreio. Só queria te avisar.

O coração de Jess se revirou. Sua garotinha animada raramente falava da escola; devia ter sido bem ruim para ela mencionar.

— Vou perguntar para ela a respeito. Obrigada. Você é incrível.

— *Ela* é incrível, Jess. Você está fazendo um ótimo trabalho.

Ela teve que engolir duas vezes antes de conseguir falar algo.

— Obrigada por dizer isso. — Um orgulho a aqueceu de dentro para fora. Juno *era mesmo* uma menina fantástica, prova de que Jess era uma boa mãe... na maior parte do tempo. Não tinha sido fácil, mas elas estavam se virando. O elogio dele a tranquilizou um pouco, e Jess subitamente também se viu exaurida.

— Posso te acompanhar até o carro?

Ela aquiesceu e eles se viraram, passando pelas portas automáticas e saindo para a noite fresca e úmida. Junto ao carro, Jess vasculhou a bolsa atrás das chaves.

— Posso ajudar em algo? — perguntou ele, rindo como se sentisse inútil.

— Nah. Você devia ter me visto quando eu era mais nova. Uma cadeirinha de carro, a bolsa de fraldas, carrinho e as compras. Eu seria um polvo excelente.

Com o controle do carro nas mãos, ela o destrancou.

— Tô começando a notar.

River abriu a porta traseira e Jess se abaixou para depositar cuidadosamente uma Juno frouxa no banco, prendendo o cinto de segurança.

Quando se endireitou, fechando a porta, ele continuava ali. O céu estava escuro; o estacionamento estava, em sua maior parte, vazio. Grilos cantavam de um arbusto próximo. Jess se perguntou se ele iria beijá-la. O anseio por River pareceu se expandir dentro dela como uma estrela.

— Obrigada outra vez — disse Jess.

O momento se estendeu e então ele se inclinou para perto dela, desviando-se um pouquinho para a esquerda no último segundo para que seus lábios pressionassem o canto da boca de Jess. Teria sido tão fácil para ela virar a cabeça um pouquinho, para um lado ou para o outro, e ambos sabiam disso. Ela poderia tornar o beijo mais íntimo, ou recusá-lo. Em vez disso, ela os manteve ali, naquele limbo estranho, sentindo os lábios dele tão próximos, o hálito soprando quente sobre sua pele. Ela era feita de cautela e desejo, em partes iguais. Precisava proteger sua pequena família; queria a boca de River aberta, o calor dele. Mas precisava de prova de que isso não era tudo apenas aparência; queria as mãos dele jogando suas roupas para longe.

Ela estava sendo covarde.

Ele se aprumou e deu um último sorriso demorado.

— Boa noite, Jess.

Antes que River lhe desse as costas, ela pegou a mão dele.

— River. Ei.

Ele a olhou, franzindo a testa; porém, quanto mais ela ficava ali olhando para ele, mais a expressão de River passava de preocupação para compreensão. Por fim, ele entrelaçou os dedos de ambos.

— Você tá bem?

Ela assentiu, engolindo o nó de angústia na garganta. Pressionando a mão no peito dele, Jess se espichou e River se manteve cuidadosamente imóvel enquanto ela roçava a boca contra a dele. Quando ela recuou um passo, ele a encarou com o mesmo controle impossível de interpretar. Se Jess estivesse um pouco menos exausta, teria se sentido uma idiota completa.

— É... desculpa. Só... Queria fazer isso.

River ergueu a mão, gentilmente guiando o cabelo dela por cima do ombro.

— Mesmo sem plateia? — indagou ele, baixinho.

— Estou espantada que a gente tenha feito isso *com* uma plateia.

Um sorriso irrompeu no rosto de River, começando pelos olhos e passando para os lábios que se curvaram em um alívio tímido. Curvando-se, ele a beijou, e a mesma sensação de flutuar a atingiu como um narcótico. River deu uma série de beijos breves e doces, e finalmente virou um pouquinho a cabeça para puxar o lábio inferior dela, incentivando a boca de Jess, persuadindo-a a se abrir para que ele pudesse saboreá-la.

O primeiro contato com a língua dele foi como uma injeção de adrenalina bem no coração, disparada com clareza e velocidade chocantes para todas as extremidades. Um som baixo de alívio escapou da garganta de Jess e libertou algo em River: as mãos dele voaram para suas costas, puxando-a bem junto de seu corpo.

Jess teve um forte impulso de se arrastar para dentro do corpo dele de algum jeito, beijando-o com o tipo de intensidade concentrada e crescente que nunca sentira antes. Nem mesmo na festa. Sozinhos na escuridão do estacionamento, com um céu negro em volta e os dedos do ar frio e úmido de fevereiro se enfiando por baixo de seus colarinhos, River não deixou espaço, segurando-a e enfiando a mão quente e grande por baixo da bainha do suéter, pressionando a palma contra a parte inferior das costas de Jess.

Sons tensos, famintos escapavam sempre que eles se afastavam e voltavam em busca de mais. Ele se curvava de modo possessivo, uma das mãos firme nas costas de Jess, a outra deslizando, subindo pelo pescoço, encaixando-se na mandíbula, enfiando-se nos cabelos dela. Jess pôde, num instante, vislumbrar como seria fácil ser devorada por ele. Uma corrente vibrava quando eles se uniam; River se tornava algo mais próximo de pura energia do que um homem, os braços tremendo no esforço de se conter. Ela imaginava ir mais para trás numa cama, assistindo enquanto ele se adiantava, espreitando, antecipando como seria a sensação de permitir que ele fizesse o que quisesse com ela. Implorar para que ele o fizesse.

River interrompeu o beijo, respirando com força e repousando a testa contra a dela.

— Jess.

Ela esperou por mais, mas parece que isso era tudo, a quieta exalação de seu nome.

Lentamente, com a clareza do ar frio e brutal nos pulmões e algum espaço do peso embriagador do corpo dele contra o seu, ela voltou a si mesma. O céu noturno lhe fez cócegas na nuca; uma lâmpada de sódio zumbia mais acima.

— Uau — disse ela, em voz baixa.

— É...

River recuou e olhou para Jess, um fio conectando-o a algo dentro dela. Eles ficaram quietos, mas o ar não parecia vazio.

Ele, então, tirou a mão de debaixo da camisa de Jess, deixando a pele das costas dela subitamente gelada sem o calor daquela palma. E a sensação se redobrou — quando ela recostou na lateral fria do carro, um calafrio violento a percorreu.

De súbito, a proximidade dos dois penetrou sua consciência.

Seu carro.

Juno.

Jess se virou rapidamente, horrorizada por só se lembrar agora, pela primeira vez em minutos, de que a filha talvez tivesse assistido a tudo aquilo pela janela. Jess respirou aliviada ao ver que Juno continuava dormindo.

Em que é que eu estava pensando?

River recuou, levando a mão à nuca.

— Merda! Desculpa.

— Ah, meu Deus! — Jess levou as mãos ao rosto, sem fôlego por um motivo totalmente diferente agora. — Não, fui eu que comecei. Eu... desculpa.

Ela deu a volta até o lado do motorista, encontrando o olhar dele por cima do carro. Estava enlouquecendo. Isso tudo acontecia rápido demais, e Jess tinha a sensação de que nenhum deles estava por trás do volante.

— Obrigada — disse ela, ciente do modo malicioso e calculista com que River a observava. Por dentro, Jess se deu um chacoalhão; ela mal o conhecia. Estava deixando esse negócio de alma gêmea a influenciar.

— Boa noite — disse ele, baixinho.

— Boa — respondeu Jess, a voz rouca.

Ela se preocupava que seu pânico, seu desejo e confusão, tudo transparecesse claramente no rosto. Devia parecer uma lunática, os olhos arregalados, sem fôlego, mas o afeto aquecia o olhar de River de dentro para fora, como se ele estivesse vendo exatamente quem queria ver.

DEZESSETE

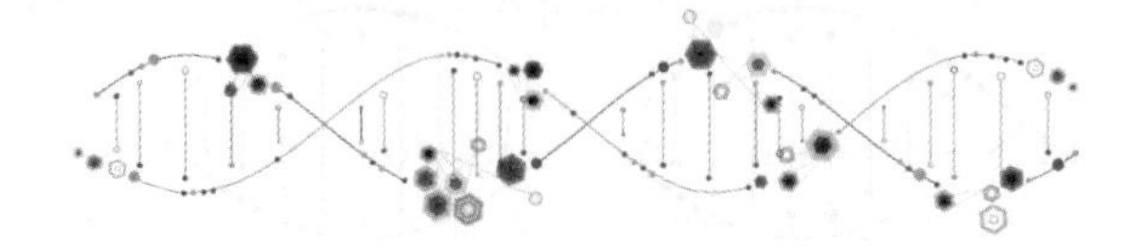

Vovô não estava atendendo ao telefone. Provavelmente se esquecera de colocá-lo para carregar.

Apesar da atração pelo café bom e do lastro emocional de sua melhor amiga — Fizzy havia voltado de LA no fim da noite anterior —, Jess decidiu arriscar o café do hospital e seguiu para lá, encontrando o avô de pé ao lado da cama de Vovó, apenas… olhando preocupado para ela. Vovó continuava conectada a todo tipo de monitores hospitalares, com uma perna cuidadosamente apoiada e enfaixada da panturrilha ao quadril, mas estava em paz, dormindo. A despeito disso, um olhar para o rosto do vovô indicou a Jess que ele não fechara os olhos por mais do que uma piscada desde que ela e Juno o deixaram na noite passada.

Ela atravessou o quarto, passando os braços ao redor dele e beijando o ombro do avô.

— Oi, você.

Ele deu-lhe tapinhas na mão, virando o rosto em sua direção.

— Oi, meu bem.

— O senhor ficou aqui assim, a noite toda?

A risada dele saiu como uma tosse.

— Não. Mas fiquei para cima e para baixo. É tanto bipe, tanta checagem, acende a luz, apaga a luz. Fico feliz por ela ter dormido durante a maior parte disso.

— Ela tem os analgésicos e uma cama a favor — disse Jess. — O senhor deve estar péssimo.

Ele assentiu, erguendo a mão para coçar a bochecha com a barba despontando.

— Só preocupado com ela.

Jess abriu a boca, mas imediatamente tornou a fechá-la. Parar com essa vigilância por meia hora? Jessica Davis sabia que não adiantava. Ela nem cogitou sugerir que ele fosse para casa, tomasse um banho e dormisse por algumas horas em sua própria cama.

Podia muito bem então lhe dar um pouco de fortificante na forma de cafeína.

— Eu ia buscar café lá embaixo. Quer um pouco?

— Quero — aceitou ele, rouco e grato. — E alguma coisa para comer, por favor.

Jess beijou o ombro do avô outra vez.

— Claro. Volto daqui a uns minutinhos.

Já no corredor, era impossível ignorar a energia estressante do hospital. Enfermeiras passavam empurrando monitores para dentro de quartos; médicos folheavam históricos, franzindo a testa. Um ruído constante de bipes dessincronizados emanava de todas as direções.

Estatísticas giraram em seus pensamentos — expectativa de vida após uma fratura na bacia: a taxa de mortalidade em um ano variava entre 14 e 58 por cento, com uma média de 21.2 por cento. A probabilidade de sobrevivência piorava conforme a idade aumentava, é claro; por sorte, os homens eram mais vulneráveis e os escores de mobilidade influenciavam consideravelmente os resultados. A vovó era ativa e mulher...

O que significava que havia apenas uma chance em cinco de ela morrer ainda naquele ano.

Apática, Jess pediu café na lanchonete do hospital, pegando também um bagel e uma salada de frutas para o vovô. Ela se abaixou, sentindo o aroma do café e tentando tapear o cérebro para se desviar de uma espiral de pânico. O sopro do líquido fraco mal deixara registro.

Então se sentou em uma cadeira dura da lanchonete e tirou um segundo para conferir seus e-mails — Kenneth Marshall enviara alguns conjuntos de dados como amostra, e Jess tinha uma nova solicitação através de seu website vinda de um atacadista de joias em Chula Vista. Ela precisaria reagendar a reunião que adiara ontem, e passar na frente um mergulho profundo em epidemiologia analítica para alguns dados que vinham da UCSD. Não havia como ela dar conta de tudo isso hoje, convencer o avô a descansar, conversar com o cirurgião da avó, e estar disponível para buscar Juno na escola. Pelo menos a filha havia corrido com entusiasmo até Krista e Naomi quando ela a deixou na escola, então Jess não precisaria se preocupar com isso.

Tomando um gole amargo de café, ela enviou uma mensagem de texto para Fizzy:

Minha caixa de entrada está apavorante, e acho que vou precisar ficar por aqui hoje pro vovô poder descansar um pouco.

Fizzy respondeu de imediato, prevendo o que Jess pediria enquanto ela ainda digitava a pergunta:

Isso quer dizer que fico com a Juno por hoje? Eeeeeeeee!

Jess fechou os olhos, virando a cabeça para o teto. Gratidão e culpa formigaram dentro dela, quente e fria.

Obrigada. Não vou chegar tarde.

Não tenho nenhum compromisso hoje. Rob tá numa viagem a trabalho, e tô com saudade da sua filha.

Obrigada. E desculpa – juro que volto para casa o mais cedo que puder.

Cala a boca. Tô falando sério.

Lágrimas inesperadas irromperam na superfície dos olhos de Jess, e a ardência atravessou sua consciência. Vovô provavelmente estava morrendo de fome; vovó talvez acordasse em breve. *Controle-se, Jess.*

De volta ao piso da ortopedia, vozes vindas do quarto da avó se ouviam no corredor. Jess notou o grave rouco do vovô, as palavras suaves e meio letárgicas da vovó... e então a voz baixa e profunda que a fizera se revirar na cama a noite toda.

Ela fez a curva e deparou com River de pé, de costas para a porta, logo ao lado do vovô junto à cama da vovó. Vovó Jo estava acordada, com os olhos ainda desfocados, mas sorrindo. Vista de trás, a postura do avô parecia mais animada do que estivera nas últimas vinte e quatro horas, e ele segurava um copo para viagem na mão esquerda.

— É bom vê-la acordada — dizia River. — Conheci o sr. Davis ontem, mas não pude conhecer a senhora.

A vovó ainda não havia visto Jess na porta — ela estava praticamente escondida pelo corpo de River —, mas Jess captou um vislumbre da avó abrindo um sorriso radiante para ele. Não podia culpá-la: o dr. Peña era, sem dúvida, mais bonito do que Jess tinha dado a entender.

— Bem, você é muito gentil em me visitar, meu bem. Jess nos contou tudo a seu respeito.

Isso o fez rir.

— Contou, é? O-oh.

— Bem — disfarçou a vovó, rindo despreocupadamente —, não tanto quanto eu gostaria, admito. Aquela menina é um túmulo.

— É o que me parece também. — Dessa vez, eles riram juntos com conhecimento de causa, e Jess fez uma carranca atrás deles. — Fico feliz que a senhora pareça estar se sentindo melhor hoje.

Vovó Jo se esforçou para sentar.

— Em breve, eles provavelmente vão me fazer sair da cama e caminhar por aqui.

Vovô concordou.

— Isso mesmo. Você tá pronta pra isso, docinho?

— Vou me esforçar ao máximo — disse a vovó, baixinho. Inquieta.

Congelada na entrada, Jess não sabia o que fazer nem o que dizer. River não estava colocando vovó e vovô no modo Temos Visitas, nem um pouquinho.

— Parece que vocês têm uma operação muito chique lá em La Jolla — disse o vovô.

River assentiu, enfiando a mão no bolso.

— Esperamos que sim. Se vocês dois quiserem se testar um dia, seriam uma bela adição para nossos dados de match Diamante.

A vovó riu, dispensando a ideia.

— Ah, você é um doce.

— Mas ele está certo — disse o vovô, abaixando-se para beijar a testa dela. — O que você acha? Será que a gente deveria ver se fomos feitos um para o outro?

Vovó bateu no peito dele, rindo, e Jess sentiu outra vontade misteriosa de chorar.

Porém, quando deu um passo para trás para sair da visão deles, seu sapato guinchou no piso de linóleo e todas as cabeças se viraram em sua direção. River deu meia-volta completa, abrindo um sorriso.

— Oi, vovó — disse Jess, indo até a cama dela e se debruçando para beijar-lhe o rosto macio. — Como tá se sentindo, estrela?

— Muito melhor com dois homens lindos e a minha neta preferida em meu quarto.

River riu e estendeu um café do Twiggs para Jess.

— Acho que você não pegou seu café com leite hoje cedo — disse ele. — Fizzy disse que você não tinha ido para lá.

Por um momento, os olhos deles se encontraram e Jess foi a primeira a desviar o olhar. Ela corou com a lembrança daquela boca na sua.

— Vim direto para cá depois de deixar Juno na escola. — Ela colocou o café ruim do hospital no batente da janela (para o caso de uma emergência) e a comida do vovô na mesinha junto à cama da vovó. — Obrigada — agradeceu, aceitando o copo de River. Os dedos deles se roçaram e a sensação foi de uma preliminar em que arrancavam as roupas.

River fechou a mão, enfiando-a no bolso da frente da calça.

— Só quis dar uma passadinha no caminho para o trabalho.

— É muito gentil de sua parte.

Vovó Jo deu uma olhada de cenho franzido para Jess, querendo dizer *isso é tudo o que você tem a dizer para ele?*, e quando River olhou para o lado ao som de um monitor bipando, Jess respondeu com um dar de ombros impotente: *o que mais a senhora quer que eu diga?*

A avó revirou os olhos e Jess tornou a olhar para River, que infelizmente acompanhara o finalzinho da conversa não verbal. Ele pigarreou e puxou a manga para cima, olhando para o relógio.

— Acho que eu deveria ir.

— Obrigada por passar aqui — Jess conseguiu dizer.

— Tá — disse River, hesitante. — É claro.

Jess tentou de novo.

— Posso te acompanhar até a saída?

Ele assentiu e Jess o seguiu para o corredor.

— Me desculpe se estou me intrometendo — disse ele, de imediato.

— Não. — Ela levantou o café para ele. — Isso aqui vai me salvar hoje.

Franzindo o cenho, ele murmurou:

— Bem, fico feliz.

O que ajudaria muito, de verdade, seria deixar que River a abraçasse e que se preocupasse com tudo por algumas horas. Ele parecia disposto a ser essa pessoa.

A noite anterior tinha sido como cair num poço profundo, cheio de estrelas. Jess podia ter ficado nos braços de River por horas sem precisar parar para respirar. Mas agora não era o momento de se distrair, pensando constantemente em arrancar as calças dele.

River se endireitou.

— Trouxe uma coisa para a Juno. — Procurando dentro de sua bolsa carteiro, ele tirou de lá algumas páginas impressas. — Uns materiais sobre montanha-russa que imprimi ontem à noite.

Jess pegou os papéis sem nem olhar, incapaz de desviar os olhos do rosto de River. Seu coração estava acelerando, mas a mente tinha, inesperadamente, emudecido.

Aqueles gestos pequenos e simples de carinho: sanduíches, café, buscar na escola, pesquisar montanhas-russas.

O coração de Juno era feito para se expandir. *Ele foi me buscar na escola, meio como um papai faria.* Ela ia se apegar, mas se esse relacionamento com Jess não desse certo depois da experiência, River iria embora. Juno conheceria o abandono — depois de todos os minúsculos e enormes esforços de Jess para construir um mundo seguro e duradouro para ela.

E Jess não podia negar: ela também sentiria essa perda. Não queria que River se tornasse precioso e indispensável. Não sabia sequer se era capaz de executar essa manobra de confiar e se lançar nos braços de outra pessoa.

Era injusto, depois de tudo o que ele fizera por ela nas últimas vinte e quatro horas, mas o medo se apossou dela como uma trepadeira insidiosa e estranguladora.

— Obrigada por fazer isso — ela conseguiu dizer, roboticamente, erguendo os papéis.

River franziu o cenho, perdido com o tom inexpressivo dela.

— Tá... bom, isso é tudo o que consegui. — Ele ajustou a alça no ombro, a testa enrugada em confusão. A Jess dessa manhã não era a mesma que ele beijara perto do carro na noite passada. — Te vejo depois.

Ele se virou, rígido, e começou a caminhar até o elevador.

Passo largo, passo largo, passo largo.

Algo derreteu dentro dela.

— River! — Ela ouviu o modo como sua voz soou pelo corredor, seu tom estranho, desesperado. — Espera!

Ele se virou devagar, a expressão reservada.

— Me desculpe, estou tão... — Ela se aproximou, parando a uma curta distância enquanto lutava pelas palavras certas. — Me desculpe por estar estranhamente não verbal hoje. Agradeço muito a sua ajuda com Juno ontem à noite, e amei você ter me trazido um café.

Ele a encarou, esperando pelo restante.

— É só que... nada disso faz parte do nosso contrato. Espero que você saiba disso. Eu jamais desejaria tirar vantagem.

Se ela achava que a expressão do homem estava reservada antes, se enganou. Ao ouvir isso, a boca de River se endireitou, a testa ficou completamente lisa.

— Você tem razão — disse ele. Então encarou os sapatos por um instante esclarecedor e então sorriu com firmeza para ela. — Me desculpe se te deixei desconfortável ontem à noite ou hoje. Me avise se precisar de mais alguma coisa.

Ele começou a se virar outra vez, e um desespero tomou conta de Jess ao vê-lo indo embora. Ela o desejava ali, desejava que ele ficasse *bem ali, caralho,* mas era exatamente esse sentimento que lhe dava vontade de estender a mão e empurrá-lo para longe.

— É só que eu não sei o que fazer com o que estou sentindo — explodiu Jess.

Aos poucos, River virou-se para ela e soltou uma risada gentilmente perplexa.

— Nenhum de nós sabe.

— Você pode ganhar tanto dinheiro — disse ela. — Como isso pode não estar constantemente na minha cabeça? O que eu teria feito se você não me ajudasse com a Juno ontem? Mas está sempre logo ali — disse ela, batendo na têmpora com o indicador —, a pergunta se é verdadeiro ou não. Você me enganar é uma coisa, mas enganar minha filha é outra bem diferente.

A testa dele relaxou.

— Não estou aqui pelo preço das ações, Jess. Já falei isso antes. Não se trata do dinheiro.

— Isso é algo que só as pessoas que não se preocupam com dinheiro dizem.

River suspirou, desviando o olhar por um instante e voltando então para ela.

— A noite passada pareceu fingimento para você? — Quando Jess não respondeu, ele deu um passo adiante, seu tom se suavizando. — Você entende o que estou tentando te dizer? O DNADuo pode nos unir, mas não pode fazer com que nos apaixonemos um pelo outro. Não pode conhecer o seu passado, nem o meu, nem prever o que nos afastaria ou nos atrairia para ficarmos juntos. Tudo isso está por nossa conta, não do algoritmo.

Jess fechou os olhos e levantou o braço, roçando a mão pelo rosto dele. Tudo o que River havia dito soava tão lógico! Ainda assim. Ela estava com medo.

Ela se magoava com a constante punhalada de sua paixonite em cada momento que passava acordada. Sentia por River uma atração que ultrapassava qualquer coisa que já havia sentido antes, mas também era emocional. O tipo de atração que cria raízes bem abaixo da superfície.

Esse novo tipo delicado de tortura fazia Jess desejar River em todos os aspectos de sua vida. No travesseiro ao lado do seu. Do outro lado da mesa no jantar. Segurando sua mão no hospital. River era bondoso, e atencioso, e vulnerável. Ele era brilhante e discretamente engraçado. Era tudo o que ela queria num companheiro, mesmo que não se desse conta disso até ele estar bem ali, lhe dizendo que tentar ou não dependia deles.

Jess soltou uma pequenina torrente de ansiedade:

— Eu tô com medo, tá? Não quero me machucar, e quero *menos ainda* que a Juno saia machucada. Ela nunca... — Jess se interrompeu, refraseando. — A Juno nunca levou um sumiço de alguém que ela amasse.

O olhar inabalável de River suavizou e ele deu mais um passo para junto dela.

— Também não quero que isso aconteça. Mas não sou um soldado ou um robô. Não estou aqui em nome da GeneticÀmente. Estou seguindo o que *eu sinto.* — Ele se concentrou em um olho de Jess de cada vez antes que algo em sua expressão se clareasse, relaxando. — Você não tem como saber disso, mas sou terrível para fingir emoções. — Jess riu em meio a um soluço silencioso. — E entendo que seja mais complicado por causa da Juno, mas o que mais eu posso fazer, além de pedir? Eu *quero* passar meu tempo com você.

— Nós já estamos passando um tempo juntos — observou Jess, sem jeito.

— Eventos oficiais e conversas em corredores de hospital? — perguntou ele, franzindo a testa. — Isso é o bastante para você?

Será que ele podia ver o *não* nos olhos dela?

— Não sei o que mais é possível neste momento.

— O que isso quer dizer? — River cruzou o último trecho de distância entre eles, pegando a mão livre de Jess. Ela estava fria contra o calor dos dedos dele. River olhou para o corredor ao redor. — Isso faz parte da vida, Jess. Emergências e responsabilidade e gerenciar pequenos incêndios o tempo todo... mas é apenas uma parte dela. Existem momentos calmos também. Momentos bons. Momentos em que podemos pedir por algo a mais.

— Essa não é a parte em que sou boa.

— Eu não tinha reparado. — Ele exibiu um sorriso bem-humorado.

Isso a fez rir.

— O que você tá dizendo?

— Pensei que fosse óbvio. — O sorriso dele se tornou tímido. — De verdade?

— De verdade.

— Eu *quero* estar aqui para te trazer café. Quero te levar para jantar e pedir o mesmo prato e quero escutar você dizendo as probabilidades de que a gente fosse se encontrar. Quero frequentar e odiar eventos sociais chiques com você. — Jess riu, uma explosão surpresa de som, e o tom dele se aveludou. — Quero que você me peça ajuda, sem um pedido de desculpas já na ponta da língua. Quero sentir que posso te beijar de novo perto do seu carro no final da noite. — Ele engoliu em seco. — Eu quero você na minha cama.

Jess receou que seus pés fossem derreter no piso. Que chamas fossem subir por suas pernas e abrir um buraco nela. Ela queria aquilo. Mas caso se permitisse apaixonar-se por River, não haveria uma escapatória fácil.

— Posso ver que você não sabe o que responder — disse ele, curvando-se para beijá-la no rosto. — Tudo bem. Você sabe onde me encontrar quando estiver pronta.

DEZOITO

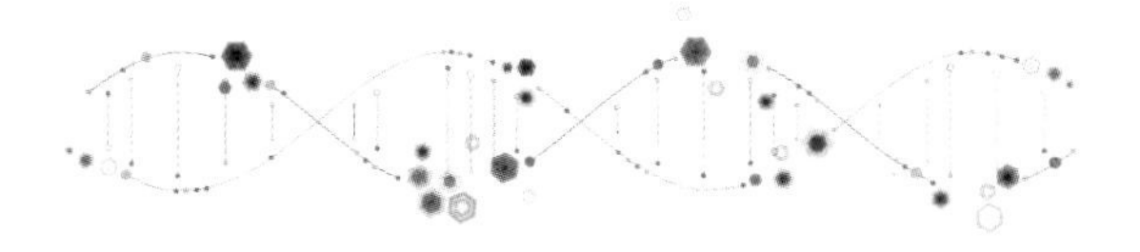

— Vovô, dá pra sair daqui só um pouquinho?

Ele a ignorou.

— Palavra de doze letras para "velho"?

— Eu diria "Ronald Davis" — disse Jess —, mas aí são só onze.

Vovó riu da cama onde, sonolenta, assistia à TV com o áudio no mudo.

— E aí? — cobrou ele, cansado e irritável.

Jess balançou a cabeça.

— Não.

— Como assim, "não"? — rabujou ele.

— Não vou ajudar — ela lhe disse. — O senhor tá fedendo e tá pegando no sono na cadeira.

— Ela tem razão — sussurrou a vovó.

Ele encarou a vovó Jo, depois Jess, e então abaixou a cabeça, miserável, para as palavras cruzadas.

— Octogenário? — Ele contou nos dedos, grunhindo aborrecido. — Septuagenário?

Vitorioso, ele preencheu aquele espaço.

— Aí são treze letras — disse Jess. — O senhor tá esquecendo do *P*, não tá?

Chateado, vovô largou a revista de palavras cruzadas na mesa, derrotado.

— Vá para casa um pouquinho — disse vovó, sonolenta. — Não preciso de você me vigiando o dia todo.

— Bom, não é culpa minha se não consigo tirar os olhos de você. Você é que é linda demais.

Vovó Jo revirou os olhos, mas as palavras dele a fizeram reluzir como uma árvore de Natal.

— Tá bom, vou para casa tomar banho e dormir. — Ele se levantou e se espreguiçou. Algo estalou em suas costas, e o vovô soltou um gemido baixo antes de beijar vovó na testa. Ele olhou para Jess.

— Você não vai sair de perto dela?

Jess perdoou o tom acusatório; ele estava exausto.

Chegou na ponta da língua dela gracejar que prometia só sair dali se ficasse entediada ou com fome, ou se um enfermeiro gostosão quisesse se esgueirar para dentro de algum almoxarifado, mas não era o momento para isso.

— Não vou deixá-la sozinha. — Baixinho, ela acrescentou: — Ultrapassado.

Soltando um "Droga, eu devia ter lembrado dessa", ele voltou para a cadeira e anotou a resposta nas palavras cruzadas.

Vovô voltou em torno das três horas da tarde, parecendo consideravelmente mais limpo e levemente mais repousado. Ele chegou apenas alguns minutos antes de a fisioterapeuta chegar para fazer a vovó se levantar e sair da cama pela primeira vez, e Jess ficou contente porque os três ali foram necessários para convencer a normalmente destemida senhora a vencer o pânico de colocar peso sobre a perna.

Jess não teve tempo de conter o choque emocional de ver a vovó tão frágil e assustada; levaram uma hora para colocá-la de pé e ela dar os dez passos, com auxílio, até a porta, onde uma cadeira de rodas a levou para a sala de fisioterapia, e outra hora lá, trabalhando para reconquistar a força e o equilíbrio.

Quando vovó Jo voltou para a cama, fechando o dia, passava um pouco das cinco da tarde, e embora Jess ficasse a maior parte do dia sentada, sentia-se tão exaurida mentalmente que só queria se aninhar em sua cama — diabos, ela se arranjaria alegremente no piso de linóleo. Porém, mais do que isso, Jess queria algum tempo com Juno enquanto a filha estivesse acordada. E queria comida. Ela não comia desde que beliscara um muffin de aveia seco por volta das dez naquela manhã, e seu estômago roncava, aborrecido.

Enviando uma mensagem à Fizzy para alertar que pediria delivery para o jantar, Jess entrou no carro, fez um pedido no Rama e colocou o ruído suave de The National para tocar. A música encheu o carro, e foi uma injeção intoxicante de calma.

You said love fills you up...
I got it worse than anyone else[1]

Jess sentiu os ombros tensos e desligou a música.

No silêncio, seus pensamentos foram inundados por River. A mistura paradoxal de tédio e caos do hospital tinha segurado tudo, mas na solidão escura do próprio carro, a emoção se despejou sobre ela.

Pensei que fosse óbvio.

Quero escutar você dizendo as probabilidades de que a gente fosse se encontrar.

— "Quero você na minha cama" — ela repetiu em voz alta.

Jess estacionou em sua vaga no beco, ouvindo o tique-taque do motor no silêncio. Podia sentir o cheiro de pato ao curry dali e mandou um agradecimento mudo ao Rama.

Lá dentro, Juno e Fizzy estavam à mesa, banqueteando-se e jogando baralho. Ambas usavam chapéus de papel feitos em casa e Fizzy havia passado... muita maquiagem na Juno.

1 Em tradução livre: *Você disse que o amor te preenche... / Pra mim é pior do que pra qualquer outra pessoa.* (N. T.)

— Estamos filmando tutoriais de maquiagem para a minha mãe — disse Fizzy, levantando-se para se aproximar e dar um abraço em Jess.

Jess conteve uma risada ao ver os lábios exagerados da filha.

— Estou vendo.

Com um ímpeto irreprimível de murchar de fadiga, Jess cogitou apenas ir abaixando o corpo até o chão. Mas queria tanto colocar os braços em torno da filha que eles doíam. Na mesa, Jess ergueu Juno e a colocou no colo enquanto a filha terminava de comer, pressionando o rosto dela no trechinho entre as omoplatas delicadas.

— Fiquei com saudade de você, Junezinha.

— Não fui embora, sua tonta! — Juno se virou no abraço dela, manobrando uma garfada para dentro da boca.

Assim que se estufaram até o ponto do desconforto, Juno se ajeitou no sofá para assistir *O Rei Leão* e Fizzy e Jess se demoraram na cozinha com taças de vinho.

— Não gosto quando você viaja — disse Jess, em meio a um bocejo. — Culpo você por ontem.

— Parece razoável. — Fizzy tomou um gole e mordeu o lábio, analisando Jess com os olhos estreitos. — Juno disse que *River Nicolas* foi buscá-la e que a levou até o balé.

Jess acenou, ainda despreparada para essa conversa.

— Como estão as coisas entre você e Rob, o Investidor?

— Quentes e fantásticas.

Ela arqueou uma sobrancelha.

— Ele vai para a sua casa mais tarde?

Fizzy balançou a cabeça em negativa, gesticulando com a taça em um pulso delicadamente dobrado.

— Ele está viajando, lembra? O que significa que você não vai poder evitar a conversa sobre River.

Sua melhor amiga se sentou à mesa e deu tapinhas na cadeira ao lado.

— Ah. Certo. — Jess se sentou, mas no mesmo instante desabou, pousando a cabeça sobre os braços. — Tô cansada demais, Fizz.

— Me conte o que tá rolando. Você parece... — Ela se debruçou, erguendo o cabelo de Jess para espiar seu rosto. — Isso parece mais do que preocupação com a Jo.

Aprumando-se, Jess descarregou tudo em voz baixa, parte por parte. Confessou que estava começando a ter sentimentos por River — sentimentos grandes demais para ponderar, quando parecia que tudo mais em sua vida estava batendo na porta, exigindo uma solução. Admitiu que não sabia se as intenções de River eram completamente confiáveis, apesar de ele jurar que sim. Contou a Fizzy sobre o coquetel, sobre, francamente, uma das melhores sessões de pegação que o estacionamento do Scripps Mercy já tinha visto. Contou como ela não conseguia parar de pensar nele. Contou a Fizzy todos os detalhes de que conseguiu se lembrar, como se estivesse expurgando seus pecados.

— Ele disse isso? — cochichou Fizzy, ciente dos ouvidos pequeninos mas excelentes na sala ao lado. — Ele realmente disse as palavras "Eu quero você na minha cama"? Assim, desse jeito?

Jess afirmou.

— Fazendo contato visual?

— Contato visual firme, ardente, do tipo vou-te-comer-de-um-jeito--que-você-vai-acreditar-em-Deus — confirmou Jess.

Fizzy gemeu, procurou a bolsa, puxou o caderninho e anotou.

Jess se debruçou sobre os braços outra vez, soltando um suspiro enorme.

— Só preciso de algum tempo para entender isso tudo. Tá acontecendo tão rápido!

Fizz largou a caneta, zombando ao ouvir isso.

— Ah, o que é isso! Não precisa, não.

Surpresa, Jess olhou para ela.

— Como assim, não preciso?

— Você já o conhece há semanas. Tá me dizendo que ele te disse que queria te levar para jantar e ouvir você sendo uma nerd. Ele quer estar lá para você, sem que você se sinta culpada. Ele admitiu que quer você *na cama dele*... esse moço tá *caidinho* por você, Jess, e você vai fazer o quê? Deixar tudo de lado?

Jess a encarou, sem entender.

— Você está procurando um jeito de não sentir nada — afirmou Fizzy —, mas está claramente doidinha por esse cara.

— Não sei se "doidinha"...

— Você tá com medo, e isso é um clichê.

Ela soltou um riso em choque.

— Uau, seja direta comigo, Felicity!

— Você acha egoísmo ter algum sentimento pelo River.

— Bom, essa situação me afasta do trabalho e da Juno — disse ela. — Mal a vi nos últimos dois dias.

— E daí? — desafiou Fizzy.

— O quê...? Eu... — Jess começou a ficar atrapalhada. — Ela é minha filha. Eu quero vê-la.

— Claro que quer — concordou Fizzy —, mas ela também é da Jo e do vovô e minha. Ela e eu nos divertimos muito hoje, e eu queria poder vê-la mais vezes. Mas você age como se pedir ajuda fosse algo egoísta, você vê querer algo só para você como algo egoísta, acha que tirar um tempo longe da sua filha é egoísta, e se você for egoísta, então você deve estar virando a sua mãe.

Ouvir isso em voz alta foi como levar um soco.

— Mas você não é a sua mãe, Jess. — Fizzy segurou a mão dela, Levando-a até os lábios para beijá-la. — Não tem nem uma gota de Jamie Davis em você.

A voz de Jess se partiu.

— Eu sei.

— E se você pudesse fazer mais alguma coisa hoje quando a Juno for para a cama, o que seria?

Ela esperava que a palavra *Dormir* fosse sair de sua boca. Em vez disso:

— Eu iria para a casa dele.

Os olhos escuros de Fizzy lampejaram, vitoriosos e arrogantes.

— Então vá. Fico aqui com a menina pelo tempo que você precisar.

— Fizz, não precisa fazer isso.

— Sei que não preciso. — Ela beijou a mão de Jess outra vez. — É exatamente esse o ponto. Você faz coisas por mim porque me ama. Faço as coisas por você porque te amo. Dã.

Jess procurou em vão pela última desculpa que lhe restava. Por sorte, era uma boa desculpa:

— Não sei onde ele mora.

— Bom, você pode mandar uma mensagem de texto para ele. Ou...

Fizzy estendeu a mão para um pedaço de papel do outro lado da mesa e o entregou para ela. No papel, em uma caligrafia pequena e espremida, estava o nome *River Nicolas Peña* e um endereço em North Park.

— Espera aí — disse Jess, rindo, incrédula. — Como é que isso acabou aqui na minha mesa?

— Perguntei a mesma coisa quando encontrei isso na mochila da Juno — disse ela, num espanto fingido. — E a Juno me explicou que ela queria mandar para ele alguns desenhos da Pomba. Que gentil da parte dele dar isso para ela...

River abriu a porta e seu queixo caiu.

— Jess. — Ele tocou no ombro dela, preocupado. — O que você...? Você tá bem?

De repente, ela não fazia ideia do que dizer. River se encontrava na sua frente usando uma calça de moletom que pendia baixa nos quadris e uma camiseta puída de Stanford. Estava descalço e tinha acabado de tomar banho. O cabelo molhado havia sido penteado com os dedos; os lábios eram macios e perfeitos. Desfeito e desnudo, Jess soube em seus ossos que ele era seu noventa e oito.

— Queria te ver.

A compreensão alterou a expressão dele, e seus olhos dardejaram para trás de Jess, retornando rapidamente. Ele umedeceu os lábios.

— A Ju...

— Fizzy.

Ele encarou, a respiração ofegante em intervalos cada vez menores, mais curtos. Talvez três segundos depois, Jess não soube quem se moveu primeiro, se foi ele quem a puxou para dentro ou ela que entrou, saindo da noite fria e úmida, mas estava na entrada da casa de River apenas um momento antes que a porta se fechasse e Jess fosse empurrada contra ela. River apoiou as mãos atrás da cabeça de Jess, fitando-a numa incredulidade louca. E então ele se curvou, pressionando um beijo e um gemido na boca de Jess.

A sensação daquele beijo, a pressão e o ângulo perfeitos transformaram o anseio dela numa fome inacreditável. Suas mãos tremiam enquanto se fechavam no tecido macio da camiseta de River, e quando ele a saboreou — lábios se separando, língua provocando —, um desejo tão intenso a atingiu que foi como tomar um fôlego grande demais para segurar. Precisou se afastar, ofegando em busca de ar.

— Não acredito que você tá aqui — rosnou ele, roçando os dentes pela mandíbula dela, sugando, mordendo o pescoço. — Você veio aqui para isso?

Jess assentiu, e mãos ávidas amontoaram seu suéter conforme subiam por seu torso, buscando a pele. A perda de contato enquanto River se afastava para puxar tudo para o alto, por cima da cabeça dela, foi uma tortura, e Jess o puxou de volta, enfiando as mãos entre os dois para tirar a camiseta dele o mais rápido que seus dedos frenéticos lhe permitiam. Sob o toque dela, River era forte e macio, um doce para suas mãos febris.

Jess riu um pedido de desculpas colada à boca dele enquanto prendia o cotovelo de River brevemente em uma das mangas.

— Tudo bem — arfou ele, jogando a camiseta longe.

Os olhos deles se encontraram por um instante elétrico antes que o cabelo de Jess caísse para a frente e ele se abaixasse para beijá-la.

Enquanto a boca de River descia pela mandíbula e o pescoço dela, por cima do ombro e seguindo a parte interna do pulso, Jess via os próprios dedos memorizarem cada centímetro perfeito daquele torso. Os ombros de River eram largos, mas não massivos; definidos, mas não volumosos demais. Seu peito também, e mais embaixo, onde sua barriga se retesava sob o toque dela. Jess queria se servir, morder, consumir. E no momento que suas unhas subiram pelas costas dele, arranhando até as curvas dos ombros, traçando as clavículas perfeitas, a respiração de River ficou presa na garganta.

Com o olhar no rosto dela, River levou as mãos às costas de Jess, soltando o gancho do sutiã. Suas mãos eram ásperas e quentes, e Jess queria captar cada alteração minúscula na expressão dele, cada reação às sensações causadas por ela. O jeito como ele a olhava — a doce devastação pinçando a testa dele — fez Jess se sentir como se conectada diretamente ao sol. Incitando-o a recuar, ela caiu de joelhos, entorpecida e quase delirante de desejo.

Ele soltou um "Ai, meu Deus", murmurado enquanto ela abaixava sua calça e a boxer que ele usava; River a transformou em Medusa com os dedos em seus cabelos, e com uma voz que havia enrouquecido, ele implorou baixinho por algo além do calor de seu hálito. Ela olhou para cima e, quando os olhares dos dois se encontraram, uma fome imensa a atravessou. Jess jamais havia se sentido tão desejada nem tão poderosa. Por nunca ter cobiçado algo com tanta intensidade antes, ela queria trazê-lo para dentro de cada pedacinho de seu corpo de uma vez só, queria arrancar pedaços grandes demais para consumir.

A voz de River passou de súplicas sussurradas para alertas rosnados, entrecortados, e com um grito, ele afastou os quadris, segurando o braço dela com uma das mãos e guiando-a para que se levantasse. Soltando-a de súbito, ele encaixou a cabeça de Jess sob o queixo enquanto recuperava o fôlego. Com a pausa no frenesi, Jess percebeu o quanto a própria respiração estava acelerada, como parecia que o coração de ambos martelava em lados opostos da mesma porta.

Não quero me acostumar com isso nunca, pensou ela, abraçando-o. *Se esta noite deve ser egoísta, então este é o meu desejo egoísta: espero que a gente nunca se acostume com isso.*

Ele se afastou, deslizando as mãos pelo corpo de Jess — tocando com voracidade o peito, as costelas, aquele trechinho no fim das costas —, e ela fechou os olhos, inclinando a cabeça enquanto a boca de River subia por sua garganta. Provocantes, os dedos dele brincaram com o botão da calça jeans dela.

— Posso tirar isso?

Ao vê-la concordar, River abriu o botão, sorrindo e chutando as próprias roupas para longe enquanto puxava as de Jess pelas pernas. Inclinando-se para trás, ele agarrou algo e jogou no chão, e quando a deitou com cuidado, Jess percebeu que ele havia puxado um cobertor macio do sofá.

As costas dela encontraram o cobertor e os quadris dele deslizaram entre as coxas de Jess. Ela recebeu um beijo gentil antes que o calor da boca de River descesse por seu pescoço, chupando e beijando-lhe os seios, os dedos se afundando em quadris e umbigo e então apalpando delicadamente, afagando, antes que o beijo chegasse por ali também. O alívio foi como ser destampada e derramada pelo chão, e os dedos de Jess se fecharam em punhos no cabelo de River enquanto ela fechava os olhos contra a sobrecarga de sensações.

Jess apalpou às cegas em busca da bolsa que devia ter deixado cair assim que suas costas atingiram a porta, e em meio à névoa de desejo, ela conseguiu puxar de lá a embalagem quadradinha.

River ouviu o plástico se rasgar, erguendo a cabeça e arrastando a boca por todo o corpo dela. Sua boca tinha o gosto de Jess, mas ele soava como um homem à beira da ruptura quando ela o segurou, rolando a camisinha até o final.

Aí, porém, ele ficou imóvel em cima dela e ela também parou, levando as mãos para o quadril de River.

— Rápido demais?

Ele balançou a cabeça e sorriu para ela.

— Só conferindo.

Jess levantou a mão para afastar o cabelo dos olhos dele e assentiu, incapaz de dizer as palavras em voz alta.

— Fala — disse ele, abaixando-se para beijá-la. — Tenho certeza. E você?

Ela não conseguia abrir as mãos o suficiente; mesmo com o corpo dele todo alinhado ao dela, Jess precisava chegar mais perto.

— Quero — disse ela. — Por favor.

River pousou a testa na têmpora de Jess, deixando que fosse ela a acolhê-lo. Os dois permaneceram imóveis por uma pausa sem fôlego, e naquele momento Jess existiu apenas no limite da navalha entre o prazer e o desconforto. Cuidadosamente, ainda parado, ele a beijou — tão meigo, questionador — e ela por fim pôde soltar o fôlego.

— Você tá bem? — River beijou-lhe a boca outra vez e Jess sentiu quando ele recuou para observar sua expressão. — A gente pode parar.

Ele estava falando sério? De jeito nenhum, não podiam, não! Seu corpo, cheio de drama, tinha certeza de que morreria se eles tentassem parar.

— Não! Não para.

— Tá bom. — Os lábios dele se arrastaram pela mandíbula de Jess e ela pôde sentir o sorriso ali. — Não vou parar.

River a beijou outra vez, recuando com uma leve mordida. Nesse instante, ele murmurou, rindo:

— Me desculpa. Não sei por que tô tremendo.

Ela sentiu a verdade da declaração sob as mãos, e conseguiu relaxar um pouco mais porque aquilo a fez pensar que talvez não estivesse sozinha com esse sentimento — tão desesperada por ele que podia até chorar.

River se moveu sobre ela — devagar, depois acelerando o ritmo, pressionando dentro dela de novo e de novo, soltando um gemido baixo a cada investida e...

... e subitamente ela sentiu o peso descer por sua coluna como uma rocha em uma catapulta, pronta para disparar.

Jess conseguiu dizer apenas um "Eu vou..." antes de ser atingida como numa explosão, a cisão de calor e alívio se espalhando por todo o corpo, virando-a do avesso. Ela ainda estava envolvida demais para apreciar o abandono de River, mas gravou em sua mente o jeito como ele gemeu o nome dela contra seu pescoço, ficando rigidamente imóvel sobre Jess.

Depois de uma pausa preenchida apenas pelos sons da respiração curta e trôpega dos dois, River ergueu-se apoiado nos braços e a encarou. Seu cabelo era uma bagunça de cachos escuros caindo sobre os olhos, mas Jess tinha a estranha impressão de estar olhando para um espelho; o olhar dele transbordava com o mesmo choque e deslumbramento que ela sentia vibrar no próprio sangue. Uma verdade aguda, surpreendente a atingiu: por toda a vida sua composição estivera errada num detalhe minúsculo, invisível e crítico. E ter aquele detalhe alterado apenas o bastante para que se encaixasse no lugar mudava tudo de repente.

— Você pode ficar? — perguntou ele, recuperando o fôlego. — Fica aqui essa noite?

O coração dela se apertou dolorosamente e Jess passou a mão pelo peito suado de River, escorregando para a barriga.

— Acho que não dá.

Assentindo, ele recuou e Jess imediatamente sofreu por ele. River se sentou sobre os calcanhares e passou a mão quente pela perna dela, do quadril ao joelho.

Jess se assombrou com esse homem que, há um mês, era conhecido apenas como "Americano", rude, quieto e egoísta. Esse homem tímido, brilhante, ajoelhado na frente dela, que aparecia sem que precisassem pedir, que colocava a decisão nas mãos dela, que perguntava se Jess tinha certeza e dizia que eles podiam parar. Ela sentiu seu controle escapando por entre os dedos, e as duas sílabas do nome dele batiam em um eco permanente dentro dela.

Os ombros de River subiam e desciam com a respiração ainda acelerada e ele fechou os olhos, subindo as mãos pelos quadris dela outra vez, e então por cima do umbigo.

— Não preciso dizer, preciso?

— Talvez não — disse Jess, fitando-o. — Mas ainda quero que diga.

De alguma forma, ela sabia exatamente como seria a aparência dele sem nem uma peça de roupa, mas, ainda assim, fez uma longa análise visual.

— Isso foi surreal, não foi? — disse ele por fim. — Sinto que não sou a mesma pessoa de uma hora atrás.

— Eu estava pensando exatamente o mesmo.

Ele riu baixinho.

— Não consigo acreditar que a gente fez no chão. De todas as vezes que imaginei, nunca imaginei no chão.

— Provavelmente não teria deixado você ir muito além da entrada.

— Adoro uma mulher decidida.

Com olhos famintos e curiosos, Jess observou enquanto ele se levantava e caminhava, nu e sem vergonha alguma, pelo saguão até a cozinha esguia e austera. Ela nem sequer reparara na casa dele, mas era exatamente como o esperado: conceito aberto, linhas limpas, móveis simples, quadros discretos. Não havia, por exemplo, nenhum desenho de hipopótamos colado no refrigerador, nem pés de meia sem par espalhados pelo chão.

Ele voltou um momento depois, surgindo por cima dela como um animal predador, uma sombra.

— Vou pensar nisso constantemente agora.

Jess riu, admitindo:

— Eu já penso.

— Tipo quando? — murmurou ele.

Ela revirou os olhos, pensando.

— Hum... Em Shelter Island...

— Idem.

Os olhos deles se encontraram de novo.

— E o beijo na festa...

— É claro.

— O estacionamento do hospital.

— Quase pedi para te seguir até em casa.

Ela levantou a mão, deslizando o polegar sobre o lábio inferior de River.

— Fico feliz que não tenha pedido. Eu teria dito sim, mas não estava pronta ontem.

Ele abriu a boca, mordendo gentilmente a ponta do dedo de Jess.

— Eu sei. Esperava que hoje você estivesse.

Ela assentiu, hipnotizada pela visão dos dentes dele em torno de seu dedo.

— Eu estava. E foi à altura das expectativas. Aliás, superou as expectativas.

— Já te queria antes de Shelter Island — confessou ele, em voz baixa.

Jess recuou um pouco, surpresa.

— Quando?

— Na noite em que ficamos sabendo sobre o match, quando estávamos lá fora. Me perguntei como seria te beijar. — Ele se abaixou, deu-lhe um selinho rápido. — E no jantar com Dave e Brandon. — Ele a beijou outra vez. — No laboratório, quando colhi seu sangue. No nosso primeiro encontro. Praticamente toda vez que eu pensava em você.

— Você acha que é porque o número te falou para me desejar?

Ele negou com a cabeça.

— Acredito no algoritmo, mas nem tanto assim. Lutei contra ele. Do mesmo jeito que você.

Jess o fitou, passando a mão pelo peito dele. Um leve eco de desconforto percorreu-lhe as costas, e ele deve tê-la sentido se mover, porque se levantou, estendeu a mão para Jess e a ajudou a se levantar também.

River se abaixou e vestiu a cueca antes de jogar o cobertor em volta dos ombros dela. Pegando-a pela mão, ele a levou até o sofá, indicando a ela que se sentasse primeiro, mas Jess deu um passo adiante, empurrando-o de leve até ele se sentar, e então colocou um joelho de cada lado dos quadris de River, montando por cima dele. Puxando o cobertor sobre os ombros, ela conectou os dois do pescoço para baixo.

Sob o cobertor, River deslizou as mãos pelas coxas nuas de Jess e suspirou longa e lentamente.

— Você vai me matar.

De súbito, tudo pareceu muito surreal.

— Pra ser sincera, não consigo acreditar que estou aqui e que a gente acabou de transar no chão.

River se aproximou para beijá-la e riu contra os lábios dela.

— A Juno sabe que você tá aqui?

— Não.

Ele arqueou uma sobrancelha.

— Ela sabe que a gente tá...

— Ela me perguntou algumas vezes se você era meu namorado, mas... — Jess balançou a cabeça. — Ainda não falei com ela a respeito.

Ele franziu a testa numa expressão de *é justo* e tirou o cobertor dos ombros dela, desenhando espirais preguiçosas sobre as clavículas de Jess.

— Mas suponho que a Fizzy saiba.

— Ela quase me empurrou pela porta com seu endereço na minha mão.

River olhou para a cara dela, finalmente entendendo.

— Ah, merda! Esqueci de te contar sobre os desenhos da gata e de ter dado meu endereço para Juno. Não queria abusar, mas aquela menina é persuasiva.

Com uma risada, Jess acenou para esquecer o assunto.

— Confie em mim, sei como ela funciona. É por isso que a gente brinca que ela é metade da Fizzy.

— Ainda assim. Desculpe não ter mencionado.

— Está brincando? — Ela o beijou de novo. — *Eu* é que peço desculpas porque, sem dúvida, ela te fez sentir incrivelmente culpado, questionando tudo a respeito de você, antes de finalmente ceder à vontade dela.

Ele riu, inclinando a cabeça para trás e proporcionando a Jess uma vista maravilhosa de sua garganta.

— Acho que eu não deveria ficar surpreso por você saber exatamente como aconteceu.

— Sem dúvida, ela não puxou essa persuasão de gênio do mal de mim.

O sorriso de River vacilou; Alec estava com eles agora. River ergueu a mão para enrolar uma longa mecha do cabelo de Jess no dedo.

Ela pigarreou.

— Nem do pai, aliás. Como eu disse: ela é metade da Fizzy.

— O pai dela não está presente em nada? — perguntou River, baixinho.

— Alec, e não, não está.

— Então ele nunca vai…

— Tentar compartilhar a guarda? — Jess se antecipou ao final da pergunta, balançando a cabeça. — Não. Ele abriu mão de seus direitos antes mesmo de Juno nascer.

River soltou um fôlego surpreso.

— Que cuzão.

Jess amava que essa fosse a reação dele, mas não precisava disso.

— Fico feliz por ele ter agido assim.

River sorriu para ela, incerto, e Jess teve um pequenino vislumbre do River de antes, o homem cauteloso e tímido que ainda não tinha puxado a sua proverbial linha solta e a desfeito por inteiro.

— Que foi? — perguntou ela, levantando a mão e desenhando uma linha sobre o vinco na testa de River.

— A Juno já conheceu algum dos seus namorados?

Jess riu e ele se moveu mais para a frente, para mais perto. Ela desconversou.

— É isso que somos? Namorados?

— Assim que eu disse a palavra, me pareceu ao mesmo tempo uma presunção e um eufemismo.

— Porque noventa e oito — disse ela, sorrindo.

River se inclinou adiante, beijando o pescoço de Jess.

— Porque noventa e oito.

— A pergunta mais precisa — disse ela, enquanto ele contornava seu queixo com beijos — é se já tive um namorado desde Juno.

River congelou e então recuou, olhando para Jess.

— Ela não está com sete anos?

— Está. Saí com algumas pessoas aqui e ali, mas ninguém que eu consideraria um namorado.

Ele desenhou outra curva gentil pela clavícula dela, murmurando.

— Uau.

— Isso é estranho? — perguntou Jess.

— Não sei. Também não sei como lidaria com algo assim, se eu tivesse um filho ou filha.

— Você namora muito?

Ele levou as duas mãos para debaixo do cobertor outra vez e as colocou nos quadris de Jess. Aquilo dificultou o foco nas palavras de River, mesmo quando ele disse:

— Muito, não. Um pouco. Umas duas vezes por mês, talvez? Trabalho cem horas por semana.

— Não esta semana.

River sorriu.

— Não, esta semana, não. Nesta fui incapaz de parar de checar meu match Diamante.

Ela o beijou de novo, mais profundamente.

— Estou feliz por você ser persistente.

— Um de nós tem que ser.

DEZENOVE

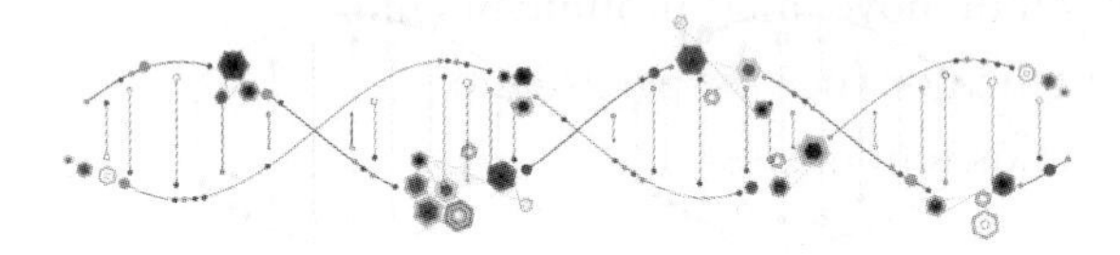

— Certo, um em cada mão. — Ela esperou até Juno colocar as luvas de cozinha em forma de garra de lagosta. — Vai estar quente, então tome cuidado.

Juno abriu a porta do forno e as duas fizeram uma careta pela onda de ar quente que passou pelo rosto delas. Jess a ajudou a tirar com cuidado a forma de cookies da prateleira superior do forno e a colocá-la em cima do fogão para esfriar. O apartamento todo cheirava a canela e aveia quentinha, o sabor preferido da vovó.

Juno rosnou como uma criaturinha faminta e inspirou profundamente acima da forma.

— A vovó vai ficar tão feliz! Que dia ela volta pra casa?

Usando uma espátula, elas passaram cada cookie para a grade onde eles esfriariam.

— Três dias — disse Jess. — Normalmente, as pessoas ficam por apenas alguns dias, mas ela é mais velha, então quiseram garantir que ela estivesse caminhando e se movendo bem antes de darem alta.

Juno franziu os lábios, concentrada.

— Domingo, então?

— Isso mesmo.

— Talvez o Domingo de Tentar Algo Novo pode ser trazer a vovó do hospital para casa. Nunca fizemos isso antes.

— Excelente plano.

— A gente podia só ficar abraçadinha e fazer um dia de assistir filmes aqui. A vovó provavelmente vai estar cansada.

— Aposto que você está certa. Acho que ela adoraria.

— Então a gente pode levar cookies para ela hoje à noite; sexta é o dia da festa do pijama na casa da Naomi. — Ela ofegou como se tivesse acabado de lembrar de algo. — Te contei que ela pegou um cachorrinho? Ele é meio poodle, e muito meigo, e não solta pelos. — Ela piscou os olhinhos para a mãe. — Um cachorro não comeria nossa gata.

— Menina, a gente já está superlotada. Talvez quando tivermos um quintal onde um cachorro possa correr. — Redirecionando a conversa gentilmente, Jess prosseguiu: — Então na sexta-feira você vai dormir lá...

Juno bufou, mas cedeu, e continuou a conversa.

— É, daí no sábado talvez eu possa ficar na casa da Naomi mais um pouquinho? E a vovó estará de volta no domingo.

Jess sentiu uma pontada de inquietação com a menção ao nome de Naomi. Quando ela perguntou, Juno disse que elas tinham brigado, mas parecia ter ficado para trás. Jess sabia que as crianças precisavam aprender a resolver conflitos por conta própria, mas a mamãe ursa dentro dela nunca hibernava muito longe da superfície.

— Tem certeza de que quer participar dessa festa do pijama? — perguntou Jess. — A gente podia ir ao cinema juntas. Talvez ao zoológico...

— Não, é aniversário da Naomi, e já comprei o presente dela. Eles vão fazer uma noite da hula.

— Comprou um presente para ela?

— Usei minhas fichas de boa cidadã e troquei por dois braceletes de enrolar no braço e adesivos com glitter.

Oferecendo um high five, Jess disse a ela:

— Tenho alguns pacotes de presente no armário; que tal se a gente usar um deles e colocar junto um cartão de presente também?

Com o plano pronto, elas puxavam o restante da massa de cookies para perto a fim de encher outra forma quando a campainha da porta tocou.

— Vamos terminar com esses para podermos ir até lá antes que termine o horário de visitas — disse Jess. — Use a colher para colocar a massa na forma, e já volto. Não encoste no forno.

Já na sala de estar, seu coração martelou quando ela espiou pela janela e viu River de pé do outro lado.

Jess olhou para baixo, gemendo. Ela ia morrer se usasse alguma outra coisa além de moletons?

River ergueu a cabeça ao ouvir a porta se abrindo e a respiração de Jess ficou rarefeita. O sorriso dele era, de alguma forma, simultaneamente tímido e safado; as curvas musculosas dos ombros e do peito eram visíveis sob o tecido da camiseta, e Jess quis rasgá-la de cima a baixo como um saco de batatas fritas.

— Oi. — Ela tentou se controlar.

A voz dele era um ronronado baixo, secreto.

— Espero que não tenha problema eu ter vindo de surpresa.

— Não, tudo bem — disse Jess, engolindo seco. — Você... hã... você quer entrar?

Ele passou por ela, hesitando apenas um segundo antes de se abaixar e cuidadosamente a beijar. Um calor entrou em erupção nas veias de Jess, e apesar de ter sido apenas um toque e ele recuar antes que fossem flagrados, Jess sabia que ela parecia prestes a pegar fogo.

— Oi — disse ele, baixinho.

— Oi.

— Tá bem?

Ela assentiu.

— Definitivamente estou bem agora.

Com um sorriso radiante, ele olhou para além de Jess e ela se viu seguindo cada ponto a que ele dedicava sua atenção, tentando enxergar o apartamento pelos olhos de River. Não era minúsculo, mas também não era grande. Jess tinha esbanjado no sofá amarelo e nas poltronas de um azul vivo, mas pintar os gabinetes da cozinha não era a mesma coisa que substituí-los, e em vez de arte cobrindo as paredes, havia fotos e projetos de arte do ciclo básico.

— Sua casa é ótima — disse ele, girando num círculo. — É tão aconchegante!

Jess fechou a porta, rindo.

— *Aconchegante* quer dizer *pequena*. Acho que esse lugar todinho caberia na sua sala de estar.

— É, mas a minha casa parece um showroom aonde você vai para escolher os acessórios dos gabinetes. — Ele sorriu para uma foto de Jess e Juno na praia. — Não é um lar.

— Quem tá aí? — Juno gritou da cozinha, seguida pelo som do banco--escada se arrastando pelo piso e os passos se dirigindo até a sala. — River Nicolas, você veio fazer cookies com a gente?

— Tá brincando, Juno Merriam? — Eles executaram uma combinação de bater os nós dos dedos, bater palma e fazer uma dancinha em saudação. — Estou sempre disponível para fazer cookies.

— Uau, o que foi isso? — perguntou Jess.

Ambos a ignoraram — obviamente, era um aperto de mão secreto — e Juno abriu um sorriso enorme para ele.

— Estamos fazendo para levar para a vovó Jo. Quer ver o meu quarto?

River sorriu.

— Adoraria ver o seu quarto. Mas será que eu podia conversar com a sua mãe por um segundinho antes?

— Tá bom! Vou arrumar o quarto. Ah, e a Mamãe disse que a gente pode pegar um cachorro! — Ela saiu correndo da sala pelo corredor. — Estou esperando!

— Eu disse quando a gente tiver um quintal — Jess gritou enquanto a filha se afastava. Então se voltou para River, que sorria. — Um aviso, o quarto dela está um desastre — Jess contou-lhe confidencialmente —, então isso nos dá pelo menos alguns minutos.

Quando ela tornou a olhar para ele, River já a encarava, os olhos fixos em sua boca. A tensão retesava-lhe os ombros e ele passou a mão pelos cabelos.

— A gente pode conversar lá fora?

— Claro. — Um desconforto cobriu o humor dela com uma capa fria. — Juno — chamou —, estamos no pátio. Nos dê uns dez minutos.

Do lado de fora do apartamento, escondidos de olhares curiosos, River pegou Jess pelo braço e a puxou para perto. Sua boca desceu sobre a dela e ele a pressionou contra a porta, beijando-a com uma avidez que se equiparava à de Jess. Porém ele se afastou de novo, claramente consciente do risco. Seus olhos brilhantes, quando a fitou, borbulhavam com aquela intensidade quente já familiar.

E então eles se sentiram presos, e River se curvou, soltando um rosnado longo e frustrado contra o pescoço dela.

Jess riu, soltando um "É, eu também" em comiseração.

Então enfiou os dedos no cabelo da nuca de River, aproveitando o momento silencioso. Os braços dele contornaram a cintura de Jess, fechando-se ao redor dela até estar tão pressionado que era como ter outra pulsação. Não podiam continuar assim por muito tempo, mas Jess fechou os olhos e inalou o cheiro dele. O estranho anseio vazio e dolorido em seu peito sossegou.

Ela sentiu-se aliviada por River estar claramente tão envolvido nisso quanto ela se sentia. Estava ansiosa para tocar-lhe a pele de novo, para sentir aquela conexão reverberando em seus ossos. Sentia-se culpada por não poder simplesmente convidá-lo para passar a noite, mas também se preocupava com como esconderiam essa relação de Juno, ou ainda se isso era a coisa certa a se fazer. E Jess tinha certeza de que esses sentimentos estavam aparentes em seu rosto quando recuou e olhou para ele.

Mas aí ela se lembrou.

River se aprumou ao ouvi-la ofegar, alarmado.

— Que foi?

— Adivinha que filha vai participar de uma festa do pijama amanhã na casa da Naomi?

— Se a resposta não é a sua — disse ele, franzindo o cenho —, então devo admitir que não gosto muito dessa brincadeira de adivinhação.

Jess riu.

— Acertou! A minha!

— Isso quer dizer que a mãe da Juno também vai poder dormir fora?

— Com certeza.

Ele se aproximou de novo, beijando o mandíbula de Jess, sua bochecha...

O celular de River vibrou contra o quadril dela.

— Guarde as vibrações para amanhã — ela cochichou, gracejando, enquanto ele retirava o fone do bolso.

River reprimiu uma risada, atendendo com tranquilidade:

— Oi, Brandon. — Ele fez uma pausa, ouvindo e balançando a cabeça para ela, fingindo exasperação enquanto Jess dava um sorriso pateta e dentuço ao estilo de Brandon. Mas aí a expressão dele se estendeu em choque. — Como é? Espera, espera, nós estamos os dois aqui.

River colocou o fone no viva-voz e o segurou entre eles.

— Ah, que bom! — disse Brandon. — Como vai, Jess?

Ela se debruçou adiante.

— Tô bem. E você?

— Eu tô fantástico. E como eu ia dizendo para o River, vocês dois também estão prestes a se sentirem fantásticos, porque o *Today show* quer vocês lá.

O olhar de Jess voou para o de River e ela formou as palavras *Como é?* sem som algum.

Ele encolheu os ombros, os olhos arregalados.

— Eles já fizeram filmagens para um segmento sobre a GeneticÀmente — prosseguiu Brandon —, mas depois de ficarem sabendo do nosso match Diamante, mudaram um pouco as coisas e querem vocês em Nova York amanhã para uma entrevista. Vocês conseguem fazer isso acontecer?

— Amanhã? — A mente de Jess disparou. Eles teriam que pegar um avião tarde da noite e ir direto para o estúdio. Ela devia dizer sim, porque era literalmente para isso que estavam lhe pagando, mas a vovó voltaria para casa no domingo, e aí começaria na clínica de reabilitação na segunda. Alguém precisava cuidar do vovô. E Juno jamais perdoaria a mãe se perdesse uma festa do pijama por causa de complicações na agenda. — Hã...

River interrompeu calmamente.

— Não vai dar — disse ele. — Se querem uma entrevista nos próximos dois dias, vejamos se eles podem filmar nossa parte da entrevista localmente.

Jess começou a dizer que isso não era necessário, que eles podiam dar um jeito — era o *Today show*, pelo amor de Deus! —, mas ele balançou a cabeça com firmeza.

— É melhor para nós fazer isso lá — insistiu Brandon.

— Não, eu entendo — disse River decididamente, cobrindo a boca de Jess de brincadeira para impedir que ela se comprometesse a algo que não deveria por pura culpa —, mas a avó de Jess acabou de passar por uma cirurgia, e ela precisa estar aqui. Você é do marketing, Brandon. Venda essa ideia para eles.

Jess o encarou por cima da mão dele, querendo beijá-lo até os dois perderem o fôlego. Como é que ele sabia exatamente do que ela precisava?

Houve uma pausa antes que Brandon falasse outra vez.

— Entendido. A gente dá um jeito e entro em contato com vocês.

— Obrigado — agradeceu River. — Nos avise.

Então desligou o telefone.

O silêncio se estendeu entre eles.

— Oláááá, sr. Executivo Decidido.

River inclinou a cabeça, arqueando uma sobrancelha para ela em flerte.

— Você gostou?

— Foi um Americano vintage. — Jess se esticou, beijando-o.

— Bem — disse ele, beijando-a mais uma vez antes de se aprumar. — Confesso que também gostaria de ficar por aqui por uma razão egoísta.

— Festas do pijama e vibrações, não é?

— É. — Ele franziu o cenho. — Mas também... por causa das minhas irmãs.

— Ah, é?

— Elas vieram de San Francisco. — Ele fez uma careta. — Talvez eu tenha mencionado que nós adoraríamos jantar com elas amanhã à noite. Você sempre pode dizer não.

Eufórica, Jess olhou para ele.

— Histórias embaraçosas?

— Elas conhecem todas.

— Coisas da sua época pré-gostosura?

Ele riu.

— Você não faz ideia. Tenho certeza de que elas vão levar fotos da vez em que cortaram o meu cabelo para uma festa da escola. Não ficou incrível. Também foi durante a fase em que a palavra do meu ortodontista era a lei, e eu usava meu aparelho externo o tempo todo. Tenho certeza absoluta de que vou me arrepender disso.

TRANSCRIÇÃO DO TODAY SHOW

Natalie Morales [Narração]: E se alguém te dissesse que namorar é coisa do passado? Que encontrar a sua alma gêmea está a apenas uma amostra de saliva de distância? Pode soar bom demais para ser verdade, mas em San Diego, Califórnia, uma empresa de biotech em expansão afirma que pode fazer exatamente isso.

Por meio de uma série de testes de personalidade, scans cerebrais e, sim, análise de DNA, a GeneticÀmente pode identificar a sua alma gêmea biológica.

Usando um algoritmo patenteado chamado DNADuo, seu DNA será comparado a centenas de milhares de outros indivíduos na base de dados da GeneticÀmente. Então, o software exclusivo classifica seus escores de compatibilidade, que vão de zero a cem, em uma gama de categorias: Match Básico. Prata. Ouro. Platina. Titânio. Três de cada quatro matches Titânio terminam em relacionamentos. Então, o que dizer dos casais que pontuam acima daquele noventa tão cobiçado? Apenas quatro matches Diamante foram encontrados até hoje, e numa reviravolta impressionante, um deles foi com um integrante da equipe da GeneticÀmente. Mais especificamente, o inventor do

DNADuo e seu principal cientista, o dr. River Peña. Peña, um geneticista de trinta e cinco anos, começou suas pesquisas nos laboratórios do Salk Institute.

River Peña: Eu queria ver se conseguia encontrar um fator genético em comum em casais que se diziam parte de um relacionamento amoroso de longo prazo por mais de duas décadas.

Natalie: Quantos casais você analisou naquele primeiro teste?

River: Trezentos.

Natalie: E o que você descobriu?

River: Em todos os casais que relataram satisfação com seu relacionamento de longo prazo, descobri um padrão de compatibilidade que se estendia por duzentos genes.

Narração de Natalie: Mas o dr. Peña e sua equipe não pararam por aí. Um estudo com duzentos voluntários cresceu até passar de cem mil voluntários, e o padrão inicial de duzentos genes é agora um ensaio patenteado com mais de três mil e quinhentos.

Natalie: Então os humanos têm vinte mil genes.

River: Isso, entre vinte e vinte e cinco mil.
Natalie: E a sua empresa descobriu agora correlações entre três mil e quinhentos desses genes que levam à compatibilidade? Parece muita coisa.

River: E é. Mas pense: tudo o que nos tornamos está codificado em nossos genes. O modo como reagimos a estímulos, o modo como aprendemos e nos desenvolvemos. Três mil e quinhentos provavelmente é só o começo.

Narração de Natalie: GeneticÀmente tem planos de abrir seu capital para o público em maio, e espera ter seus kits DNADuo disponíveis em lojas físicas e on-line até o verão. Com o faturamento da indústria dos relacionamentos on-line passando de novecentos milhões de dólares este ano só nos Estados Unidos, os investidores estão fazendo fila.

River: A compatibilidade não é limitada apenas a relacionamentos românticos. Imagine encontrar o cuidador ou cuidadora mais compatível com seus filhos, ou o profissional de saúde para seus pais, o líder de equipe certo para conduzir a sua empresa.

Narração de Natalie: O céu é o limite. Mas de volta ao escore diamante do DNADuo. Em janeiro, Jessica Davis, uma especialista em estatística de trinta anos, fez o teste DNADuo por impulso.

Jessica: Eu havia me esquecido completamente dele até receber a mensagem da GeneticÀmente me pedindo para ir até lá.

Narração de Natalie: Jessica era a Cliente 144326. Seu par? O Cliente 000001, dr. River Peña.

Natalie: Qual foi a combinação mais alta que você já tinha encontrado até aquele momento?

River: Noventa e três.

Natalie: E qual foi o escore entre você e Jessica?

River: Noventa e oito.

Narração de Natalie: Noventa e oito. Isso quer dizer que dos três mil e quinhentos pares de genes que marcam a compatibilidade, noventa e oito por cento deles são idealmente compatíveis.

Natalie: River, como o principal cientista, qual foi sua reação inicial?

River: Descrença. Nós fizemos um exame de sangue para confirmar.

Natalie: E aí?
River: Noventa e oito.

Natalie: Biologicamente, então, vocês dois são compatíveis em quase todos os sentidos? Como é isso?

Jessica: É... difícil de descrever.

Natalie: Existe atração?

River: [risos] Definitivamente, a atração existe.

Narração de Natalie: Chamar de atração é pouco. Longe das câmeras, os membros da equipe comentaram que tiveram a sensação de que havia algo palpável entre o par.

Natalie: E aí, o que vem agora para vocês dois? Vocês estão namorando?

Jessica: Digamos apenas que... estamos gostando de poder conhecer um ao outro.

River: [risos] O que ela disse.

/corta para os âncoras/

Savannah Guthrie: Está esquentando por aqui ou sou só eu?

Natalie: Era o que eu ia dizer! Eu tô suando!

Savannah: A GeneticÀmente está pronta para uma inauguração ampla em maio. Devo admitir, acho que isso pode mudar toda a cara da indústria de webnamoros.

Natalie: Sem dúvida.

VINTE

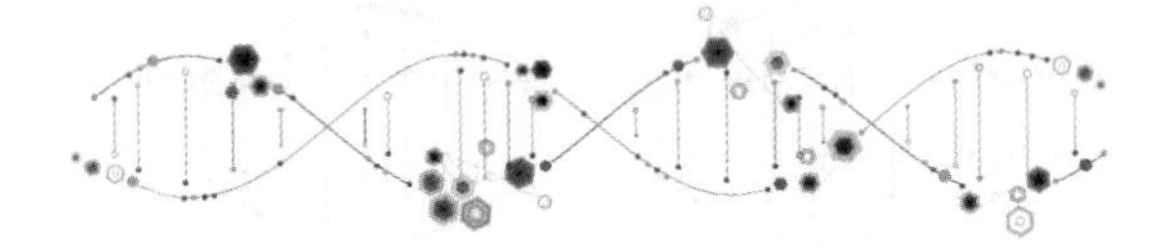

O dia foi tão caótico que não ocorreu a Jess ficar ansiosa a respeito do jantar com as irmãs de River até que os dois estivessem literalmente entrando no restaurante. Mas logo antes de passar pelas portas de vidro em arco, os pés de Jess se colaram à calçada e ela se afastou alguns passos, espremendo-se contra a lateral do prédio.

— Ah, merda!

Recostando-se, Jess olhou para o céu, azul incandescente no lusco--fusco. O dia tinha corrido bem — mais do que bem, perfeitamente —, então por que ela estava surtando?

River continuou andando e só olhou para trás quando reparou que Jess não estava mais ao seu lado. Ele voltou até ela.

— Tudo bem?

— Vou conhecer a sua família.

River sorriu demonstrando paciência e enfiou a mão no bolso da calça ajustada com perfeição. Calça perfeita, camisa perfeita, rosto perfeito. Perfeitamente à vontade, esperando o pânico dela se esvair.

As pessoas passavam por eles na calçada e carros avançavam aos centímetros pela Fifth, entrando na G Street.

— Nunca fiz isso antes — confessou Jess. Um rubor quente subiu por seu pescoço. — Tipo, conhecer a família de alguém. Alec e eu ficamos juntos enquanto estávamos na faculdade, e a família dele era da Flórida. Nunca os encontrei.

Os olhos de River estudaram o rosto dela, os cílios roçando as bochechas a cada piscada, achando graça. Por fim, ele se aproximou, ocupando o espaço pessoal dela, as mãos na cintura de Jess.

— Prometo que isso vai ser muito mais doloroso para mim do que para você.

— É fácil pra você dizer isso agora, quando os seus anos desajeitados já ficaram para trás. — Ela apontou para a própria testa. — Não tá vendo minha espinha de estresse?

— Não, desculpa. Só vejo beleza. — Ele se inclinou e colou a boca na dela para um beijo doce. — Vocês três vão se divertir às minhas custas, e aí nós vamos voltar para a minha casa e talvez, quem sabe, chegar até a cama dessa vez.

— O senhor está tentando me comprar com sexo de derreter o cérebro?

Ele riu, o olhar cintilando na luz fraca. Quanto mais ela o fitava, mais tranquila se sentia. River comunicava tanta coisa com aqueles olhos... Tranquilização, claro, mas também atração, humor e mais alguma coisa — algo que parecia muito com adoração.

— Gosto muito de você, Jessica Marie — disse ele, baixinho.

Um punho se fechou em torno do coração dela.

— Também gosto de você.

— E se isso faz com que se sinta melhor — disse ele —, eu também nunca apresentei uma namorada para a minha família.

River esticou o braço, entrelaçou os dedos de ambos e levou Jess para dentro.

O restaurante era bem aberto e gritantemente barulhento, com música pop pulsando dos alto-falantes e os ruídos de risos e conversas vibrando das paredes. Com teto alto e um bar no centro do salão, a decoração era eclética e na moda. Sofás e poltronas formavam uma mistura de configurações para assentos, e luminárias feitas de globos de vidro, vasos e frascos de conserva balançavam do teto, presas por cordas espessas e eriçadas.

Uma hostess esbelta os levou pelo piso de tábuas até uma mesa situada debaixo de um gigante letreiro de metal gravado com a palavra COMA.

Duas mulheres sentadas lado a lado ergueram o olhar de seus coquetéis quando Jess e River se aproximaram. A semelhança era inegável. Uma tinha cabelos escuros e longos, as pontas cortadas retas e uma franja aprumada como navalha, tudo liso feito vidro sob as luzes brilhantes. A outra era alguns anos mais nova, com cabelo encaracolado exibindo reflexos de um vermelho acobreado. As duas tinham os olhos castanho-dourados de River, pele morena perfeita e a boca em formato de coração. Os genes da família Peña eram uma maravilha.

Gritando uma por cima da outra, elas se levantaram e envolveram River em um abraço grupal antes de se afastarem para implicar com ele simultaneamente.

— Seu cabelo tá tão comprido!

— Você tá tão magrinho, vou contar pra mamãe! A sua calça parece um saco de lixo!

Jess seguiu a atenção delas para a cara calça grafite, passada à perfeição. Ela... não parecia um saco de lixo, mas Jess apreciou a provocação das irmãs mesmo assim. Sem dúvida, a família toda podia entrar e sair das páginas de uma revista de moda confortavelmente.

River conseguiu se livrar, levantando a mão para ajeitar o cabelo bagunçado. Havia batom dos dois lados do rosto dele — que as duas tentaram limpar com os dedos.

— Jess, essas são as minhas irmãs insuportáveis, Natalia e Pilar. Por favor, não acredite em nada que elas te contarem.

A mais velha, Natalia, envolveu Jess em um abraço apertado.

— Puta merda, você é linda! — Ela se virou para a irmã. — Ela não é linda?

— Linda demais para ele — disse Pilar, puxando Jess para outro abraço.

— É um prazer conhecer vocês. River me falou muito sobre as duas.

Natalia deu uma olhada cautelosa para o irmão.

— Tenho certeza disso.

Eles se sentaram, pediram coquetéis para Jess e River e alguns aperitivos para compartilhar. Jess descobriu que a mãe deles era farmacêutica, e o pai vendia seguros. Natalia era casada e trabalhava como analista de pesquisas em Palo Alto; Pilar tinha voltado a estudar recentemente para atuar como enfermeira e morava com a namorada em Oakland. Ficava claro que elas adoravam o irmão. Mas, como River prometera, elas adoravam encher o saco dele.

— Então... — Natalia repousou o queixo sobre a mão. — Ouvi dizer que vocês dois não se davam muito bem antes disso tudo.

Jess deu uma olhada para River, passando essa para ele. Mas aí suas próprias perguntas borbulharam. Será que elas sabiam sobre o dinheiro? O quanto ela podia ser honesta ali?

River olhou para Natalia do outro lado da mesa.

— Minha nada sutil irmã aqui está tentando perguntar se fui cuzão.

Ambos sorriram e Jess se animou.

— Ah, definitivamente, ele foi sim.

— *Ei!* — disse River. — Eu não era tão ruim assim.

Jess se virou na cadeira para ficar de frente para ele.

— Você me chamou de "totalmente mediana".

Pilar soltou um assovio baixo.

— Menino, você é cego?

— Não falei isso na cara dela! — corrigiu ele, voltando-se para Jess. — E, em minha defesa, na primeira vez que falou comigo, você...

— Não faça isso — cochichou Pilar, rindo. — Confie em mim.

— ... estava usando um moletom largo e velho.

Todas o encararam sem expressão. River finalmente soltou o fôlego.

— Fui um cuzão.

Pilar empinou o queixo.

— Jess, posso te contar um segredo de família importante?

— Se eu saísse daqui sem ouvir nem um, ficaria devastada.

Ela riu.

— Entendo que meu irmão tem essa aparência agora, mas nem sempre foi assim. Zombar da roupa dos outros seria a menor das preocupações dele.

— Ele me disse — comentou Jess —, mas acho difícil de acreditar.

Pilar se abaixou, procurando no celular e rapidamente localizando o que queria... quase como se tivesse colocado ali para facilitar o acesso. Jess encarou quando Pilar virou a tela de frente para ela.

— Ah, vá! — Ela olhou para River e então de volta para a foto. — Esse aqui não é você.

Um menino magricela com cabelo tigelinha e aparelho externo nos dentes a olhava do telefone de Pilar. Procurando alguma semelhança com seu namorado, Jess fitou a imagem por tempo suficiente para River empurrar o celular para longe, rindo.

— Até fazer vinte e um anos, ele não tinha nenhuma manha — disse Pilar.

River riu.

— É verdade. Mas eu me virava.

— É, se virava, sim — disse Natalia. — Lembro no ensino médio. Havia um jogador de futebol americano que sempre o incomodava. Anthony alguma coisa. River deu aulas de reforço para metade da classe para fazer a média geral subir. Anthony repetiu a matéria e foi expulso do time.

— Isso se chama solucionar problemas — resmungou River em seu copo.

— Ele fez a mesma coisa quando disputei uma vaga no conselho estudantil com Nikki Ruthers — disse Pilar. — Ofereceu sessões de aulas de reforço em grupo para todos que votassem em mim. Ganhei de lavada.

River selecionou com cuidado um pedaço de endívia grelhada envolta em prosciutto de um dos pratos.

— O verão mais longo da minha vida.

— Certo, isso é bem meigo, na verdade — disse Jess, pegando a mão dele por baixo da mesa e dando uma apertadinha.

— Sei que é difícil imaginar com esse exterior resmungão, mas ele era o menininho mais fofo. — Natalia colocou a mão no braço de Pilar. — Você lembra como ele seguia a *abuela* por todo lado?

O rosto de Pilar desabou num soluço melodramático.

— E assistia às novelas com ela!

— Ah, gente, eu não previ que vocês iam desenterrar essa história — disse River.

— Sou dois anos mais velha do que River — Natalia contou a Jess —, e Pilar é um ano mais velha que eu, então ele também era o nosso bebê. Nossos pais trabalhavam em tempo integral, e naquela época de jeito nenhum eles poderiam pagar um acampamento de verão para nós três, então a gente passava os verões com a *abuela*. River era o ajudantezinho dela, e toda tarde eles se sentavam juntos e assistiam às novelas.

River estudava os aperitivos como se eles fossem conjuntos de dados.

— Um noveleiro em segredo? — espantou-se Jess. — Todos nós temos uma identidade secreta, mas isso? Seria mais fácil acreditar que você era um assassino.

— Elas estão só sendo dramáticas — disse ele, e então riu para Jess, murmurando: — Assassino? Sério?

— Não dê ouvidos a ele, Jess — disse Natalia. — Ele assistiu muitas delas, e se envolveu bastante. Achei que ele ia crescer e virar um astro de telenovela ou algo assim, mas, quando a gente para pra pensar, essa coisa toda de amor no DNA faz sentido.

Jess se virou para olhar para River e o encontrou observando-a com uma diversão tão terna que era quase como se ele tivesse acabado de envolvê-la nos braços bem ali na mesa.

— O negócio do amor no DNA faz sentido quando a gente para pra pensar — concordou ela, baixinho.

As mãos dadas no trajeto para a casa de River, ambas repousando na coxa dele, e os aquecedores de assento do Audi fizeram Jess se sentir como se derretesse em uma pilha de geleia feliz.

— Foi divertido — murmurou ela, satisfeita pela fantástica comida e pouco mais do que alegrinha devido a todo o vinho.

— Natalia já me mandou uma mensagem de texto dizendo que as duas te adoraram e que, se eu estragar tudo, elas vão me castrar.

Jess fez uma careta.

— Por favor, não estrague tudo. Não quero ver você perder sua enorme, linda p…

River se virou para ela com um sorriso convencido.

— Personalidade — terminou ela, sorrindo de volta. — E ser castrado seria meio deprimente.

— Fico feliz que você tenha tanto carinho pela minha personalidade — disse ele, voltando a atenção para a frente.

— Um ponto fraco, poderíamos até dizer — brincou ela.

Ele olhou para Jess de novo, fingindo-se escandalizado.

— Quanto vinho você tomou, mulher?

— A quantidade perfeita.

Eles ficaram até tarde no restaurante, comendo e bebendo, e rindo mais do que Jess ria em anos. Ela se sentiu quase tão confortável com as irmãs dele quanto se sentia com Fizzy; o jeito como elas falavam, uma atropelando a outra, e não se levavam muito a sério tinha dado a impressão de que ela se sentara para jantar com velhas amigas, em vez de com gente com quem se encontrava pela primeira vez. E naquele momento, o contentamento fluía por ela, quente e doce. A vovó Jo ficaria bem; Juno estava florescendo, Fizzy estava se apaixonando por alguém, e pela primeira vez na vida, Jess tinha dinheiro e um senso de segurança, e uma pessoa só para si. Ela se virou e encarou o perfil de River.

— Gosto de você.

— Também gosto de você. — Ele apertou a mão dela. — Muito, muito mesmo.

Seria júbilo isso o que ela estava sentindo? Segurança?

Jess assentiu, indicando a casa dele conforme se aproximavam.

— A gente vai perder a cabeça?

— Sem dúvida. — Ele riu, estacionando na frente de casa e debruçando-se para beijá-la depois de colocar o carro no ponto morto.

Lá dentro, River acendeu um abajur na espaçosa sala de estar, outra luz na cozinha e se afastou para pegar um copo de água para cada um. Jess mandou uma mensagem para a mãe de Naomi para conferir como estava a filha, surpreendendo-se agradavelmente quando ouviu que Juno estava se divertindo horrores.

Deixando o telefone de lado, ela se virou no sofá para observar River lidando na cozinha.

— Não sei o que fazer aqui sozinha — disse ela. — Ninguém precisa de mim agora.

River voltou com dois copos, colocou-os na mesinha de canto e então rastejou por cima dela no sofá. Sua boca se moveu pescoço acima até os lábios de Jess.

— Eu preciso.

E aí ele recuou e sorriu, como se talvez estivesse só brincando, mas Jess viu a sinceridade na expressão dele. Sua própria afeição veio à tona, a vibração silenciosa da paixão.

Jess também começava a precisar dele.

Seu telefone estava preso embaixo das costas e ela o procurou, jogando-o no chão. Acompanhando o gesto com os olhos, River perguntou:

— Como está a Juno?

— Bem. A mãe da Naomi disse que elas estão assistindo a um filme perto da piscina.

— As coisas estão bem com as amigas dela, então?

Jess encolheu um ombro.

— Alguns dias, uma delas é rude ou está brava ou cansada e isso cria um pequeno tornado de drama que leva uma semana para sumir. Estou aprendendo que é melhor as mães ficarem fora disso. Crianças brigam. Às vezes isso dispara alguma coisa na gente, e a gente enxerga como algo maior do que precisa ser.

Ele murmurou ao ouvir isso, sustentando-se acima de Jess e brincando com as pontas do cabelo dela. Ainda estava ondulado por causa da entrevista naquela manhã, e River distraidamente enrolou uma mecha em torno do dedo.

— Aposto que é difícil não ser superprotetora de vez em quando. Eu me senti assim quando ela falou a respeito no trajeto até o balé, e só estou começando a conhecê-la.

Jess se espichou, beijando-o por aquilo. E então se lembrou de algo.

— Não consigo engolir a ideia de você obcecado por novelas. Não é de se espantar que você e Fizzy se deem tão bem.

Ele enfiou o rosto no pescoço dela.

— Eu não pensava nisso há muito tempo. Irmãs não esquecem nunca.

— Quando você passou de telenovelas para geneticista intenso?

— Minha avó morreu quando eu tinha catorze anos — disse ele, sentando-se e puxando as pernas dela para seu colo. — Ela foi morar com a gente nos últimos sete anos de sua vida, mais ou menos, e ela definitivamente foi o aspecto mais feliz da minha infância. Meus pais não se davam muito bem, e sem ela ali para amortecer, o ressentimento de ambos tomou conta de tudo.

Jess franziu a testa, segurando uma das mãos dele.

— Além disso, eles não são pessoas muito... calorosas por natureza, então as coisas ficaram bem quietas quando a *abuela* morreu. Meu pai nunca foi fã de me ver sentado com ela, assistindo TV. Ele não entendia, e quando tentei continuar vendo novelas depois da morte dela, meio que como um modo de me manter conectado a ela, ele não aceitou. Queria que eu tirasse a cabeça das nuvens e pensasse num futuro que pudesse sustentar uma família.

— Minha mãe, Jamie, era igual, de certo modo. — Jess sorriu, sarcástica. — Mas a versão dela era sempre me relembrar do que os homens querem e o que eles procuram, sugerindo que seria melhor dedicar meu tempo a encontrar um jeito de ser sustentada, em vez de aprender a me virar.

Foi a vez de River franzir a testa, compassivo.

— Sempre fui bem na escola — disse ele —, então eu apenas... melhorei. As ciências são um talento natural para mim.

— Já havia te ocorrido, antes de a Natalia dizer esta noite, que o que você está fazendo agora está, de um jeito meio indireto, um pouco conectado a tudo isso? Aposto que a sua *abuela* ia *adorar*.

— Não tinha me ocorrido, mas acho que é verdade. Pense em quantas histórias de amor nós vamos construir.

Jess inclinou a cabeça e o encarou. Não podia acreditar que podia ficar nua com esse homem.

Ele olhou duas vezes, envergonhado.

— O quê?

— Você é um tesão mesmo, sabia? — disse Jess. — E meio que maravilhoso. Acho que gosto mais de você agora do que gostava hoje cedo.

O canto da boca de River se curvou para cima.

— Como isso é possível? Pensei que já estava no controle.

Jess se espreguiçou no sofá, sorrindo para ele, e lentamente tirou a camisa.

— Ouvi alguém falar de perder a cabeça?

VINTE E UM

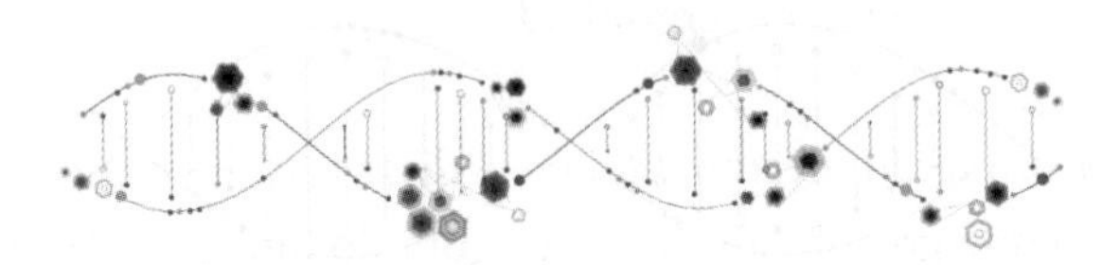

Certa manhã, Jess e Juno estavam a um quarteirão da escola quando Juno parou e perguntou:

— *Agora* o River Nicolas é seu namorado?

— O que fez você pensar nisso a caminho da escola? — esquivou-se Jess.

— Só imaginando se você vai ver ele hoje cedo.

Ela considerou cuidadosamente essa declaração: sua filha estava jogando verde.

— Talvez eu o veja no Twiggs mais tarde.

— Ah. — Juno ergueu os olhos para ela. — Achei que tinha visto as coisas dele em casa.

O pescoço de Jess esquentou, a mente entrou em disparada. Na semana passada, River tinha estado lá toda manhã por uma hora mais ou menos depois da entrada de Juno na escola e antes que os dois começassem a trabalhar — era o único momento que eles tinham totalmente sozinhos —, mas Jess não tinha ideia se ele havia deixado evidências disso. Supôs que na névoa do sexo no chão, na cama, no chuveiro, apoiada na cômoda, e uma vez no balcão da cozinha, até um cientista hiperorganizado estaria propenso a esquecer algo.

— Hum — disse ela, enrolando.

— Ontem — disse Juno, casualmente, os olhos voltados fixos adiante —, ele esqueceu o short.

— Ah. — Jess lutou para inventar uma explicação adequada, mas a imagem de River passando o dia todo de trabalho sem cuecas fez com que ela precisasse disfarçar o riso com uma tossezinha. — Ele provavelmente se trocou lá em casa depois de, hã, voltar de uma corrida?

Juno assentiu ao ouvir isso e chutou um galho na rua.

— É, provavelmente.

Elas chegaram à escola e Jess se virou de frente para a filha, precisando olhá-la nos olhos dela ao perguntar:

— Como você se sentiria se nós estivéssemos namorando?

— Eu gostaria — disse Juno, distraidamente, e os olhos se desviaram para o lado enquanto ela começava a vasculhar o playground em busca das amigas.

Jess moveu o queixo da menina para que Juno olhasse para ela outra vez.

— Tem certeza? Porque isso quer dizer que às vezes ele vai estar com a gente, fazendo as coisas.

O olhar da filha ficou vidrado.

— Eu sei.

—Mas você ainda é a coisa mais importante desse mundo para mim.

A atenção de Juno começou a se desviar novamente para o lado.

— Eu sei.

Deus do céu, esse não era nem o momento, nem o lugar para ter essa conversa.

— Juno — disse Jess, com uma autoridade gentil. — Olha pra mim.

Os olhos dela se clarearam.

— O quê?

— É importante pra mim que você ouça isso — disse Jess. — Você perguntou sobre o River, então quero dizer isso agora. Você é a minha família. Somos você e eu, e ninguém pode mudar isso, entende?

Juno concordou.

— Eu sei, mamãe. Gosto do River. E sei que você me ama.

A alguns metros dali, Naomi e Krista chamaram por Juno. Ela se retesou, empolgada, saltitando no lugar, mas manteve os olhos obedientemente nos da mãe, esperando pela liberação do beijo de despedida.

Jess beijou-lhe a testa.

— Eu te amo mesmo, Juno Merriam.

— Eu também te amo, Jessica *Nicolas!* — Com uma gargalhada deliciada, ela voou em direção às amigas.

O cabelo de River era uma bagunça emaranhada pelos dedos de Jess quando ele subiu de volta pelo corpo dela, beijando tudo no caminho, e a expressão dele rapidamente se tornou confiante ao ver a prostração dela, feito uma boneca de trapos na cama.

— Essa foi inspirada — murmurou Jess.

Ele a beijou uma vez, sem fôlego e sorrindo, e então caiu de lado em uma poça exausta.

— Bom!

Jess rolou para perto, meio se esparramando sobre o peito dele, e sorriu para River.

— Como foi trabalhar com tudo solto ontem?

Rindo de modo sofrido, ele ergueu o braço livre e passou a mão pelo próprio rosto.

— Era de se imaginar que eu repararia na falta da cueca em algum momento antes de sair para trabalhar.

— Bêbado de sexo.

Murmurando, ele sorriu durante o beijo, e ficou completamente imóvel quando se deu conta do significado daquilo.

— Ah, merda! A gente fez sexo na cozinha ontem. — Ele apertou os olhos com uma expressão de desculpas para ela. — Foi a Juno que encontrou, né?

Jess dispersou a preocupação dele com um gesto.

— Ela achou que fosse seu short.

Ele fez uma careta, meio angustiado.

— Me desculpe, Jess.

— Não, tudo bem. — Ela pousou o queixo sobre a mão fechada, olhando para ele. — Mas contei para ela que nós estamos juntos. Tudo bem contar, né?

River conteve um sorriso.

— Claro que sim.

— Honestamente, estou admirada que as amigas de escola dela não tenham perguntado sobre o artigo na *U-T.* Ou sobre o *Today show*.

— Ela aceitou nós dois?

Jess se esticou para beijá-lo, porque essa era a pergunta perfeita para começar.

— Acho que ela está nas nuvens, River Nicolas. — Aconchegando-se de novo no peito dele, Jess acrescentou: — Não quero que ela se preocupe que as coisas vão mudar rápido demais.

Ele passou dedos longos e preguiçosos pelo cabelo dela, fitando-lhe o rosto sem muito foco.

— Eu te perguntaria no que você tá pensando — disse ela —, mas aposto que a resposta é, tipo, edição de RNA ou restrição de enzimas.

— Na verdade, espertinha, eu estava pensando em como você é linda.

Um circuito importante no cérebro dela deu curto; Jess ficou sem saber como responder de forma articulada, enquanto o júbilo fervilhava em suas veias.

— Então... *não era* em edição de RNA.

River sorriu, curvando-se para beijá-la.

— Não. — Ele se ajeitou de novo no travesseiro. — Estava pensando em como estou feliz.

As células sanguíneas dela levantaram-se, dando uma salva de palmas.

— Exatamente como a sua máquina complicada previu.

— Nunca me senti assim — disse ele, ignorando a piadinha. — É cedo demais para dizer isso?

A respiração de Jess começou a se acelerar.

— Claro que não.

— Não visito minha casa há anos, mas me sinto em casa com você.

Ela se inclinou e pressionou o rosto no peito dele, fechando os olhos e tentando não hiperventilar.

— Você tá bem?

— Só tentando não surtar — disse ela, acrescentando rápido: — Um surto bom. Um surto profundamente apaixonado.

— Eis aí um surto bo... ah! — Quando ela levantou a cabeça ante o tom dele, um sorriso desconfortável se espalhou pela boca de River e ele a empurrou para o travesseiro para vê-la melhor. — Era para eu ter te avisado assim que cheguei aqui, mas...

— Mas aí eu estava te esperando pelada? — ela interrompeu, sorrindo.

— É, exatamente. — Ele riu. — Vamos receber caras no escritório na segunda-feira.

— ... Tá. E?

Ele olhou para ela, e então riu da confusão.

— Vamos receber a revista *Caras* no escritório na segunda. Eles vão se encontrar com a gente de manhã, acho — disse ele, gesticulando para incluir Jess —, e daí David, Brandon, Lisa e eu teremos uma entrevista à tarde. Então, a menos que você e Fizzy retirem todos os exemplares à venda nos mercados, provavelmente foi bom a Juno ter descoberto hoje.

Depois de um Domingo de Tentar Coisas Novas — River se juntou aos quatro Davis no zoológico, e ficar de mãos dadas com ele em público foi a novidade —, a segunda chegou e Jess nem acordou em pânico. Estava se acostumando a essas situações de alta pressão: entrevistas, festas, sessões de foto, embora sem dúvida ajudasse o fato de que seu relacionamento com River parecesse o primeiro do tipo em toda a história, com todo o soar das trombetas, tapetes vermelhos se estendendo e fogos de artifício sobre o mar.

Também ajudava o fato de ele ter dormido na cama dela na noite de domingo. Na vida, River era controlado e cauteloso. Como amante, era expressivo e generoso. E durante o sono, era um grude: ele se espremia contra Jess a noite toda, sua concha grande e comprida.

Às seis, o despertador tocou e River acordou num susto como se tivesse sido puxado por cordões, sonolentamente vestindo as roupas — conferindo duas vezes para ter certeza de que estava com *todas* as peças —, beijando-a e se esgueirando em silêncio para fora de casa antes que Juno acordasse.

Meia hora depois, ele estava na porta delas, "surpreendendo" Jess e Juno com café e chocolate quente.

Juno saiu do quarto arrastando os pés e os três se sentaram na mesa da cozinha para tomar café. River pegou alguns papéis para revisar; seu pé cobriu o de Jess, relembrando-a de que não fazia nem uma hora que ele estivera ao seu lado na cama. Ela tentou não deixar esse pensamento desabrochar, imaginando os três sentados ali num silêncio tranquilo todas as manhãs pelo resto da vida.

Juno remexeu seu cereal, sonolenta.

— Por que você sai tão cedo para buscar café? A mamãe tem uma cafeteira na cozinha.

River e Jess ficaram completamente imóveis. Por fim, ele soltou um nada convincente:

— Ah, tem, é?

Eles seguiram o rumo do dedo apontado de Juno para o balcão e River murmurou:

— Ah. Eu não sabia disso. Obrigado.

Ele olhou para Jess por cima da cabeça de Juno e fez uma careta, pedindo socorro. Jess teve que morder os lábios para não cair na risada.

Levaram Juno para a escola juntos, a pé, um de cada lado, cada um segurando uma das mãos dela. A menina inclinava o corpo para trás, deixando o peso todo para eles, que serviram de balanço para ela.

— Você precisava ser mais alta, mamãe! — disse Juno. — River Nicolas consegue me balançar muito mais alto.

River olhou para ela, todo convencido.

E tudo isso lhe dava a sensação de estar no topo da montanha-russa, aquela impressão de espera antes da emoção da queda.

Então, evidentemente, Jess estava aterrorizada.

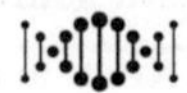

E tudo bem, porque havia muita coisa para distraí-la daquelas emoções enormes e assustadoras. Quando eles chegaram ao escritório da GeneticÀmente — o estacionamento muito mais cheio do que Jess já vira —, tudo explodiu em movimento e entusiasmo. Lisa os recebeu na calçada, disparando informações sobre a agenda assim que saíram do carro. Jess e River seriam os primeiros e ficariam ali por duas horas, e aí a repórter, Aneesha, levaria River para se reunir com David, Lisa e Brandon perto do Salk. Antes que sequer tivesse a chance de tirar a bolsa, Jess já estava sendo conduzida para o escritório de Lisa, onde uma maquiadora e uma cabeleireira colocaram mãos à obra.

— Parece que você foi carregada de cabeça para baixo até aqui — disse Aneesha, rindo. Ela era uma negra linda, com pele reluzente e as maçãs do rosto mais perfeitas que Jess já tinha visto. — Totalmente chocada.

Jess riu enquanto a maquiadora trabalhava ao seu redor.

— Não estou acostumada com esse tratamento.

Ao longo dos vinte minutos seguintes, Jess descobriu que Aneesha Sampson havia entrevistado Brad Pitt no final de semana anterior, que ela tinha uma risada irreprimível, que chamava River de "Keanu Banderas" e adorava decotes profundos e brincos longos a ponto de roçar os ombros. Jess não sabia se queria pedi-la em casamento ou pedir para trocar de vida com ela.

— Vamos começar no laboratório, se estiver tudo bem para você — disse Aneesha quando todos eles saíram para o corredor. — Só com o River, a princípio.

Lisa pareceu um pouco preocupada.

— Jess, tudo bem para você ficar esperando?

Jess mostrou seu notebook.

— Tenho uma tonelada de trabalho para fazer. Pode me colocar em qualquer canto.

Enquanto Aneesha se dirigia ao elevador e Lisa abaixava a cabeça para responder a uma mensagem no celular, River se aproximou, beijando Jess.

— Tá bom. Te vejo daqui a pouco. Eu te amo.

Um ruído rugiu nos ouvidos dela e seus olhos se arregalaram.

— O quê?

River a encarou, em choque. Mas ele não voltou atrás. Apenas... começou a rir. Indicou Lisa com o queixo, dizendo baixinho:

— Não era onde eu planejava dizer isso, mas corredores e plateia parecem ser o nosso estilo.

Lisa se virou para atender a uma ligação e Jess irrompeu num sorriso, jogando os braços em torno do pescoço dele. Ela plantou uma dúzia de beijinhos por todo o rosto de River.

— Também te amo.

A verdade da declaração estava tão óbvia; Jess não sabia como eles não vinham dizendo *Eu te amo* desde aquele primeiro dia.

Com o sorriso se endireitando e um clarão quente cintilando feito raio nos olhos, River moveu os lábios para o rosto dela e então o ouvido.

— Vejo você daqui a pouco.

— River, está tudo pronto para você. — Lisa o chamou para o final do corredor com um aceno.

Com um último selinho, ele desapareceu dentro do elevador e Lisa voltou.

— Jess, eu te colocaria no escritório do River, mas eles estão preparando o local para algumas fotos. — Apontando com o polegar para o escritório atrás de onde estava, Lisa disse: — Vamos colocar você no escritório de David por enquanto. Ele não vai se incomodar.

Jess apanhou seu notebook.

— Fico bem em qualquer lugar.

Lisa tentou abrir a porta e não conseguiu, então pegou suas chaves e destrancou, fazendo uma careta de imediato e se virando para Jess.

— Tudo bem mesmo? Esqueci como ele é bagunceiro. Nunca entro aqui.

E... *uau.* O escritório de David era a versão do mundo invertido do escritório de River. Enquanto a mesa de River ficava vazia, exceto pelo computador, a de David parecia uma mesa encontrada nos detritos deixados por um furacão. Estava coberta por planilhas de dados, copos descartáveis vazios, guardanapos amassados, Post-its e pilhas de artigos de revistas. Suas prateleiras eram forradas com um arranjo empoeirado e desorganizado de brindes de convenções: uma bolinha antiestresse da Merck, uma caneca de viagem da Sanofi, uma molécula de DNA de plástico da Genentech, uma pilha de canetas de propaganda.

Mas tudo bem: River Nicolas Peña havia acabado de dizer que a amava. Lisa podia soltar Jess na Bourbon Street numa manhã de sábado e ela estaria bem.

— Está ótimo.

— A gente vem te buscar quando a Aneesha estiver pronta. — Lisa sorriu antes de sair, fechando a porta.

Encarando a mesa de David, Jess se perguntou se deveria usar o notebook no colo mesmo, antes de lhe ocorrer que ela podia apenas colocá-lo com cuidado por cima do caos e não deslocar nada. Enquanto o computador ligava, Jess deu uma espiada nos detritos científicos. Em meio aos papéis havia páginas e mais páginas cheias de centenas de fileiras de dados. Uma corrente elétrica passou por ela. Talvez esse fosse um dos fios do porquê ela e River formavam um match Diamante — ambos eram profundamente fascinados por números.

Mais ou menos no meio de uma pilha desorganizada de papéis, um cantinho de página se destacava. Os olhos de Jess captaram algo escrito no canto superior esquerdo e ela cuidadosamente puxou a resma espessa e presa como um fichário.

Cliente 144326.

Seu sangue se agitou quando se deu conta do que estava vendo. Era ela. Os dados de Jessica. E debaixo do seu número havia outro: *Cliente 000001.*

River.

Abaixo disso, em negrito, estava a informação que ela tinha ouvido mil vezes no último mês: *Quociente de compatibilidade: 98.*

Ela nunca vira a pontuação bruta antes, mas havia algo estranhamente sagrado em segurar os dados nas mãos.

Tá bom. Te vejo daqui a pouco. Te amo. As palavras dele ecoavam em sua mente.

Sorrindo, Jess olhou as fileiras e mais fileiras de números com reverência. Os números dos clientes e o escore de compatibilidade ficavam no canto superior esquerdo, e no superior direito iam as informações da análise: data, horário, que máquina DNADuo tinha rodado a análise etc. Abaixo disso vinham cerca de sessenta fileiras de números, separadas em três grupos de colunas, cada um com três colunas. Atrás dessa folha, havia páginas e mais páginas apenas de números.

Jess se arrepiou ao se dar conta de que estava, naquele momento, segurando as informações de aproximadamente 3500 genes em que ela e River se alinhavam. Seria de fato possível que a conexão entre eles, seu amor, estivesse codificado em suas células? Será que ela tinha sido programada desde o dia em que nasceu para se sentir feliz assim, mesmo quando Jamie a deixava repetidas vezes, quando as meninas zombavam dela no campo de futebol por sua mãe bêbada nas laterais, quando Alec encarou o teste de gravidez mudo por um punhado de minutos antes de por fim dizer "Eu nunca quis ter filhos"? De todos os homens com quem Jess podia se conectar, River era o seu encaixe perfeito, esse tempo todo?

A ideia a deixava ao mesmo tempo nauseada e encantada. Ela tornou a olhar para baixo, debruçando-se para se concentrar em cada fileirinha minúscula de informação. As primeiras duas colunas em cada grupo mostravam o que ela presumia ser a informação dos genes — nome dos genes e o número da sessão GenBank. A terceira coluna continha os escores brutos de compatibilidade, com números que pareciam ir de zero a quatro. Quase todos os escores deles estavam acima dos 2,5. Então, de algum jeito, esses escores foram reunidos no algoritmo da rede neural, resultando em *noventa e oito*. Os dados, sem dúvida, eram científicos, Jess podia ver agora, mas também pareciam profundamente mágicos. Ela tinha se convertido. Levem-na ao GeneticAltar.

Ela deslizou um dedo pela página, querendo sentir a informação.

A análise mais recente deles fora realizada em 30 de janeiro — River retirara seu sangue na noite anterior com formalidade e cautela. Eles estavam tão sem jeito perto um do outro, tão desconfiados. Jess conteve uma risada ao se lembrar. Puta merda, ela não fazia ideia: ele a queria já naquela época.

Levantando a cabeça para confirmar que a porta do escritório de David estava fechada, Jess rapidamente tirou uma foto. Sabia que não devia; podia até ser ilegal — além disso, ela podia apenas pedir uma cópia para River. Mas Jess sabia que ia querer olhar para isso várias vezes. Folheando o documento, ela começou a fotografar todas as páginas, fileiras e mais fileiras de dados. Cada uma tinha alguns valores circulados, anotados, destacados — supunha ela — por serem totalmente, fodidamente incríveis.

Talvez ela emoldurasse isso para River em algum momento.

Talvez cada um escolhesse seu gene favorito e tatuasse aquele número.

Talvez ela estivesse começando a soar como uma das heroínas de Fizzy e provavelmente devesse se calar.

Sorrindo feito uma idiota, Jess passou para a última página, pronta para tirar uma foto, mas parou. Esse conjunto de dados era da primeira análise DNADuo deles, aquela feita com seu kit de saliva. Nessa pilha, algumas células estavam circuladas a lápis e havia algumas anotações quase ilegíveis rabiscadas nas margens. Jess maravilhou-se ao ver que seus dados tinham sido tão estudados. Seu cérebro, já soltando uma trilha sonora, cantava que aqueles dados poderiam até desvendar verdades maiores sobre o amor e a conexão emocional.

E ainda havia mais. Jess folheou mais páginas, esperando encontrar notas e correspondências, mas encontrou outra primeira página. *Uma duplicata?* Não. Era uma primeira página diferente — de outra pessoa —, de uma análise feita em 2014.

Cliente 05954

Cliente 05955

Quociente de compatibilidade: 93

Essa devia ser a pilha de matches Diamante de David, Jess presumiu. Mas seu cérebro se focou numa coincidência no canto superior direito. Ela passou dessa página para a sua página inicial, comparando ambas.

As datas das avaliações eram diferentes nos três casos, mas o horário final da avaliação era exatamente o mesmo.

Todas as vezes.

Jess piscou, pendendo gentilmente para a inquietação, retornando às primeiras páginas para confirmar. Era isso mesmo: nas três avaliações, o horário de término era o mesmo: 15:45:23.

Seu estômago se contraiu. Estatisticamente, isso era... mais do que muito improvável. De 86.400 segundos presentes nas vinte e quatro horas do dia, havia uma chance de apenas 0,0012 por cento de *dois* eventos caírem no mesmo segundo. Mesmo que Jess partisse do princípio de que as avaliações em geral começavam e terminavam, grosso modo, ao mesmo tempo — digamos, dentro da mesma janela de quatro horas —, a probabilidade de que a avaliação de River e Jess e alguma outra fossem completadas em um dia diferente e terminassem *exatamente no mesmo horário* era de 0,007 por cento, ou 7 chances em 100.000. Mas as três? Era quase impossível. As chances — Jess fechou os olhos para fazer as contas — de três avaliações aleatoriamente acabarem no mesmo exato segundo em dias diferentes eram cerca de 1 em 2,5 milhões.

Jess tentou pensar logicamente. Afastou o rugido em seus ouvidos. Talvez as máquinas fossem programadas para começar e terminar ao mesmo tempo a fim de reduzir certas variáveis. Não seria algo inédito.

Só que, em 29 de janeiro, River havia começado a avaliação quase que logo após coletar o sangue dela. De fato, ele tinha colocado dois pares de luvas e aberto a coifa antes de que ela sequer deixasse a sala. Na manhã seguinte, ele lhe mandara a mensagem de texto pedindo um encontro, e disse que o teste havia sido confirmado. Contudo, embora a data na folha impressa estivesse correta, como era possível que River tivesse os dados de manhã, se a avaliação só se completou às 15h45 daquela tarde? Será que ele mentira para ela que tinha recebido a confirmação? Aquilo não parecia coisa do River.

— Mas que caralhos? — Jess exalou as palavras, confusa. *Eu devo... Devo ter deixado algo passar.*

Seus pulmões doíam. Seu estômago se revirava. Os olhos ardiam pelo esforço do foco intenso. Ela não conseguia piscar. E então — seu coração pareceu se encher de agulhas — Jess notou que as três avaliações tinham rodado na DNADuo 2. Lembrou-se de ver as duas máquinas naquela noite em que ele colheu as amostras de sangue e de ter perguntado a respeito.

"Aquelas são as máquinas DNADuo?"

"Criativamente batizadas de DNADuo Um e DNADuo Dois. A DNADuo Dois está quebrada no momento. Será consertada na semana que vem. Vai voltar a funcionar até maio, espero."

Um pensamento caiu de paraquedas em sua mente. Ela estava frenética agora. Folheando as páginas respectivas nos dois conjuntos de dados, Jess analisou as colunas nas duas folhas. Tentou encontrar diferenças nos conjuntos de dados entre o noventa e oito dela e de River e o noventa e três do outro casal.

Não conseguiu: eles eram exatamente iguais. Tudo foi se tornando desfocado, quanto mais ela encarava a página. Eram fileiras demais. Números demais. Seria como procurar por uma agulha num palheiro enquanto seu cabelo e o palheiro estavam pegando fogo. E, ela pensou desesperada, para escores tão altos assim, talvez a maior parte dos escores brutos *fossem mesmo* idênticos, não? O que ela estava deixando passar?

Com pavor afundando no peito, Jess reparou que havia um motivo para os números circulados em sua primeira planilha de dados estarem destacados. Seu olhar passou sobre um oval a lápis na planilha original, de 19 de janeiro.

Jess levou a mão trêmula à boca. Na página referente a ela e River, viu:

OT-R GeneID 5021 3,5

Mas na do outro casal:

OT-R GeneID 5021 1,2

Dentro de outro círculo da planilha original — para o gene PDE4D —, Jess e River tiraram 2,8. Seu coração saltou para a garganta. O outro casal tinha feito 1,1.

Jess só teve coragem de confirmar dois outros números circulados — um AVP de 3,1 na planilha referente a ela e River, com 2,1 para o outro casal; e para DRD4, eles tinham feito 2,9, enquanto o outro casal ficou com 1,3.

Até onde Jess podia ver, os *únicos* valores que eram diferentes — talvez trinta, em todo o conjunto de dados com quase 3500 — eram aqueles destacados no primeiro DNADuo deles. Para atrair a atenção para eles. Se não fosse pelo registro do horário idêntico e o mistério da DNADuo 2, Jess poderia mentir para si mesma que aqueles números estavam circulados porque diferenciavam ela e River da outra avaliação. Mas ela sabia que eles não estavam destacados porque eram especiais. Estavam circulados para acompanhar quais tinham sido alterados. Alguém havia, de propósito, mudado um escore de compatibilidade de noventa e três para noventa e oito.

Johan e Dotty foram nosso primeiro match Diamante, disse River no coquetel. *A neta deles os trouxe até nós em 2014, e ela estava certa: eles se saíram com um escore de noventa e três.*

Ela estava prestes a vomitar. Com mãos trêmulas, Jess tirou uma foto de cada página da avaliação que, tinha quase certeza, pertencia a Johan e Dotty Fuchs. Quase derrubou a pilha de papéis duas vezes. Estava entorpecida enquanto se curvava e guardava o notebook. Guardou seu celular. E então se sentou em silêncio. Esperando que Aneesha a buscasse, Jess não sabia como iria passar pela entrevista, com o conhecimento que possuía agora.

River e Jess nunca tinham sido um match Diamante.

VINTE E DOIS

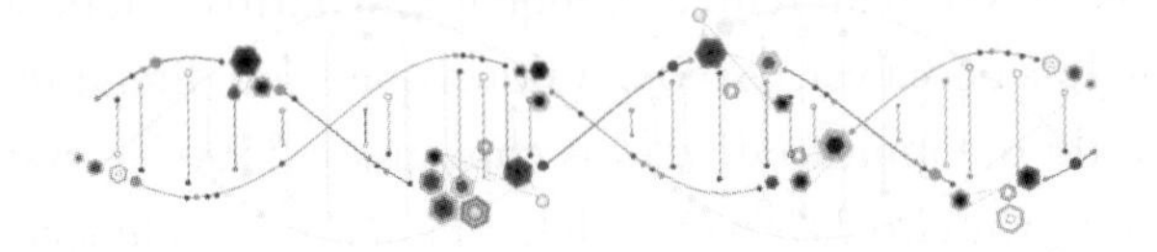

Nos últimos vinte minutos, River havia perguntado quatro vezes se Jess estava bem.

Claro que perguntara; qualquer criatura com um pulso podia sentir que havia algo errado com ela naquele momento. No entanto, Jess não podia falar a respeito, e não podia falar *ali* no escritório, e mesmo que pudesse — ela não tinha certeza se estava preparada para ouvir a resposta dele à pergunta mais simples: *Você sabia, esse tempo todo?*

Então ela vestiu uma máscara frágil de bem-aventurança e respondeu às perguntas de Aneesha. Mas a preocupação silenciosa de River a todo momento relembrava Jess de que seu estresse estava tão claro em seu rosto quanto uma febre. O choque parecia com uma gripe.

Eles tiraram algumas fotos juntos do lado de fora; tiraram algumas no laboratório, rindo e fitando um ao outro nos olhos com adoração. Entretanto, por trás do sorriso, a pergunta martelava os pensamentos de Jess como a sirene penetrante de um carro de polícia. Até que ela soubesse a resposta, não conseguiria sequer deixar que a pergunta seguinte entrasse na fila, embora ela continuasse pressionando: *Será que o que sinto é real mesmo?*

Estatisticamente falando, ela e River tinham muitas milhares de vezes mais probabilidade de encontrar a alma gêmea em uma Combinação Básica do que de sequer obter um match Diamante autêntico; então, mesmo que o escore verdadeiro deles fosse de vinte e cinco, não era como se não fossem dar certo juntos. Mas era muito mais fácil confiar naquelas reações precoces e profundas quando os números a apoiavam.

Mas Jess estava colocando o carro na frente dos bois, e sem informação, sem dados, essa era a última coisa que ela podia se permitir fazer. Mentalmente, amassou os pensamentos em uma bolinha de papel e colocou fogo nela. Um momento de cada vez, e ali não era o momento de entrar em curto.

Aneesha terminou a parte local e deu um tempo para Jess e River se despedirem antes que ele seguisse com a equipe da *Caras* para se encontrar com David e Brandon. Só de pensar em David naquele momento, o estômago de Jess azedava. E se River soubesse... ela não sabia o que faria; suas emoções estavam quentes demais, gigantes demais, impossíveis de administrar.

Assim que ficaram sozinhos, River puxou Jess para um canto, curvando-se para olhar diretamente nos olhos dela.

— Sinto que perdi alguma coisa — disse ele, baixinho. — Você está brava comigo?

Essa ela podia responder. *Você tá bem?* era grande demais para responder discretamente com Aneesha e o fotógrafo a três metros deles.

— Não tô brava com você. Mas a gente pode se ver mais tarde?

Ele riu, confuso.

— Claro. Presumi que a gente...

— Só nós dois.

O sorriso evaporou e um vinco franziu a testa dele. River se aproximou, deslizando a mão pelo braço de Jess e entrelaçando os dedos quentes com os dela, frios.

— Fiz alguma coisa errada?

Jess odiava dizer, mas era verdade:

— Não sei. — E então admitiu: — Algo aconteceu e preciso te perguntar a respeito, mas este não é o momento. — Ela engoliu em seco. — Sei que é um saco, e tenho certeza de que você vai ficar preocupado com isso até que a gente possa conversar.

— Hã, vou mesmo.

— Também vou. Você só precisa confiar em mim que não podemos fazer isso aqui, e vamos precisar de mais do que os dez minutos de que dispomos até que você e Aneesha precisem ir.

River olhou para ela e pareceu decidir que essa era a melhor resposta que ele conseguiria por enquanto.

— Tá. Confio em você.

Ele a puxou para seu peito. Honestamente, não havia nada que Jess quisesse mais do que colocar os braços em torno da cintura dele com confiança e se perder no cheiro limpo e cítrico de River. Mas suas juntas estavam travadas, a postura rígida.

— Conversamos mais tarde? — ele perguntou, recuando para olhar para ela, as mãos em torno dos cotovelos de Jess.

— Isso. — Seu celular vibrou no bolso de trás e ela o pegou, esperando ver a notificação de algum e-mail de trabalho ou uma mensagem do vovô sobre os planos para o jantar.

Mas era Fizzy, e a preocupação imediatamente empurrou toda a tensão no peito de Jess para sua garganta.

Preciso de você o quanto antes.
Bat-sinal de melhor amiga.

— Desculpe — sussurrou Jess. — É a Fizzy. Ela…

Rapidamente, Jess respondeu:

Você tá bem?

Estou a salvo e não estou ferida.

Mas não tô bem, não.

O coração martelando, Jess olhou para River. Ela não gostava de deixar as coisas assim, mas era necessário.

— Preciso ir, de verdade.

A voz de River era uma mistura baixa de exasperação com preocupação, e ele tocou o braço dela.

— *Jess...*

— Ela precisa de mim. Fizzy nunca precisa de mim. Você liga quando tiver terminado?

Ele assentiu e recuou um passo, soltando-a.

Virando-se, Jess digitou enquanto caminhava.

Onde você está?

Na minha casa.
Você tá vindo?

Tô. Chego aí em 20 min.

A porta de entrada da casa de Fizzy estava aberta; o interior da casa, escuro por trás da porta telada. Jess não ouviu soluços nem gritos — o que foi tranquilizador —, mas Bon Iver tocava baixinho vindo das caixas na sala de estar. Para alguém como Fizzy, cujo humor tendia de modo geral mais para músicas animadas do que para baladas tranquilas, Bon Iver deu a Jess uma razão legítima para se preocupar.

E assim, River foi deixado de lado para mais tarde. Jess tinha bastante experiência em compartimentalizar. Na formatura do ensino médio de Jess, Jamie aparecera no fim de uma farra de quatro dias movida a metanfetamina e passou pelos corredores do local procurando por ela em meio ao mar de formandos. Cerca de trinta segundos depois de ela passar ruidosamente por cima de Jerome Damiano e Alexa Davidson para chegar à filha, Jamie foi escoltada para fora pelo segurança da escola. Mesmo assim, Jess se levantou e caminhou até a frente do auditório quando seu nome foi chamado.

E, Jess se lembrou, ela e Alec haviam se separado uma hora antes de ela, grávida de seis meses com Juno, apresentar sua tese para todo o departamento de matemática. Ela empurrou toda a raiva e a decepção para um canto, entrou para fazer a apresentação com um sorriso enorme e slides lindamente projetados, e conseguiu um A.

Bastou uma olhada para Fizzy encolhida numa bola no sofá, os olhos vermelhos, o cabelo em um coque incomumente bagunçado para um paredão familiar se encaixar em seu lugar.

Ela se sentou, colocando um dos pés descalços de Fizzy em seu colo.

— Conta.

Levantando a mão para enxugar o nariz, Fizzy apenas disse:

— Ele é casado.

— Quem é casado?

Fizzy voltou os olhos escuros cheios d'água para o rosto de Jess.

— *Rob.*

— Rob, o Investidor?

— Isso.

— Casado? Com uma pessoa?

— É.

Jess a encarou sem acreditar.

— Ele não era amigo do irmão do Daniel? Como é que ninguém te disse nada?

— Pelo jeito ele é, tipo, amigo de um amigo de um amigo, e Rob se casou em algum momento dos últimos dois anos, quando eles não estavam convivendo tanto.

— Mas que... *lixo de ser humano!* — Jess estava boquiaberta. — Como você descobriu?

— Ele me encontrou no Twiggs e me contou.

— Ele te contou em público?

Fizzy assentiu, sombria.

— Ele se sentou no seu lugar.

Ela ofegou.

— Como ousa!

— Eu sei.

— E aí, o que você fez?

Fizzy tomou um fôlego profundo e fortificante.

— Eu me levantei, pedi uma jarra de água com gelo para o Daniel, e joguei tudo no colo do Rob.

— *Aplausos* — sussurrou Jess, impressionada.

— Acho que ele começou a se apavorar que seria pego no flagra. Uma noite em Little Italy a gente topou com alguém que ele conhecia, e ele me apresentou como sua "amiga, Felicity", o que, naquele momento, me deixou tipo "Tá, é justo, as coisas ainda estão no começo", mas agora sei por quê. — O rosto de Fizzy desabou. — Gostava mesmo dele, Jess, e você me conhece — disse ela, soluçando. — Nunca gosto de ninguém. Cozinhei para ele, e conversei sobre livros com ele, e nós tínhamos piadas internas... e ele é casado, porra! E juro, ele queria receber o mérito por abrir o jogo comigo. Tipo, ele ficou genuinamente chocado por eu estar tão puta.

Ela enxugou o nariz outra vez.

— Vem cá. — Jess soltou o pé de Fizzy e puxou a amiga para perto, abraçando-a apertado enquanto ela chorava.

— Sabe o que é mais doido? — perguntou Fizzy, a voz abafada pela camisa de Jess.

— O quê?

— A gente tinha acabado de mandar as amostras de saliva dele.

— Para a GeneticÀmente? — perguntou Jess, e Fizzy assentiu. — Achei que vocês não fossem fazer isso.

Fizzy abriu o berreiro.

— E a gente não ia!

— Deus, que cretino — disse Jess. — O que ele esperava que fosse acontecer?

— Não é? — A melhor amiga dela riu, soluçando. — E agora, e se eu descobrir que nós somos, tipo, perfeitos um para o outro, e não importar em nada porque ele já é casado? Não quero saber se a gente devia ficar junto!

As emoções da sala ao lado começaram a querer aparecer além da curva bem compartimentada de Jess, perguntando se já estava na hora de sair. Jess balançou a cabeça. Não estava, não.

— Bom, logisticamente, você pode solicitar que a conta dele nunca seja conectada à sua, para nunca precisar saber, mas estou razoavelmente certa que ele não chegaria nem perto do seu traseiro lindo, gentil e atrevido. Qualquer um capaz de fazer algo assim é podre por dentro. Aposto que o DNA dele parece mofo preto de banheiro.

— Parece aqueles fios compridos de muco — concordou Fizzy.

— Eu poderia continuar com essa metáfora, mas só vai ficar mais nojento. — Jess a apertou de novo. — Sinto muito, minha linda. Quero saber onde ele mora para ir enfiar a cabeça desse idiota tão fundo no traseiro que ele vai conseguir lamber a própria orelha.

— A esposa dele estaria lá — disse Fizzy, baixinho. — Acho que é por isso que a gente nunca foi para a casa dele.

— Lixo de ser humano — sussurrou Jess, zangada.

Fizzy limpou o nariz na camisa de Jess antes de se afastar e inspecionar o local. A desconfiança afastou o vinco de sua testa enquanto sua atenção notava o rosto e o cabelo da amiga. Ela fungou.

— Por que você tá toda arrumada?

— A gente falou com a *Caras* hoje no escritório.

A versão lacrimosa e inchada de sua melhor amiga gemeu, jogando-se dramaticamente para trás sobre as almofadas.

— Mandei o bat-sinal quando você estava com a revista *Caras,* ai, meu Deus! — Após um silêncio pensativo, ela se sentou e jogou os braços ao redor de Jess outra vez. — E você veio!

— Seria melhor eu aceitar essas estrelinhas douradas de amiga e não te contar que a entrevista já tinha terminado quando recebi a sua mensagem — disse Jess. — Mas aí a mentira anularia as estrelinhas douradas de amiga. Juro que eu teria vindo de qualquer jeito.

— Mas você podia estar por aí, fazendo sexo comemorativo com a sua alma gêmea, e eu podia apenas ter usado queijos e vinho como apoio emocional.

Alma gêmea.

Jess lançou um olhar de alerta para as emoções que agora planejavam fugir.

— Sempre vou preferir que você se apoie em mim do que em queijos e vinho. — Ela fez uma pausa antes de acrescentar: — E River ainda não tinha terminado a entrevista.

— Estou honrada por ser sua segunda opção.

— Terceira — Jess relembrou.

Fizzy se recostou e riu.

— Você é um saco.

— Talvez, mas eu te amo.

— Eu também te amo. — Ela olhou para o relógio na parede. — Falando nisso, você precisa ir buscar a sua primeira opção na escola?

— É segunda-feira — disse Jess. — Vovô vai buscá-la, e eles vão fazer aquela visita à biblioteca. Tenho três horas para fazer o que for necessário para você se sentir melhor.

Fizzy e Jess ficaram no sofá com *Razão e Sensibilidade* rodando baixinho para acompanhar o banquete de queijo e bolacha das duas. Por fim, Jess lhe deu um último abraço apertado, foi para casa, alimentou, banhou, abraçou e colocou Juno para dormir — e então se serviu de uma taça cheia de vinho — antes de abrir as proverbiais comportas.

No entanto, uma vez abertas, pensamentos de River afogaram tudo. O lado positivo de empurrar o assunto contra uma muralha era que ela tinha sido capaz de funcionar quase normalmente o dia todo; o lado negativo era que ela não estava nem um pouco preparada mentalmente para a conversa que a aguardava.

Não adiantava adiar as coisas. Jess pegou o telefone e mandou uma mensagem para ele.

Você pode vir para cá?

Posso. Agora?

Agora seria ótimo.

Ela apertou Enviar e em seguida mandou outra resposta.

Espera!

Ela digitou o mais rápido que pôde, porque sabia que o *Espera* provavelmente colocara River numa espiral de pânico.

Isso pode soar estranho, mas você viu nossos dados brutos?

Claro que sim.

Jess mordiscou uma pele da unha enquanto pensava em como dizer o que queria, sem dar a ele tempo para preparar uma desculpa caso estivesse sabendo da alteração nos dados esse tempo todo. Ela queria enxergar a verdade no rosto dele. Por outro lado, se River tivesse uma cópia dos dados em casa, ela queria que ele trouxesse esses papéis.

Por sorte, River lhe poupou o trabalho de encontrar o melhor jeito de fazer essa pergunta.

Tenho os gráficos aqui.
Quer que eu leve?

Jess exalou um fluxo quente e lento de tensão.

Seria ótimo, obrigada.

Eu já deveria ter oferecido isso
há um tempão. Desculpe.
É disso que se trata?

Ela preferiu não responder essa parte.

Você tá saindo agora?

Estou.

River morava a apenas dez minutos de distância, mas em oito estava na porta dela. Antes, se ele tivesse aparecido no apartamento de Jess depois de Juno ter pegado no sono, ela estaria nos braços dele imediatamente. Essa noite, porém, ambos pareciam saber que esse afeto estava reservado.

Sem dizer nada, ele entrou, sem fôlego pelo que Jess supunha ter sido a corrida do carro até a porta.

— Oi.

Ela refreou um soluço que pareceu surgir do nada.

— Oi. Como foi o restante da entrevista?

Ele assentiu, passando a mão sobre a testa, ainda em busca de recuperar o fôlego.

— Foi bem. É, acho que foi bem. A Fizzy tá bem?

Balançando a cabeça, Jess foi até a mesa de jantar e se sentou, os ombros se encolhendo.

— Rob é casado.

River lentamente removeu a bolsa transversal do ombro, colocando-a sobre a mesa.

— Tá brincando.

— Não. E acho que eles acabaram de enviar o kit DNADuo.

River estremeceu.

— Que merda!

Então eles ficaram quietos. O assunto estava literalmente na frente deles. Com um murmúrio, River tirou uma folha de papel da bolsa e a entregou para Jess. Estava muito manuseada, amassada, desgastada, como se tivesse sido apanhada e largada várias e várias vezes, analisada milhares de vezes.

— Nossos dados. — Ele ergueu a mão, enxugando a testa de novo. — Você vai me contar o que tá acontecendo?

O gráfico de dispersão colorido estava impresso no sentido paisagem e ocupava a página inteira. Uma exibição magistral de habilidade computacional, e a melhor amiga de uma especialista em estatística: análise dos componentes principais. Depois de apenas alguns segundos, Jess notou que ele capturava todos os pontos de dados que ela vira nas planilhas no escritório de David.

O gráfico tinha dois eixos: o eixo vertical, Y, estava marcado de zero a quatro — os escores compostos com que Jess já estava familiarizada. O eixo horizontal, X, tinha doze identificações diferentes. Ela presumia que representassem as categorias das famílias dos genes incluídos no DNADuo: Neuroendócrinos, Imunoglobinas, Metabólicos, Transdução de Sinal, MHC Classes I/II, Olfatório, Proteínas Regulatórias, Transportadores, Choque-Calor, SNARE, Canal de Íons e FGF/FGFR. E no gráfico em si havia milhares de pontinhos, aparentemente, um para cada um dos escores deles em cada gene individual, organizado por cores e agrupados por categoria.

Era um modo muito mais fácil de olhar para os escores brutos — Jess imediatamente viu tendências ali que não havia visto na planilha —, mas por haver tantos dados, ficou claro que, se isso era tudo o que River tinha visto, teria sido quase impossível decifrar que ele era quase idêntico a um gráfico visto anos antes.

E, o mais importante, as informações que a alertaram — o horário em que a avaliação terminou, a data, a máquina DNADuo — não estavam inclusas nesse gráfico. Havia apenas os números dos clientes, o escore de compatibilidade e, no canto inferior direito em letras minúsculas, a data em que o gráfico havia sido gerado.

Talvez River não soubesse. A esperança era uma luz fraca brilhando na escuridão de seu espírito. Com toda a casualidade que conseguiu, Jess perguntou:

— É assim que você sempre vê os dados?

Ele riu baixinho.

— Tenho certeza de que, para uma matemática, é enlouquecedor não olhar para os números em si, mas eu vim a confiar nesses gráficos de dispersão. É mais fácil enxergar dados aberrantes assim e saber se precisamos refazer a avaliação por algum motivo. — Ele se inclinou para perto, apontando para um grande agrupamento de pontinhos no gráfico deles. — Está vendo, você pode identificar que somos particularmente bem alinhados nos genes metabólicos e na imunoglobina. E nossas pontuações mais baixas parecem ser para proteínas regulatórias, mas essa não é uma conclusão que tenha muito significado, porque mesmo essas pontuações são todas bem altas. Quando se obtém um escore acima de oitenta, a maioria dos gráficos fica bastante parecido.

Ela engoliu um ofego aliviado. Aquilo confirmava que talvez não ficasse óbvio para ele de imediato que os dados haviam sido manipulados.

— Como você gera esses gráficos?

— Isso aqui, na verdade, são os dados brutos. Tudo que está na planilha é mostrado aqui. A Tiffany só trabalhou com o pessoal da Caltech para fazer a rede neural criar esse gráfico para nós como equipe porque é mais fácil de visualizar. Mas podemos gerar um desses para qualquer casal que combine.

— Então a Fizzy teria um milhão desses — disse ela.

Ele riu de novo.

— Digo, teoricamente, sim. Nós não enviamos esses gráficos para o aplicativo, nem mesmo costumamos gerá-los, a menos que alguém solicite, porque os arquivos são imensos; mas, sim, teoricamente você poderia criar gráficos de dispersão como este comparando você com cada um dos indivíduos no mundo. Isso só não seria muito útil. — Ele olhou nos olhos dela quase timidamente. — Mas é claro que fizemos um para a nossa avaliação. Queria olhar para ele com bastante atenção. No começo, porque estava cético, e depois porque era meio que incrível.

Lágrimas encheram os olhos de Jess, que se debruçou para apoiar a cabeça sobre a mesa. O alívio a invadiu como um analgésico, paralisante. A cabeça lhe parecia tão pesada e, antes que pudesse se conter, um soluço lhe escapou da garganta.

— Minha nos... Jess. — River se inclinou para junto dela, puxando-a para seus braços. — Meu bem, qual é o problema?

Ele nunca a chamara de "meu bem" antes, e isso só a fez chorar mais. Sentia-se aliviada por River não estar mentindo para ela esse tempo todo. Porém, agora precisava lhe contar que eles não eram noventa e oito. Jess estava apaixonada por ele — e odiava o quanto isso o magoaria. Sua confiança em David seria irreparavelmente prejudicada. Até ela aparecer, a GeneticÀmente era a vida de River.

— Odeio o que estou prestes a te contar.

Ele ficou imóvel em torno dela.

— O que é? Pode falar.

Ela se afastou, levantando-se e indo até a cozinha pegar as fotos que havia imprimido mais cedo. Suas mãos tremiam quando as entregou.

River pareceu conhecer as planilhas o bastante para saber imediatamente o que estava segurando.

— Onde você conseguiu isso?

— No escritório do David — confessou Jess. — Fique zangado comigo depois de olhar para essas planilhas. Elas estavam na mesa dele quando Lisa me deixou lá para esperar pela minha parte da entrevista. Não era minha intenção xeretar, mas quando vi nossos números de clientes, fiquei muito empolgada. Como você disse, é meio que incrível olhar para isso e saber que é como nós começamos. — Ela mordeu o lábio. — E aí havia algumas coisas nelas que me pareceram esquisitas.

Ele franziu a testa, olhando para as imagens sem ver a coincidência.

— Como o quê?

Jess levantou a mão, enxugou os olhos.

— Olhe, só olhe para elas por alguns minutos.

Ela o deixou sozinho para estudar os dados, e foi até a cozinha pegar um copo de água. Gelada, ela desceu ardendo dos lábios até o estômago.

Cerca de trinta segundos depois, um *Mas que caralhos?* baixinho veio da sala de jantar.

Jess fechou os olhos. Papéis foram agitados com urgência renovada e o som deles se espalhando pela mesa aumentou.

— Jess. — Ela podia dizer pela tensão na voz de River que sua mandíbula estava cerrada. — Pode voltar aqui, por favor?

Respirando fundo, ela colocou o copo na pia e se juntou a ele na sala de jantar. River estava de pé, os braços apoiados na mesa enquanto se debruçava e fitava os papéis.

— Quem circulou esses números?

— Não sei. — Ela passou os braços em volta da cintura dele por trás e pousou a testa entre as omoplatas. Aliviada por River saber, Jess pensou que eles podiam começar a decifrar isso tudo juntos. — Você tá bem?

Um riso seco, e então:

— Não. O que estou vendo? Isso é real?

— Você sabia? — perguntou ela, em voz baixa.

A voz dele saiu tensa, como se entredentes.

— Claro que não.

Fechando os olhos, Jess o abraçou com mais força. Mas River não se virou; de fato, Jess percebeu que ele continuou completamente rígido dentro do abraço dela. E pela primeira vez lhe ocorreu — *como é que só agora lhe ocorrera* — que, embora Jess confiasse na magia da anomalia estatística, River podia olhar para o escore adulterado e perceber que eles nunca deveriam ter ficado juntos.

VINTE E TRÊS

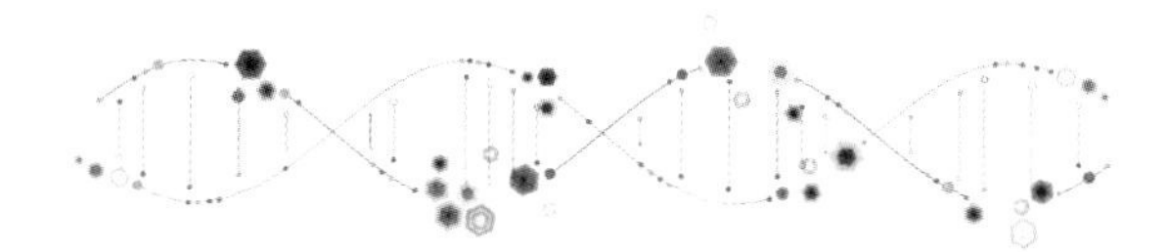

Depois de um momento aturdido, Jess se afastou e deixou os braços caírem nas laterais do corpo. River não pareceu notar; sua atenção ainda passava pelas fileiras de números enquanto ele ia de uma página para a outra e voltava. O coração dela se enfiou em algum ponto da traqueia.

River soltou um lamento grave e abaixou a cabeça.

— Eu devia ter visto isso.

— Como? — perguntou Jess, incrédula. — Tem *três mil e quinhentos* números aí. A essa altura, você envia essa informação para a caixa-preta e a coisa é simplificada de maneira tão extensa que você jamais saberia se algo estivesse estranho.

— Você não entende — disse ele, virando-se e passando por ela, indo para a sala de estar. — A quantidade de tempo que passei debruçado sobre os dados dos Fuchs. Eu deveria ter notado.

— Nem mesmo um cérebro como o seu pode memorizar *três mil e quinhentos* números de quase uma década atrás. — Jess tentou tocar no braço dele, que se afastou, virando de frente para a janela.

River passou as mãos pelos cabelos e deu um rosnado baixo.

— Isso é uma catástrofe.

Jess encarou as costas dele. Ele tinha razão. Era algo terrível de se descobrir, e David teria que pagar caro por isso, mas será que não havia também um toque de feliz acaso? Aquilo ainda os havia unido.

— Sei que você tem coisas demais na sua mente — começou ela, em voz baixa —, mas quero que saiba que te amo. Essa descoberta não muda isso.

River ficou imóvel, como se pensando em como reagir a isso, mas então abruptamente olhou para o relógio.

— Merda. Talvez David ainda esteja no escritório. Preciso ir para lá agora mesmo.

Jess deu meia-volta tão rapidamente quanto o coração e o cérebro lhe permitiam.

— Tá. Isso. Que bom. — Um *plano.* Ela procurou o telefone, entrou nos Favoritos e pressionou a foto do vovô. Já estava tocando quando ela levou o aparelho ao ouvido. — Deixa só eu pedir para o vovô ficar com a Juno...

— Jess. — Ele pegou o celular dela, tirando-o de sua mão com gentileza. Com os olhos na tela, ele desligou antes que o vovô atendesse.

— O que você tá fazendo? Não posso sair sem...

Ah.

River ainda encarava a telinha, a foto de Juno com quatro anos vestida de polvo para um Dia das Bruxas. Os olhos dele se colaram à imagem. Ele havia olhado para Jess uma vez que fosse desde que viu os dados?

— Preciso falar com ele sozinho.

Jess exalou uma risada chocada.

— Você não tá falando sério.

— Esta é a minha empresa, Jess.

— Mas essa situação envolve a mim também. Tenho o direito de saber por que ele fez isso.

Os ombros dele se retesaram.

— *Se é* que ele fez isso. Nós não sabemos se não foi um lapso ou um engano ou, ou... algum tipo de erro do computador. Conheço esse homem há uma eternidade. Tenho que dar a ele uma chance de se explicar, e preciso fazer isso sozinho.

Jess sentiu a mandíbula travar.

— Espera mesmo que eu fique aqui esperando sozinha?

Ele assentiu, brusco.

— Vai vir para cá depois?

— Não tenho certeza. — River respirou fundo e finalmente a olhou nos olhos. — Desculpe, mas tenho mesmo que ir agora.

Ele pegou a bolsa sobre a mesa e enfiou tudo lá dentro antes de se dirigir para a porta. Jess foi atrás dele, mas River estava com pressa. Mentalmente, ele já tinha ido embora.

Ela permaneceu na porta, assistindo à visão familiar e abrasadora de alguém que ela amava ir embora.

— *River.*

Ele resmungou:

— Eu te ligo. — E então desapareceu pelo pátio escuro.

Mas River não ligou. Jess ficou acordada até quase três da manhã, alternando entre ver TV e checar o celular. Por fim adormeceu apoiada de um jeito estranho contra as almofadas, acordando para encontrar a TV ainda ligada e o telefone ainda sem novas mensagens.

Ela estava num humor terrível quando a rotina matinal começou.

— Juno, estou tentando fazer o seu lanche. Você pode deixar a gata em paz e ir se vestir? Agora, por favor.

Juno fez beicinho de onde estava, agachada no tapete e balançando um dos brinquedos de plumas da Pomba de um lado para o outro.

— Não sei o que vestir.

— Você tinha separado as roupas ontem à noite. E me traga sua louça suja, Junezinha.

— Mas nós temos Educação Física hoje, e quero usar leggings.

Jess jurava que a filha tinha algum tipo de radar que identificava exatamente o quanto o Pavio da Mamãe estava curto em qualquer dia, e transformava acender esse pavio em um esporte olímpico.

— Então use leggings.

— Não sei onde elas estão.

—Você tem pelo menos dez delas.

— Quero aquela preta com estrelinhas.

— Você colocou ela para lavar? — Jess pegou as uvas na geladeira e colocou um cachinho na lancheira de Juno. Seu telefone estava virado com a tela para baixo no balcão, mas ela o deixou intocado. Olhar só a faria se sentir ainda pior.

Juno rolou pelo chão, guinchando enquanto a gata começava a mastigar as pontas de seus cabelos.

— Acho que sim.

— Então dá uma olhada na secadora. — Jess acrescentou um copinho de molho de maçã, um saco de palitinhos de cenoura e o último potinho de iogurte, fazendo um lembrete mental para passar no mercado.

— Você pode pegar ela pra mim? — Mais risos, mais guinchos. Nada de se vestir.

— *Juno!* — Jess gritou. Sua voz saiu tão alta que assustou até ela mesma.

Em silêncio, Juno se levantou e saiu cabisbaixa da sala.

Freneticamente, Jess limpou o balcão e fechou a porta da geladeira com tanta força que ela bateu e voltou a abrir. Outra olhada para o relógio. Merda. A porta da secadora se fechou num estrondo e uma gata assustada disparou pelo corredor, pulando para a mesinha de centro e derrubando a tigela de cereal de Juno. Leite e Rice Krispies ensopado pingaram lentamente no chão.

— Quantas vezes preciso dizer para não levar comida para a sala?

— Foi culpa da Pomba!

— Vá se vestir! — A voz dela pareceu ecoar pelo apartamento subitamente silencioso.

Juno fez beicinho e foi para o quarto de novo, pisando duro. Jess caiu no sofá, exausta. Não eram nem oito horas.

Elas caminharam até a escola em um silêncio tenso; Juno estava zangada, mas nem de longe tão zangada quanto Jess consigo mesma. Ela repassava lembranças de Jamie discutindo com seja lá qual fosse o homem com que ela estivesse no momento e descontando em Jess, ou na vovó, ou no vovô.

Jess sentia-se em uma espiral de vergonha quando chegaram ao parquinho.

Sentindo a necessidade de consertar as coisas, ela se agachou na frente de Juno.

— Você está com seu esboço para a feira de arte?

Ela assentiu mas não olhou nos olhos de Jess, focando no parquinho por cima dos ombros da mãe. Sua expressão estava muito rabugenta.

— E o seu almoço está na mochila?

Outro gesto curto da cabeça confirmando.

— Desculpe por ter gritado com você hoje cedo. Não dormi o bastante e acordei de mau humor. Devia ter contado até dez.

— O vovô pode me buscar depois da escola?

A traição era uma faca afiada se revirando em seu peito.

— Ele estará com a vovó Jo na reabilitação. Não tenho nenhuma reunião, então posso te buscar hoje.

— Não pode ser o River Nicolas?

A faca penetrou mais fundo. Não era que Juno quisesse alguém específico, ela simplesmente não queria a mãe. Jess sabia que era irracional ficar magoada — Juno estava com raiva, e era isso o que crianças com raiva faziam —, mas ser uma mãe de merda naquela manhã era a última coisa de que seu coração precisava. Como ela podia dizer que não fazia ideia de onde River estaria depois da escola? Ou na semana que vem? Ou no ano que vem?

Se ela fosse Jamie, ou apareceria depois com um presente para uma criança com dois anos a menos que Jess, ou a chamaria de mimada e não viria de jeito nenhum. *Não sou a minha mãe.* Jess envolveu sua menininha num abraço.

— Vou pedir para ele, mas de qualquer jeito, vou estar aqui na hora da saída — disse ela. — Te amo mais que demais.

Juno amoleceu nos braços da mãe.

— Também te amo mais que demais.

Fazia vinte minutos que Fizzy e ela estavam sentadas na mesa de sempre no Twiggs, mas Jess ainda não tinha inserido sua senha no computador.

— Terra para Jess.

Ela desviou o olhar da vitrine.

— Desculpa, o quê?

— Eu estava perguntando sobre a vovó.

— Ah, tá. — Jess olhou para o topo espumante de seu café com leite intocado. — Ela tá bem. Melhor do que bem, na verdade. Vai fazer fisioterapia todo dia por algumas semanas. Eles estão trabalhando em exercícios de força e em colocar um pouco de peso naquela perna. A densidade óssea dela é boa, então não estão muito preocupados com a possibilidade de os pinos se mexerem. Ela é um corisco naquele carrinho.

— E o vovô?

— Está mais feliz agora, com ela em casa — respondeu Jess, sem emoção. — Ele encantou a maioria da equipe na clínica de reabilitação, então é claro que fazem todas as vontades dele.

— Deixa eu ver se consigo fingir surpresa aqui — disse Fizzy, e então ficou quieta e imóvel em frente a Jess, enquanto a amiga virava o telefone e olhava para a tela. Nada. — Quer me contar o que há com você hoje?

— Comigo?

Fizzy sorriu.

— Jess. Minha intuição de melhor amiga é de altíssimo nível, cinco mil de potência, faixa mais elevada. Você acha que não sei quando tem alguma coisa errada? Você está preocupada com a vovó ou com aquelas crianças da *Colheita Maldita* na aula da Juno?

Jess riu pela primeira vez no dia. O problema era que ela não podia falar a respeito. Não era um problema só seu para compartilhar, e ela nem sequer tinha certeza do tamanho do problema.

— Tô bem, só dormi mal pra caramba e fui grossa com a Juno hoje cedo. — Levando o copo até os lábios, ela perguntou: — Alguma novidade sobre o Rob?

— Tenho certeza de que ele tentou ligar — disse Fizzy —, mas eu o bloqueei. No meu telefone, no Insta, Face, Snapchat, WhatsApp, TikTok, Twitter e... — Ela apanhou o telefone, clicou na tela algumas vezes e acrescentou: — no LinkedIn.

— Você está em tudo isso?

Fizzy deu de ombros, tirando um naco do muffin.

Jess estendeu a mão por cima da mesa para segurar a da amiga.

— Acha que vai ver mais algum dos seus matches?

— Quem sabe? Meu tesão para socializar está bem baixo no momento.

— Essa frase faz tanto sentido.

O sino tocou acima da porta e a atenção de Jess voou para a porta. *River.* Ela olhou para o celular. Já passava, e muito, das nove. Ele estava atrasado.

Ignorando o balcão frontal, ele caminhou em direção à mesa delas. Seu cabelo estava um pouco mais bagunçado do que o de costume, e os olhos pareciam pesados e vermelhos, mas as roupas estavam passadas, a postura, perfeita. Jess odiava a rapidez com que seu corpo traidor queria se esquecer da partida abrupta da noite passada, sua falta de comunicação, e simplesmente se levantar e cair nos braços dele.

— Oi — disse ele para Jess, e então se virou para Fizzy. — Fiquei sabendo sobre o cuzão.

— Hoje, estou me referindo a ele afetuosamente como "saco de merda".

— Bom, eu não queria que você recebesse um alerta, então desativei seus matches por enquanto, e bani o saco de merda da plataforma. O sistema pode ter enviado uma duplicata do recibo para o endereço de cobrança dele por acidente, mas é claro que não sei nada a respeito disso. Com sorte, é a esposa dele que recebe o correio.

Fizzy abriu um sorriso caloroso para ele e pegou sua mão.

— Eu sabia que você era o meu preferido entre os muitos namorados da Jess.

Jess apenas permaneceu ali sentada, observando os dois interagirem como se tudo estivesse normal. Mas não estava. Ele não tinha olhado para ela outra vez. Uma fissura áspera se formava no centro do coração de Jess.

River deu um risinho sem graça.

— Bom, isso é seu, se você quiser. — Ele entregou a Fizzy um envelope com o logotipo colorido do DNADuo em alto relevo num dos lados.

Cautelosa, ela apanhou o envelope, virando-o em suas mãos.

— Isso é o que acho que é?

— É o seu escore de compatibilidade com Rob.

Ela soltou o papel como se estivesse em chamas.

— Argh. Acho que não consigo abrir isso.

Coerente com seu estilo, River não falou nada. Apenas a encarou com uma empatia gentil.

— Você decide.

— E se isso disser que a gente deu match? — perguntou Fizzy, vulnerável de partir o coração. — Nunca vou ficar com alguém que traiu a esposa, não importa o quanto a biologia diga que somos perfeitos um para o outro. — Ela empurrou o envelope de volta sobre a mesa. — Por favor, picote isso.

— Tem certeza? — perguntou ele. Não estendeu a mão para pegá-lo.

— Se você achasse que você e Jess talvez não fossem almas gêmeas, iria querer saber?

Deixe por conta de Felicity para pôr o dedo diretamente na proverbial ferida sem nem saber.

O olhar de River voou para o de Jess e então se desviou, visivelmente sofrido. Ele pegou o envelope e o guardou no blazer.

— Talvez. Não sei.

Quando ele respirou fundo, meio trêmulo, pareceu a Jess que ela testemunhava River se desfazendo aos poucos. Será que ele precisava de um determinado escore para ter certeza a respeito dela?

— Posso falar com você um minuto? — pediu Jess.

Ele encontrou o olhar dela e assentiu.

Com uma careta para Fizzy — que, sem dúvida, havia notado o clima estranho entre eles —, Jess o seguiu pela porta, virando-se para ele assim que chegaram lá fora.

— Cara.

— Sei que não liguei ontem à noite e peço desculpas por isso — disse ele, imediatamente, enfiando a mão agitada no cabelo. — Foi muita coisa para processar.

— Gostaria de dividir um pouco do seu processo comigo?

— Ele admitiu tudo... tudinho. Ele e Brandon.

Jess sentiu as pernas vacilarem.

— *Os dois?*

Ela precisava se sentar.

— Eles sabiam que eu levaria a sério. Que eu... — Ele fez uma pausa, exalando num sopro. — Que com um escore daqueles, eu me esforçaria para tentar dar certo.

— Puta merda.

— Eles mudaram os números da avaliação dos Fuchs. Não estavam enganados de que seria um imenso propulsor para a empresa. Para ser sincero, nem sei o que estamos enfrentando.

— Qual foi nosso escore real?

Ele deu de ombros.

— David nem deixou nossas avaliações irem até o final. Ele não queria deixar rastros de dados.

Jess o encarou, atônita. Eles nem sequer tinham um escore? *Nunca tinham tido?*

— Essa foi a primeira vez ou houve outras? A coisa toda é mentira?

River balançou a cabeça com veemência.

— Eu estava com as mãos em todos os dados até cerca de seis meses atrás, quando as coisas ficaram mais corridas — disse ele, as palavras correndo e se juntando. Jess nunca o vira assim: os olhos selvagens, vermelhos, sua energia tumultuosa. Qualquer que fosse o poder que o mantivera composto dentro do Twiggs, ele estava se desfazendo ali na calçada. — Quero dizer, até eu estar fora, me reunindo com investidores constantemente. Dave e Brandon afirmam que os nossos perfis foram os únicos que eles forjaram. — Ele enfiou as duas mãos no cabelo e fitou a calçada. — Preciso confirmar isso.

— Não entendo. Se eles iam escolher só um conjunto de escores para falsificar, por que incluir a mim? Você é lindo e pode vender isso melhor do que ninguém. Sou uma mãe solo de trinta anos e falida. Por que não manter as coisas simples e escolher uma modelo-superestrela de relações públicas?

— Dave viu quando você e Fizzy foram até o escritório — disse River, com a voz tensa. — Ele achou você linda e pensou que ficaria ótima nas câmeras.

Jess pensou naquele dia.

— Eu estava de jeans e moletom. Parecia uma aluna da quinta série.

— Dave me conhece há quase treze anos. Como ele mesmo disse, ele "sabia do que eu iria gostar".

As sobrancelhas dela se ergueram devagar.

River esclareceu rápido.

— Ele queria dizer *você*. Para ser justo, ele não estava errado. — River tentou abrir um sorriso, mas na melhor das hipóteses, aquilo foi um esgar. — A ideia tomou corpo quando eles descobriram mais sobre você. Especialista em estatística, moradora local, ajudando a cuidar dos avós. Só foram saber sobre a Juno mais tarde, e...

— E eu disse que não queria que ela fosse envolvida.

— Exatamente. — Ele olhou na direção do café, os olhos se estreitando contra a luz matinal. — Você não contou para a Fizzy?

— O que eu contaria? Até cinco minutos atrás, eu nem sabia o que estava acontecendo. Além do mais — disse ela, dando um passo adiante e persuadindo uma das mãos dele a se soltar dos braços cruzados —, isso é uma confusão para a sua empresa, não para nós.

Jess tentou puxá-lo para mais perto de si, mas ele estava tão travado quanto uma fechadura; em nada de seu comportamento atual se via aquele namorado deliberado, focado.

— Ei! Olha para mim. Não importa qual seja o nosso escore real, estou investida a longo prazo. A estatística não nos diz o que vai acontecer, apenas o que *talvez* aconteça.

River não respondeu, não olhou para ela. Em vez disso, abaixou a cabeça e cuidadosamente soltou a mão dela. O silêncio dele pressionou em torno de Jess, pesado e sufocante.

— Certo? — repetiu ela.

Ele ergueu a cabeça.

— Sim, claro. Só estou uma bagunça hoje.

Jess não se sentiu nem um pouco reconfortada.

— O que vai acontecer com eles?

— A diretoria vai se reunir e nós teremos algumas conversas bem complicadas. O que eles fizeram foi, na melhor das versões, antiético, e na pior, ilegal. Provavelmente serão substituídos, e todos os dados dos últimos seis meses, cerca de catorze mil amostras, terão que ser reavaliados.

River empalideceu, encarando a enormidade do fato.

Uma pergunta surgiu, escapando da boca de Jess.

— Você colocou nossas amostras para análise?

— Não — respondeu ele de imediato. Sem emoção. — Desabilitei o meu perfil.

Jess não conseguia decidir se isso era um alívio ou um soco no estômago. Eles não tinham um escore do casal, e nunca teriam. Era difícil para ela imaginar que River não precisasse conhecer seu escore de compatibilidade com sua namorada.

A menos que...

— Ah. — Ela fitou os sapatos de ambos: os dele, polidos; os dela, desgastados. Eles estavam a menos de um metro de distância, mas a sensação era de que River se encontrava a mais de um quilômetro dali.

— Acho que é isso, então.

A energia inquieta dele tornou a dor em seu coração excruciante e também a deixou inquieta.

— Vá — disse ela, por fim. — É muita coisa pra digerir.

River exalou aos poucos, voltando o olhar para o rosto de Jess.

— É, sim.

Ele procurou nos olhos dela por um longo instante antes de se abaixar e dar-lhe um beijinho rápido no rosto. Depois de entrar correndo para apanhar seu Americano, ele não parou de novo na mesa delas quando saiu.

VINTE E QUATRO

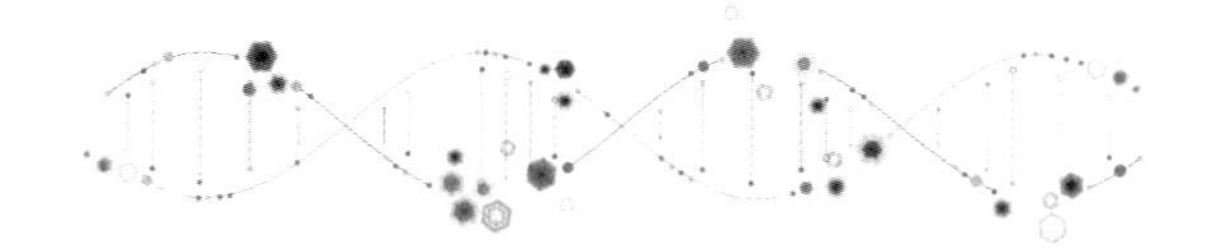

De pé no mercado na noite seguinte, Jess desviou os olhos de sua lista de compras e percebeu que Juno continuava encarando o meio quilômetro de opções de cereais.

— Junezinha, você pode escolher um? Ainda temos que ir pra casa, descarregar isso tudo, e você ainda tem que tomar banho antes de ir pra cama.

Jess olhou para o relógio, temendo a quantidade de trabalho que ainda precisava fazer quando chegasse em casa. Com suas noites subitamente livres de River, ela já deveria ter recuperado o ritmo, com tempo de sobra. E no entanto... Seu foco andava terrível e, quando não estava ocupada se entristecendo e olhando para o nada, estava ajudando Juno com o dever de casa ou, como fizera mais cedo naquele dia, indo para o centro de reabilitação com a vovó e o vovô.

Juno olhou para cima, para as caixas coloridas, os olhos se espremendo enquanto ela avaliava. Quando uma criança de sete anos ouve pela primeira vez na vida que pode escolher o cereal matinal que quiser, é uma grande decisão.

— Humm... — Ela batucou o queixo. — O de canela parece bom, mas esse aqui é de frutas. — Ela pegou a caixa. — Vou querer o de frutas.

— Você sabe que não é fruta de verdade, né?

Sua filha: sempre confiante.

— É, sim. Olha, aqui diz "sabores naturais de frutas".

Jess poupou a lição sobre truques de propaganda para quando estivesse com um humor melhor e jogou a caixa no carrinho.

Uma quantia chocante de dinheiro mais tarde, elas estavam carregando as compras no porta-malas quando seu telefone tocou exibindo um número desconhecido.

— Vai, pode entrar. Eu termino aqui — Jess disse para Juno, avisando que tinha uma chamada. — Alô?

— Jessie!

Música em volume baixíssimo preencheu a linha e Jess olhou para o número outra vez.

— Aqui é a Jessica. Quem tá falando?

— Jessie? É a mamãe!

— Mãe? Mal consigo te ouvir.

Ao fundo, o som de algo se arrastando e risos abafados, e então Jamie estava de volta, a ligação mais silenciosa pelo ambiente em que ela entrara para falar. A mãe de Jess soltou uma fungada aborrecida e soou como se falasse com outra pessoa quando disse:

— Esses cretinos não abaixam o volume.

Jess guardou a última sacola e se recostou contra a traseira do carro, ouvindo com atenção.

— De quem é o telefone que você tá usando? Não reconheci o número.

— Arrumei um telefone novo. Tava recebendo muitas ligações indesejadas. Tipo, o tempo todo.

O coração de Jess afundou. Cobradores. Esse era o terceiro número de Jamie em três anos. E agora que Jess podia ouvir melhor, ela registrou definitivamente a fala arrastada de Jamie.

— Mãe, você tá bebendo?

O *sóumtiquin* dela saiu como uma coisa só, o que queria dizer que a fala seguinte não tinha credibilidade alguma:

— Uma cerveja. Mas não tô bêbada! Eu juro.

Fechando os olhos, Jess respirou fundo para se estabilizar e então fechou o bagageiro. Lá se vão os *dezoito meses limpa.*

— Escuta, Jamie, tô na rua com a Juno, e estamos com o carro cheio de compras. Tô com o seu número novo agora, então ligo pra você mais tarde.

— Não, espera! Querida, preciso que você venha me buscar.

Jess se esforçou para manter o traço de irritação fora da voz.

— Desculpa, hoje à noite eu não posso. Preciso levar Juno para casa e tenho muito trabalho pra fazer. Vá dormir até passar e falo com você amanhã.

— Jessie, acho que tô encrencada.

Jess parou.

— Que tipo de encrenca?

— Com a polícia — respondeu ela, parecendo estar com a mão em concha em torno do bocal do telefone. — Eu iria dirigindo para a sua casa, mas bebi um pouquinho e provavelmente não deveria.

Jess voltou para o carro.

— Mãe, você não pode vir para a minha casa se a polícia está procurando por você, tá brincando comigo?

— Isso é tudo que você tem a dizer? — perguntou a mãe. — Não tá nem um pouquinho orgulhosa de mim?

A boca de Jess se abriu e, por alguns segundos, ela honestamente não soube o que dizer.

— Se eu tô...? Por ficar bêbada? Por estar encrencada com a polícia?

— Por não dirigir — disparou Jamie. — Quer saber, deixa pra lá. Vou esperar vinte minutos e ir dirigindo.

— Mãe, espera. — Jess fechou os olhos, contou até cinco. O sol já começava a se pôr. Vovó e vovô tinham saído com alguns dos amigos deles da Marinha; Fizzy estava com prazo apertado, e Jess não podia continuar correndo para ela. River... River aparentemente era carta fora do baralho. Ela estava por conta própria.

— Não dirija — disse ela. — Só... me manda o endereço. Eu vou aí.

O endereço que Jamie enviou era da casa de sua amiga Ann, em Vista, um trajeto de mais de meia hora. Jess tinha se encontrado com Ann algumas vezes e sabia que ela não era a pior do pessoal de Jamie — afinal, era responsável o bastante para ter residência fixa. Alguns carros se espalhavam pela longa e larga entrada da casa — Jess não viu o de Jamie, mas isso não significava nada — e o som de rock clássico se infiltrava pelas janelas abertas.

— De quem é essa casa? — perguntou Juno, olhando pelo para-brisas para o sobrado de estuco alaranjado. Ela torceu o nariz. — Cheira igual aquela loja de quadrinhos que a gente foi uma vez.

Maconha. Cheirava a maconha. Mas essa era a menor das preocupações de Jess.

— É a casa da amiga da vó Jamie. — Jess ajudou a filha a sair do banco traseiro e lhe deu a mão. — Quero que você segure na minha mão o tempo todo, e não fale com ninguém. — Elas seguiram pela entrada da casa, mas Jess parou. Quem sabia o que encontrariam lá dentro? — Só... não olhe para nada, se puder evitar.

Juno assentiu, agarrando a mão da mãe em sua mãozinha suada. Jess tentava proteger a filha da maior parte das coisas ruins, mas Juno sabia o bastante sobre Jamie para não fazer muitas perguntas.

A porta da frente estava parcialmente aberta e Def Leppard vazava para a varanda dianteira. Juno olhou para a mãe com o cenho franzido, cautelosa, antes que Jess abrisse a porta com um empurrão e desse um passo para dentro.

— Olá?

Jamie surgiu de um canto da casa com um copo cheio de um líquido âmbar na mão, mas, ao ver a filha, imediatamente o largou numa mesa atulhada. Estava descalça e usava um vestido de verão até o joelho; Jess apertou a mão na de Juno enquanto olhava para o cômodo à sua volta. Havia um homem desmaiado no sofá; na cozinha, uma mulher andava ansiosa de um lado para o outro enquanto murmurava num telefone. Só Deus sabia o que estava acontecendo no andar de cima.

— Vá pegar as suas coisas, mãe. Hora de ir embora.

Jamie viu Juno e seu rosto se iluminou, os braços se abrindo.

— Olha aí a minha nenenzinha! — Sua voz era exagerada demais, o sorriso grande demais. — Dá um abraço na vó!

Juno deu um passo para trás, passando os braços na cintura de Jess e se escondendo atrás das pernas dela. Desalentada, Jamie se endireitou e voltou a atenção para a filha.

— Não achei que você fosse chegar tão rápido.

Jamie não parecia estar caindo de bêbada, mas sua compleição estava pálida e vagamente suada. Ela se desequilibrava em pé. Como se lendo os pensamentos de Jess, Jamie limpou o rímel espalhado sob os olhos, envergonhada, e passou as mãos trêmulas pelos cabelos.

— Está tarde — disse Jess, sem emoção. — Amanhã é dia de aula. Todo mundo nesta casa está provavelmente bêbado ou dopado, inclusive você.

— Por que você sempre presume o pior de mim?

Jess não estava no humor para discutir. Pegando Juno no colo, ela se virou para a porta.

— Vou para o carro. Se você não estiver lá em três minutos, vou embora sem você.

Quase exatamente três minutos depois, Jamie saiu, ainda descalça, e sentou-se no banco do carona. Quando ela passou na frente dos faróis, Jess pôde ver que a mãe havia perdido peso. Jamie sempre fora magra, mas ficava esquelética quando usava drogas.

— Cadê seus sapatos? — perguntou Jess, engatando marcha a ré e saindo da entrada da casa. Não que os calçados de Jamie importassem; Jess não voltaria para buscá-los. Era mais fácil dar os seus à mãe.

Jamie olhou para baixo, para seus pés sujos, e franziu a testa.

— Ah... não tenho certeza.

Foi preciso um esforço intenso para que Jess se concentrasse em dirigir com segurança. Estava tão furiosa, tão decepcionada, que tinha medo até de abrir a boca. Uma espiada pelo espelho retrovisor a tranquilizou ao ver que Juno assistia *A Dama e o Vagabundo* no iPhone de Jess, os olhos pesados de exaustão e os fones de ouvido firmemente encaixados no lugar. Com sorte, estaria dormindo antes que elas chegassem à rodovia.

Os quilômetros se passaram em um silêncio tenso enquanto elas se dirigiam para o apartamento de Jamie, mais no interior — um novo endereço, para o qual se mudara há poucos meses.

— Você não precisava ter vindo — disse Jamie, afinal, claramente tentando acalmar as coisas ao se sentar muito aprumada e pronunciar as palavras com perfeição.

Jess raramente sentia *raiva* dela. A mãe tinha esquecido feriados, perdido a maioria da formatura do ensino médio, e mentido na cara dura para a filha sobre sua sobriedade mais vezes do que Jess podia contar, mas ela sempre deixava passar. Jamie era sua mãe. Ela não tinha outra escolha.

Agora, contudo, Jess estava cansada demais.

— Você me pediu para vir te buscar.

— Eu podia ter chamado um Uber ou algo assim de manhã.

— Você disse que estava encrencada.

— Disse?

Jess exalou num fluxo lento e calmante. Não valia a pena discutir por isso.

— Você disse que estava sóbria há dezoito meses, então o que está fazendo bebendo na casa da Ann?

— Tomei *uma* cerveja! — Jamie soltou uma risada breve e se virou para a janela do passageiro. — Claro, para você isso estraga tudo. Você é sempre tão rápida para julgar!

— Não tô julgando. Tô chateada porque tenho cento e cinquenta dólares de compras no porta-malas, inclusive coisas congeladas que provavelmente estragaram. Tô chateada por ter largado tudo e, em vez de colocar minha filha para dormir na cama dela, arrastá-la para alguma festa com drogas, e você nem mesmo consegue ser franca comigo. O que tá rolando? Como diabos você se meteu numa encrenca com a polícia?

— É um mal-entendido idiota.

— Com quem?

— Skin Glow — disse Jamie. — Encomendei alguns produtos para vender. Mas agora a dona diz que ela vai prestar queixa se eu não pagar. É ridículo! Como é que vou pagar pra ela por produtos que ainda não vendi?

— Produtos?

— Alguns cremes e séruns, vitaminas. Esse tipo de coisa.

— Então suponho que você comprou seu estoque no crédito e ia pagar com os lucros.

— É.

— Mãe, tenho certeza de que tudo isso está nos termos de seja lá que contrato você assinou para comprar as coisas.

Jamie balançou a cabeça.

— Quando fui para a consulta, eles disseram que eu era muito boa em vendas, e que deveria entrar já no nível Azul. É super raro ouvir isso, pode confiar em mim, e Trish entendeu que eu estava pegando um inventário bem grande. — Ela empinou o queixo. — Mas eu tinha muita gente querendo comprar os produtos, e tem muito mais gente interessada em comprar, eles só estão esperando receber.

Jess sentia que não podia respirar, como se soubesse o que estava vindo, mas não quisesse ouvir.

— Atrasei algumas contas, então usei o dinheiro das minhas primeiras vendas para cobrir essa despesa. Planejava devolver tudo. Só não tive a chance ainda, e ela está sendo uma vaca com isso. Disse que vai reportar todo o inventário como roubado. — A mãe dela a olhou com os olhos apertados, indignada. — Consegue acreditar nisso?

— Você encomendou produtos, vendeu parte deles e usou o dinheiro para suas contas em vez de pagar pelos produtos que você encomendou?

Jamie assentiu, voltando o rosto para a janela outra vez.

— Não é como se eu não fosse pagar. Se a Trish confiou em mim para entrar já no nível Azul, então por que não pode confiar em mim para vender essas encomendas?

Jess apertou as mãos no volante.

— Quanto?

Jamie não respondeu, e um pavor gelado percorreu a pele de Jess.

— Mãe, quanto você tá devendo?

— Não sei. Tipo, uns dez mil.

Jess a olhou boquiaberta, os olhos arregalados de horror, e teve que girar o volante rapidamente para continuar na faixa.

— Dez mil *dólares?*

Revirando os olhos, Jamie resmungou:

— Lá vamos nós...

— Você encomendou dez mil dólares de *creme pro rosto? No atacado?*

Jess não conseguia nem... compreender aquilo. E então lhe ocorreu. Trish, muito provavelmente, não era a única pessoa para quem sua mãe devia dinheiro.

— Você tem dois crimes graves no seu histórico — disse Jess, as mãos tremendo no volante. — Califórnia é um estado em que, no terceiro crime, você vai presa. Você entende o que isso quer dizer? Se essa mulher prestar queixa, você pode ir para a cadeia por vinte e cinco anos.

Jamie ignorou aquilo com um aceno.

— Não vai chegar a esse ponto. Só preciso pagar a Trish.

— Mãe... *como?* Como é que você vai fazer isso?

As narinas dela se inflaram e ela cerrou a mandíbula.

— Vou pagar para ela tirando da minha parte no lucro dos produtos que ainda tenho para vender.

— Você acha mesmo que consegue vender dez mil dólares de produtos para cuidados com a pele para as suas amigas? — Jess olhou para ela de esguelha e então de volta para a estrada. As amigas de Jamie também não tinham dinheiro.

— É, isso não vai ser problema, é sério, todo mundo ama esses negócios. Mas talvez eu precise que você me empreste o dinheiro para ela sair de cima do meu pescoço...

Tirando os olhos da estrada outra vez, Jess gritou:

— Mas o que diabos te faz pensar que tenho esse tanto de dinheiro na mão?

Jamie a observou, astuta. Depois de uma longa pausa, disse:

— Imaginei que você pudesse pedir para o seu namorado novo.

Jess pareceu levar um soco no peito.

— Como é?

— Vi o *Today show*. — Jamie teve a pachorra de parecer magoada quando tornou a olhar para a filha. — O cara que fundou aquela empresa que vai ser tão grande?

Jess forçou as palavras para fora da garganta.

— Não sei se eu e ele estamos...

— Você não ia nem me contar. Provavelmente porque presumiu que eu iria atrás de você por dinheiro.

Ela fitava o asfalto preto adiante, boquiaberta, vendo passar a placa marcando o quilômetro, vendo a placa de limite de velocidade.

— Não é o que você tá fazendo?

— Não para uma esmola! Deus do céu, Jessica, estou falando de devolver o dinheiro no mês que vem! Só preciso dele agora porque a porra da Trish me encurralou! Será que ela nunca atrasou uma conta? Você nunca atrasou?

Olhando rapidamente para o banco traseiro, Jess sentiu-se aliviada em ver que Juno havia pegado no sono. Ela se virou e fitou adiante, piscando para segurar as lágrimas. Jess tinha o dinheiro. Ela o guardara para aparelhos ortodônticos e para o plano de saúde e em caso de dificuldades; mas tinha o dinheiro.

Por que você não pode simplesmente ser minha mãe?

— Tudo bem — disse Jamie. — Vou me virar, ou vou pra cadeia, mas de qualquer jeito, não é problema seu.

Jess piscou para o espelho outra vez. A boca de Juno estava levemente aberta, a cabeça oscilando gentilmente com os pequenos solavancos na estrada. Jess não podia continuar fazendo isso.

— Eu te dou o dinheiro.

O rosto de Jamie se virou com rapidez para Jess.

— Dá? Eu te devolvo no primeiro pagamento. Estou te dizendo, Jess, antes de tudo isso acontecer, a Trish disse que nunca tinha visto ninguém vender como eu.

Ela se aproximou do complexo de apartamentos que fazia o seu parecer um palácio e estacionou na primeira vaga que viu.

— Não me devolva — disse Jess, sem emoção. — Estou dando esse dinheiro pra você. Mas, depois que eu te der, não quero que me ligue mais, e não quero que apareça pessoalmente.

— O quê? Por que…

— Vou transferir o dinheiro, mas acabou. Não quero ver você nunca mais.

O carro estava ligado e o silêncio se estendeu entre elas. Jess não fazia ideia do que mais dizer. Será que Jamie sequer pagaria as dívidas, ou pegaria o dinheiro e fugiria?

Honestamente, não importava. Jess se cansara.

Jamie olhou para a neta no banco de trás e seu olhar pareceu ficar sóbrio enquanto se movia pelo rosto adormecido de Juno.

Resoluta, ela se virou de volta.

— Você ainda tem o número da minha conta?

Tristeza e alívio se trançaram, quente e dolorosamente, pelos membros de Jess.

— Tenho.

Sua mãe assentiu e lentamente virou de frente outra vez.

— Tá bom. — Os dedos dela se fecharam em torno da maçaneta da porta. — Tá bom.

Ela abriu a porta e saiu para a escuridão.

VINTE E CINCO

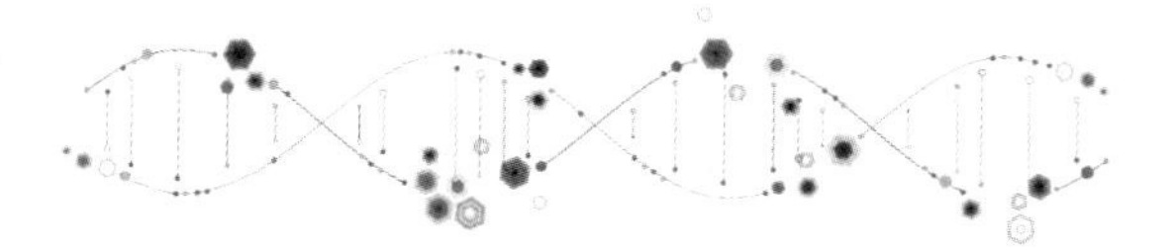

Surpreendentemente, o mundo não parou de girar quando Jess cortou contato com a mãe.

Juno e Jess se levantaram na manhã seguinte e se aprontaram em um ritmo tranquilo e doce. Juno parecia saber que devia ser afetuosa com a mãe, e não precisou que Jess a lembrasse de se vestir nem de levar a louça suja para a cozinha nem de escovar os dentes.

Ela segurou a mão de Jess o caminho todo até a escola.

— Estava pensando que a gente podia sair para jantar hoje à noite — disse Jess. — Só você e eu. Algum lugar especial.

Com um gesto enfático da cabeça, Juno concordou, se esticou, beijou o rosto da mãe e então correu para se encontrar com as amigas.

Jess observou a filha até o sinal tocar e Juno desaparecer para a sala de aula. Depois de transferir o dinheiro, teve que repetir para si mesma que ainda estava melhor do que estivera antes de toda essa loucura começar. Ela contava com novos clientes, nova visibilidade. Podia reconstruir.

Sabia que estava muito melhor do que poderia estar. E mais, tinha uma filha incrível pra caralho.

Seis dias depois, Fizzy choramingava, reclamona, em seu fone de ouvido chique:

— Esse esquema não é a mesma coisa.

Jess olhou para a imagem reluzente de Fizzy pelo Zoom em seu iPad.

— Bom, é o melhor que você vai ter. Você disse que não queria voltar.

— Eu sei, mas... você não sente saudade do Daniel?

— E de café bom, e Wi-Fi estável? — retrucou Jess. — Sim, claro que sinto.

Outras coisas de que Jess sentia saudades:

Seu namorado.

Seu bom humor.

Os dez mil dólares que estavam na sua conta bancária até poucos dias atrás.

A possibilidade de que sua mãe fosse mudar.

Fizzy rosnou outra vez e desapareceu de vista enquanto, Jess presumiu, saía para fazer outra xícara de café medíocre.

Três coisas de que Fizzy a lembrava constantemente agora que elas tinham deixado de ir para o Twiggs:

1. Ela odiava café de filtro, mas era preguiçosa demais para comprar uma Nespresso, mesmo uma básica.

2. Seu Wi-Fi era uma porcaria.

3. A falta de ficar observando as pessoas matava o clima do primeiro encontro fofinho para ela.

No entanto, mesmo que o café de Jess também fosse menos satisfatório do que o café com leite do Twiggs e ela tivesse dificuldades para focar no trabalho em sua mesa de jantar, não conseguia encontrar coragem para voltar ao Twiggs e fingir que não havia um milhão de memórias gravadas em cada superfície gasta. Twiggs foi onde ela conhecera River, onde ela recebeu a notificação do DNADuo, onde ela o vira pela última vez e, o mais importante, onde ela de modo algum queria arriscar trombar com ele às 8h24 de uma manhã de semana.

Embora, para ser totalmente franca, talvez fosse mais duro se Jess descobrisse que ele também não estava mais frequentando o Twiggs. Que ele havia apagado completamente cada pedacinho da história compartilhada entre os dois.

E não era como se Fizzy estivesse de fato pesando a mão para voltar lá. Rob espalhara sua vibe nojenta de traidor por toda a mesa delas antes que Fizzy o encharcasse de água gelada. Deus, o Twiggs tinha sido maculado pelos fantasmas dos antigos eus, mais descontraídos. Os que, dois meses antes, alegremente devoravam a visão do Americano, fofocavam com impunidade, não haviam tido seus corações partidos. Jess sentia saudade daquelas mulheres.

Trabalhar de casa, porém, não era de todo ruim. Jess estava economizando e podia até perder alguns quilinhos sem a ingestão diária de muffins de mirtilo. Ela podia trabalhar com a porta de tela aberta, vestindo uma camiseta e sem calça, porque estava quente lá fora e sem calça era melhor do que com calça, sempre. Ela podia estar ao lado da vovó Jo em vinte segundos (depois de vestir a calça) se necessário.

Jess e Fizzy fingiam estar sentadas na mesma mesa juntas; elas de fato haviam tentado trabalhar juntas, em pessoa, mas acabaram no sofá assistindo Netflix depois de uma meia hora. Zoom era melhor para cumprir prazos.

Seu telefone soou um alerta sobre a mesa e Jess viu a notificação da Wells Fargo bem quando Fizzy voltava.

Fizzy se ajeitou na cadeira e ajustou a tela.

— Que cara é essa?

— Provavelmente é o banco da minha mãe aceitando a... — Jess parou e se abaixou para olhar com mais atenção. Um calafrio a percorreu. — Hum, não. Essa sou eu reagindo a dez mil dólares sendo *depositados* na minha conta.

— Restituição do imposto de renda? — Fizzy mostrou-se confusa.

Será que Jamie havia recusado o dinheiro? Jess abriu o aplicativo e sentiu o coração afundar.

— Ah. É um pagamento da GeneticÀmente.

Do outro lado da tela, Fizzy não disse nada, os olhos arregalados.

— *Credo.* — E aí sua expressão clareou. — Mas... pelo menos o momento é conveniente?

Olhando para ela, Jess fez uma careta.

— Não posso ficar com isso.

— O diabo que não pode — retrucou Fizzy. — Você cumpriu a sua parte do trato.

Jess sabia que Fizzy estava certa, mas não tinha certeza se isso vinha ao caso. Pelo menos para ela.

— Me pergunto se River sabe que a empresa ainda está me pagando.

— Talvez esse detalhe tenha se perdido no escândalo — resmungou Fizzy, soprando seu café quente.

— Essa seria uma conversa bem embaraçosa, hein? — perguntou ela. — Sei que você está me deixando no vácuo, mas só queria te mandar mais uma nota de agradecimento por continuar me pagando para ser sua namorada. É bom estar só com o coração em pandarecos, em vez de com o coração *e as contas*.

O que a melhor amiga dela poderia responder? Então, de coração partido para coração partido, disse apenas:

— Sinto muito, meu bem.

Jess quase caiu da cadeira com o susto de uma batida rápida na porta de tela, espantosamente alta, seguido por uma voz grave e rouca de fumante.

— Eioooo, Jess!

— Ah, meu Deus — chiou ela. — O cara da UPS tá aqui para buscar um material e estou sem calça!

Fizzy apanhou o caderninho, murmurando bem baixinho enquanto anotava:

— Cara da UPS... sem... calça.

Jess puxou a camiseta o máximo que pôde até as coxas, agarrou o envelope para envio em cima da mesa e correu até a porta.

Pat — cinquenta e tantos anos, olhos bondosos e rugas profundas devido a anos de exposição ao sol — era o mesmo entregador com que eles trabalhavam há quase uma década. Ele desviou o olhar assim que percebeu o jeito como Jess escondia a parte de baixo do corpo atrás da porta, e Jess lhe entregou o envelope com os contratos assinados para Kenneth Marshall.

— Desculpa — ela murmurou. — Vamos fingir que isso nunca aconteceu.

— Feito. — Ele se virou e seguiu pelo corredor até o portão.

— Talvez estar longe do Twiggs não seja tão ruim para a minha escrita — disse Fizzy, quando Jess voltou para a mesa. — Esse deve ter sido o melhor começo para uma história que me ocorreu em duas semanas. Talvez eu finalmente seja capaz de escrever algo além de cenas de sexo que passam para lesões penianas agressivas e intencionais.

— Por favor, não escreva um romance estrelando eu e o Pat da UPS.

— Você sabia que pênis podem ser fraturados e estrangulados? — Fizzy fez uma pausa. — Mas não jogue isso no Google.

— Fizzy, juro por De...

Como se fosse possível, Jess tomou um susto ainda maior quando a segunda batida ocorreu. *Será que esqueci de colocar a etiqueta?* Derrotada, ela avisou:

— Pat, aguenta aí, preciso colocar as calças.

Uma voz grave e baixa ressoou por sua coluna.

— Quem é Pat?

Os olhos de Jess se arregalaram e ela se virou para encarar Fizzy, passada, pela tela.

— Que foi? — cochichou Fizz, virando como se pudesse ver a porta de sua tela, chegando tão perto que o nariz e a boca pareciam ampliados. — Quem é?

— River! — Jess murmurou gritando.

Fizzy se recostou e fez um movimento com a mão:

— Vai, vai!

— O que eu falo? — sibilou Jess.

— Faça ele falar! — Ela fingiu boxear em sua cadeira e esqueceu de cochichar o restante. — Foda-se ele! Pode dizer para ele que fui eu quem falou isso!

River pigarreou e ofereceu um "Oi, Fizzy" bem-humorado do outro lado da porta telada.

— Ah, *ótimo*. — Rosnando para ela, Jess se levantou, foi até a porta, pisando duro, e a abriu de súbito.

River fitou seu rosto e então deixou os olhos descerem antes de voltar imediatamente para cima. Um rubor quente subiu por seu pescoço. Ah, sim. Calças. E enquanto eles ficavam ali se encarando, River fez um esforço valente para não desviar os olhos para baixo dos ombros de Jess.

Ou... talvez não fosse valente. Talvez não fosse nem um pouco difícil. Talvez, para ele, desligar os sentimentos fosse como apertar um interruptor no final de um experimento.

Escore acima de noventa: interesse ligado.

Escore desconhecido: interesse desligado.

— Oi — disse Jess.

Bom, mesmo que ele conseguisse desligar seus sentimentos, o mesmo certamente não era verdade para ela. Pelo contrário, seu amor por River havia, de alguma forma, se solidificado feito um tijolo no peito: se Jess de fato não estava apaixonada por ele, então por que chorava até pegar no sono todas as noites? Por que ele foi a primeira pessoa que ela teve vontade de abraçar quando por fim chegou em casa depois de deixar Jamie na outra noite?

No entanto, ao vê-lo ali — o jeito como Jess percebeu de imediato que ele havia cortado o cabelo recentemente, como ele ainda era o homem mais lindo que ela já vira, mesmo com as olheiras escuras sob os olhos, e como estar tão próxima dele ainda fazia um cordão de anseio se esticar da garganta até o estômago de Jess —, a tristeza se derreteu e ela ficou com raiva. Mais do que com raiva, Jess ficou enfurecida. Tinham se passado oito dias. Oito dias de silêncio completo de alguém que lhe dissera que fazia uma eternidade que sentia que não tinha um lar, até conhecê-la. Que a beijara como se precisasse dela para respirar. Que do nada dissera "eu te amo", e não tentara voltar atrás. E que depois havia ido embora.

— O que você tá fazendo aqui?

A mandíbula de River se retesou e ele fechou os olhos, engolindo com esforço.

— Você... quer ir vestir uma calça?

Jess o encarou, em choque. *Essa* era a primeira coisa que ele lhe dizia? Vá se vestir? Honestamente, ser confrontada com a versão cuzona e arrogante de River facilitava muito abaixar o volume do amor e aumentar o do ódio.

— Não. — Jess esperou que ele olhasse para seu rosto de novo e então botou a mão no quadril, ignorando deliberadamente quando sua camiseta subiu. — O que você tá fazendo aqui?

River exalou instavelmente, piscando para o lado e então olhando de novo para Jess.

— Você se incomoda se eu entrar?

O primeiro instinto dela era dizer que sim, se incomodava. Ela se incomodava muito, na verdade, porque tê-lo em seu espaço a relembraria de que ele começara a tratar aquele espaço como *seu* também. Ela jogou fora o desodorante que ele havia deixado no banheiro, as meias que tinha fisgado no cesto de roupas sujas, o leite de aveia que ele deixava na geladeira dela. Mas sabia que precisavam ter essa conversa. Eles tinham que terminar, oficialmente.

Dando um passo para o lado, Jess deixou River entrar e então virou e saiu pelo corredor em passos largos, gritando:

— Fique aí.

Quando voltou, estava de calça, mas seu humor, quando muito, havia piorado. Passar pelo quarto de Juno foi como despejar suco de limão num corte. River não tinha desaparecido apenas da vida de Jess; tinha desaparecido da vida de sua filha também. Sua menininha que nunca havia sido abandonada antes perdeu duas pessoas em uma semana. Seria golpe baixo contar para ele que Juno havia pedido para ver River nada menos do que quatro vezes? Jess se censurava por ter contado a Juno sobre a relação dos dois.

Ela o encontrou empoleirado na beira da almofada do sofá, as mãos presas entre os joelhos. Ele ergueu a cabeça e pareceu relaxar um pouquinho, os ombros se abaixando.

— Por que você está aqui, River?

— Eu esperava que a gente pudesse conversar. — Ele disse como se isso fosse óbvio, mas será que estava brincando?

O queixo de Jess caiu.

— O que acha que eu estava tentando fazer quando te liguei na semana passada? Quando mandei mensagens de texto? Você não respondeu.

Ele respirou fundo e exalou devagar.

— Eu não estava pronto.

— Ah, é? — disse ela, num choque silencioso. — Fiquei aqui enlouquecendo, pensando que a gente tinha terminado. Estava arrasada, River. Devo me sentir melhor por ouvir que você não me ligou porque não estava pronto para ter uma conversa relativamente simples?

— Jess, o que é isso? Você também concordou que era muita coisa para digerir. Estava enfiado até o pescoço em dados. E quando você não me ligou de novo, eu... eu não sabia se você precisava de um tempo.

— Não me transforme na vilã aqui. — Ela apontou um dedo para ele. — Entendo que isso te abalou...

Os olhos de River cintilavam quando ele interrompeu.

— Entende?

— Claro que entendo! Isso também me abalou!

— Não é a mesma coisa — disse ele, a voz cortante.

— Talvez não, mas você não tinha direito de me largar do jeito que fez.

— O quê? — Os olhos dele se arregalaram. — Eu não te larguei.

— Choque de realidade: quando alguém fica em silêncio total por oito dias, não é porque está planejando um grande gesto. — Cruzando os braços, Jess se recostou contra a parede. — E quer saber, River? Entendo que sou fácil de abandonar, mas esperava que você fosse melhor do que isso.

Ele parecia ter levado um soco.

— Você não é "*fácil de abandonar*". Nada disso tem a ver com os meus sentimentos *por você*. Fiquei um desastre por causa do trabalho, preocupado se teríamos que revelar a falsificação, preocupado se a minha empresa ia fechar.

Jess desviou o olhar, cerrando a mandíbula enquanto lutava para não chorar. Será que estava sendo injusta? O mundo inteiro dele tinha se despedaçado, mas ela só conseguia focar em todos os detritos que ele deixara nela.

— Entendo, mas isso não torna meus sentimentos menos válidos — disse Jess, policiando-se para que a voz não tremesse. — Tive uma semana de merda. Eu precisava de você. Mesmo que você também estivesse passando por tudo isso, precisava de você. E você não pode fazer isso, sabe? Simplesmente sumir! Lembre-se disso para a próxima vez, com a próxima mulher. Se você fala de sentimentos como "amor", você deve a ela muito mais do que isso que me deu essa semana.

Ele a encarou, confuso, por longos momentos antes de se inclinar e colocar a cabeça nas mãos.

— Sei que não muda nada — disse ele, baixinho —, mas me senti estilhaçado. — Ele não se moveu por vários instantes. — Fiquei totalmente humilhado, Jess. Sim, são só dados, mas foi a coisa mais cruel que eles poderiam ter feito. Gente que conheço e em quem confiei por quase quinze anos tirou vantagem da minha crença genuína nessa tecnologia. Eles manipularam a mim, pessoalmente, e ao projeto a que dediquei toda a minha vida adulta... porque eles sabiam que, se eu recebesse aquele escore, faria tudo em meu poder para explorar as implicações pessoais disso. — River olhou para ela, e Jess notou os olhos vermelhos dele. — Fui esmagado como cientista e tapeado como homem. Senti que o mundo todo estava — ele tossiu — rindo de mim.

— Eu não estava rindo de você — Jess o relembrou. — Nós já éramos muito mais do que um número num pedaço de papel. E se você tivesse me procurado, teria alguém do seu lado, pronta para lutar com qualquer um que te magoasse. Pronta para lutar por você.

— Eu nem sabia como compreender isso na minha mente. Eu... Eu... — Ele lutou para encontrar as palavras, sentando-se e olhando para ela com sinceridade. — Não saí do meu escritório por dias. Analisei cada linha de dado de cada match Ouro ou mais alto que já tivemos. Sanjeev e eu refizemos análises de amostras vinte e quatro horas por dia para garantir que a empresa não tivesse que fechar.

— Você ainda podia ter ligado.

River abriu a boca para se defender e então exalou, inclinando o rosto para o teto antes de encontrar o olhar dela.

— Podia. Eu devia. Desculpa, Jess. O tempo voa para mim quando estou assim. Mas só fui para casa para tomar banho e trocar de roupa.

Ela não pôde evitar que seus olhos subissem, estudando o corte de cabelo recente.

Ele balançou a cabeça, compreendendo de imediato.

— Cortei o cabelo antes de vir te ver.

— Para estar bonito quando viesse terminar comigo?

Abruptamente, River se levantou.

— É isso o que você acha que tá acontecendo?

Jess soltou o ar num sopro.

— Desculpa, como é?

— A gente está terminando? — ele perguntou, a voz tensa.

— Quais são as outras opções? — Ela fingiu conferir o relógio. — Digo, está meio tarde pro nosso encontro fixo para transar, e foi uma semana esquisita, mas por que não, né? Em nome dos velhos tempos...

— Jess — pediu ele, rouco —, para.

Ela atravessou a sala e ficou bem de cara para ele.

— Para *você!* Por que é que você tá aqui? Entendo que você precisava de um tempo, mas me apaixonei por você. A Juno se apaixonou por você. — Ele reagiu como se tivesse levado um soco no estômago, e Jess seguiu pressionando. — Você sabe o que isso quer dizer? — Ela apertou as pontas dos dedos contra o peito dele, mortificada quando sua garganta começou a arder. — Abri a minha vida pra você. Te dei o poder de arrasar comigo se você sumisse, e você sabia disso, e sumiu mesmo assim. Entendo que você também estava com dificuldades. Mas só uma palavra, uma *mensagem de texto,* e eu teria esperado.

Ele esfregou as mãos pelo rosto.

— Queria ter lidado com isso de outro jeito. Fodi com tudo.

— Fodeu mesmo.

— Me desculpa. — Ele abaixou a cabeça. — Não sabia como você se sentiria quando não fosse obrigada a ficar comigo.

Aquilo chocou Jess.

— River, nunca me senti *obrigada* a ficar com você. Não do jeito que nós estávamos juntos no fim.

Ele se aproximou um passo, rosnando:

— Para de chamar de fim!

— Não entendo o que você acha que tá acontecendo aqui! Você não pode sumir por uma semana e aí agir como se estivesse confuso.

— Você se lembra do que me disse da última vez em que a gente se viu? — ele perguntou, acabando com a distância entre eles. — Você disse: "A estatística não consegue nos dizer o que vai acontecer, ela só nos diz o que *talvez* aconteça". E você estava certa. Um match Diamante é tão raro que duas pessoas aleatórias têm uma probabilidade dez mil vezes maior de encontrar a alma gêmea com um match Básico do que de obter um escore acima de noventa com outra pessoa.

— Eu podia ter te falado isso — disse Jess baixinho, acrescentando com um sorriso relutante: — E aposto que você nem usou a análise correta para calcular isso.

Ele riu, sarcástico.

— Acho que eu precisava enxergar isso por conta própria.

Ele sorriu de modo hesitante. No entanto, o sorriso se desvaneceu ante o silêncio pétreo dela.

— Você quer mesmo terminar tudo?

Jess não fazia ideia de como responder a isso. Ela não esperava receber opções. Achou que já era algo resolvido.

— Eu *não queria,* mas, digo...

— É um sim ou não — disse ele, com gentileza, estendendo a mão para segurar a dela. — E, para mim, a resposta é não. Eu te amo. Eu amo a Juno. Eu precisava pôr as ideias em ordem, e assim que pus, a primeira pessoa com quem eu quis falar foi você.

— Mais ou menos uma semana atrás — disse Jess —, minha mãe me ligou. Ela estava bêbada na casa de uma amiga em Vista. Tive que dirigir até lá para buscá-la numa noite no meio da semana, entrar em uma casa cheia de gente fodida com a minha filha de sete anos, e dar dez mil dólares para a minha mãe pra que ela não fosse presa por roubar uma quantidade imensa de mercadorias.

River empalideceu.

— Como é?

— Avisei a ela que, se eu desse o dinheiro, ela nunca mais deveria entrar em contato comigo ou com Juno. Quando *eu* cheguei em casa para colocar as ideias em ordem, a primeira pessoa com quem eu quis conversar foi você. Mas não tive essa opção.

Para seu crédito, River não fez uma careta, nem franziu a testa, nem retesou a mandíbula, indo para a defensiva. Ele só engoliu em seco, assentiu uma vez e absorveu a informação.

— Eu devia estar aqui. Odeio o fato de que não estava.

— Como vou saber se você vai estar aqui da próxima vez? — perguntou ela. — Entendo que isso foi terrível para você. Posso imaginar como você nem levanta a cabeça quando entra no modo pânico. Mas eu realmente, de verdade, queria ser a pessoa para quem você se volta durante isso tudo. E você mesmo me disse uma vez: coisas ruins acontecem o tempo todo. É a vida. Então, se algo enorme acontece no trabalho e você não sabe como processar isso, será que devo me preocupar que você vá se recolher para dentro de você mesmo e não vai falar comigo por oito dias?

— Não. Vou trabalhar nisso. Prometo.

Jess o encarou. Olhos escuros, cílios espessos, boca carnuda. Aquele pescoço macio que ela fantasiava em morder e lamber, descendo até as clavículas mais perfeitamente musculosas do mundo. Dentro daquele crânio havia um cérebro no nível de um gênio, e — quando ele se permitia sair do laboratório por um tempinho — River Peña tinha a profundidade emocional de um homem que já vivera uma vida toda. Ele falava de estatística com ela, e o coraçãozinho que acompanhava novelas com sua *abuela* ainda batia naquele peito. *Ele me ama, e ele ama a minha filha.*

— Também não quero terminar — admitiu Jess.

Ele abaixou a cabeça, expirando devagar.

— Ai, meu Deus... eu realmente não tinha certeza de para que lado isso ia. — Estendendo a mão, ele a segurou pela nuca e gentilmente a puxou adiante, para seus braços. — Puta merda, sobre a sua mãe. Eu... essa é uma conversa maior, eu sei.

— Depois — disse Jess, afastando-se e pousando a mão sobre o peito dele. — A empresa vai fechar?

Ele chacoalhou a cabeça.

— No final, eles só falsificaram o nosso escore. Tudo o mais foi reproduzido dentro da margem de erro padrão.

A pergunta seguinte subiu tremulamente para a superfície.

— Vocês avaliaram as nossas amostras juntas?

— Eu avaliei. — Enfiando a mão no bolso do blazer, River tirou de lá um pequeno envelope fechado. — Pra você.

Uma mistura potente de medo e excitação percorreram Jess.

— Você sabe a resposta?

Ele encolheu os ombros, sorrindo.

— Isso é um sim ou um não?

Assentindo uma vez, River admitiu:

— Eu sei. Não confiei em mais ninguém para fazer a análise, mas me preocupei que alguém acabaria fazendo só por curiosidade.

Mordendo o lábio, ela travou uma batalha interna. Deveria olhar? Não deveria olhar? Com a voz tensa, Jess disse a ele:

— Não ligo para o escore. Nunca liguei.

Ele riu.

— Então não olhe.

— *Você* liga para o nosso escore?

River lentamente balançou a cabeça.

— Não.

— Fácil para você dizer isso, porque já viu. — Ela parou. — Isso significa que é ruim?

Outra vez, ele balançou a cabeça.

— Não.

— É alguma coisa doida? Tipo, o noventa e oito estava certo, no fim? — Ele parou, mordeu o lábio, e então lentamente balançou a cabeça pela terceira vez. Jess exalou, frustrada. — Você se sente melhor a respeito disso agora?

— Jess — ele disse com delicadeza —, você só precisa abrir o envelope para saber.

Ela fechou os olhos com força.

— Não *quero* olhar. Entendo que você precisava ver os dados, mas odeio que precisasse vê-los para me escolher.

River reagiu depressa, passando um braço em torno da cintura dela.

— Não preciso. Estou te dizendo: esse escore não importa para mim. Eu te amo porque te amo, quer eu devesse ou não.

Jess semicerrou os olhos, analisando aquelas palavras.

— Tá bom, vou presumir que somos um match Básico.

Ele assentiu, satisfeito, e afastou o envelope.

— Tá bom.

— Nós somos?

River sorriu, dizendo:

— Não.

Ela rosnou.

A expressão dele suavizou; River olhou de relance para a boca de Jess e de volta para seus olhos.

— Quer que te conte ou não?

— *Não.* Você sabe o que nós da estatística falamos: todos os modelos estão errados, mas alguns são úteis. — Ele riu. — Não quero saber o escore, River.

— Não vou oferecer de novo. — Ele deu um passo adiante e passou o outro braço em volta da cintura dela. — Posso fazer isso?

Jess assentiu, olhando para ele por entre os cílios. Era tão bom tê-lo perto assim... Quando ela fechou os olhos, pôde focar no desejo vibrando por seu sangue como uma droga. Eles tinham horas antes de Juno voltar para casa.

Ela ergueu a mão, deslizando-a pelo peito de River, pelo pescoço, traçando o lábio inferior com o polegar.

— Não consigo acreditar que você tá aqui.

— Fiquei com saudade.

— Eu tava aqui esse tempo todo.

Ela gentilmente beliscou o queixo dele.

— Tô me sentindo incrivelmente carente. — River se curvou e pousou os lábios sobre os dela. — Eu te amo.

A emoção tomou conta de Jess, que abraçou o pescoço dele.

— Também te amo.

— Só pra constar — uma voz incorpórea veio do iPad —, se vocês acham que não anotei cada palavra disso, estão doidos.

Com um sorriso malicioso, River se virou e foi até o iPad, terminando a reunião por Zoom com um clique rápido. Quando tornou a olhar para Jess, seu sorriso imediatamente assumiu um caráter mais voraz.

— Acho que não fui o único a esquecer que ela estava ali.

O pedido de desculpa de Jess se dissolveu entre eles enquanto River se aproximava dela a passos largos e resolutos, o olhar escurecendo; adrenalina jorrou, quente e insistente, na corrente sanguínea dela. Deslizando os braços em volta da cintura de Jess, River se inclinou para beijar-lhe o pescoço.

— O que é que aconteceu com nós dois e plateias?

— Não sei, mas com certeza estou feliz por não termos uma agora.

Ela fechou os olhos, concentrada nos beijos meigos e minúsculos que ele depositava em sua pele, desde a clavícula até o queixo.

Abaixando-se e passando as mãos para a parte de trás das coxas de Jess, River a ergueu no ar, as pernas dela abraçando-lhe a cintura para carregá-la pelo corredor.

— Tudo bem assim?

— Se por "assim" você quer dizer sexo de reconciliação sem crianças na casa, então sim. Tudo muitíssimo bem.

Enquanto River caminhava, os beijos deles foram tomando uma intensidade dolorida, de ferir os lábios, que disse a Jess — mais até do que as palavras dele haviam dito — o quanto ele sentira saudade dela. Porém, quando a colocou na cama e se apoiou por cima dela daquele jeito voraz que ele tinha, River ergueu a mão com delicadeza para retirar alguns fios do cabelo de Jess do rosto dela e disse:

— Nós nunca conversamos de verdade a respeito disso, não tinha importância no momento, mas nunca estive de verdade num relacionamento desde que fundamos a GeneticÀmente.

Jess se afastou, afundando-se no travesseiro, para olhar para ele.

— Sério?

River confirmou.

— O trabalho era tudo — disse ele, cauteloso. — Eu apenas não estava envolvido emocionalmente em mais nada. Até que você surgiu. Então, sei que não é uma desculpa, mas agora reconheço que devo estar ciente disso se houver outra crise no trabalho. — Ele parou, reconsiderando. — *Quando* houver outra crise no trabalho. Voltei para aquele modo de agir tão depressa que tudo desapareceu. Até essa manhã, achava que tinham se passado apenas dois ou três dias desde que a gente conversou.

Jess levou um momento para absorver isso.

— Por que você não me disse isso no segundo em que passou por aquela porta?

— Queria o seu perdão antes de me defender.

Ela levantou a mão, passando-a em torno do pescoço dele e trazendo--o para ela. O beijo dele começou lento, os lábios absorvendo o suspiro aliviado dela, mas aí River se abriu para saboreá-la.

A provocação sedutora relembrou Jess da sensação de fazer amor com ele, de como ele podia ser exigente e meigo em um equilíbrio quase impossível. As mãos dela se tornaram ávidas, movendo-se debaixo das roupas de River, empurrando todas para longe. Jess queria a pele dele diretamente contra a sua, macia e quente com a fricção. Eles chegaram lá rapidamente, nus, juntos, em uma faixa de luz do sol da tarde que se derramava sobre a cama dela. River esticou um longo braço para a mesa de cabeceira e então se ajoelhou na frente dela, rasgando a embalagem da camisinha com os dentes.

Jess deslizou os dedos pela própria barriga, mordendo o lábio enquanto assistia.

— Realmente adoro ver você fazendo isso.

Ele sorriu, olhando para as próprias mãos.

— Ah, é? — E então mudou de posição; apoiou uma das mãos perto da cabeça dela e se abaixou, beijando-a. — Acho que prefiro ver você fazendo isso.

O sorriso dele se demorou, brincalhão e sedutor, e aquela pulsação elétrica ecoou em Jess como um segundo coração batendo. Com um foco duradouro, River se moveu, provocante no começo, fitando hipnotizado a expressão de júbilo no rosto dela. Ele observou enquanto Jess caía e então, soltando uma exalação de incredulidade, virou o rosto para o teto e a seguiu no prazer.

River permaneceu em cima dela por um longo tempo, os braços cercando--a de maneira protetora, o rosto apertado contra seu pescoço. Quando os dois recuperaram o fôlego, ele se livrou da camisinha e então voltou exatamente para o mesmo lugar. Jess nunca tivera isto antes: alguém que fosse inquestionavelmente seu. Ela o enlaçou com os braços em torno da cintura e as pernas preguiçosamente jogadas em volta das coxas de River, apaixonando-se outra vez sem dizer uma palavra.

Isso significava que eles acordaram assim um bom tempo depois, rígidos, com calor e gemendo. River rolou para o lado, deitando de barriga para cima e erguendo a mão para massagear a nuca dolorida. Ao lado dele, Jess tentava endireitar as pernas, choramingando.

— Não quero soar paranoica — disse ela —, mas juro que alguém deve ter acertado a gente com um dardo de anti-histamínicos ali da porta. Nós literalmente desmaiamos.

Ele riu.

— Não tirava uma soneca dessas desde que estava no jardim de infância. — Rolando para ficar de frente para Jess, ele a puxou para perto outra vez, com olhos meigos e sonolentos. — Acho que os nossos corpos precisavam que os cérebros desligassem por alguns minutos.

— Concordo com você. — Jess o beijou, incapaz de fechar os olhos. Ela achou que se sentia segura nessa relação antes, mas o amor que eles tinham acabado de fazer cimentou algo de diferente entre os dois. Com a ponta do dedo, ela acompanhou o formato do queixo de River, da boca, e então um pensamento lhe ocorreu. — Posso te perguntar uma coisa sobre a empresa, ou você quer ficar na bolha mais um tempinho?

— Estou planejando morar nessa bolha com você, então pergunte o que quiser. Não vai cortar o meu barato.

Ela sorriu, mas o sorriso sumiu em seguida.

— O que tá acontecendo com sua equipe executiva?

— David e Brandon se foram. A diretoria os demitiu no mesmo dia em que te vi no Twiggs. A Tiffany também.

Jess arfou.

— Ela sabia?

— Acho que ela meio que tinha que saber — disse River, esfregando os olhos. — Os únicos que sobraram da equipe original fomos eu, Lisa e Sanjeev. — Quando ele puxou a mão, olhou para ela, sem resguardos, e Jess teve um vislumbre do quanto ele estava exausto. — Trouxemos um geneticista da UCSD e o diretor de química da Genentech para ocupar a diretoria interina. Fui promovido a CEO. Sanjeev vai assumir como CSO. Estamos chamando uma nova diretora de marketing que, com sorte, vai começar na semana que vem.

— Vocês vão ter que fazer algum tipo de anúncio oficial?

— Sim, amanhã. Estamos só esperando a Amalia confirmar que aceita o pacote de CMO que oferecemos, e aí o novo quadro de executivos vai aparecer no nosso site.

Ela balançou a cabeça.

— Não, me referi a um anúncio sobre os resultados.

— Os resultados? — A testa dele se franziu em confusão.

— É só que... — Jess vacilou, torcendo para que isso não fosse intrometido ou insensível. — Digo, e sobre a *U-T*, e o *Today show*, e a edição da *Caras* vai sair nessa sexta, não é?

River olhou de um olho para o outro de Jess por um segundo, e então falou, baixinho:

— Tivemos que incluir o resultado na auditoria da OPI, mas, tirando isso, não. Não vamos fazer nenhuma declaração a respeito.

— Isso é... — Mais uma vez, ela odiava a possibilidade de que isso o insultasse. — Isso é legal? Digo...

— Jess.

— ... o escore original afetava a sua valoração, e...

Ele se inclinou para perto dela, beijou-a lentamente, e então recuou.

— A GeneticÀmente não vai soltar uma declaração.

A apreensão foi crescendo em seu peito, fazendo com que se sentisse como um barco em águas agitadas. Ele estava falando em legalês?

— Tá bom — disse Jess, franzindo a testa.

River estudou a reação dela e mordeu o lábio, sorrindo.

— Para com isso.

— Com isso o quê? — perguntou ela, piscando.

— Sei o que você tá pensando. Que estou sendo antiético ou evasivo. Não tô. Você só tem que confiar em mim.

— Eu confio, é só que...

Ele a silenciou com outro beijo, mais longo, profundo e exploratório, com sua mão encaixando-se no queixo de Jess e seu torso se erguendo outra vez sobre o dela.

— Olha, não sei como responder a essa pergunta de outro jeito, então vou só continuar te beijando até você parar de perguntar.

— Tô dizendo porque te amo, e não quero que a sua empresa...

— *Jess.* — Ele a beijou novamente. Um beijo estralado e definitivo. — Você me disse que não queria saber nosso resultado. — Ele a encarou intensamente. — Então, vai ter que deixar isso para lá.

Em choque, Jess observou enquanto River se levantava e saía da cama, sorrindo para ela por cima do ombro antes de ir até o banheiro. Ela ouviu ruído de água corrente, e o tempo todo fitava, sem ver, a porta pela qual ele tinha acabado de passar. Eles não iam soltar uma declaração. River não parecia achar que eles precisavam fazer isso. Será que isso significava...?

Seu coração de alguma forma se transformara em um pássaro dentro dela.

River voltou e procurou perto do pé da cama por sua boxer, vestindo-a. Jess tinha um milhão de perguntas, mas não conseguia fazer nenhuma delas.

Tá, talvez mais uma. Ela franziu o cenho enquanto ele vestia a calça.

— Você vai... trabalhar?

River fechou o cinto e, antes de apanhar a camisa, se debruçou para beijá-la outra vez.

— Não, não vou trabalhar. — Endireitando-se, ele se manteve em silêncio por um segundo, e então disse: — Mas você acha que teria algum problema se eu buscasse a Juno na escola?

Jess se sentou de súbito, mergulhando em busca do telefone. *Ah, merda!* Eles tinham dois minutos para fazer uma caminhada de sete.

— Quer dizer — esclareceu ele —, eu gostaria de ir buscá-la.

— Eu sei. Só deixa eu... — Ela se levantou, procurando as roupas.

— Jess. — Colocando as mãos nos ombros dela, River a colocou de volta na cama. — Tô dizendo que *eu* quero ir buscar a Juno. Deixa eu te ajudar. — E então ele passou as mãos pelo cabelo e tomou um fôlego profundo, tranquilizador. — Se não tiver problema. Tenho que consertar as coisas com minhas duas mulheres hoje.

VINTE E SEIS

Dois meses depois

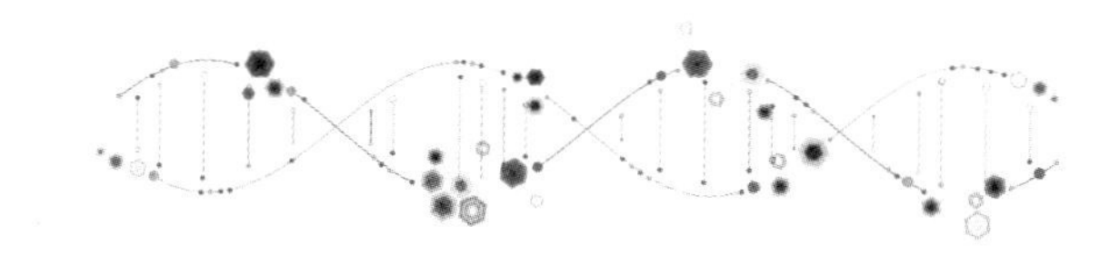

Na comoção de pais passando por eles e crianças tagarelando com empolgação sobre suas criações, Fizzy colocou um pequeno item de plástico na mão de Jess, depois fechou os dedos da amiga em torno dele.

— Surpresa!

Jess encarou o pen drive, parando no meio do corredor lotado.

— Isso aqui é o que acho que é?

— Se acha que é o livro novo de Felicity Chen, *Parzinho Básico,* sobre um cientista gostosão e uma mãe solo sexy estabelecendo uma conexão amorosa por meio de um aplicativo de namoro baseado no DNA — disse Fizzy —, então *sim.*

River pairava logo atrás, apoiando o queixo curioso sobre o ombro de Jess.

— É tão safado quanto os outros livros seus?

Fizzy assentiu, orgulhosa.

— Provavelmente mais.

As sobrancelhas dele se ergueram.

— Difícil saber se eu deveria achar isso esquisito ou me sentir orgulhoso — comentou ele. Estendendo a mão em volta da cintura de Jess, River pegou o pen drive. — Vou começar hoje à noite.

Ao ver a cara de Jess, ele acrescentou:

— Considere como pesquisa.

Jess riu e a mão dele, grande, fechou-se em torno da dela, guiando-a pelo labirinto de mesas e exibições, sabendo exatamente aonde ir porque ele estava ali desde a uma da tarde ajudando Juno a montar tudo. Por quase um mês, River e Juno haviam trabalhado incansavelmente na montanha-russa. Sugerir que ele havia se dedicado mais ao projeto do que Juno seria injusto — ela, afinal, tinha sido encontrada acordada com frequência quando deveria estar na cama, conferindo pela terceira vez a cola em algum dos dois mil pontos de contato entre todos os palitinhos de sorvete —, mas ele também tinha sido previsivelmente intenso a respeito. Eles haviam desistido da fita adesiva de arte em favor de algo mais resistente (leia-se, maior e mais rápido), e construíram quatro carrinhos diferentes para testar no brinquedo antes de finalmente se decidirem por rodinhas que tiveram de ser encomendadas da Alemanha. No armário do corredor, Jess tinha agora três caixas de trilhos ferroviários em escala HO, e nem sequer imaginava o que faria com elas.

No final, a montanha-russa ficou com mais de 1,20 metro de comprimento e 60 centímetros de altura. Tinha sido um trabalho meticuloso, e após algumas noites observando os dois em uma felicidade de explodir os ovários, Jess havia finalmente percebido que sua presença não era nem um pouco necessária, e passou o tempo alegremente lendo ou assistindo às suas séries sozinha na cama. Quando o projeto por fim foi finalizado, três noites atrás, River levou as duas para tomar sorvete em comemoração.

Então ela já sabia que não precisava nem cogitar que a OPI oficial da GeneticÀmente fosse mantê-lo longe no dia seguinte. Ainda assim, eles tinham um jantar de negócios naquele dia, e ela acreditava que River fosse ficar no escritório até bem depois da meia-noite — e provavelmente já teria saído de novo antes que Jess acordasse. O preço inicial para as ações era mais alto até do que o subscritor havia imaginado, e todos estavam ansiosíssimos, esperando que não fosse cair depois de entrar no mercado. Se o preço se mantivesse estável, ou subisse, a equipe original da GeneticÀmente — à exceção de David, Brandon e Tiffany, que romperam uma cláusula contratual importante — ganharia dezenas de milhões da noite para o dia.

— A que horas você precisa ir embora? — ela perguntou.

Ele deu de ombros, distraído, e Jess não conseguiu perguntar novamente porque eles haviam chegado à mesa de Juno, e tanto River quanto Juno sorriam, radiantes de tanto orgulho que por um segundo Jess quis perguntar de quem tinha sido o projeto de ciências e artes da segunda série. Mas como ela podia provocar aquelas carinhas? No momento que pais, professores e colegas estudantes entraram na sala para ouvir a apresentação de Juno — River ficou obedientemente quieto, mas de pé, orgulhoso, por perto —, Jess sentiu o peso dos últimos meses pressionarem seu peito como sacos de areia. Ela se deu conta de que o destino também podia ser uma escolha. Acreditar ou não, ficar vulnerável ou não, apostar tudo ou não. Lágrimas subiram-lhe aos olhos e ela se voltou para Fizzy, fingindo que um cílio havia entrado num deles. Fizzy, para seu crédito, puxou da bolsa um lencinho e um espelho, permitindo que Jess mantivesse a dignidade.

— Ele é incrível mesmo — concordou Fizzy, cochichando. Ela observava River sem nem um traço de tensão ou inveja em sua expressão; depois de superar o imbróglio de Rob, Fizzy havia percebido que estava pronta para algo sério; atualizou seus critérios no DNADuo e estava confiante de que seu próprio match Titânio, ou mais alto, não se encontrava tão longe assim.

Quando os juízes terminaram de ver os projetos e tabularam a pontuação de todos, os alunos foram encorajados a se juntar às famílias e esperar no auditório pelos resultados.

Era uma cena familiar: fileiras de cadeiras dobráveis e conversas entusiasmadas. Crianças mais novas dardejavam entre as fileiras enquanto os pais tiravam um tempo para se atualizar uns com os outros. Não estava muito distante a época em que uma noite assim teria soprado as brasas da solidão, seguida por dias ardendo na própria insistência de que Solteira Era Melhor. Esta noite, contudo, Jess se sentia como o coração satisfeito de uma família bem sólida. Sua aldeia perfeita ocupava uma fileira toda: vovó Jo e vovô na ponta com o carrinho da vovó; Fizzy à esquerda de Jess, e então River, e Juno à direita. Nenhuma zona de segurança feita de cadeiras vazias.

— Não estou dizendo que os outros projetos não eram ótimos — disse River, aproximando-se para sussurrar. — Digo, alguns eram terríveis, e outros eram ótimos, mas falando de maneira completamente objetiva, Juno devia ganhar esse negócio.

— Completamente objetiva, hã? — Jess conteve uma risada. A competitividade de River era profunda; disputas de artes e ciências da segunda série, aparentemente, não estavam imunes. — Ganhando ou perdendo, estou impressionada com vocês dois. — Ela ergueu um pouco a manga da camisa dele, olhando para o relógio. Já eram seis e meia. — Você não tem que sair logo?

Ele acompanhou a atenção de Jess para o seu pulso. Dois meses atrás, pensou ela, River teria saído correndo ao ver o horário. Mas ele apenas exalou, fez suas contas e disse:

— Eles estão prestes a distribuir os prêmios. Vou depois disso.

— Como está se sentindo a respeito de amanhã?

O momento da verdade.

— Nervoso — admitiu ele —, mas na maior parte aliviado por finalmente estar chegando.

Ele segurou a mão de Jess e ela as ergueu, beijando os nós dos dedos de River. Foi como se a traição de David tivesse relaxado alguma tensão nele: as coisas tinham dado terrivelmente errado, mas, no final, deu tudo certo. Até melhor. A nova equipe executiva estava revigorada e teve uma conexão próxima e instantânea. River mesmo refizera os testes de centenas de amostras. Ultimamente havia tanto burburinho na mídia em torno da GeneticÀmente que Jess tinha consciência de que muitos pais sabiam quem ela e River eram, e não porque seus filhos iam para a escola juntos.

E, por mais que ele insistisse que não importava, Jess sabia que o novo escore Diamante deles confirmava que certa vez ele havia descoberto algo autêntico, e conseguido de fato fazer alguma coisa com isso para tornar o mundo um lugar melhor.

Ao lado dele, Juno ocupava-se conversando com uma amiga na fileira da frente, debatendo com empolgação as vantagens da cobra do milho contra a cobra real californiana. Jess fez um lembrete mental para relembrar River de não ceder na questão das cobras.

— Juno é uma criança tão curiosa, tão criativa — disse River, seguindo o ponto para onde Jess olhava. — Precisamos conferir antes de comprar nossa casa pra garantir que tenha espaço suficiente para os projetos dela...

As palavras dele pararam de súbito, os olhos dos dois se encontrando enquanto pareciam registrar a magnitude do que ele acabara de dizer. *Precisamos conferir antes de comprar nossa casa.* Eles estavam juntos, é claro, mas não tinham conversado de verdade sobre o que viria a seguir.

River voltou o rosto para a frente, dando a Jess a doce visão de suas bochechas corando.

— Eu ia conversar com você mais tarde, mas... — ele pigarreou —... uma das professoras me confundiu mais cedo com o pai da Juno. Juno explicou, mas hesitou por um segundo. Isso me fez pensar que talvez eu não tenha sido bastante claro quanto ao que quero.

O coração de Jess disparou e as palmas das mãos ficaram suadas contra as dele. Ela voltou os olhos brevemente para a esquerda, para confirmar que Fizzy e o avô ainda riam de alguns vídeos de bodes no Instagram.

— Você tem uma OPI amanhã — ela o lembrou. — Essa conversa pode esperar.

— Por quê? — indagou ele, voltando o olhar para ela e sorrindo. — Vai ser uma conversa difícil ou estressante em algum sentido?

Ela sorriu, mordendo o lábio inferior.

— Tá. Entendi. O que você quer?

— Você.

River deixou a palavra pairar entre eles por um instante cheio de significado. River a queria, e ele *a queria.* Seus olhos castanhos da cor de uísque continham o mesmo calor que exibiam no meio da noite, quando ele a acordou com um beijo e acendeu o abajur na mesinha de cabeceira antes de guiá-la para cima dele.

Mas então a intensidade se rompeu e ele prosseguiu com uma sinceridade discreta:

— E a Juno. Talvez um cachorro. — Ele deu uma espiada por cima do ombro de Jess. — Quero a insanidade da Fizzy e a comida da Jo. Pescar nos finais de semana com o Ron. Sei que é cedo demais para realmente decidir alguma coisa, mas quando você estiver pronta para dar o próximo passo, seja lá qual for, eu topo.

— Você tá dizendo que quer morar com a gente?

Ele riu um pouco.

— Claro que quero! Minha casa tem mais espaço, mas não parece um lar, e sei o quanto vocês adoram o apartamento. Mas a gente podia procurar algo grande o bastante para todos nós. Com uma cozinha gigante e com quartos no piso térreo para os seus avós, ou até uma casinha pra eles nos fundos.

Jess não sabia o que dizer. Ela já tinha tanto que parecia quase ganancioso querer mais. Acordar juntos toda manhã, ou ter a intimidade silenciosa das tarefas mundanas, como fazer compras juntos, e fazer um orçamento juntos, e apenas... compartilhar a carga diária. Ela imaginou os dois se movendo em torno um do outro no final da noite — colocando o último copo na lava-louças, compartilhando aquele gemido de frustração por Juno ter deixado as meias no sofá outra vez. Ela imaginou não ter que dizer adeus para ele na porta da frente, nunca mais.

Peça por isso tudo. O que você tem a perder?

— Nesse verão — disse Jess, erguendo o queixo como se o desafiasse a voltar atrás. — Junho ou julho. Se você tá falando sério, vamos procurar uma casa.

O canto da boca de River se curvou para cima.

— É?

Ela não pôde resistir; ele era meigo demais. Jess se aproximou para um beijo.

— É.

O beijo, porém, foi interrompido pela chegada da sra. Klein na frente da sala. River se afastou de súbito, cutucando o ombro de Juno. Jess observou enquanto eles olhavam um para o outro, e então para a frente, e escondeu uma risada com a ponta dos dedos. Ela sempre tinha gracejado que Juno era metade da Fizzy, mas agora precisava admitir que havia uma influência ainda mais dominante em jogo. Porque, em uníssono, os olhos de Juno e de River se arregalaram, as colunas aprumando-se feito uma tábua.

Então, Jess desejou mais uma coisa.

E enquanto a sala irrompia em aplauso e River erguia Juno em um abraço de comemoração, Jess rapidamente lançou mais alguns desejos no carrinho, só por via das dúvidas. No entanto, ainda que nada ocorresse conforme o planejado na manhã seguinte, a GeneticÀmente já tinha feito pelo menos uma coisa espetacular e extraordinária.

Juno fechou os olhos enquanto passava os braços em torno do pescoço dele.

— A gente conseguiu, River Nicolas!

É, pensou Jess, observando os dois. *A gente conseguiu.*

AGRADECIMENTOS

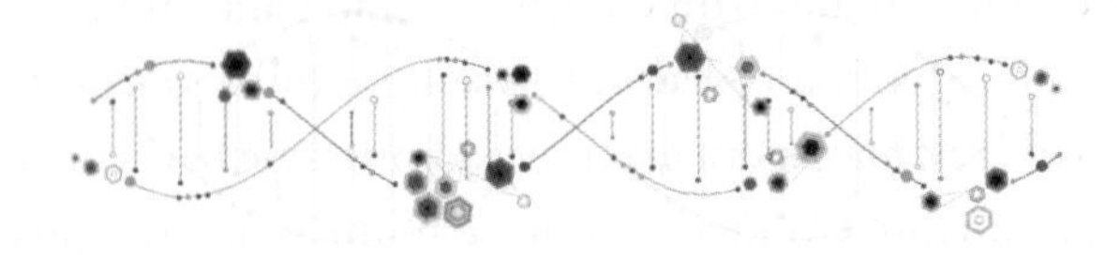

Sem dúvida não foi intencional, em uma era em que a palavra dos cientistas parece ser continuamente desconsiderada, escrever um livro sobre o poder dos dados, mas aqui estamos. Embora tenhamos concebido a ideia antes de a pandemia chegar com tudo, nós a escrevemos durante o período em que nossos estados divulgaram ordens para que todos se isolassem em casa, e este livro vai ter para sempre um lugar sagrado em nossos corações pela distração e pela alegria que nos trouxe durante um período tão sombrio para o mundo. Não houve nada no processo de escrita desta obra que não tenha sido escapista e recompensador, e por esse motivo (e mais um milhão deles) somos incrivelmente privilegiadas em fazer isso.

Também somos gratas ao espetacular grupo de pessoas com quem não apenas trabalhamos, mas que foram nossa equipe pau pra toda obra nesse último ano. Nós nos revezamos apoiando uns aos outros, que é o melhor cenário possível em um ano pesado como esse. Antes de 2020, nosso amor ia até os ossos, mas a devoção agora corre no nosso DNA: Holly Root e Kristin Dwyer, estamos do seu lado pra sempre. Além do que vocês fizeram por este livro, o que nos dão diariamente como amigas e colegas é inestimável, e estimamos vocês duas. Kate Dresser, sua capacidade e seu calor humano mantiveram nossas carreiras e nossos espíritos vivos mesmo quando o mundo estava (às vezes literalmente) pegando fogo. Obrigada por estar sempre presente — tanto emocional quanto profissionalmente —, sempre receptiva, entusiasmada e tranquilizadora. Somos as escritoras mais sortudas. Jen Bergstrom, obrigada por sempre acreditar na gente e, mais especificamente, por acreditar neste livro. Sua decisão de nos colocar entre os lançamentos de capa dura ainda nos ilumina por dentro. Passamos por cada passo de nossa carreira com você, e isso é muito importante para a gente. Rachel Brenner, você é sempre um ponto de luz mesmo nos piores dias. Obrigada por correr atrás, mas também — e dizemos isso com a mais profunda sinceridade e seriedade — obrigada por sempre, *sempre* estar disposta a soltar uma piada de tiozão.

Para toda a nossa equipe na Gallery — Molly Gregory, Aimée Bell, Jen Long, Abby Zidle, Anne Jaconette, Anabel Jimenez, Sally Marvin, Lisa Litwak, John Vairo, a equipe de vendas e o grupo de vendas de direitos estrangeiros da Gallery: NÓS ADORAMOS VOCÊS TODOS, DE MONTÃO!

O cenário principal do livro, ou seja, o complexo de apartamentos, é baseado em um lugar real! Um lugar verdadeiramente muito amado por mim (Lauren), e de propriedade dos meus mui-amados tio e tia, Sharon e Clayton Haven, que se aposentaram, venderam sua casa com um milhão de degraus, e tornaram seu sonho realidade, morando no complexo de apartamentos com meus primos adultos e as famílias deles. Tomamos algumas liberdades ficcionais com o local para que funcionasse para Jess e Juno, mas, na maior parte, nossas descrições do complexo de apartamentos são baseadas na realidade, e é possível descobrir mais sobre esse local na história publicada pelo *LA Times* em 15 de fevereiro de 2019, chamada "3 Generations in One Apartment Building? That Was the Grandparents Idea" ["Três gerações em um prédio de apartamentos? Essa foi a ideia dos avós."]. Meu tio e minha tia são duas das pessoas mais preciosas neste planeta, e devo a eles não apenas por muitas noites loucas, mais do que posso contar, mas também pelo entusiasmo, pelo apoio e por servirem de modelo para um senso de aventura que os motivou durante a vida inteira. Eles encontram a alegria em tudo; é tão inspirador (exemplo: Titio tinha 75 anos quando teve o prazer de ver uma leitora nos pedir para autografar os seios dela, e ainda consigo ouvir a risada dele). Seria difícil encontrar duas almas mais curiosas, atenciosas e abertas neste mundo. S & C, amo vocês loucamente.

Obrigada a Keith Luhrs, Iqra Ashad, Erica Lewis e Rebecca Clark pelo conhecimento científico e por lerem o manuscrito. Para algo totalmente teórico e provavelmente, cientificamente impossível, vocês nos ajudaram a chegar o mais perto que podíamos. Nem precisamos dizer que quaisquer erros que restarem são nossos, e apenas nossos.

Para nossos amigos do mundo do livro que estiveram nessa conosco esse ano, nós <3 vocês, demais. Se estamos desabrochando, é porque nossa comunidade é forte, poderosa e amorosa: Kate Clayborn, Kresley Cole, Jen Frederick, Cassie Sanders, Sarah MacLean, Rebekah Weatherspoon, Sally Thorne, Sarah J. Maas, Jen Prokop, Leslie Philips, Alexa Martin, Sonali Dev, Gretchen Schreiber, Alisha Rai, Christopher Rice, Jillian Stein, Liz Berry, Candice Montgomery e Catherine Lu.

Estamos confinadas com nossas famílias há oito meses a essa altura, então não há nada que possamos dizer aqui que não tenhamos dito (ou gritado)... exceto talvez por isto: houve desafios, e houve vitórias, mas nenhum dos pontos baixos ocorreram porque nosso amor fraquejou. Por isso, somos, de fato, muito sortudas. Nós amamos vocês, R, C, K, O, V.

Esta seção do livro não estaria completa se não mencionássemos Kim Namjoon, Kim Seokjin, Min Yoonji, Jung Hoseok, Park Jimin, Kim Taehyung e Jeon Jungkook. O BTS tem sido um raio brilhante de sol nesse ano trágico e sombrio, e nós adoramos os membros do grupo como se fossem da nossa própria família. E temos dito. ARMY sabe como é, e we purple you.

Para todos os bibliotecários, livreiros, leitores e nossos amados integrantes de Clo and Friends: esperamos que, quando este agradecimento chegar até vocês, encontre-os seguros, protegidos, bem-alimentados, profundamente amados, e saibam que, quando vocês lerem estas palavras, estamos falando com vocês. Obrigada por pegar nossos livros, mas, mais importante, obrigada por serem o fundamento de uma comunidade que, sem vocês, desmoronaria. Com toda a sinceridade, escrevemos para deixar vocês felizes. Torcemos para conseguir isso.

E, finalmente, uma para a outra, dizemos: Você é a minha melhor, e aqui, você é a minha única. E olha só… nós escrevemos um livro sobre almas gêmeas. Engraçado isso.

CONHEÇA OUTROS *sucessos* DA AUTORA

Carter e Evie imediatamente se conectam e a tensão sexual é inegável, embora o surgimento de um romance seja pouco provável em razão de um encontro embaraçoso em uma festa de Halloween. Além disso, mesmo o fato de que ambos são agentes de talentos de firmas concorrentes em Hollywood não é suficiente para apagar o fogo.

Mas, quando as duas agências se fundem – fazendo com que a dupla concorra ao mesmo cargo –, tudo se torna imprevisível. O que poderia ter sido o desabrochar de um belo romance se transforma em guerra declarada de sabotagem mútua.

Carter e Evie são profissionais de trinta e poucos anos – então por que não podem agir como tal? Será que Carter vai parar de tentar agradar a todo mundo e ver como o chefe de ambos está fazendo o jogo? Será que Evie pode deixar de lado sua natureza competitiva por tempo suficiente a fim de descobrir o que realmente quer na vida? Será que seus clientes, os atores, podem ser mais humanos?

Quer a relação de amor e ódio desses dois pombinhos de Hollywood termine num final de cinema, ou apenas numa comédia dramática de proporções épicas, você vai desfrutar do estilo de romance sincero, ofegante e hilário.

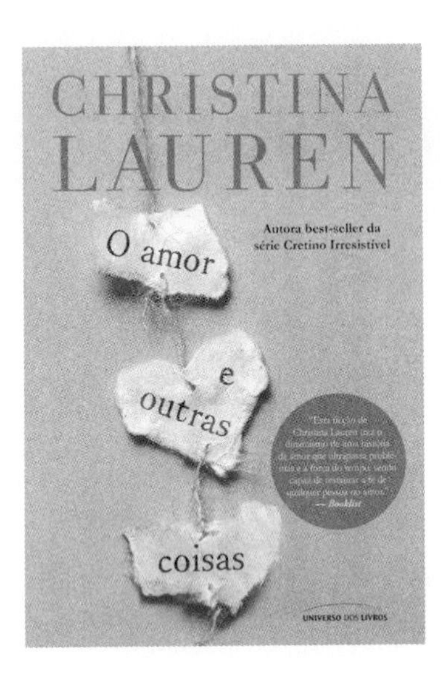

Macy Sorensen se acomodou em uma rotina ambiciosa e pouco emocionante: trabalha duro como residente em pediatria, planeja se casar um dia com um homem mais velho e financeiramente estável, mantém uma postura discreta e o coração resguardado.

No entanto, quando se encontra por acaso com Elliot Petropoulos – primeiro e único amor da sua vida –, a bolha cautelosa que criou para si começa a se dissolver. No passado, Elliot representou o mundo inteiro de Macy – transformando-se do amigo magrelo e amante de livros desajeitado no homem que a convenceu a abrir seu coração... até parti-lo na mesma noite em que declarou seu amor por ela.

Nesta narrativa alternada entre presente e passado, os adolescentes Elliot e Macy vão de amigos a muito além – passam horas a fio devorando livros juntos, partilhando suas palavras prediletas em meio a diálogos sobre sofrimentos e êxitos da vida. Na fase adulta, porém, eles permaneceram afastados até o reencontro inesperado.

Embora as lembranças estejam encobertas pela agonia dos acontecimentos do passado, caberá a Elliot compreender a verdade por trás da década de silêncio de Macy, tendo de superar o passado e a si mesmo a fim de reavivar a crença dela na possibilidade de um cálido amor.

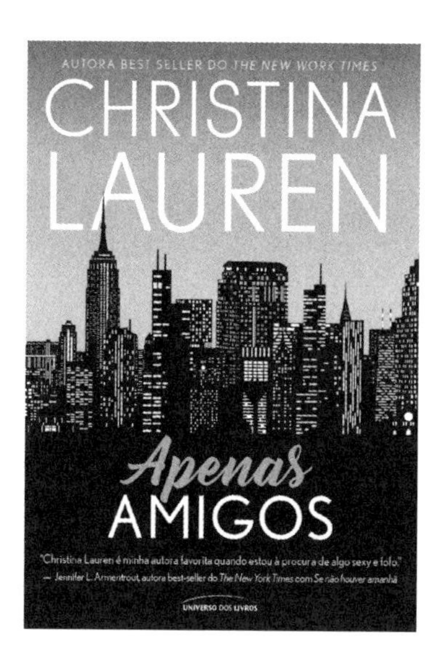

Holland Bakker foi salva de um ataque no metrô pelo musicista irlandês Calvin McLoughlin. Como agradecimento, Holland o apresenta a um grande diretor de musicais e o que era uma tentativa despretensiosa se transforma numa chance inimaginável, pois, antes mesmo de perceber, Calvin foi escalado para um grande musical da Broadway. Ou quase Até admitir que seu visto de estudante expirou e ele está no país ilegalmente. Sem titubear, e com uma paixão crescente pelo rapaz que só ele ainda não percebeu, Holland se oferece para casar com o irlandês a fim de mantê-lo em Nova York. Conforme a relação dos dois se desenrola de "apenas amigos" a "casal apaixonado", Calvin se torna o queridinho da Broadway. No meio de tanto teatro e do gostar-sem-se-envolver, o que fará esse casal perceber que há muito amor verdadeiro em cena?